VERLIEB DICH NIE IN DEINEN SCHEIN-VERLOBTEN

Eine süße romantische Komödie mit einer Scheinbeziehung

Liebe ist kompliziert
Buch 3

KATE O'KEEFFE

Übersetzt von
STEFFI KS

Wild Lime
Books

Aus dem Englischen von Steffi KS.

Originaltitel: *Never Fall for Your Fake Fiancé*, 2021

Urheberrecht © 2025 Kate O'Keeffe

ISBN: 978-1-991378-11-8

Kapitel 1

VON ALL DEN Arten auf ein Blind Date zu gehen, das meine gutmeinende Mutter arrangiert hat, ist es definitiv nicht die beste, sich dabei eine Liste ihrer überaus wichtigen Regeln anzuhören und gleichzeitig zu versuchen, vor dem Mann, in den ich *eigentlich* verliebt bin, verführerisch zu wirken.

Wem will ich hier eigentlich was vormachen? Es steht nicht einmal *auf* der Liste.

Ich stoße einen angespannten Seufzer aus. „Mum", sage ich durch zusammengebissene Zähne ins Telefon, während ich gleichzeitig mein langes Haar über die

Schulter werfe, um Dreamy Matt zu zeigen, wie verführerisch ich bin – nicht, dass er mich gerade ansieht. „Können wir das später besprechen?"

Sie ignoriert meine Bitte.

„Trägst du das Outfit, das ich dir geschickt habe? Ich denke wirklich, dass du darin ganz bezaubernd aussehen wirst. Ich habe es extra für dich ausgesucht."

Ich blicke hinunter auf das mit jeder Menge Rüschen verzierte Spitzenkleid, das Mum mir für das Blind Date heute Abend geschickt hat. Es beginnt am Hals mit einer bauschigen rosa Schleife, geht in lange Puffärmel, eine taillierte Mitte, sowie einen plissierten Rock über, der weit unterhalb des Knies endet. So weit südlich wie die Antarktis. Im Ernst, das Einzige, was ich an Haut zeige, sind mein Gesicht, meine Hände und meine Fußknöchel, und wenn es nach meiner Mutter gehen würde, wären die vermutlich auch noch bedeckt.

Wir wollen meinem Date ja schließlich nicht die falsche Botschaft vermitteln, nicht wahr? So etwas wie, dass ich weiblich bin.

„Lottie? Bitte sag mir, dass du das Kleid trägst, das ich dir geschickt habe", mahnt Mum.

„Ich trage es", antworte ich, zugleich erleichtert und enttäuscht, als Dreamy Matts Aufmerksamkeit von der Ankunft einer unserer Hauptsponsorinnen, Lady Havelock, in Anspruch genommen wird – die mich kaum eines Blickes würdigt, obwohl *ich* als Entwicklungsmanagerin eigentlich ihre Ansprechpartnerin wäre.

„Schick mir ein Foto. Ich wette, du siehst in dem Kleid aus wie Kate Middleton."

Klar doch, wenn Kate Middleton in Kleber getaucht und anschließend von einer Gruppe übereifriger Kleinkinder mit Spitze und Schleifen beworfen worden wäre.

2

„Ich mache später ein Selfie, Mum. Ich sollte jetzt wirklich wieder zurück an die Arbeit."

Ehrlich gesagt habe ich heute dank meines angeblich Kate Middleton-ähnlichen Ensembles schon einige seltsame Blicke von Kollegen und Besuchern des Pinkerton House, dem Museum, in dem ich arbeite, geerntet. Am schlimmsten war Dreamy Matts Reaktion, der Kurator des Museums und der Mann, in den ich schon ewig insgeheim verliebt bin.

Na ja, *so* geheim ist es nicht. Alle meine Freunde wissen Bescheid, daher auch sein Spitzname „Dreamy Matt". Obwohl wir schon seit fast drei Jahren zusammenarbeiten und ich mir nichts sehnlicher wünsche, als mit ihm zusammen zu sein, hat er keine Ahnung, dass ich heimlich für ihn schwärme.

Ich stoße erneut einen Seufzer aus.

Unerwiderte Liebe ist wirklich kein Zuckerschlecken.

Aber ich schweife ab. Als Entwicklungsmanagerin des Pinkerton House versuche ich, mich professionell und stilvoll zu kleiden, am liebsten schwarze Blazer über Kleidern oder hübsche Blusen kombiniert zu Hosen. *Nicht* so, als wäre ich in einen Kampf mit einer Spitzentischdecke geraten. Und hätte haushoch verloren.

Als Dreamy Matt mich heute Morgen belustigt ansah und sein Blick kurz über mein Outfit glitt, habe ich ihm erzählt, dass ich das Kleid aufgrund einer Wette trage und fünfzig Pfund gewinnen kann. Er lachte und meinte, ich sei mutig, was wie ich hoffe, in seinen Augen etwas Gutes bedeutet.

„Na gut, Liebes. Ich lasse dich mal mit deinem kleinen Job weitermachen", sagt Mum.

„Okay." Ich presse die Lippen aufeinander. Neben meinem fehlenden Ehemann, missbilligt meine Mutter auch meine Arbeitsstelle. Sie ist der Meinung, dass das Pinkerton House eine Verschwendung meiner Fähigkeiten sei, und dass ich lieber in einer großen multinationalen Firma in der Innenstadt arbeiten sollte, um dort mit den Reichen und Berühmten zu verkehren und Unmengen an Geld zu scheffeln. *Ich habe nicht alles für dich aufgegeben, damit du deine Chancen verschwendest, junge Dame* ist in meiner Familie ein genauso geläufiger Satz wie *Möchtest du eine Tasse Tee?* (Wir Sullivans sind große Teetrinker, musst du wissen.) Selbst wenn ich erkläre, wie leidenschaftlich ich meinen Beruf liebe und wie wichtig die Erhaltung von Gerald Edward Pinkertons historischer Sammlung von Käfern, Knochen und diversen viktorianischen Artefakten ist, schaut sie mich nur mit diesem leidenden Blick an, als sei meine Berufswahl eine persönliche Beleidigung ihr gegenüber. Was sie eindeutig nicht ist.

„Denk daran, Lottie, egal was passiert: Sag ihm bloß nicht, wo du arbeitest, und verrate ihm *auf keinen Fall* dein Alter."

Mein Alter. Ein weiteres beliebtes Familienthema.

„Aber Mum, meinst du nicht auch, dass er merken wird, dass ich bald dreißig werde, wenn wir die Heiratsurkunde unterschreiben?" Mein Ton trieft nur so vor Sarkasmus.

„Charlotte Jane Sullivan, werd nicht frech!"

„Tut mir leid, Mum."

„Ich will doch nur dazu beitragen, dass meine einzige Tochter endlich ihre wahre Liebe findet, damit ich im Alter ein wenig glücklich sein kann", schnieft sie dramatisch.

„Mum, du bist sechsundfünfzig."

„Eben. Meine letzten Jahre sind angebrochen. Und für deinen Vater auch. Er ist drei Monate älter als ich, also noch näher am Grab. Am *Grab*, Lottie."

Ich verdrehe die Augen. Meine Mutter, die große

Tragödin. „Gut, einverstanden. Ich werde Spencer mein Alter nicht verraten."

„Und erzähl ihm bloß nichts von den Käfern und den alten Zähnen, mit denen du arbeitest."

Ich atme kontrolliert aus. Es stimmt, dass die Sammlung des Pinkerton House eine beeindruckende Sammlung von Käfern umfasst, alle auf die ein oder andere Weise konserviert. Aber es sind eben nicht nur Käfer. Die Artefakte stammen aus dem späten 19. Jahrhundert, gesammelt von Gerald Pinkerton, einem viktorianischen Gentleman mit zu viel Freizeit, der um die Welt reiste und alles sammelte, von Käfern über Nachttöpfe bis hin zu Tierskeletten. Für mich ist das eine faszinierende Zeitkapsel und ich darf jeden Tag meines Lebens Geld sammeln, um diesen Ort am Leben zu erhalten. Ein absolutes Privileg in meinen Augen.

Meine Mutter sieht das anders.

„Lottie? Versprich es mir: Kein Wort über die Käfer und die alten Zähne."

Ich schiele zu Dreamy Matt. Er unterhält sich noch immer mit Lady Havelock, die Stirn nachdenklich gerunzelt in diesem ernsten, sexy Blick, den er manchmal draufhat. „Ich werde die Käfer und die alten Zähne nicht erwähnen, Mum", verspreche ich und wünsche mir, ich würde heute Abend mit Dreamy Matt ausgehen, und nicht mit irgendeinem Typen namens Spencer, den Tante Doreen für mich aufgetrieben hat.

Endlich zufrieden, erinnert mich Mum noch einmal daran, ein Selfie in dem Kleid zu machen, bevor ich mich verabschiede und auflege, gerade in dem Moment, als Matt und Lady Havelock unser kleines Büro verlassen.

Das Pinkerton House, einst das Zuhause von Gerald Pinkerton, beherbergt drei Mitarbeiter, die sich den einzigen engen Raum des Dachgeschosses als Büro teilen.

Mit seinen knarrenden Holzdielen, Fenstern mit Blick auf Notting Hill und einem hübschen Kamin ist es genauso charmant wie der Rest des Hauses, trotz der IKEA-Schreibtische, die an die Wände gedrängt wurden.

Ich werfe einen Blick zum Kleiderständer. Matts schwarze Winterjacke ist verschwunden, was bedeutet, dass er gegangen sein muss. Ich werfe einen Blick auf die Uhr meines Handys. Es ist kurz vor fünf, das lässt mir weniger als eine Stunde Zeit, um nach Covent Garden zu kommen, wo ich mich mit dem Sohn einer Freundin von Tante Doreen treffen werde. Ich wette, er freut sich genauso sehr auf das Date wie ich.

Ich fahre meinen Computer herunter, bevor ich meinen Wintermantel überziehe, der Mums grässliches Kleid direkt hundert Prozent besser aussehen lässt – weil er es vollständig verdeckt –, und mache mich auf den Weg die Treppe hinunter zur Schlafzimmeretage.

Ich halte Ausschau nach Stanley, unserem ehrenamtlichen Fremdenführer, der heute eingeteilt und genauso fasziniert von diesem Ort ist wie ich.

„Stanley?", rufe ich, während ich meinen Kopf in jedes der Schlafzimmer stecke.

Keine Spur von ihm.

Ich gehe die Treppe weiter hinunter in den großen, imposanten Salon mit seinen hohen Decken und den großzügigen Fenstern, der mehr als gut gefüllt ist mit Einmachgläsern voller Käfer, Büchern und einer Sammlung kleiner Tierskelette.

Auch hier: kein Stanley. Das ganze Haus ist still, also mache ich mich auf den Weg ins Esszimmer, wo wir das menschliche Skelett aufbewahren, das wir alle liebevoll „June" nennen. Warum genau, konnte ich allerdings nie herausfinden.

Ich bleibe abrupt stehen, als ich zwei Männer entdecke, beide in dunklen Anzügen, mit kurzen Haaren, die sehr geschäftsmäßig und offiziell wirken – und so gar nicht wie die Scharen von älteren Leuten oder Turnschuh-tragenden Touristen, die wir hier normalerweise begrüßen.

Einer der Männer steht am großen Fenster mit Blick auf die Straße, während der andere sich gerade über einen alten Londoner Stadtplan in einem übergroßen Atlas auf dem Esstisch beugt und diesen inspiziert.

„Oh, hallo. Es tut mir schrecklich leid, aber das Museum schließt gleich", informiere ich die beiden.

Die Männer drehen sich zu mir um, beide bestimmt gut vierzig Jahre jünger als unser sonst üblicher Alters-durchschnitt. Ich weiß das, weil wir unsere Besucher befragt haben: Das Durchschnittsalter beträgt 76 Jahre, außer im August, wenn die Touristen kommen und es sich auf jugendliche 72 Jahre senkt.

Der Mann am Fenster wirft mir einen misstrauischen Blick zu, macht einen Schritt auf mich zu, zögert dann aber und sieht zu Atlas-Mann hinüber. Dieser nickt ihm kaum merklich zu, bevor er sich wieder mir zuwendet und ein Lächeln aufsetzt. Eine seltsame Szene, aber wir erleben hier alle möglichen Sorten von Menschen, was bei einer Sammlung wie unserer nicht überraschend ist. Wer will nicht mal 175 Jahre alte gebrauchte Gebisse bestaunen?

„Entschuldigen Sie bitte. Mir war nicht bewusst, dass Sie im Begriff waren zu schließen", sagt Atlas-Mann mit geschmeidiger, kultivierter Stimme.

Ich lasse meinen Blick über ihn gleiten. Er ist ein gut aussehender Mann, keine Frage. Nicht mein Typ, versteht sich, immerhin sieht er aus, als wäre er gerade dem Cover eines Wirtschaftsmagazins entsprungen, als deren CEO-Posterboy des Monats – falls es so etwas überhaupt gibt, was vermutlich nicht der Fall ist, weil, na ja, das würde CEOs völlig objektifizieren, und ich vermute stark, dass die meisten von ihnen eher weniger Posterboy-geeignet sind.

Aber ich schweife schon wieder ab. Eine schlechte Angewohnheit von mir.

Mit seinem braunen Haar, dem designerhaft gestutzten Bart und den dunklen Augen, heben sich seine strahlend weißen Zähne besonders gut von seiner olivfarbenen Haut ab. Ich weiß nicht genau, woher der Gedanke kommt, aber er wirkt wie jemand, der die Zügel fest in der Hand hat. Die Art von Mann, der bekommt, was er will.

Und doch ist da auch etwas Vertrautes an ihm, etwas, das ich nicht genau erklären kann. Vielleicht, weil er aussieht, als wäre er einer dieser Darsteller in einer Seifenoper, der einer Frau gesteht, dass er gleichzeitig in sie und ihre Zwillingsschwester verliebt ist – und obendrein auch noch ihr Stiefvater ist.

„Wir schließen um fünf", erkläre ich ihm, „und das ist schon in ein paar Minuten."

„Verstehe. Wir wollen Sie nicht aufhalten. Ich hatte hier in der Nähe ein Meeting und habe Ihr Schild gesehen. Ich war noch nie hier. Die Sammlung ist wirklich faszinierend. Ich nehme an, Gerald Pinkerton war der Sammler?" Er deutet auf ein altes, körniges, gerahmtes Schwarz-Weiß-Foto von Gerald, das an der Wand hängt. Er trägt einen Zylinder und einen dunklen Mantel mit breiten Revers und ein Monokel über dem linken Auge. Mit seinem runden Gesicht und dem Schnurrbart erinnert er mich immer ein bisschen an den Pringles-Mann – ein Vergleich, den mein Chef Herr Tomlinson wenig hilfreich findet.

„Ja, das ist er. Gerald Edward Pinkerton", bestätige ich und nicke bekräftigend in Richtung des Fotos. „Er hat in diesem Haus gelebt und sammelte auf seinen langen Reisen um die Welt alles, was Sie hier sehen. Er wollte, dass alles so erhalten bleibt, wie er es hinterlassen hat, deshalb ist dieses Zimmer genau so eingerichtet, wie es zu seinem Todeszeitpunkt war."

Er hebt eine dunkle Augenbraue. „Genau so?"

„Nun ja, es wurde in den letzten 120 Jahren natürlich gesaugt und abgestaubt", antworte ich mit einem leichten Lachen, das verdächtig nach einem Kichern klingt. Dieser Mann ist definitiv die Sorte Mann, der Frauen zum Kichern bringt. Er mag nicht mein Typ sein, aber ich *bin* eine Frau. Aus Holz bin ich jedenfalls nicht.

„Gut zu wissen, dass hier abgestaubt wird. Jonty hier ist nämlich allergisch gegen Staub. Nicht wahr, Jonty?"

Der Mann am Fenster presst die Lippen zusammen und nickt knapp. „Das bin ich in der Tat, Sir", erwidert Jonty mit rauer Stimme.

Sir?

Ich verenge die Augen und mustere Atlas-Mann genauer. Wer ist dieser Kerl?

Er kommt um den Tisch herum und zum ersten Mal kann ihn nun ganz sehen. Sein Nadelstreifenanzug, die glänzenden schwarzen Schnürschuhe, das weiße Hemd und die schlichte blaue Krawatte umhüllen eine große, athletische Gestalt mit breiten Schultern und langen Beinen.

Oh ja. Definitiv CEO-Posterboy-Material.

„Ich weiß, dass Sie gleich schließen, aber Sie müssen wissen, ich habe selten die Gelegenheit, mir in Ruhe kuriose Dinge anzusehen. Wäre es möglich, dass ich mich jetzt noch kurz umsehe? Ich verspreche, es geht schnell. Zehn Minuten. Zwölf, allerhöchstens."

Ich werfe einen Blick auf die Reiseuhr auf dem Kaminsims, die mir sagt, dass es zwei Minuten vor unserer regulären Schließzeit ist. Was bedeutet, dass die Uhr also buchstäblich tickt, wenn ich pünktlich zu meinem Blind Date kommen will. Im wahrsten Sinne des Wortes. „Ich bin sicher, das sollte kein Problem sein. Lassen Sie mich eben unseren Fremdenführer für Sie holen, da ich selbst losmuss."

„Oh, Verzeihung. Ich dachte, Sie seien die Führerin."

„Ich? Nein. Ich bin für die Beschaffung von Finanzmitteln zuständig. Aber fühlen Sie sich frei, eine spontane Spende von tausend Pfund in unsere Box am Eingang zu werfen, wenn Sie möchten", scherze ich mit einem charmanten Lächeln.

Ich mag zwar scherzen, aber ganz ehrlich: Wir können das Geld dringend gebrauchen. Obwohl unsere Besucherzahlen konstant sind, sind es meistens Rentnergruppen, die zum ermäßigten Eintrittspreis herkommen und im winzigen Museumsshop kaum etwas kaufen, bevor sie sich nebenan in einem der Cafés mit einer wohlverdienten Tasse Tee und einem Sandwich stärken.

Atlas-Mann tätschelt seine Brust, als suche er etwas. „Tut mir leid, ich muss mein Portemonnaie im Auto vergessen haben", informiert er mich.

„Weil Sie sonst immer tausend Pfund in bar dabeihaben?", frage ich lachend. „Ich habe doch nur Spaß gemacht. Mein Chef nennt das meinen typischen ‚Lottie-Humor'."

„Nun, Lottie", sagt er, mein Name klingt irgendwie ungewohnt auf seinen Lippen, „ich finde Ihren Humor witzig. Und ich verstehe sehr gut, dass Orte wie dieser von Besuchern und Spenden leben."

„Das stimmt." Ich werfe einen Blick auf die Tickets in seinen Händen. „Ich sehe, dass Sie Tickets gekauft haben, also nehmen Sie sich ruhig Zeit. Ich bin sicher, wir können für Sie beide eine Ausnahme machen." Ich sehe zu Jonty, der unsere Unterhaltung mit unbewegtem Gesichtsausdruck verfolgt.

Wirklich merkwürdig.

„Oh, das ist nicht so Jontys Ding, oder Jonty?"

Der Mann schüttelt den Kopf. „Geben Sie mir ein bisschen Geld, damit ich auf die Hunde bei der Rennbahn wetten kann, und ich bin glücklich, Sir."

Atlas-Mann wendet sich wieder mir zu. „Sehen Sie?", sagt er und deutet auf June, das Skelett, in ihrer durchsichtigen Vitrine. „Erzählen Sie mir etwas über dieses Skelett. Es scheint eine merkwürdige Wahl zu sein, es ausgerechnet in seinem Esszimmer aufzustellen. Ich glaube, ich könnte keinen Bissen von meinem Steak runterkriegen, wenn ich wüsste, dass ein Skelett mir dabei zusieht."

„Das ist June. Oder so nennen wir sie jedenfalls. Und wir wissen, dass sie eine ‚sie' ist, wegen der Hüftbreite."

„Und wegen der zusätzlichen Rippe."

„Das auch. Sie wurde auf etwa 1820 datiert und laut Gerald Pinkertons akribisch geführten Tagebüchern – die uns die Arbeit erheblich erleichtern, wie Sie sich sicher vorstellen können – hat er sie von einem Händler im damaligen Preußen gekauft. Also im heutigen Deutschland."

„Er hat einfach ein menschliches Skelett gekauft?", fragt er, während er June mustert.

„Es waren andere Zeiten damals. In der viktorianischen Ära war Sammeln das große Hobby. Gerald Pinkerton hat eine ganze Reihe von Skeletten zusammengetragen, aber June ist das einzig menschliche."

„Deshalb hat er sie dann auch ins Esszimmer gestellt, ganz klar." Seine Lippen heben sich zu einem sarkastischen Lächeln.

„Vielleicht hatte Gerald Pinkerton einfach einen schwarzen Humor."

„Das glaube ich gern. Wo sind die anderen Skelette?"

„Die sind überall im Haus verteilt. Einige kleinere

Tiere stehen nebenan im Salon. Interessieren Sie sich besonders für Knochen?"

„Nicht unbedingt. Aber ich würde mir gern die Gebiss-Sammlung anschauen."

„Sie wissen von den Gebissen?", frage ich hoffnungsvoll.

„Es steht auf dem Flyer an der Tür."

Meine Hoffnung verpufft wie ein geplatzter Luftballon. „Natürlich."

„Sie klingen enttäuscht?"

„Wir versuchen schon länger herauszufinden, welche unserer Sammlungen mehr Besucher anlocken könnte. Und ich hatte gehofft, wenn Sie von den Gebissen gehört hätten, wäre das vielleicht der große Hit. Das Grant Museum of Zoology hat zum Beispiel ein Glas voller Maulwürfe, das unglaublich beliebt ist. Eine Menge Besucher kommen nur um sich das Glas anzuschauen. Die Maulwürfe haben sogar einen eigenen Twitter-Account, wussten Sie das?"

„Wirklich? Hm. Twitternde Maulwürfe. Ich bin sicher, die Gebisse könnten da locker mithalten."

„Genau das habe ich auch gesagt! Aber Matt, unser Kurator, hält das für albern. Er meint, das würde das falsche Publikum anziehen. Zu Mainstream, wie er sagt."

„Verzeihen Sie, wenn ich hier falschliege, aber würden Gebisse nicht reden wollen?"

Ich blicke ihn überrascht an. Dieser Typ versteht es. „Ganz meine Meinung!", stimme ich begeistert zu.

Wir lächeln uns an.

„Also, werden Sie sicher verstehen, dass es extrem wichtig ist, dass ich mir diese twitternden Gebisse als nächstes ansehe."

Es muss mittlerweile längst nach Schließzeit sein und

ich müsste eigentlich in den nächsten dreißig Sekunden los, um nicht zu spät zu meinem Blind Date zu kommen. Oder es gleich ganz zu verpassen. Was für mich nicht besonders schlimm wäre, aber Mum würde es mir nie verzeihen.

Es wäre den Ärger nicht wert.

Atlas-Mann bemerkt meinen Gesichtsausdruck. „Oh, Entschuldigung. Ich hatte vergessen, es ist ja Schließzeit für heute. Jonty? Wir sollten gehen." Er deutet zur Tür und die beiden Männer setzen sich in Bewegung. Ich folge ihnen und fühle mich schrecklich schuldig, weil ich zahlende Besucher rauswerfe, obwohl wir doch auf jeden einzelnen angewiesen sind.

Als wir die Eingangshalle erreichen, sage ich hastig: „Es liegt nicht daran, dass ich Sie nicht länger bleiben lassen möchte. Es ist nur so... ich habe da dieses blöde Blind Date, zu dem ich meiner Mutter zuliebe gehen muss, und wenn ich jetzt nicht sofort aufbreche, komme ich zu spät. Ansonsten würde ich Ihnen wirklich gerne die gesamte Ausstellung zeigen, egal zu welcher Tageszeit. Oder auch Nachtzeit, das spielt keine Rolle."

Atlas-Mann dreht sich zu mir um und hebt fragend die Augenbrauen.

Ich verziehe peinlich berührt das Gesicht. Warum passiert mir das immer? Ich neige dazu, zu viel zu erzählen, besonders wenn ich wegen etwas ein schlechtes Gewissen habe. Und momentan habe ich definitiv ein schlechtes Gewissen, weil ich die beiden Männer hinaus komplimentiere. „Das war zu viel Information, hab ich recht?"

Sein Lachen ist tief und weich. „Ganz und gar nicht. Ich schätze Ihre Offenheit. Das ist... selten in meinem Beruf."

Puh. Und auch *interessant.*

„Ich liebe diese faszinierende Sammlung wirklich", sage ich. „Ich liebe es, sie mit anderen zu teilen."

„Das merkt man."

Aus dem Korridor ertönt plötzlich ein lautes Geräusch, das verdächtig wie ein Schnarchen klingt. Ich bitte die beiden um Entschuldigung und folge dem Geräusch den Flur entlang. Als ich vorsichtig den Kopf in die Bibliothek stecke, entdecke ich Stanley, unseren Fremdenführer. Er liegt rücklings auf einer weinroten Samt-Chaiselongue, sein großer Bauch hebt und senkt sich mit jedem tiefen Atemzug, sein Mund weit offen, während er wie ein altes Nebelhorn an einem diesigen Tag auf der Themse vor sich hin schnarcht.

Ich blinzele überrascht. *Da bist du also.*

„Sie verlangen Ihren Mitarbeitern scheinbar einiges ab", kommentiert Atlas-Mann, der plötzlich neben mir auftaucht.

Erneut peinlich berührt, mache ich mir eine mentale Notiz, dass ich Stanley wecken muss, bevor ich abschließe. „Stanley ist 82. Manchmal wird er zwischendurch etwas müde.", erkläre ich.

„82? Dann hat er sich das Nickerchen wirklich verdient. Ich nehme an, er ist der Museumsführer?"

„Genau. Normalerweise ist er... aufmerksamer als heute." Ich blicke flüchtig auf den schlafenden Stanley, dann schließe ich diskret die Tür. Der Mann braucht ja nun wirklich kein Publikum, auch wenn er während seiner Schicht schläft.

„Sie meinen, er ist normalerweise *wacher*?", hakt Atlas-Mann amüsiert nach.

„Äh, ja. Genau das."

Er lehnt sich ein wenig näher zu mir heran und ich nehme seinen Duft wahr, eine Mischung aus Sandelholz, frisch gemähtem Gras und dem Geruch der Wälder in der Nähe meines Elternhauses. Ein frischer und angenehmer Geruch, der unerwartet verführerisch ist.

Nicht, dass *ich* mich hingezogen fühlen würde. Aber manche Frauen würden das sicher.

„Ich werde kein Wort über Ihren schlafenden Fremdenführer verlieren", verspricht er mir.

Erleichtert atme ich aus. „Danke. Stanley ist normalerweise wirklich toll. Und er liebt das Haus aufrichtig."

„Versteht er auch die Sache mit dem Gebiss-Twitter-Account?"

„Ich bin sicher, Stanley würde denken, Twitter hätte etwas mit Hühnern zu tun", antworte ich lachend. „Aber danke, dass Sie da waren. Und Entschuldigung noch einmal, dass ich Sie bitten muss zu gehen."

„Ich verstehe das vollkommen", erwidert er, während wir den Flur entlang zum Eingang gehen. „Und wissen Sie, ich hätte auch keine Lust auf ein Blind Date, das meine Mutter für mich arrangiert hat. Das klingt grauenhaft."

In meiner typischen Überschwangsmanier erwidere ich: „Sie hat mir sogar dieses Outfit geschickt, dass ich tragen soll." Ich öffne meinen Mantel, damit er das ganze Elend betrachten kann.

Seine dunklen Augen gleiten über mich und ich wünsche mir augenblicklich, ich könnte mich auf magische Weise aus dem Kleid zaubern. Nein halt, das würde bedeuten, dass ich in Unterwäsche vor ihm stehen würde. Das auf *keinen* Fall. Einfach etwas anderes tragen als dieses schrecklich altbackene Kleid, mit dem ich aussehe, als ginge ich zu einer Frauenvereinsversammlung im Jahr 1982.

„Ich finde, Ihre Mutter hat einen ausgezeichneten Geschmack", teilt er mir mit einem verschmitzten Funkeln in den Augen und einem leichten Grinsen auf den Lippen mit.

Ich lache schnaubend und halte mir schnell die Hand vor den Mund.

Wir teilen ein weiteres Lächeln und ich merke, wie ich mich langsam für diesen Kerl erwärme. Er mag wie ein steifer Geschäftsmann aussehen, der seltsamerweise von Jonty, der ständig in seiner Nähe bleibt, „*Sir*" genannt wird, aber er ist wirklich umgänglich und witzig. *Und* interessiert sich für die Sammlung. Alles große Pluspunkte in meinen Augen.

„Wissen Sie, Lottie, ich glaube, wir haben etwas gemeinsam: sich einmischende Mütter.", sagt er, während wir uns der Tür nähern, „Meine Mutter wollte mich vor ein paar Wochen mit der Tochter einer Freundin verkuppeln."

Ich lasse meinen Blick noch einmal über ihn gleiten. Er sieht wirklich nicht aus wie jemand, der Hilfe von seiner Mutter beim Finden von Dates nötig hätte. Ehrlich gesagt wirkt er wie jemand, bei dessen Anblick Frauen tagtäglich die Knie schwach werden.

Wie bereits gesagt: Ich bin ja kein Stück Holz.

„Sind Sie zu dem Date gegangen?", frage ich.

„Nein. Ich habe mich strikt geweigert."

„Aber was, wenn sie wunderschön, klug und charmant gewesen wäre, und Sie sich Hals über Kopf verliebt hätten?"

„Erwarten Sie das heute Abend von *Ihrem* Blind Date?"

Ich denke an Spencer. Seinen Social-Media-Profilen nach zu urteilen, scheint er ein netter Kerl zu sein, wenn auch ein bisschen langweilig.

Aber letztlich ist Spencer irrelevant. Er könnte aussehen wie ein junger Brad Pitt, die besten Witze erzählen und der charmanteste Mensch auf der Welt sein, trotzdem würde ich mich nicht für ihn interessieren. Mein Herz gehört einem anderen. Voll und ganz.

Alles was ich tun muss, ist, endlich seine Aufmerksamkeit zu gewinnen.

„Ich erwarte von meinem Blind Date heute Abend ehrlich gesagt nicht viel", antworte ich. „Wie wäre es, wenn Sie einfach an einem anderen Tag wiederkommen und ich Sie persönlich durch das komplette Haus führen werde?"

„Ich dachte, Sie wären für die Geldmittel-Beschaffung zuständig?"

„Für Sie mache ich eine Ausnahme."

„Nun, vielleicht werde ich darauf zurückkommen." Er deutet zur Tür und sofort durchquert Jonty den Raum und verschwindet nach draußen, wie ein gut abgerichteter Hund.

Ich werfe Atlas-Mann einen neugierigen Blick zu. Er muss irgendein ausländischer Prinz, Würdenträger oder etwas ähnliches sein, weil Jontys Verhalten eindeutig darauf schließen lässt, dass er sein Bodyguard ist.

Atlas-Mann streckt mir die Hand entgegen und ich ergreife sie. „Es war mir ein Vergnügen Sie kennenzulernen. Ich hoffe, Sie bekommen Ihren Twitter-Account für die Gebisse."

„Ich hoffe es auch."

„Ich melde mich bei Ihnen wegen der Führung."

„Rufen Sie einfach die Hauptnummer an", erwidere ich.

„Das werde ich tun." Er schenkt mir ein strahlendes Lächeln, dreht sich um und geht zur Tür. Dort bleibt er kurz stehen, sieht noch einmal zurück und sagt: „Mein Name ist übrigens James Brody. Bis bald, Lottie."

Ich lächle zurück. „Bis bald, James."

Ich beobachte, wie er davongeht, und in diesem

Moment fällt der Groschen mit einem lauten Klong zu Boden. Natürlich!

Jetzt weiß ich, wer er ist. Der Bodyguard, der Anzug, das gute Aussehen.

Er ist James Brody.

Der stellvertretende Bürgermeister von London.

Kapitel 2

„Du HAST einen *stellvertretenden Bürgermeister* kennengelernt?"
Zara blinzelt mich ungläubig über ihre Tasse Tee und
ihren Toast hinweg an, während ich selbst eine Scheibe
Toast buttere und mit Marmelade bestreiche.

„Na ja, ich wusste nicht, dass er ein stellvertretender
Bürgermeister ist, bis er mir am Ende seinen Namen
nannte und es bei mir Klick gemacht hat. Die meiste Zeit
unseres Gesprächs war er einfach nur Atlas-Mann."

„Atlas-Mann", wiederholt sie stumpf.

„So habe ich ihn in meinem Kopf genannt, weil er eine
Karte Londons von 1883 in einem der Atlanten studiert

hat. Eine wunderbare Karte übrigens. Es ist so interessant zu sehen, wie sich die Stadt verändert hat und wie die Menschen damals gelebt haben. Wusstest du, dass viele der früheren Slum-Gebiete Londons heute zu den teuersten Wohngegenden gehören? Zum Beispiel Notting Hill."

Zara schüttelt den Kopf. „Genug mit dem Geschichtsunterricht, Lottie. Du hast James Brody kennengelernt, um Himmels willen. Erzähl mir lieber, wie er war!"

Ich trinke einen Schluck Tee und zucke die Schultern, während ich an den gut aussehenden, charmanten Mann im Nadelstreifenanzug denke. „Er war nett. Er fand meine Idee mit dem Twitter-Account für die Gebisse gut."

„Nett? Das ist alles? *Nett*? Alle Welt findet ihn unglaublich sexy und umwerfend, und du hast ihn tatsächlich getroffen, und alles, was du über ihn sagen kannst, ist ‚nett'?"

Ich zucke erneut mit den Schultern, während ich mein Toast kaue. „Er mochte die Idee des Gebiss Twitter-Accounts", wiederhole ich, in der Hoffnung, dass sie diesen Punkt nicht überhört hat.

„Vergiss die Gebisse! Wie war er?"

„Er war freundlich."

Freundlich reicht meiner Mitbewohnerin offensichtlich auch nicht. „Freundlich? Süße, du weißt schon, dass James Brody Londons begehrtester Junggeselle ist, nur mit wunderschönen Prominenten ausgeht und im letzten Jahr auf Platz eins der ‚Hottest Hotties'-Liste des *Claudette*-Magazins gewählt wurde?"

Das wusste ich tatsächlich alles nicht.

„Wahrscheinlich hat Kennedy diese Liste geschrieben", antworte ich mit einer wegwerfenden Geste mit meinem Toast in der Hand, bevor ich davon abbeiße.

„Kennedy hat was geschrieben?" Kennedy betritt die Küche, sie trägt einen Bademantel und hat ihr Haar in einen Handtuch-Turban gewickelt, anscheinend kommt sie gerade frisch aus der Dusche.

„Die Hottest-Hotties-Liste", erklärt Zara. „Und guten Morgen."

„Guten Morgen, meine geliebten Freundinnen", erwidert Kennedy in ihrem amerikanischen Akzent, das Lächeln auf den Lippen, dass sie seit ihrer Versöhnung mit Charlie Cavendish kaum noch abgelegt hat. „Ich kann nicht glauben, dass wir morgen unsere Reise antreten werden. Charlie ist so aufgeregt und ich kann es kaum erwarten, ihn meiner Familie vorzustellen."

„Ihr werdet eine großartige Zeit haben", sage ich. „Erster Stopp: New York City. So aufregend."

Ihr Gesicht strahlt regelrecht, als sie antwortet: „Nicht wahr? Es wird unglaublich!"

„Gut geschlafen?", frage ich sie.

„Abgesehen davon, dass ich von einer ziemlich betrunkenen Tabitha geweckt worden bin, die irgendwann zu unbekannter Stunde hereingeschneit ist. Die Freuden des gemeinsamen Übernachtens auf euren Sofas." Sie öffnet die Kühlschranktür und holt die Milch heraus. „Ist noch Tee in der Kanne?"

Sowohl Tabitha als auch Kennedy wohnen momentan bei Zara und mir in unserer winzigen Wohnung in Fulham. Es ist eng, um es vorsichtig auszudrücken. Kennedy ist hier, seit sie die Wohnung verlassen musste, die sie gehütet hat, und Tabitha ist bei uns, weil sie in ihrer eigenen Wohnung eine Überschwemmung hatte. Offenbar hatte sie vergessen, dass Badewannen überlaufen können, wenn der Stöpsel drin ist. Sie hat es geschafft, nicht nur das Badezimmer, sondern auch den Flur, ihr Schlafzimmer und die Küche unter Wasser zu setzen, bevor sie es bemerkt hat. Zum Glück wohnt sie in einem Erdgeschoss-Apartment, sodass niemand anderes betroffen war. Trotzdem. Sie ist schon ein paar Nächte hier und es sieht nicht so aus, als würde sie bald wieder ausziehen.

„Die Teekanne steht hier auf dem Tisch", sage ich und deute auf die Kanne mit dem knallpinken Teekannenwärmer. „Warum war Tabitha so spät noch unterwegs?"

„Offensichtlich um sich zu betrinken", antwortet Kennedy und verdreht die Augen.

Ich kaue nachdenklich auf meiner Unterlippe. Tabitha war schon immer wild, seit dem Tag, an dem ich sie kennengelernt habe, der absolute Inbegriff des Partymittelpunkts. Aber während wir drei inzwischen unsere Partynächte deutlich heruntergeschraubt haben, jetzt, da wir stark auf die Dreißig zugehen, neigt Tabitha noch immer dazu, es etwas zu regelmäßig zu übertreiben. Sie sagt mir immer, sie brauche keine zweite Mutter, und ich solle lockerer werden, aber trotzdem mache ich mir Sorgen um sie.

„Mit wem war sie eigentlich unterwegs? Wir waren doch alle hier", erwidere ich.

Kennedy gießt sich eine Tasse Tee ein und nimmt einen Schluck. „Ugh. Ich versuche ja wirklich, britisch zu sein, aber ich mag Tee einfach nicht."

„Du musst ihn ja nicht trinken, weißt du? Es gibt kein Gesetz, das besagt, dass wenn man in Großbritannien lebt, man auch Tee trinken muss."

Sie verzieht ihr hübsches Gesicht. „In gewisser Weise gibt es das schon, Lottie. Ihr seid alle verrückt danach hier."

„Ach, ich weiß nicht. Wir mögen auch Kaffee—"

„Oi!" Zara schnippt mit den Fingern und unterbricht mich. Kennedy und ich drehen uns überrascht zu ihr um.

„Können wir uns bitte konzentrieren? Lottie hat gestern Abend einen stellvertretenden Bürgermeister von London getroffen!"

Kennedys Augen weiten sich. „Hat sie?" Sie wendet sich mir zu. „Hast du?"

„Es war nichts Besonderes. Er kam ins Museum und ich habe ihn kurz herumgeführt, bevor ich auf mein katastrophales Blind Date gegangen bin." Ich schaudere, als ich daran denke, wie Spencer bei unserem kurzen Treffen in einem Pub in Covent Garden meine Hand genommen und mir erklärt hat, dass wir nicht nur füreinander bestimmt seien, sondern mich auch gebeten hat, seinem Putzmittel-Pyramidensystem beizutreten.

Es wird definitiv kein zweites Date geben.

„Nichts Besonderes?" Zara prustet los. „Lottie trifft Seine Ehrenwerte Heißheit und es ist ‚nichts Besonderes‘." Sie macht Anführungszeichen in der Luft, ihr Ton trieft nur so vor Sarkasmus.

Ich verziehe das Gesicht. „Seine Ehrenwerte Heißheit? Ist das nicht ein bisschen kitschig?"

„Total kitschig. Aber er ist auch total heiß, also geht das klar. Oder, Kennedy?", widerspricht Zara.

„Definitiv", bestätigt Kennedy mit einem Nicken. „Ich habe ihn sogar auf die Liste fürs Magazin gesetzt."

„Ha! Hab ich's dir nicht gesagt", wende ich mich triumphierend an Zara.

Sie hebt eine Augenbraue.

„Er ist ein gut aussehender Kerl", gebe ich zu. „Aber nicht mein Typ."

Zara lacht laut auf, offensichtlich frustriert. „Lottie, der Mann ist ein Gott. Ein *Gott*."

„Wer ist ein Gott?" Tabitha kommt in übergroßen, flauschigen Hausschuhen in die Küche geschlurft, ihren Bademantel fest um die Taille geschlungen. Sie sieht ziemlich angeschlagen aus heute Morgen, mit dunklen Ringen unter den Augen und fahlem Teint. Kurz gesagt: ein klassischer Kater-Look.

„Wir reden über einen der stellvertretenden Bürgermeister Londons: James Brody", erklärt Zara.

„Du meinst Seine Ehrenwerte Heißheit? Londons begehrtesten Junggesellen?", fragt Tabitha, während sie sich stöhnend an den Tisch setzt. „Aua. Mein Kopf tut weh."

Zara wirft mir einen bedeutungsvollen Blick zu. „Siehst du? Jeder weiß, dass er heiß ist."

„Ich lese offenbar die falschen Magazine", erwidere ich und verdrehe die Augen.

„Warum redet ihr eigentlich über James Brody?", erkundigt sich Tabitha gähnend. „Ich meine, ich verstehe, warum Frauen generell über ihn reden, weil *Hallo, Daddy!* aber warum an einem Mittwochmorgen bei Tee und Toast?"

„Es ist Donnerstag, Süße", klärt Kennedy sie auf.

Tabitha reißt die Augen auf. „Schon? Wie ist es denn plötzlich Donnerstag geworden?"

„Lottie hat gestern James Brody im Pinkerton House getroffen", erklärt Zara und ignoriert Tabithas Frage.

Tabithas Augen weiten sich, plötzlich ist sie hellwach. „Du hast James Brody getroffen? Wie war er?"

„Nett, offenbar", antwortet Zara für mich. „Oder war es freundlich?" Sie wirft mir einen neckischen, aber doch vielsagenden Blick zu.

„Ich finde, er sieht sehr nett aus", erwidert Tabitha, während sie mit den Augenbrauen wackelt und sich die letzte halbe Tasse Tee einschenkt. „Er ist ein wirklich heißer stellvertretender Bürgermeister."

„Nummer eins auf der ‚Hottest Hotties'-Liste der begehrtesten Londoner Junggesellen", ergänzt Kennedy.

Tabitha schmiegt ihre Teetasse in beide Hände. „Der stellvertretende Bürgermeister James Brody dürfte jederzeit *mein* Gemeindetreffen leiten. Wirklich je-der-zeit."

„Siehst du?", wendet sich Zara an mich. „Tabitha stimmt zu: Der Mann ist ein Gott."

„Ist er, Lott. Warum musst du überhaupt noch davon überzeugt werden? Es ist eine unbestreitbare Tatsache", fügt Tabitha hinzu.

Ich verziehe das Gesicht. „Er ist heiß, aber auf diese zugeknöpfte, steife *Ich-bin-ein-Politiker*-Art. Überhaupt nicht mein Stil."

„Das stimmt", lacht Zara. „Du stehst auf bärtige Hipster-Typen, die denken, eine Sammlung toter Käfer wäre ‚bedeutend'." Sie macht dabei Anführungszeichen in der Luft und ihre Augen funkeln belustigt.

„Zee, ich glaube, du meinst bärtige Hipster-Typen, die es in drei Jahren nicht geschafft haben unsere liebe Lottie — und wie fantastisch sie ist — überhaupt zu bemerken", korrigiert Tabitha. „Auch bekannt als Dreamy Matt."

„Dreamy Matt hat dich immer noch nicht bemerkt?", hakt Kennedy nach.

Ich stoße einen tiefen Seufzer aus und lasse die Schultern sinken. „Er sieht mich immer noch nur als Kollegin."

„Aber ich dachte, du hättest ihn abgeschrieben", sagt Zara.

„Ich hab's versucht. Wirklich. Aber ich kann nichts dagegen tun. Er ist einfach so perfekt, wisst ihr?" Ich blicke in die Gesichter meiner Freundinnen. Sie sehen nicht überzeugt aus. „Also, perfekt für *mich*, meine ich."

„Oh, Babe", beginnt Zara sanft und drückt meine Hand. „Ich wünschte, er würde sich endlich unsterblich in dich verlieben."

Ich schenke ihr ein schwaches Lächeln. „Das wünsche ich mir auch. Aber ich glaube, er datet gerade jemand anderen."

„Woher weißt du das?", erkundigt sich Zara.

„Sein Instagram. Da war ein Bild, auf dem er mit einer superhippen Blondine am Camden Lock zu sehen war.“

Kennedy hebt eine Augenbraue. „Stalkst du den Typen jetzt etwa?“

„Nein. Ich folge ihm, weil er mein Kollege ist“, antworte ich und hebe trotzig das Kinn. „Das ist kein Stalking.“

Kennedy wirft erst Zara einen Blick zu, dann Tabitha, und alle drei sehen sich vielsagend an.

„Natürlich ist das kein Stalking, Lottie“, sagt Kennedy beschwichtigend.

„Und selbstverständlich muss man ja wissen, was seine Kollegen in ihrer Freizeit am Wochenende so treiben“, fügt Tabitha mit einem leicht spöttischen Unterton hinzu.

Ich sehe zwischen meinen Freundinnen hin und her. Sie beobachten mich aufmerksam, warten auf meine Reaktion. Du musst wissen, die drei haben mich von Anfang an unterstützt, wenn es um meine Schwärmerei für Dreamy Matt ging, sie standen mir mit Rat und Tat zur Seite. Aber in letzter Zeit frage ich mich, ob sie nicht insgeheim denken, dass ich nur meine Zeit verschwende. Versteh mich nicht falsch, *ich* weiß, dass das nicht der Fall ist. Es ist nur ihre *Wenn er interessiert wäre, hätte er längst etwas unternommen*-Perspektive. Ich finde, unsere Beziehung ist viel nuancierter als das.

„Ihr müsst es gar nicht sagen. Ihr haltet mich für erbärmlich“, sage ich und versuche die Kränkung aus meiner Stimme herauszuhalten.

„Tut uns leid“, erwidert Tabitha mit einem zerknirschten Gesichtsausdruck. „Wir wollten dich nur etwas aufziehen, Lott.“

Ich verschränke die Arme. „Nun, ich habe heute keine Lust auf Sticheleien. Nicht nach dem gestrigen Blind Date-Desaster.“

„Das Date, das deine Mutter mit deiner Tante arrangiert hat?", fragt Zara.

Ich nicke grimmig. „Er wollte mich nur in sein blödes Pyramidensystem einspannen. Er war sogar noch schlimmer als der letzte. Und das will was heißen."

„Meinst du den Typen, der dir seine Haustier-Frösche zeigen wollte, oder den, der wollte, dass du als sexy klingonische Kriegerin Star Trek-Rollenspiele mit ihm machst?", erkundigt sich Zara.

„Wie kann ein klingonischer Angriff bitte sexy sein?", hakt Tabitha nach. „Ehrlich, Lottie, es wird langsam schwer, bei all deinen Blind Dates den Überblick zu behalten. Deine Mutter ist unermüdlich darin, dir Typen aufzudrängen, und du magst keinen von ihnen."

„Weil sie nicht Dreamy Matt sind." Ich stoße einen langen Atemzug aus. „Und jetzt darf ich Mum und Tante Doreen beibringen, dass ich mal wieder ihren angeblichen Traummann für mich abserviert habe."

Ein weiteres gescheitertes Date mit einem Kerl, auf den sie ihre Hoffnungen gesetzt haben. Der Gedanke lässt meine Brust schwer werden.

„Warum? Willst du etwa nicht Teil eines Pyramidensystems werden?", neckt Zara.

„Deine Mutter behandelt dich wie ein Problem, das gelöst werden muss, und sie wird erst Ruhe geben, wenn du in einem weißen Kleid vor dem Traualtar stehst", prophezeit Zara.

Ich zucke die Schultern. „Das Problem ist, dass sie weiß, dass ich mir immer die falschen Typen aussuche."

„Oh ja, das tust du *wirklich*", stimmt Tabitha zu. „Erinnerst du dich an den niederländischen Typen, der besessen von Käse war? Er hat dich mit einem Rad Brie verglichen", sagt sie lachend.

„Es war Camembert", korrigiere ich.

„Oder an den Typen, der dich zu einem Wochenende nach Barcelona eingeladen hat, aber du solltest seine Flüge bezahlen?"

„Es war Madrid."

„Oder an den, der—"

Ich hebe die Hand in einer Stoppgeste und meine Freundinnen verstummen augenblicklich, als sie meinen Blick sehen.

„Tut uns leid", sagt Zara.

„Ja, sorry, Babe", wiederholt Tabitha schuldbewusst.

„Ich hätte da eine Idee", beginnt Kennedy. „Warum erzählst du deiner Mutter nicht einfach, dass du jemanden kennengelernt hast?"

Ich hebe die Augenbrauen. „Du meinst, ich soll sie anlügen?"

„Es wäre nicht wirklich eine Lüge. Eher eine... Umorientierung ihrer Bemühungen", erwidert Kennedy.

Tabitha prustet los. „Eine Umorientierung."

„Der Gedanke ist mir tatsächlich auch schon gekommen", gestehe ich. Meine Mutter davon abzubringen, mich ständig *unter die Haube bringen zu wollen*, würde echt den Druck rausnehmen, und sie könnte zur Abwechslung mal stolz auf mich sein.

„Du könntest dir den perfekten Schein-Freund ausdenken, Lott", schlägt Kennedy vor.

„Oder einen Schein-Verlobten", ergänzt Tabitha.

„Noch besser. Er könnte genau so sein, wie deine Mutter sich ihn für dich wünscht, nur eben komplett erfunden", fährt Kennedy fort.

„Du meinst: seriös, langweilig und zuverlässig?", frage ich mit einem Grinsen.

„Exakt."

Ich beiße mir auf die Unterlippe. Ein erfundener Verlobter würde das Problem tatsächlich für eine Weile lösen. Zumindest solange, bis Mum ihn kennenlernen und eine tatsächliche Hochzeit feiern wollen würde. Aber um diese Details würde ich mich dann kümmern.

Ich seufze schwer. „Das Problem ist, ich würde die Menschen belügen, die ich liebe."

„Nicht belügen. Umorientieren, schon vergessen?", antwortet Kennedy augenzwinkernd.

„Ich werde mich wohl weiterhin mit ihren Kuppelversuchen herumschlagen müssen."

„Immerhin kannst du das schreckliche Kleid, das deine Mutter dir geschickt hat, an eine wohltätige Organisation spenden", schlägt Zara vor.

„Sei nicht so gemein zu den Bedürftigen", tadelt Tabitha. „Und außerdem sollte Lottie das alles jetzt einfach vergessen. Schließlich hat sie gestern den absurd heißen James Brody getroffen. Ich bin so neidisch!"

„Er ist sexy, das musst du zugeben, Lottie", sagt Zara.

Ich denke an sein Lächeln, das sein Gesicht erhellte, an die entspannte Art, mit der er sich mit mir unterhielt, einer wildfremden Frau, die ihn im Grunde rauswerfen wollte, damit sie das Museum abschließen konnte. Sicher sein dunkler Teint, die markanten Gesichtszüge und seine athletische Figur lassen keinen Zweifel daran, dass er ein attraktiver Mann ist. Aber ich habe noch nie viel auf klassische Schönlinge gegeben, sie sind mir zu offensichtlich, zu *normal*.

Aber James Brody hat etwas an sich. Etwas, das erklärt, warum er mit diversen Prominenten „in Verbindung gebracht" wird. Selbst ich kann seinen offensichtlichen Charme und seinen Sex-Appeal erkennen.

„Okay, ich gebe es zu: James Brody ist sexy. Zufrieden?", sage ich, während ich mir meinen Teller mit dem kalten Toast schnappe, um ihn mit in mein Zimmer zu nehmen.

„Überglücklich", erwidert Zara mit einem breiten Grinsen.

„Und er ist viel heißer als Dreamy Matt", fügt Tabitha hinzu.

„Sexyness liegt im Auge des Betrachters", stelle ich über meine Schulter hinweg klar, während ich die Küche verlasse.

„Das klingt... schmerzhaft", ruft Tabitha mir nach, bevor sie über ihren eigenen Witz losprustet. „Aua, mein Kopf."

„Ich geb's auf", rufe ich kopfschüttelnd zurück.

„Wir meinen es doch nicht böse", ruft Zara mir hinterher.

Ich weiß, dass sie denken, ich verschwende meine Zeit mit Dreamy Matt. Sie denken, dass er mich niemals bemerken wird. Dass ich für ihn einfach nur eine Kollegin bin, mehr nicht.

Aber ich bin noch lange nicht bereit, die Hoffnung aufzugeben. Nicht im Entferntesten. Ich werde Matt Hargreaves für mich gewinnen. Und ich werde alles dafür tun, um diesen Traum wahr werden zu lassen.

Kapitel 3

ICH KOMME AM PINKERTON HOUSE AN, eingepackt in meinen Wintermantel und alles, was gegen die kalte, feuchte und trostlose Januarluft hilft. Während ich mich von meinen Schichten befreie, um sie an den Garderobenständer zu hängen, kommt Stanley ins Büro geschlurft. In seiner gewohnten Aufmachung – Fliege, dreiteiliger Anzug und eine Hornbrille, die auf seiner Nasenspitze balanciert – sieht der Achtzigjährige schick wie immer aus und begrüßt mich mit einem warmen, schiefen Lächeln.

„Guten Morgen, Liebes. Ganz schön frisch heute, oder? Ich weiß ja nicht, wie es dir geht, aber ich könnte jetzt eine tippitoppi Tasse Tee gebrauchen um mich aufzuwärmen."

„Lass mich dir eine machen, Stanley", biete ich an, während ich durch das leere Büro in unsere sogenannte Teeküche gehe – ein Wasserkocher und ein Tablett mit Teebeuteln, Instantkaffee und einer Zuckerschale.

Starbucks ist das hier definitiv nicht.

„Das wäre famos", erwidert Stanley, während er sich auf den hölzernen Stuhl mit den Armlehnen und der runden Rückenlehne neben Matts Schreibtisch sinken lässt.

Ich schalte den Wasserkocher an und frage ihn: „Gestern am späten Nachmittag waren noch ein paar Besucher hier, die eine Führung wollten, aber ich konnte dich nirgendwo finden."

„Oh", sagt er und schaut schuldbewusst zu Boden.

Ich brauche nur die Augenbrauen zu heben und schon legt er ein Geständnis ab.

„Es war so schön warm in der Bibliothek und die ganzen alten Damen waren ja schon weg", erklärt er, in Anspielung auf die expatriierte Damengruppe aus aufgeregten Amerikanerinnen und Australierinnen, die gestern durchs Haus gezogen ist. „Die haben so geschnattert und rumgelärmt, das war ganz schön anstrengend. Ein Mann braucht eben seine Ruhe."

Ich schenke ihm ein Lächeln. „Natürlich braucht er die. Haben sie dich mit Unmengen an Fragen gelöchert?"

„Und ob. Und ständig wollten sie irgendwas anfassen. Ich musste sie immer wieder ermahnen."

„Gut gemacht. Wir wollen ja nicht, dass die Besucher an den Exponaten herumspielen."

Der Wasserkocher beginnt zu pfeifen und ich gieße das Wasser in eine Tasse mit einem Teebeutel.

„Wie läuft's denn so in der Liebe, Lottie? Gibt es einen neuen Mann in deinem Leben?", erkundigt er sich.

Stanley und ich sind mit der Zeit gute Freunden geworden, seitdem ich im Pinkerton House arbeite. Er erkundigt sich immer nach meiner Mum, meinen Freunden, und meinem nicht existenten Liebesleben. Obwohl ich es nie offen ausgesprochen habe, bin ich mir ziemlich sicher, dass er weiß, dass ich Gefühle für Dreamy Matt habe – und dass diese bisher nicht erwidert werden.

„Nichts Neues, Stanley. Alles beim Alten, fürchte ich."

„Das ist wirklich schade. Ich sage immer: Ein nettes Mädchen wie du hat einen anständigen Kerl verdient."

„Wenn du jemanden kennst, schick ihn mir gerne vorbei."

Stanley mustert mich von Kopf bis Fuß. „Schon wieder schwarz? Was ist denn aus all den hübschen bunten Kleidern geworden, die du früher getragen hast? Du trauerst doch nicht, oder?"

„Niemand ist gestorben", antworte ich lachend, während ich seinen Tee mit einem Schuss H-Milch und seinen üblichen drei Stück Zucker verfeinere. „Ich mag dieses Kleid. Ich fühle mich darin weltgewandt."

Er sieht mich skeptisch an. „Ach ja? Ich dachte eher, das hätte vielleicht etwas mit einer bestimmten Person zu tun und das es seine Lieblingsfarbe ist." Er wirft mir einen bedeutungsvollen Blick zu und jede Illusion, dass er meine Gefühle für Dreamy Matt nicht kennt, verpufft wie ein Zaubertrick.

Die Wahrheit ist: Ich bin gar kein so großer Schwarz-Fan wie ich vorgebe zu sein. Eigentlich finde ich es langweilig und uninspiriert. Aber Matt hat letztes Jahr mal erwähnt, dass er Schwarz an Frauen am attraktivsten und elegantesten findet, und wenn der Mann Frauen mag, die Schwarz tragen, dann trage ich eben Schwarz.

Nach drei Jahren bin ich zu fast allem bereit, um ihn für mich zu gewinnen.

Ich winke Stanleys Einwand lässig ab. „Schwarz ist einfach sehr elegant, weißt du."

„Ist das so?" Er nimmt einen Schluck Tee. „Ich mag das gelbe Kleid mit den Hummeln drauf. Das macht mich immer sehr glücklich, wenn du es trägst."

Ich lächle bei der Erinnerung an mein Lieblingssommerkleid. Mit seinem weiten Rock, der betonten Taille und dem ärmellosen Oberteil habe ich mich sofort darin verliebt, als ich es in einem Secondhandladen in Kensington gefunden habe und musste es einfach kaufen. „Im Sommer verspreche ich, es wieder anzuziehen. Momentan würde ich darin erfrieren."

„Wir wollen ja nicht, dass du deine Zehen verlierst." Stanley schmunzelt und zwinkert mir zu, während er einen weiteren Schluck Tee trinkt. „Oh, eine richtig tippitoppi Tasse Tee ist das."

„Planst du, die Zehensammlung zu erweitern, Lott?", fragt plötzlich eine Stimme hinter mir und mein Bauch macht einen kleinen Salto, als ich mich umdrehe und Dreamy Matt im Türrahmen stehen sehe. Er ist groß, schwarz gekleidet, mit seinem braunen Bart, der von einem Hauch Ingwer durchzogen ist, und seinen blassblauen Augen, die direkt auf mich gerichtet sind, sieht er einfach nur traumhaft aus. Dreamy Matt eben.

„Oh, ich... nein. Stanley hat nur gesagt, dass es momentan zu kalt für ein Sommerkleid ist."

„In London im Januar? Ja, da stimme ich dir zu, Stanley", erwidert Matt, während er seinen Wintermantel auszieht und seinen übergroßen Schal abwickelt, um beides neben meinen Sachen an der Garderobe aufzuhängen.

Ich gönne mir einen kurzen Moment, um mir vorzustellen, dass wir so eng beieinander wären wie unsere Mäntel gerade – dann merke ich allerdings, dass ich mich wie ein verliebter Teenager benehme, und reiße mich zusammen.

Natürlich habe ich schon Hunderte Male gesehen, wie er seinen Mantel neben meinen hängt, aber ich kann nicht anders, als ihn aus den Augenwinkeln zu beobachten, völlig gebannt von seiner schieren Attraktivität, während ich eine Tasse für ihn vom Tablett nehme. Matt ist groß und schlank, trägt eine enge schwarze Hose und ein schwarzes Langarmshirt, darüber ein offenes rot-kariertes Holzfällerhemd – natürlich vollkommen ironisch –, und seine lange Mähne, durch die ich am liebsten meine Finger fahren lassen würde, ist lässig hinter seine Ohren geschoben und zu einem unordentlichen Dutt zusammengebunden.

Ich seufze. Was für ein heißer Typ. Völlig egal was meine Freundinnen von Seiner Ehrenwerten Heißheit denken – was für ein schrecklicher Spitzname ist das überhaupt? –, Matt Hargreaves könnte je-der-zeit eine Gemeinderatssitzung mit mir abhalten. Oder was auch immer Tabitha gesagt hat, das so zweideutig klang.

Matt krempelt seine Ärmel hoch und gibt den Blick auf ein gemustertes Tattoo an seinem linken Unterarm frei, das Tattoo, über das ich mir schon viele Gedanken gemacht, mich aber nie getraut habe zu fragen. Was symbolisiert es? Wie weit zieht es sich seinen Arm hinauf? Reicht es etwa (schluck) bis zu seinen Brustmuskeln?

Ich räuspere mich.

„Willst du damit irgendwas machen?", fragt Stanley und blickt auf die Tasse in meinen Händen, während ich gedanklich noch an Matts Tattoo hänge.

Ich schaue auf sie hinab. „Möchtest du eine Tasse Tee, Matt?", erkundige ich mich.

„Das wäre großartig. Danke, Lottie", antwortet er und

schenkt mir ein Lächeln, das mich wie Butter in der Sonne schmelzen lässt.

„Erinner mich noch mal, wie du ihn trinkst", sage ich, während ich einen Teebeutel in den Becher lege.

Natürlich weiß ich genau, wie er ihn trinkt – mit Milch und einem Stück Zucker, aber nicht zu viel Milch – dennoch will ich das Gespräch am Laufen halten, auch wenn es nur um seine Getränkepräferenzen geht.

Klingt das erbärmlich?

Wen will ich eigentlich täuschen? Natürlich klingt es erbärmlich.

„Mit Milch und einem Stück Zucker, aber nicht zu viel Milch, bitte", antwortet Matt, während er sich an seinen IKEA-Schreibtisch setzt und seinen Computer hochfährt.

„Alles klar. Ein Tee mit Milch und einem Stück Zucker, aber nicht zu viel Milch, kommt sofort", erwidere ich mit einem strahlenden Lächeln – einem Lächeln, das er gar nicht bemerkt, weil er völlig in seinen Bildschirm vertieft ist.

Stanley wirft mir einen mitleidigen Blick zu, den ich bewusst ignoriere, während ich Matts Tee zubereite.

Ein paar Minuten später stelle ich die Tasse auf seinen Schreibtisch. „Viel los heute?"

„Danke hierfür." Er nimmt die Tasse, merkt, dass sie noch zu heiß ist, und stellt sie wieder ab. „Geht eigentlich. Eure Erwähnung von Zehen vorhin hat mich daran erinnert, dass wir einen neuen Platz brauchen, um die Zehensammlung auszustellen. Wir brauchen etwas, wo sie richtig zur Geltung kommt. Vielleicht im Salon?"

„Aber nicht direkt neben den Gebissen."

Er runzelt die Stirn, so wie er es immer tut, wenn er etwas nicht versteht, und ich muss mich beherrschen, nicht die Hand auszustrecken um sie zu glätten.

Böse Lottie.

„Warum nicht?"

„Weil das zu einem ernsten Fall von Maul- und Klauenseuche führen könnte", erwidere ich trocken und sehe, wie sich sein Gesicht in dem Lächeln aufhellt, das ich so liebe, während seine Stirn sich wieder entspannt.

Ich könnte den ganzen Tag damit verbringen, Matt zum Lächeln zu bringen, nur um zu beobachten, wie sich seine Lippen krümmen, wie die Haut um seine Augen sanfte Fältchen wirft, wie die kleine Zahnlücke zwischen seinen Schneidezähnen immer sichtbarer wird, je breiter sein Lächeln wird.

Seufz.

„Maul- und Klauenseuche. Der war gut", sagt er und ich strahle – innerlich wie äußerlich.

Blöde Witze über die Sammlung zu machen, ist eine der Arten, wie ich mit Dreamy Matt anbandle. Oder zumindest bilde ich mir das ein.

„Ach, bevor ich's vergesse: Wir haben fast keinen Instantkaffee mehr", beginnt Matt. „Lottie, wärst du so lieb? Jennifer Standish kommt heute vorbei und sie trinkt immer gerne Kaffee."

Jennifer Standish ist eine entfernte Verwandte von Gerald Pinkerton und nimmt regen Anteil am Museumsbetrieb. Sie ist im Vorstand und teilt uns nur allzu gern ihre Meinungen mit – meistens darüber, was wir falsch machen. Leider waren es noch nie besonders hilfreiche Ratschläge, ich vermute schon länger, dass sie einfach eine dieser Personen ist, die sich gerne selbst reden hören.

Auch wenn es nicht meine Aufgabe ist, den Kaffeevorrat aufzufüllen – eigentlich sollen wir das alle im Wechsel tun und es gibt sogar einen Plan dafür –, werde ich dem Objekt meiner Begierde sicher keine Abfuhr erteilen. „Kein Problem", antworte ich mit einem heiteren Lächeln. „Ich gehe gleich los."

„Aber denk dran, das zu erledigen, bevor sie um halb elf hier ist", warnt er mich mit einem Lächeln, das einem die Knie schwach werden lässt.

„Natürlich."

„Das ist mein Mädchen."

Mein Bauch macht einen Hüpfer. Ich liebe es, wenn Matt *mein Mädchen* sagt. Ja, ich weiß, genau genommen bin ich nicht sein Mädchen – derzeit scheint das eher irgendeine gertenschlanke Frau mit perfektem Zahnpasta-Lächeln und langen blonden Haaren, die zu einem Pferdeschwanz zusammengebunden sind, zu sein, zumindest laut Instagram –, aber wenn er das sagt, fühlt es sich so an, als könnte ich es eines Tages sein. *Matts Mädchen.*

„Eigentlich, Matt, bist du an der Reihe den Tee und Kaffee nachzufüllen", mischt Stanley sich ein, während er durch seine dicken Brillengläser den Plan an der Wand studiert.

„Normalerweise hätte ich da auch kein Problem mit. Aber weißt du, Stanley, ich hab im Moment echt einen Berg Arbeit. Ich bin komplett unter Wasser. Und außerdem hat Lottie doch nichts dagegen. Oder, Lott-Lott?"

Ich liebe es auch, wenn er mich *Lott-Lott* nennt.

„Natürlich hab ich nichts dagegen", entgegne ich leichthin.

Stanley zieht die Augenbrauen hoch, aber ich ignoriere ihn. Es geht ihn nichts an, ob ich Matt einen Gefallen tue. Überhaupt nichts.

Matt schlendert zur Tür. „Du bist ein echter Schatz", sagt er, bevor er mir noch einmal sein Lächeln schenkt und die Tür hinter sich schließt.

Ich spüre Stanleys Blick auf mir.

„Was?", frage ich ihn unschuldig.

„Du weißt ganz genau was", entgegnet er.

„Ich helfe gerne aus", widerspreche ich, während ich die Kasse in der alten Blechdose aufmache und ein paar Pfund in Münzen herausnehme.

„Ich mag vielleicht ein alter Knacker sein, aber ich sehe das glasklar: Matt nutzt dich aus."

„Tut er nicht", protestiere ich.

„Es gibt einen Plan." Er zeigt auf den Ausdruck der Excel-Tabelle an der Wand, die unser Chef Herr Tomlinson jedes Quartal von mir erstellen lässt. „Was bringt so ein Plan, wenn sich keiner dran hält?"

„Wir sitzen doch alle im selben Boot, sagt Herr Tomlinson immer."

Herr Tomlinson wirft gern mit dieser Phrase um sich, wenn er will, dass wir Dinge außerhalb unseres Aufgabenbereichs übernehmen – und meistens meint er damit mich.

Ich werfe einen Blick auf die Standuhr in der Ecke. „Ach, schau mal einer an. In drei Minuten machen wir auf."

„Dann mache ich mich wohl besser auf den Weg. Danke für den Tee, Liebes." Stanley stemmt sich aus seinem Stuhl, als ob jeder einzelne seiner vertrockneten Muskeln daran beteiligt wäre.

„Brauchst du Hilfe?", biete ich an, die Hand ausgestreckt.

„Nein, nein. Ich komm schon klar. Sorg du lieber dafür, dass uns die Leute ihr Geld geben. Ich zeig denen das Haus, die uns tatsächlich gefunden haben."

Ich schenke ihm ein Lächeln. „Bis später, Stanley."

Er schlurft über den Teppichboden, bleibt dann aber noch einmal stehen und sagt: „Du bist mehr wert, als du denkst, Liebes. Verkauf dich nicht unter Wert."

Ich schenke ihm ein strahlendes Lächeln. „Mach dir keine Sorgen um mich, Stanley. Mir geht's gut."

Er nickt mir zu, bevor er mit seinen typischen Schlurfschritten aus dem Raum verschwindet, und ich setze mich an meinen Platz, um mit der Arbeit zu beginnen. Da es sich hier um ein Haus mit der Sammlung eines einzigen Mannes handelt, so umfangreich sie auch ist, sind wir kein großes Museum. Wir haben keine verschiedenen Teams für Kuration, Bildung, Entwicklung oder den täglichen Betrieb, wie ein richtiges Museum. Nicht, dass wir kein *richtiges* Museum wären, denn das sind wir sehr wohl, aber meistens packen wir alle gemeinsam dort an, wo es gerade nötig ist. Klar, mein offizieller Titel lautet Entwicklungsleiterin, aber ich helfe Matt auch bei seinen kuratorischen Aufgaben – ein Twitter-Account für die Gebiss-Sammlung ist mein aktuellster Vorschlag, über den er noch nachdenken muss – und stehe auch Stanley und den anderen ehrenamtlichen Museumsführern gerne zur Seite, um Gruppen durchs Haus zu führen. Schließlich gibt es hier nur Matt, Stanley, mich und ein paar andere, und wir alle berichten an Herrn Tomlinson.

Wir sind ein kleines, aber feines Team, und ich liebe es, ein Teil davon zu sein.

Etwa eine halbe Stunde später, während ich still vor mich hinarbeite, überrascht mich Stanley, indem er wieder in der Tür steht.

„Alles in Ordnung?", frage ich ihn.

„Ein stellvertretender Bürgermeister ist hier und will *dich* sprechen."

Meine Augen weiten sich. „Ein stellvertretender Bürgermeister? Also einer von Londons stellvertretenden Bürgermeistern?"

„Wie viele stellvertretende Bürgermeister glaubst du wohl, laufen hier so rum, Liebes?"

Da hat er einen guten Punkt.

„Er meinte, man schulde ihm eine Führung, und die Person, die am besten dafür geeignet sei, wäre nicht gut genug", brummt Stanley missmutig. „Oh, nein. Er will das hübsche Mädchen von gestern. Das will er. Das hübsche Mädchen, das ihm von den Knochen und den Zähnen erzählt hat."

Ich erröte bei dem Kompliment. Der Typ, den wir Seine Ehrenwerte Heißheit nennen, hat gesagt, ich sei hübsch? Warte nur, bis ich das den Mädels erzähle. Die werden grün vor Neid.

Aber – und das ist ein großes aber – was macht James Brody schon wieder hier im Pinkerton House? Er meint es wohl wirklich ernst damit, sich zu Ende umschauen zu wollen.

Ich springe auf. „Nimm's nicht persönlich, Stanley. Du warst gestern nicht auffindbar, als er angekommen ist, erinnerst du dich?" Ich werfe ihm einen vielsagenden Blick zu. Wir wissen beide, dass er gerade im Land der Träume war, als er Führungen hätte geben sollen.

„Er wartet im Esszimmer auf dich", teilt er mir beleidigt mit.

Mein Puls beschleunigt sich bei dem Gedanken, dass einer von Londons stellvertretenden Bürgermeistern mich – *mich* – im Esszimmer erwartet. Gestern war er einfach nur Atlas-Mann. Heute ist er eine ganz andere Liga, eine wichtige Liga und noch dazu jemand, den meine Freundinnen unglaublich heiß finden.

Ich streiche mir die Haare aus dem Gesicht und hoffe, dass meine Nase nicht glänzt, während ich die knarrende Treppe hinuntergehe. Aus irgendeinem Grund machen sich plötzlich nervöse Schwingungen in mir breit. Wahrscheinlich, weil ich jetzt weiß, wer er ist. Einen der stellvertretenden Bürgermeister einer internationalen Großstadt zu treffen, ist schon etwas einschüchternd.

Erst recht, wenn diese aussehen wie James Brody.

Kapitel 4

Während ich die Treppe hinuntergehe, beginnt mein Handy zu klingeln. Ich seufze schwer, als ich sehe, dass es meine Mutter ist, die eine Zusammenfassung des Blind Dates haben will.

Wie fan-tas-tisch.

„Hi, Mum. Ich kann gerade nicht sprechen. Kann ich dich später anrufen?"

Viel später.

„Sag mir nur schnell, wie es mit Spencer gelaufen ist. Tante Doreen und ich platzen vor Neugier", antwortet sie aufgeregt. „Du bist auf Lautsprecher. Sag hallo, Doreen."

„Hallo, Lottie", begrüßt mich Tante Doreen.

„Hi, Tante Doreen", gebe ich zurück, während sich ein flaues Gefühl in meinem Bauch ausbreitet. Ich muss also gleich beide enttäuschen?

„Hallo, Schätzchen", erwidert Tante Doreen fröhlich. „Wie fandest du Spencer? Ist er so appetitlich, wie Cheryl sagt?"

„Wer ist Cheryl?", frage ich, um Zeit zu schinden.

„Na, Spencers Mutter natürlich", antwortet Tante Doreen.

Spencers Mutter bezeichnet ihren Sohn als *appetitlich*? Das ist… verstörend.

„Also, wie war's? Wir wollen es endlich wissen", sagt Mum.

„Also, es war schön Spencer kennenzulernen, aber—"

„Kein ‚aber'", unterbricht meine Mutter, ihre Stimme steigt in die nur allzu vertraute panische Tonlage, an die ich mich längst gewöhnt habe. „Kein ‚aber'. Gib uns ein ‚und'. Das wollen wir, ein ‚und', weil das bedeutet, es war schön, ihn kennenzulernen *und* du ihn wirklich magst *und* ihr euch wiedersehen werdet *und* es eine Chance auf so viel mehr gibt. Stimmt's nicht, Doreen?"

„Wir wollen ein ‚und', Lottie", warnt Tante Doreen.

Mein Inneres zieht sich zusammen. Mum meint es nur gut. Das weiß ich. Sie will, dass ich mich verliebe und glücklich bin. Sie will, dass ich all das habe, was sie in meinem Alter bereits hatte. Das ist ja auch sehr nett von ihr. Wirklich. Nur will ich das eben auf meine eigene Art und in meinem eigenen Tempo machen. Nur weil ich bald 30 werde, heißt das nicht, dass ich mich Hals über Kopf in eine Beziehung mit dem nächstbesten Kerl stürzen muss, den ich treffe. Das wäre doch vorprogrammiertes Unglück, oder nicht?

Außerdem weiß ich ja schon längst, wen ich wirklich

will, und das ist definitiv keiner der Männer, die Mum, Tante Doreen oder Cheryl, Mums Freundin vom Bridge, oder Sylvia oder Lesley oder Pippa oder sonst wer mir im letzten Jahr aus der Hölle der Blind Dates organisiert haben.

Es ist Dreamy Matt. Ende der Geschichte. Und mit weniger werde ich mich nicht zufriedengeben.

„Tut mir leid. Das mit Spencer wird nichts", teile ich ihnen mit und habe tatsächlich ein schlechtes Gewissen, das auch dieses Blind Date nicht funktioniert hat.

Ich kann fast hören, wie ihre Hoffnungen in sich zusammensinken.

„Warum nicht?", schnappt Mum.

„Es hat nicht gefunkt, wir haben nicht harmoniert."

„Funken und Harmonie und solcher Kram brauchen Zeit, Lottie", beginnt meine Mutter. „Du kannst doch nicht jedes Mal ein Feuerwerk wie am Guy Fawkes Day erwarten, wenn du einen Mann triffst. Das ist unrealistisch."

„Deine Mutter hat recht, Schätzchen", pflichtet Tante Doreen bei. „Manche Männer wachsen einem mit der Zeit ans Herz."

Wie Fußpilz?

„Er wird mir nicht ans Herz wachsen. Tut mir leid, aber so ist es. Wir sind zu verschieden."

„*Vive la différence*!", sagt Mum plötzlich auf Französisch, was immer ein sicheres Zeichen dafür ist, dass sie jetzt erst richtig aufdreht.

„Deine Mutter hat auch damit recht. Gegensätze ziehen sich an, weißt du. Schau mich und deinen Onkel Dave an. Der mag nichts von dem, was ich mag. Nicht eine einzige Sache. Ich trinke gern Tee, er mag Bier. Ich liebe einen Spaziergang am Strand bei Sonnenuntergang, er schaut lieber Fußball im Fernsehen. Mehr Gegensatz als

Sonnenuntergang am Strand und Fußball im Fernsehen geht kaum, Schätzchen."

„Tante Doreen, ihr seid geschieden."

„Darum geht es hier nicht", schnaubt sie empört. „Wir waren siebzehn Jahre lang verheiratet, weißt du."

Und habt euch ständig gestritten, wahrscheinlich über Strandspaziergänge und Fußball im Fernsehen.

„Hör mal, warum gibst du Spencer nicht noch eine Chance? Nur ein weiteres Date. Er kommt aus einer wirklich guten Familie", schlägt Tante Doreen vor.

„Und du wirst auch nicht jünger", fügt meine Mutter hinzu.

„Mum, ich bin erst 29."

„Nächsten Monat wirst du 30!", ruft sie, als sollte die Tatsache, dass 29 plus eins 30 ergibt, eine absolut schockierende Wendung für mich sein. „In deinem Alter war ich verheiratet und hatte bereits drei Kinder!"

„Ja, Mum. Ich weiß."

„Also?"

„Ich will mich nicht mit jemandem zufriedengeben müssen, der nicht genau das ist, was ich will. Und tut mir leid, das sagen zu müssen, aber Spencer ist es einfach nicht."

Mum schnalzt mit der Zunge. „Du bist zu wählerisch, Charlotte Jane Sullivan. Viel zu wählerisch für dein eigenes Wohl. Nicht wahr, Doreen?"

„Sie erwartet Feuerwerk, das ist es, was sie erwartet."

„Du wirst niemals genau das finden, was du suchst, Lottie. Niemals. Und weißt du auch, warum?", fragt Mum, wartet meine Antwort aber gar nicht erst ab. „Weil das, was du suchst, gar nicht existiert! Genau deswegen. Du bist verliebt in die Vorstellung eines Mannes, der ein Produkt deiner kitschigen Romanfantasie ist."

„Ich habe keine kitschige Romanfantasie, Mum", protestiere ich, aber sie hört mir gar nicht zu.

„Du willst einen Mann, der aussieht wie ein Filmstar, der all die seltsamen Dinge mag, die du magst, dabei gefühlvoll und romantisch ist, aber gleichzeitig auch männlich."

„Gegen so ein bisschen Gefühl und Romantik hätte *ich* nichts gegen", mischt sich Tante Doreen ein.

„Und weißt du was? Du hast schon ein ganzes Jahrzehnt mit der Suche nach diesem Mann verschwendet und—"

Während meine Mutter weiterredet, starre ich zur Decke und wünsche mir, dieses Gespräch wäre endlich vorbei – ein Gespräch, das ich schon viel zu oft mit ihr geführt habe. Es ist das Gespräch, das mich direkt in die Küche treibt, wo ich einen saftigen Anti-Mum-Tiraden-Schokoladenkuchen backe, mich anschließend hinsetze und ihn genüsslich verspeise.

Mmmmm, Schokoladenkuchen.

Es gibt wirklich nichts Besseres, um seine Gefühle wieder in den Griff zu kriegen, wenn die eigene Mutter zur überdrehten Heiratsvermittlerin mutiert, deren einziges Ziel man selber ist.

Als sie weiterredet, macht es plötzlich Klick in mir.

Ich habe all diese schrecklichen Blind Dates hinter mich gebracht, weil sie es wollte. Ich habe sogar die Frauenvereins-Outfits getragen, die sie mir zugeschickt hat.

Aber genug ist genug.

Ich muss dem ein Ende setzen und ich weiß auch genau wie.

Ich richte mich auf, straffe die Schultern und unterbreche die Tirade meiner Mutter. „Tatsächlich Mum, es *gibt* ihn."

„Wie bitte?", fragt Mum scharf. „Charlotte Jane Sullivan, wenn du hier Lügen erzählst—"

Ich presse die Kiefer aufeinander. „Ich lüge nicht. Es gibt ihn."

„Und wer ist er? Hmm? Wer ist dieser angeblich perfekte Mann für dich?", hakt Mum nach.

„Ganz ruhig, Libby. Lass das Mädchen zu Wort kommen", sagt Doreen. „Wer ist es denn, Schätzchen?"

Ich schließe die Augen und stelle mir Matt vor. „Ich bin schon eine Weile mit ihm zusammen. Er ist ein toller Kerl und, nun ja, wir sind verliebt." Ich halte den Atem an, die Worte purzeln aus mir heraus, als hätten sie ein Eigenleben, knallen dumpf auf den Boden und bleiben dort liegen.

Ich belüge meine Familie.

Ich schiebe den unnützen Gedanken entschieden beiseite. Extreme Situationen erfordern extreme Maßnahmen und so. Und außerdem ist das eine gute Sache. Mum wird mich in Ruhe lassen. Es stellt sie zufrieden. Und ich habe endlich etwas Luft, werde nicht mehr ihre ewige Nörgelei und die endlosen Verkupplungsversuche ertragen müssen.

Und wer weiß? Wenn alles gut läuft, wird es eventuell sogar wahr. Vielleicht werde ich wirklich mit Matt zusammen sein.

Meine Lüge würde zur Wahrheit werden.

Wie perfekt wäre das bitte?

„Oh, Liebling!", entfährt es Mum begeistert, plötzlich ganz atemlos und euphorisch, als hätte sie mich vor zwei Minuten nicht noch wegen meiner Männer-Illusionen zusammengefaltet. „Warum hast du denn nichts gesagt?"

„Ich-ich wollte euch nicht zu früh Hoffnungen machen", antworte ich.

„Das ändert alles. Nicht wahr, Doreen?"

„Absolut, Libby. Das ändert alles. Oh Libby, du wirst bald eine verheiratete Tochter haben!"

Verheiratet?

Ich schlucke den Kloß, der sich plötzlich in meinem Hals bildet, hinunter.

„Sag schon, wie heißt er? Wie habt ihr euch kennengelernt? Wie lange geht das schon?", fragt meine Mutter aufgeregt.

„Ich, ähm, das erzähl ich euch alles später", lenke ich ab. „Ich bin auf der Arbeit und muss los."

„Natürlich, Schatz. Geh und arbeite und konzentrier dich darauf, verliebt zu sein in diesen wunderbaren neuen Mann", erwidert Mum. „Und Lottie?"

„Ja, Mum?"

„Gut gemacht."

„Ähm, danke? Tschüss." Ich drücke auf *Auflegen* und lehne mich schuldbewusst an die Wand, das Herz pocht mir bis zum Hals. Zwei Frauen mittleren Alters in Oxfordshire machen gerade begeisterte Luftsprünge wegen einer Beziehung, die gar nicht existiert.

Ich stecke das Handy in meine Tasche. Wenigstens habe ich mir eine Verschnaufpause von den endlosen Blind Dates verschafft.

Jetzt muss ich nur noch Matt dazu bringen, sich tatsächlich in mich zu verlieben, dann wird alles gut.

Ich gehe ins Erdgeschoss und trete durch die Doppeltür ins Esszimmer. Genau wie gestern steht Jonty am Fenster und sieht in seinem schwarzen Anzug sehr ernst aus. James ist gerade dabei, die Sammlung japanischer Nadelkissen auf dem Kaminsims zu begutachten. Genau wie gestern sieht James zugeknöpft und geschäftsmäßig aus, aber jetzt, da ich weiß, dass er ein stellvertretender Bürgermeister ist und meine Freundinnen ihn für superheiß halten, flattern meine Nerven leicht, als würde ich gerade einem Promi begegnen. Was ich ja irgendwie auch tue.

Ich verdränge wenig hilfreiche Spitznamen wie *Seine Ehrenwerte Heißheit* aus meinem Kopf.

Er ist der stellvertretende Bürgermeister, kein Typ zum Anstarren – auch wenn er absolut anstarrbar ist.

Gibt es das Wort?

Ich bleibe stehen. „Ich nehme an, Sie sind für den Rest Ihrer Führung zurückgekehrt, Herr stellvertretender Bürgermeister", sage ich und beide Männer drehen sich zu mir um.

James' Gesicht hellt sich zu einem strahlenden Lächeln auf, während Jonty mich misstrauisch mustert, als könnte ich eine Ninja-Attentäterin sein, die gekommen ist, um seinen Schützling zu ermorden.

„Guten Morgen, Lottie. Und bitte, nenn mich James. Ich bin nicht in offizieller Funktion hier."

„Okay... *James*", erwidere ich verlegen. Mein Blick wandert zu seinem Sicherheitsmann. „Und hallo, Jonty."

„Miss", entgegnet Jonty mit einem ernsten Nicken.

„Du siehst heute ganz anders aus." James' Blick gleitet kurz über mich, bevor er sich wieder auf mein Gesicht richtet.

Ich blicke verlegen an mir hinab. Mein schwarzes Wollkleid mit Gürtel endet knapp über dem Knie, hat lange Ärmel und einen V-Ausschnitt, es ist also durchaus Pinkerton House-geeignet, mit einem kleinen Hauch von sexy, und Lichtjahre entfernt von dem Outfit, das ich gestern anhatte, als ich ihn getroffen habe. „Heute hat meine Mutter mir nicht die Klamotten rausgelegt."

„Ganz allein dein Werk", antwortet er mit einem leichten Lachen, seine dunklen Augen funkeln amüsiert. „Ich hoffe, es war in Ordnung, nach dir zu fragen. Der ältere Herr, mit dem ich gesprochen habe, wirkte etwas verstimmt."

„Ach, Stanley darfst du nicht zu ernst nehmen", sage ich mit einer wegwerfenden Geste. „Er findet, dass er alle Führungen persönlich machen sollte, weil es seine Aufgabe ist, aber wir packen hier alle mit an."

„Ah, das ist also der schlafende Stanley. Nun, ich hoffe, ich habe ihn nicht allzu sehr verärgert, aber ich habe unser Gespräch gestern wirklich genossen und gehofft, dass wir es fortsetzen können."

„Ich bin sicher, Stanley wird es verkraften", antworte ich lachend. „Wo möchtest du anfangen? Ich habe noch fünfundvierzig Minuten bis zu meinem ersten Termin heute. Bis dahin gehöre ich ganz dir."

Ich werfe James einen Blick zu. Er lächelt mich an und ich presse die Lippen zusammen. Klang das eben etwa flirtend, ihm zu sagen, dass ich ganz ihm gehöre?

Ich räuspere mich. „Sollen wir im Salon anfangen?"

„Aber nur, wenn dort die berühmten Gebisse sind. Ich muss diese Sammlung alter, falscher Zähne unbedingt zuerst sehen. Ich hab schon so viel Gutes darüber gehört."

Ich lache und es endet in einem Prusten. Peinlich berührt halte ich mir die Hand vor den Mund. Vor einem stellvertretenden Bürgermeister loszuprusten ist doch mehr als nur etwas unangenehm. „Eigentlich sind sie in einem der Schlafzimmer im Obergeschoss. Dort gibt es auch andere Knochen zu sehen und die Zehensammlung."

„Hat die Zehensammlung ein eigenes Instagram-Profil? Denn wenn ja, wäre das wirklich *zeh-nsationell*", sagt er.

„Du bist stellvertretender Bürgermeister *und* Komiker. Wer hätte das gedacht?"

„Jonty wusste es. Nicht wahr, Jonty?"

„Ich finde Ihre Witze immer amüsant, Sir", antwortet Jonty mit seiner tiefen Stimme.

James beugt sich zu mir und sagt leise: „Er muss über meine Witze lachen. Das steht in seinem Vertrag."

Ich kichere. „Man muss eben den Chef zufriedenstellen, nicht wahr?"

„Immer eine gute Strategie in meinem Zuständigkeitsbereich."

„Sollen wir uns die Gebisse ansehen?"

Er gestikuliert mit der Hand. „Weis den Weg."

Ich drehe mich auf dem Absatz um und verlasse das Zimmer, gefolgt von James, und mit einigem Abstand Jonty. Wir steigen die Treppe hinauf und betreten im ersten Stock den Raum, den wir aus offensichtlichen Gründen *Das Knochenzimmer* nennen. Hier sind nicht nur die Gebisse und Zehen in großen Glasvitrinen ausgestellt, sondern auch zahlreiche Skelette verschiedenster Tiere, die Gerald Pinkerton auf seinen Reisen in seinen Besitz gebracht hat. Manche Besucher finden den Raum gruselig – hauptsächlich meine zartbesaiteten Freundinnen –, aber ich finde ihn faszinierend. Ein echtes Schlüsselloch in die Psyche eines viktorianischen Gentlemans wie Gerald Pinkerton und wie er die Welt gesehen hat. Meine Freundin Tabitha meinte dazu nur: „Also als ein Haufen toter Sachen?" Aber sie versteht es einfach nicht, trotz unserer monatlichen Museumsbesuche abseits der Touristenpfade, mit denen ich, bisher vergeblich, versuche, ihr und Kennedy und Zara meine Leidenschaft näherzubringen.

„Da wären sie. Die Pinkerton-Gebisse", sage ich mit einer theatralischen Geste untermalt, als wir den Raum betreten. Zumindest James und ich betreten ihn. Jonty bleibt draußen im Flur, wahrscheinlich auf der Hut vor etwaigen Wurfstern bewaffneten Ninjas, die uns attackieren könnten.

James beugt sich über die Glasvitrine, in der es nur so von Gebiss-Paaren wimmelt. „Einige davon sehen erstaunlich echt aus, wenn man bedenkt wie alt sie sind."

„Das liegt daran, dass manche tatsächlich aus echten Zähnen gemacht sind. Sie wurden aus toten Körpern gezogen – meistens tot, jedenfalls – und dann für wohlhabende Leute zu Gebissen verarbeitet."

Er richtet sich auf und schaut mich mit gerunzelter Stirn an. „Du meinst, die haben Zähne aus den Kiefern von Leichen gezogen, um daraus Gebisse zu fertigen?"

„Oh ja. Sie wurden manchmal auch *Waterloo-Zähne* genannt, weil man sie nach der Schlacht von den Toten gesammelt hat. Zehntausende Soldaten starben in der Schlacht von Waterloo, da gab es also jede Menge Zähne."

„Das ist wirklich makaber."

„Makaber, aber faszinierend, findest du nicht?"

Er betrachtet die Gebisse erneut. „Absolut faszinierend", erwidert er und ich spüre, wie meine Begeisterung steigt. Ich liebe ein interessiertes Publikum.

„Für mich sind diese Gebisse ein Einblick in das Leben im viktorianischen London und das finde ich endlos spannend. Wenn ich eine Superkraft hätte, würde ich in die 1880er-Jahre zurückreisen und alles über die Geschichte dieses großartigen Landes lernen, das ich mein Zuhause nenne."

„Du würdest sehr viel lernen, aber wahrscheinlich würdest du moderne Annehmlichkeiten wie fließendes Wasser und Toiletten vermissen."

„Da ist was dran." Ich deute auf ein besonders gelbes Gebiss mit mehreren fehlenden Zähnen. „Das hier ist nicht echt, es ist aus Porzellan. Und dieses hier", ich zeige auf ein weiteres gelbliches Paar, „ist aus Elfenbein. Beide Mate rialien hielten nicht so lange wie echte menschliche Zähne, wie du siehst."

„Dann doch lieber das als diese sogenannten Waterloo-Zähne."

„Warum?"

„Weil du dann Zähne von einem Toten im Mund hättest."

„Aber immerhin hättest du Zähne."

„Guter Punkt."

„Wusstest du, dass George Washington ein falsches Gebiss trug?"

„George Washington, der amerikanische Präsident?"

„Genau. Er war ziemlich bekannt dafür."

„Habt ihr sein Gebiss auch in dieser Sammlung?"

„Das wäre ein Traum! Ein absolut fantastischer. Aber nein, das liegt in Mount Vernon."

Er lächelt mich an. „Weißt du, ich hätte nie gedacht, dass ich mal jemanden treffe, der sich ernsthaft wünscht, das Gebiss von jemandem zu besitzen."

„Tja, für alles gibt es ein erstes Mal."

„So scheint es." Sein Lächeln ist warm und freundlich und ich merke, wie sehr mir das Gespräch mit ihm gefällt.

„Woraus besteht das da?", fragt er und zeigt auf ein teilweise braunes Gebiss mit einem grünlichen Schimmer, das den Träger wahrscheinlich schlimmer aussehen ließ, als hätte er gar keine Zähne gehabt.

„Das ist aus Vulkanit gefertigt."

Er lacht. „Das Gebiss stammt vom Heimatplaneten von Dr. Spock?"

Ich schüttele den Kopf, die Augen gespielt ungläubig geweitet. „Wer hätte gedacht, dass James Brody ein Trekkie ist?"

„Ich bin eigentlich kein richtiger Trekkie. Ich mag die

Filme und die Serien, aber ich verkleide mich nicht als Klingone auf Conventions oder so."

„Warum nicht? Ich bin sicher, die Leute würden ihren stellvertretenden Bürgermeister als Klingonen lieben."

Er hebt skeptisch eine Augenbraue. „Da bin ich mir nicht so sicher."

„Es zeugt von Persönlichkeit und Individualität. Man könnte dich liebevoll Vizebürgermeister Klingone nennen, wobei du wahrscheinlich eine Stirnprothese und eine Perücke bräuchtest, um wirklich authentisch auszusehen."

Sein Lachen ist tief, seine Augen leuchten. „Ich glaube nicht, dass das bei meinen Wählern gut ankäme, aber ich werde es für zukünftige Wahlen mal im Hinterkopf behalten." Er geht hinüber zur Zehensammlung auf der anderen Seite des Raumes. Die Glasvitrine enthält Zehen, die Gerald Pinkerton aus aller Welt gesammelt hat, darunter die eines Kängurus, eines Waschbären und natürlich auch einiger armer Menschen.

„Die finde ich schwerer zu verdauen als die Gebisse", meint James. Er deutet auf die menschlichen Zehen. „Zum Beispiel die da. Es ist kein vollständiger Satz, was mich mich fragen lässt, was wohl mit den fehlenden passiert ist."

„Das muss nichts heißen. Vielleicht hat Gerald Pinkerton die fehlenden Zehen einfach unterwegs verloren."

„Oder sie haben ein grausiges Ende genommen, während sie noch am ursprünglichen Besitzer hingen."

„Siehst du, genau das ist das Spannende an dieser Sammlung, findest du nicht?"

„Tatsächlich ja." Er richtet seinen Blick wieder auf mich. „Deine Begeisterung ist ansteckend, Lottie."

„Ich liebe diesen ganzen Kram", erwidere ich mit einem Schulterzucken.

„Das merkt man."

Ich zeige ihm den Rest der Vitrinen und wir gehen ins angrenzende Schlafzimmer, das so erhalten wurde, wie Gerald Pinkerton es hinterlassen hat, bis hin zu seinem Nachttopf (der allerdings inzwischen geleert wurde, weil *igitt*).

„Darf ich fragen, wie das Blind Date gestern gelaufen ist? Ich weiß, das gehört vermutlich nicht zur üblichen Museumsführung im Pinkerton House dazu, aber ich bin interessiert daran es zu erfahren."

Ich verziehe das Gesicht bei der Erinnerung an Spencer und sein Pyramidensystem. „Sagen wir einfach, es wird kein zweites Date geben."

Er verzieht das Gesicht. „So schlimm?"

Ich presse die Lippen zusammen und nicke. „Ich bin nur mit ihm ausgegangen um meine Mutter zufriedenzustellen, obwohl das weniger als zwölf Stunden gehalten hat."

„Sie will wahrscheinlich einfach, dass du glücklich bist."

„Aber das ist ja der Punkt: Ich *bin* glücklich. Ich habe einen Job, den ich liebe, und ich lebe in der faszinierendsten Stadt der Welt."

Ich lasse das kleine, unwichtige Detail weg, das mein Herz längst einem bestimmten Mann gehört – und das andere Detail, dass Matt noch nicht realisiert hat, dass wir füreinander bestimmt sind.

Dieser Mann ist einer der stellvertretenden Bürgermeister von London. Er braucht diesen Grad an Information über seine Museumsführerin nicht.

„Hast du deiner Mutter gesagt, dass du glücklich bist?", fragt er.

„Schon tausend Mal." Ich lache frustriert.

„So schlimm?"

„Weißt du, was ich heute gemacht hab?"

„Was?"

„Ich bin nicht stolz drauf: Ich habe mir einen Schein-Freund ausgedacht."

„Also einen, den es gar nicht gibt?"

„Doch, es gibt ihn. Er weiß nur nichts davon, dass er mein fester Freund ist."

Er lacht und ich bin nicht nur erneut darüber verwundert, wie gut er aussieht, sondern auch wie angenehm er sich mit ihm reden lässt. „Wirst du es diesem Mann, der noch nicht weiß, dass er dein fester Freund ist, irgendwann sagen?"

„Bist du verrückt? Auf keinen Fall. In solchen Situationen ist Diskretion alles."

„Da bin ich ganz deiner Meinung."

Wir lächeln uns an und mir wird plötzlich bewusst, dass ich mich hier gerade nicht nur über meine verkupplungswütige Mutter bei einem stellvertretenden Bürgermeister auslasse – einem *stellvertretenden Bürgermeister* –, sondern ihm auch erzähle, wie tragisch mein Liebesleben ist und dass ich mir eine Beziehung ausgedacht habe.

Das nennt man wohl Oversharing. *Absolut* zu viele Details.

Ich muss mich wieder auf das konzentrieren, weshalb er eigentlich hier ist, und das ist definitiv *nicht* die Tragödie, die mein Liebesleben ist.

„Tut mir leid, ich schweife ab. Du willst sicher nichts über den ganzen Kram hören." Ich lache selbstironisch, in der Hoffnung, er versteht das Ganze als Witz und glaubt, ich sei wesentlich gefestigter und souveräner, als ich den Anschein erwecke. Was allerdings ziemlich weit hergeholt ist. „Möchtest du die Insektensammlung sehen? Schmetterlinge und Käfer, wäre das was für dich?"

Er schaut mich einen Moment, vielleicht auch zwei, lang an, als könne er direkt in meine Gedanken blicken.

Was er natürlich nicht kann. Er ist stellvertretender Bürgermeister, kein Gedankenleser.

Zumindest hoffe ich das.

„Viktorianische Schmetterlinge und Käfer klingen großartig."

„Fantastisch. Dann hier entlang."

Er folgt mir den Flur hinunter in das Insektenzimmer – der Name erklärt sich wohl von selbst. Ich stelle mich neben einen großen Schaukasten, der die Schmetterlingssammlung beherbergt, 143 Exemplare um genau zu sein. „Das ist nur ein Bruchteil der Schmetterlinge, die Gerald Pinkerton gesammelt hat. Insgesamt waren es 698 Exemplare von 312 verschiedenen Arten aus aller Welt."

Er wirft den Schmetterlingen einen flüchtigen Blick zu. „Interessant." Dann beugt er sich leicht zu mir und sagt leise: „Das mag jetzt ein bisschen ungewöhnlich klingen, Lottie, aber ich wollte fragen, ob du eventuell Interesse daran hättest, mich heute Abend auf ein Getränk zu treffen?"

Ich blinzele ihn schockiert an. „Ein… ein Getränk?"

„Ja, ein Getränk. Du weißt schon: Flüssigkeit in einem Glas, man nippt daran und normalerweise unterhält man sich mit der Person, mit der man zusammen dort ist."

Mein Gesicht verzieht sich zu einem Lächeln. „So funktioniert das also? Ich hatte ja keine Ahnung."

„Ich helfe doch gern. Wäre sechs Uhr für dich in Ordnung?"

Ich beiße mir auf die Lippe. Lädt er mich gerade *ein* ein? Also so richtig *auf ein Date* ein? Und wenn ja, wie bringe ich ihm schonend bei, dass er nicht mein Typ ist? Er mag vielleicht auf diese klassische ‚groß und dunkelhaarig'-Art attraktiv sein, aber er ist mir zu zugeknöpft und zu Mainstream. Klar, er ist sympathisch und wir haben nett geplaudert, und dass er sich für die Sammlung interessiert, spricht für seinen guten Geschmack. Aber er ist *Seine Ehren-werte Heißheit*, einer der zehn begehrtesten Junggesellen Londons. Er ist es sicher nicht gewohnt, einen Korb zu kriegen.

Als ich nicht antworte, sagt er: „Du wirkst überrascht."

„Oh, tu ich das? Tut mir leid. Ich schätze, ich werde nicht jeden Tag von einem stellvertretenden Bürgermeister auf ein Getränk eingeladen."

Er zieht seine dunklen Augenbrauen fragend zusammen, sodass sich dazwischen eine Elf bildet. „Ist das ein Ja? Trotz all deiner Offenheit kann ich dich gerade schwer einschätzen."

Wie sagt man einem stellvertretenden Bürgermeister höflich nein?

Ehrlichkeit ist hier wohl der einzige Weg.

„Also, es ist wirklich nett von dir, dass du fragst, aber ich bin einfach nicht auf diese Art an dir interessiert. Und außerdem ist mein Herz anderweitig vergeben. Tut mir leid." Ich halte den Atem an, während sich peinliche Verlegenheit in mir regt.

Er lächelt entspannt. „Es ist kein Date. Ich möchte etwas mit dir besprechen. Etwas, das für uns beide von Vorteil sein könnte."

„Kein Date?"

Er schüttelt den Kopf. „Kein Date."

Erleichterung erstickt die Flammen der Peinlichkeit und ich atme hörbar aus. Etwas zu besprechen, das *für uns beide von Vorteil* sein könnte, klingt mehr als nur ein bisschen interessant.

Ich hebe das Kinn und lächle ihn an. „Ein Getränk heute Abend um sechs klingt super. Sag mir einfach, wo."

Kapitel 5

Es IST ein wirklich merkwürdiges Gefühl, mit einem Mann an einem Tisch in einem vollen Pub zu sitzen, der dich eingeladen hat, weil er eine für beide Seiten vorteilhafte Idee mit dir besprechen möchte.

Während wir schon über alles Mögliche geplaudert haben, habe ich längst mein erstes Getränk ausgetrunken und mit dem nächsten begonnen. Ich weiß jetzt, dass James im Sommer gerne Tennis spielt, dass er Fulham, wo ich wohne, für eine hervorragende Gegend hält, auch wenn es etwas zwielichtig ist, und dass er hofft, das Chelsea die Premier League gewinnen wird. Nur warum wir eigentlich hier sind, hat James mir immer noch nicht verraten.

Ich lege die Hände mit den Handflächen auf den Tisch. „Na gut. Kommen wir zur Sache, ja? Was ist diese für beide Seiten vorteilhafte Idee, die du hast?"

„Nun, tatsächlich ist es etwas, das du gesagt hast."

„Ich?"

Er nickt. „Es hat mich zum Nachdenken gebracht. Ich hoffe, du flippst nicht aus, wenn ich dich das jetzt frage."

Ich mustere ihn über den Tisch hinweg, neugierig und ein kleines bisschen besorgt. „Warum sollte ich ausflippen?"

„Es ist etwas unkonventionell, könnte man sagen."

„Unkonventionell stört mich überhaupt nicht. Ehrlich gesagt würde ich sagen, unkonventionell ist mein Wohlfühlbereich", teile ich ihm mit.

„Na dann." Er verschränkt die Hände vor sich auf dem Tisch. „Lottie, würdest du in Erwägung ziehen, eine Schein-Verlobung mit *mir* einzugehen?", fragt er und der Schluck des teuren Chardonnay, den er mir spendiert hat und den ich gerade herunterschlucken wollte, schießt mir stattdessen durch die Nase, verteilt sich über mein Kinn und den Tisch. Ich beginne zu husten und zu prusten.

„Tut mir wirklich leid", sage ich, während ich langsam wieder ein wenig Fassung gewinne. Ich wische mir schnell das nasse Kinn ab und greife nach einer Papierserviette, um die Weinpfütze auf dem Tisch zu beseitigen, während meine Wangen vor Scham heiß glühen und mein Hals brennt.

Wein gehört wirklich in den Hals und nicht in die Nasennebenhöhlen – oder auf den Mann, der einem gegenübersitzt.

„Alles in Ordnung?", erkundigt sich James mit besorgt gerunzelter Stirn. Auch er nimmt eine Serviette und beginnt Wein aufzutupfen, erst vom Tisch, dann von sich selbst.

Ich habe den stellvertretenden Bürgermeister mit Wein und Spucke bespritzt.

Ich betrachte die Spritzer auf seinem Hemd und seiner Krawatte, bevor ich sie mit meiner Serviette abzutupfen beginne. „Tut mir echt leid, dass ich dich erwischt habe."

„Schon gut. Kein Problem. Die Krawatte hätte eh mal eine Reinigung gebraucht." Er knüllt die Serviette zusammen und legt sie auf den Tisch. „Ich hab dich überrumpelt. Das hätte ich nicht tun sollen."

Allerdings.

„Das nächste Mal, wenn du mich so was fragst, könntest du vielleicht vorher kurz sicher stellen, dass ich gerade keinen Wein im Mund habe?"

Seine Lippen verziehen sich zu einem Lächeln. „Ich werde mir Mühe geben, wobei ich ehrlich sagen kann, dass ich einer Frau noch nie zuvor diese Frage gestellt habe."

„Wundert mich nicht. Sie ist schon ziemlich—"

„Unkonventionell?", schlägt er vor und wir lächeln uns an.

„Vollkommen unkonventionell. So unkonventionell, dass sie eine eigene Postleitzahl verdient hätte."

Er lacht. „Also? Was hältst du von der Idee?"

Ich verenge skeptisch die Augen. „Warum sollte jemand wie *du* eine Schein-Verlobte brauchen? Das ergibt keinen Sinn."

„Was meinst du mit jemand wie ich?", fragt er lachend.

Ich lehne mich in meinem Stuhl zurück und mustere ihn. „Schau dich doch an. Du bist erfolgreich, charmant und all die Dinge, die Frauen lieben, noch dazu ein gut aussehender Kerl. Auf eine zugeknöpfte, normale, anzugmäßige Art, du weißt schon."

Er zieht die Brauen hoch, ein Lächeln spielt um seine Lippen. „Anzugmäßig?"

„Das ist ein Wort", antworte ich lachend.

Oder etwa nicht?

„Eigentlich glaube ich nicht, dass es ein Wort ist. Moment, ich schaue kurz nach." Er nimmt sein Handy vom Tisch, wischt mit seiner zusammengeknüllten Serviette einen Weinspritzer ab, und beginnt zu tippen.

„Das musst du nicht tun", protestiere ich, plötzlich nicht mehr ganz so sicher, ob *anzugmäßig* wirklich existiert. Und außerdem ist das gar nicht der Punkt, um den es hier geht. „Was ich eigentlich meine, ist, dass du geradlinig und förmlich bist", erkläre ich und füge schnell hinzu: „Aber natürlich auf eine gute Art."

„Weil ich einen Anzug trage?", fragt er und schaut vom Handy hoch.

„Weil dir ein Anzug steht."

„Okaaay." Er klingt nicht überzeugt. „Tut mir leid, aber es ist kein Wort." Er dreht das Handy zu mir. „Es sei denn, du bist ein Gamer."

Ich werfe einen flüchtigen Blick aufs Display. „Vergiss das mit dem Anzug. Die eigentliche Frage ist doch: Warum braucht jemand wie du eine erfundene Verlobte? Du bist all das, was ich vorher aufgezählt habe – und ein stellvertretender Bürgermeister, zum Teufel. Du könntest auf der Stelle eine Ehefrau haben, einfach so." Ich schnippe mit den Fingern um meine Aussage zu untermalen.

„Aber ich will keine Ehefrau."

„Was? Gar nicht?"

„Nein, nicht gar nicht. Nur jetzt gerade nicht. Ich habe noch niemanden getroffen, den ich heiraten will, was nicht heißt, dass das nicht irgendwann passieren könnte." Er lehnt sich mit den Ellenbogen auf den Holztisch und legt die Fingerspitzen aneinander. Ich nehme erneut seinen

Duft wahr – eine Mischung aus Sandelholz und frisch geschnittenes Gras, mit einem Hauch der Wälder in der Nähe meines Elternhauses. „Ich sag's dir ganz offen, Lottie", beginnt er und in dem Moment weiß ich genau, worum es hier wirklich geht.

Das gute Aussehen, der Charme, die Bitte seine Schein-Verlobte zu sein.

Es ergibt alles Sinn.

„Du wirst dich gleich mir gegenüber outen, hab ich recht? Du bist schwul und brauchst einen Alibi-Partner und willst, dass ich das bin, deswegen hast du mir den teuren Chardonnay gekauft und nicht den billigen, den ich sonst immer trinke, und—" Ich verstumme, als ich den amüsierten Ausdruck in seinen Augen bemerke. „Was?"

„Du hast auf jeden Fall eine blühende Fantasie."

„Also? Hab ich recht?"

„Hab ich dir den teuren Chardonnay gekauft, um dich zu meiner Alibi-Freundin zu machen? Nein. Ich hab ihn dir gekauft, weil er vom Te Mata Estate aus Hawke's Bay, Neuseeland, stammt, und meiner Meinung nach einer der besten Chardonnays ist, die ich je getrunken habe."

„Er ist wirklich gut. Sehr butterig", gebe ich zu.

„Danke."

Ich werfe ihm einen Seitenblick zu. „Und das mit dem Schwul-Sein?"

Er lächelt sein breites Lächeln, das garantiert schon viele weibliche – oder auch männliche – Knie hat schwach werden lassen. „Tut mir leid, dich enttäuschen zu müssen, aber ich bin nicht schwul. Und wenn ich es wäre, würde ich wohl kaum eine Schein-*Verlobte* wollen. Wir leben im 21. Jahrhundert, Politiker dürfen heutzutage ‚geoutet' sein."

„Bist du sicher?"

„Fragst du mich gerade wirklich, ob ich mir sicher bin,

dass ich nicht schwul bin? Also ich weiß ja nicht, wie's bei dir ist – aber in dieser Hinsicht habe ich keinerlei Zweifel."

Ich denke an die Fotos, die Zara und Tabitha mir gezeigt haben, auf denen James mit verschiedenen Frauen zu sehen war. Der Kerl hat einen wirklich hohen Frauen-Verschleiß, wenn man der Presse glauben darf. Frauen mit doppelt so langen Beinen wie meinen, die eher auf der Amazoneninsel Themyscira, von der auch Wonder Woman stammt, leben sollten, als hier in London unter uns Normalsterblichen mit durchschnittlicher Beinlänge.

„Wenn du also nicht ‚ungeoutet' bist, warum brauchst du dann eine Schein-Verlobte?"

Er zieht eine Grimasse und schaut kurz auf seine Hände, bevor er den Blick wieder zu mir hebt. „Ich sage nicht, dass ich eine Ehefrau brauche, um stellvertretender Bürgermeister zu sein, aber es würde vieles einfacher machen. Besonders, weil ich irgendwann das ‚stellvertretend' aus meinem Titel streichen möchte."

„Du willst Bürgermeister werden?"

„Eines Tages, ja. Im Moment stehe ich im Rampenlicht und die Leute scheinen es zu lieben, über mein Liebesleben zu spekulieren."

„Ich hab die Klatschmeldungen online gesehen."

„Dann weißt du ja, was ich meine. Eine Verlobte würde zwar kurzfristig mehr Medieninteresse hervorrufen, aber auf lange Sicht wäre es genau das, was mir den Rücken freihält. Dann könnte ich mich auf das konzentrieren, was wirklich zählt: meine Arbeit."

Ich kaue nachdenklich auf meiner Lippe, während ich verarbeite, was er mir gerade erzählt.

„Die Leute wollen offenbar, dass ihre Anführer in einer stabilen Beziehung sind. Ich nehme an, es vermittelt Sicherheit. Auch wenn ich persönlich finde, ich könnte den Job genauso gut machen, wenn ich ledig bin, anstatt verheiratet zu sein. Aber meine Meinung zählt da anscheinend wenig."

„Also möchtest du eine Verlobte, um eines Tages Bürgermeister zu werden?"

„Na ja, so direkt wird das sicher nicht funktionieren", antwortet er mit einem Lächeln. „Aber eine Verlobte zu haben, würde meine Chancen, Bürgermeister zu werden, definitiv verbessern."

„Aha."

„Ehrlich gesagt kam mir diese Idee mit der Schein-Verlobten erst, als du mir erzählt hast, was du gemacht hast, um deine Mutter von der Hochzeitsschiene abzubringen. Und dann dachte ich: Vielleicht könnte das auch für mich funktionieren, wenn ich das Ganze von Schein-Freundin auf Schein-Verlobte aufstocke. Natürlich mit der richtigen Person."

Ich lege eine meiner Hände auf meine Brust. „Ich?"

Er nickt. „Du."

„Aber... ich hab keine Ahnung, wie man eine Schein-Verlobte spielt, schon gar nicht für jemanden in der Politik. Ich bin doch nur... ich."

Er mustert mein Gesicht einen Moment lang, dann lehnt er sich in seinem Stuhl zurück und bricht in ein herzliches Lachen aus, was mich mehr als nur überrascht.

„Was?", frage ich, während sich ein vorsichtiges Lächeln auf mein Gesicht stiehlt. „Ich verstehe nicht ganz, was genau gerade so lustig ist."

„Es ist nur, ach keine Ahnung. Es war ein verrückter Gedanke, der für einen Moment total plausibel klang, das ist alles. Und jetzt, wo ich es laut ausgesprochen habe, klingt es einfach nur noch irre."

Ich kichere. „*Ziemlich* irre, ja."

„Klinisch bestätigt, irre."

„Weiße Jacken ohne Ärmel, irre."

„Sperrt mich weg und schmeißt den Schlüssel weg, irre."

Wir grinsen uns an und die Fremdheit, die eben noch zwischen uns hing, löst sich in Luft auf.

Er zeigt auf mein Glas. „Möchtest du noch eins? Du scheinst mehr von deinem Glas versprüht zu haben, als du getrunken hast."

„Klingt gut. Aber ich bin dran. Du bleibst sitzen." Ich erhebe mich und nehme mein Portemonnaie vom Tisch. „Noch mal dasselbe?"

„Gerne."

Einen Moment später komme ich mit zwei Gläsern des teuren Chardonnays, von der anderen Seite des Erdballs, den ich mir von meinem Gehalt nie leisten würde, zurück zum Tisch. „Also, du musst dich wirklich mit Medienklatsch über dein Liebesleben herumschlagen?", frage ich ihn.

Er hebt sein Glas. „Cheers." Er trinkt einen Schluck und stellt das langstielige Glas wieder vor sich ab. „Es ist wirklich lächerlich. Ich bekleide kein öffentliches Amt, um eine Art Prominenter zu sein, auch wenn die Medien es gerne so darstellen. Dabei bin ich einfach nur ein Beamter, der versucht, seinen Job zu machen."

„Sehr nobel von dir", necke ich ihn.

„Das hoffe ich doch. Nobel, pflichtbewusst und ein durch und durch anständiger Kerl."

Ich kichere und es endet erneut in einem Prusten. „Der perfekte stellvertretende Bürgermeister."

„Ich kann also mit deiner Stimme bei der nächsten Wahl rechnen?"

„Ganz sicher."

„Also, wer ist dieser Mann, der nicht weiß, dass er dein Schein-Verlobter ist?"

„Freund", korrigiere ich. „Du bist es, der das Level direkt auf Verlobung hochschraubt."

„Eine Schein-Verlobung klingt einfach besser, findest du nicht? Ich bin mir sicher, deine Mutter wäre bestimmt auch glücklicher mit einem Verlobten."

Ich verdrehe die Augen. „Oh, das wäre sie."

„Also, wer ist er?"

Ich kann das Lächeln nicht unterdrücken, das sich immer auf mein Gesicht schleicht, wenn ich an Matt denke. „Er heißt Matt Hargreaves. Wir arbeiten zusammen."

„Eine Büro-Romanze. Du tunkst deinen Füller in firmeninterne Tinte."

Ich kichere. „Dieses Bild hätte ich jetzt nicht gebraucht."

„Hat er irgendwelches Interesse an dir gezeigt?"

„Nun ja, heute hat er gesagt, dass ihm mein Kleid gefällt. Und letzte Woche hat er mir einen Instantkaffee gemacht, ohne dass ich fragen musste."

„Aha."

Ich blicke ihn skeptisch an. „Was heißt denn bitte ‚aha'?"

„Gar nichts."

Ich beiße mir auf die Unterlippe. „Es ist jetzt keine entwickelte Beziehung, *per se*." Seit wann sage ich *per se*? „Aber vielleicht wird sie das bald."

„Wieso? Was wird sich ändern?"

„Es wird sich nicht wirklich etwas ändern. Ich hab nur das Gefühl, dass er mich bald in einem neuen Licht sehen wird, das ist alles."

„Ein Gefühl."

„Ja, ein Gefühl."

Er hebt eine Braue. „Bist du hellsichtig?"

Ich lache. „Nein."

„Also ist es eher eine Hoffnung.“

„Ich schätze schon.“ Ich seufze schwer. „Das lässt mich ziemlich armselig wirken, oder?“

„Ganz und gar nicht, Lottie. Du weißt einfach, wen du willst.“

Ich lächle über seine Freundlichkeit. Ich weiß, dass er denkt, dass es armselig ist, aber es ist nett von ihm, es nicht zu sagen.

„Warst du jemals in meiner Situation?“

„Unerwiderte Liebe?“ Er schüttelt den Kopf. „Tut mir leid, nein.“

„Natürlich nicht. Sieh dich doch an.“ Ich winke vor seinem Gesicht herum. „Du bist absolut attraktiv, sexy und—“

„Anzugmäßig“, beendet er den Satz für mich.

„Genau. Und anzugmäßig. Die Mädels verlieben sich wahrscheinlich reihenweise unerwider-lich in *dich*.“

„Unerwider-lich? Du erfindest wirklich gern neue Wörter, was?“

Ich sehe das Lächeln und den Humor in seinen Augen. „Wenn es für Shakespeare gut genug war“, erwidere ich mit einem selbstironischen Schulterzucken.

„Weißt du, was ich denke? Ich denke, dieser Matt Hargreaves ist ein Idiot, wenn er nicht merkt, wie besonders du bist.“

Meine Wangen werden warm. „Du bist süß.“

Er nimmt einen Schluck von seinem Wein. „Süß-sein war das zentrale Thema meiner letzten Wahlkampagne, weißt du.“

Ich kichere. „Das glaube ich sofort. Die Leute lieben süße Politiker.“

Er lehnt sich in seinem Stuhl zurück. „Weißt du, manche Männer reagieren darauf, wenn eine Frau mit jemand anderem in einer Beziehung ist.“

„Wie meinst du das?"

„Ich meine, für manche Männer – natürlich nicht alle, aber manche – kann es ein Weckruf sein, wenn sie eine Frau, an die sie bisher nicht romantisch gedacht haben, plötzlich mit einem Rivalen sehen."

Ich runzele die Stirn. „Kannst du das bitte verständlich ausdrücken?"

„Dieser Matt könnte dich mit anderen Augen sehen, wenn er glaubt, du wärst vergeben. Vor allem, wenn er denkt, dein neuer Partner stehe über ihm in der sozialen Hierarchie. Jemand wie ein stellvertretender Bürgermeister zum Beispiel."

Langsam begreife ich, worauf er hinauswill. Ich denke an Matt mit seinen ungewöhnlichen Ansichten und interessanten Meinungen, und ich weiß ohne jeden Zweifel, dass er nicht der Typ für so ein Verhalten ist. „Oh, Matt ist nicht so. Er würde mich nicht nur deshalb wollen, weil ich mit jemand anderem zusammen bin."

„Woher willst du das wissen?"

„Weil ich ihn kenne", erwidere ich überzeugt davon, dass ich recht habe. Matt steht über solchen Kinderspielchen, da bin ich mir ganz sicher. „Und jetzt entschuldige mich bitte, Mr. Süßer Stellvertretender Bürgermeister, ich muss das Herzoginnen-Zimmer aufsuchen."

Hab ich ihn gerade wirklich *Mr. Süßer Stellvertretender Bürgermeister* genannt?

„Ist das Herzoginnen-Zimmer deine vornehme Umschreibung für die Toilette?", fragt er mit einem schiefen Grinsen.

„So nennen sie das hier, der Pub heißt schließlich ‚Der Herzog'." Ich stehe auf und werde sofort von diesem leichten Schwindelgefühl übermannt, das man bekommt, wenn man etwas zu viel auf nüchternen Magen trinkt.

Es ist offiziell: Der Wein ist mir zu Kopf gestiegen.

Ich schlängele mich durch die Tische, in Richtung des hinteren Bereichs des Pubs, wo die Toiletten untergebracht sind. Während ich mir die Hände wasche, beginnt mein Handy in meiner Handtasche zu vibrieren. Als ich es herausziehe, um festzustellen wer anruft, stöhne ich hörbar auf. Es ist meine Mutter – und ich habe haufenweise verpasste Nachrichten von Zara.

„Hi, Mum", begrüße ich sie, als ich die Toilette verlasse.

„Wo bist du? Es klingt furchtbar laut."

„Ich bin in einem Pub, Mum. Soll ich dich später zurückrufen?"

Sie ignoriert die Frage. „Dein Vater und ich machen uns große Sorgen um dich. *Große* Sorgen."

Heute redet meine Mutter scheinbar nicht um den heißen Brei herum.

Ich schüttele den Kopf in der utopischen Hoffnung, dass es meinen Verstand etwas klärt. Tut es natürlich nicht. „Warum?"

„Wir machen uns ernsthafte Sorgen um deine psychische Verfassung."

Meine psychische Verfassung?

„Mir geht's gut", antworte ich.

„Das glaube ich nicht. Tatsächlich sind wir davon überzeugt, dass du dir heute einen festen Freund ausgedacht hast. Einen festen Freund!"

„Ach das." Ich seufze und fahre mir mit den Fingern durch die Haare.

Warum bin ich überhaupt rangegangen? Der Abend war so schön bisher. Gut, auch etwas seltsam, ich wurde schließlich gefragt, ob ich die Schein-Verlobte eines stellvertretenden Bürgermeisters sein will, aber trotzdem schön.

„Ich habe den ganzen Tag darüber nachgedacht, Lottie. Dann habe ich Zara angerufen und gesagt, wie schön es wäre, deinen neuen festen Freund kennenzulernen, und sie klang total überrascht davon. Also sagte ich, du hättest mir erzählt, dass du dich mit jemandem triffst, und sie versuchte krampfhaft so zu tun, als wüsste sie Bescheid. Aber eine Mutter merkt so was, weißt du. Eine Mutter merkt das."

„Mum—"

Sie fällt mir ins Wort. „Du gibst es also zu? Du hast ihn dir nur ausgedacht? Du hast gar keinen festen Freund?" Ihre Stimme wird mit jeder Frage schriller.

„Mum—" Ich versuche dazwischenzukommen, aber es gibt kein Halten mehr, wenn meine Mutter erst einmal im Wut-Modus ist. Und was sollte ich auch sagen? *Du hast recht, Mum. Ich habe alles nur erfunden und habe gar keinen festen Freund?* Ich schaudere bei dem Gedanken, was sie dann sagen würde.

„Oh, Charlotte Jane Sullivan, wie kannst du nur? Mir erst solche Hoffnungen machen und mich dann über das eine belügen, was ich mir so sehr für dich wünsche. Die eine Sache, die ich für dich will, damit du glücklich bist, bevor es zu spät ist." Ihre Stimme bricht. „Weil mir nur dein Glück wichtig ist. Alles, was ich will, ist, dass du einen guten Mann findest, der dich liebt. Dass du heiratest und eine Familie gründest. Stimmt's nicht, Schatz?"

„Du bist eine tolle Mutter", höre ich Papa im Hintergrund sagen.

Dad ist auch an diesem Gespräch beteiligt?

„Dein Bruder würde uns so etwas nie antun. Er ist glücklich verheiratet und du… tja, du wirst nächsten Monat dreißig und erfindest dir imaginäre feste Freunde. *Imaginäre feste Freunde*, Lottie!" Sie schluchzt und ich höre wie Dad versucht sie zu beruhigen.

„Es ist okay, Mum. Ich bin okay, so wie ich bin", protestiere ich.

Meine Mutter scheint sich wieder gefangen zu haben. „Lottie, es hilft nichts. Wir brauchen eine Intervention."

Eine Intervention? Meint sie das ernst?

„Mum—"

„Doch, genau das brauchen wir jetzt. Eine Intervention. Ich hab das im Fernsehen gesehen. Das funktioniert großartig und am Ende sind alle glücklich. Dann bist du wieder auf dem richtigen Dampfer und kannst dir einen Freund suchen – einen echten, lebendigen Freund, keinen erfundenen – und wir können alle weitermachen mit unserem Leben."

Himmel noch mal.

Eine Intervention ist für mich definitiv ein paar Schritte zu viel.

Es reicht.

„Weißt du was, Mum? Ich ruf dich zurück."

„Aber die Intervention—"

Ich lege auf, bevor sie noch etwas sagen kann. Eine Frau schiebt sich an mir vorbei in Richtung der Toiletten, aber ich stehe nur da und starre auf die gemusterte Tapete, während meine Gedanken wie die wilde Stiere von Pamplona durch meinen Kopf rasen.

Dann trifft mich die Erkenntnis, die die wilden Gedankenstiere in meinem Kopf abrupt zum Stillstand bringt.

Ich weiß, was zu tun ist.

Ich weiß, wie ich die Sache retten kann.

Sicher, ich mag zu schnell zu viel Wein auf leeren Magen getrunken haben, aber ich war mir noch nie in meinem Leben so sicher über etwas. *Niemals*.

Mit felsenfester Entschlossenheit gehe ich durch den vollen Pub. Als ich unseren Tisch erreiche, sehe ich James, wie er in seinem Stuhl zurückgelehnt sitzt, das Handy in der Hand, die Stirn konzentriert gerunzelt.

Ich ziehe meinen Stuhl zurück, lasse mich mit einem Plumps darauf nieder und als er den Blick zu mir hebt, sage ich: „Lass es uns machen."

„Lass uns was genau machen?", fragt er.

Ich lehne mich vor, komme ihm so nah wie möglich, ohne direkt auf seinem Schoß zu landen. „Den Plan. Du wirst mein Schein-Verlobter und ich werde deine Schein-Verlobte."

Er blinzelt mich einen Moment lang an, sein Mund klappt überrascht auf. Doch dann hebt er das Kinn und ein breites Grinsen legt sich auf sein Gesicht. „Dann, meine liebe Lottie, haben wir einen Deal."

Kapitel 6

James' Fahrer lässt mich vor meinem Wohnblock raus und ich verabschiede mich etwas unbeholfen, bevor ich die Treppe hochstolpere und aufschließe. Mein Kopf ist immer noch ganz benommen vom Wein und unserem neuen Schein-Verlobungs-Deal.

Mein Handy piept, während ich die Wohnungstür hinter mir schließe. Ich blicke hinunter und sehe, dass ich sieben verpasste Anrufe und drei Nachrichten von meiner Mutter bekommen habe, in denen sie verlangt, dass ich sie umgehend zurückrufe.

Mum kann warten. Ich werde in meinem leicht angetrunkenen Zustand garantiert nicht versuchen, all die Fragen zu beantworten, mit denen sie mich sicher bombardieren wird. Ich muss mir meine Geschichte mit der Verlobung mit James erst mal selbst zurechtlegen, bevor ich sie meinen Eltern auftische.

Während ich meine Schlüssel in die Schale neben der Tür lege und mich aus meinen Winterlagen pelle, höre ich weibliche Stimmen, die sich im Wohnzimmer anschreien.

Es ist *Real Housewives of Beverly Hills*-Abend.

Entweder das oder meine Freundinnen haben ein gewaltiges Problem miteinander.

Als ich ins Wohnzimmer komme, wandert mein Blick sofort zum Bildschirm, um die Ursache des Geschreis ausfindig zu machen. Und ja, eine der Frauen aus der Serie schreit eine andere an, ihr Gesicht ist rot, die Nasenflügel gebläht, bevor ihr prompt ein Drink ins Gesicht geschüttet wird und die andere dramatisch davonstürmt. Einfach ein weiterer Dienstag in der Welt der *Real Housewives*.

„Hi, Mädels", sage ich, während ich mich in den einzigen freien Sitz im Raum fallen lasse.

Alle drei Köpfe drehen sich zu mir und Zara pausiert die Sendung, das dramatische Geschrei verstummt auf wohltuende Weise.

„Wo warst du, Babe?", fragt Tabitha. „Es ist Kennedys letzter Abend."

„Du tust ja gerade so, als würde ich sterben", erwidert Kennedy lachend.

„Du weißt, was ich meine."

Kennedy deutet auf den Fernseher und spricht das Offensichtliche aus. „Wir haben schon mal ohne dich angefangen."

„Schon gut", winke ich ab. Nach meinem Abend wirken die *Real Housewives of Beverly Hills* plötzlich total zahm und alltäglich. „Ich habe heute Abend vermutlich das bizarrste Gespräch meines Lebens geführt", informiere ich sie.

„Ich hab dir wie verrückt geschrieben", erklärt Zara. „Lottie, ich glaube, ich hab's wirklich vermasselt. So richtig. Es geht um deine Mutter."

„Ich weiß."

„Oh nein. Es tut mir so, so leid." Zaras Gesicht verzieht sich schuldbewusst. „Als sie angerufen hat, hat sie mich völlig überrumpelt, und so wie sie es formuliert hat, klang es, als wärst du endlich mit Matt zusammen, und dann dachte ich, ich rette mich, indem ich sage, wie nett dein neuer Freund doch ist. Aber sie hat mich voll erwischt."

„Was zum Teufel hast du zu ihr gesagt?", fragt Tabitha.

„Ich hab ihr aus Versehen gesagt, dass Lottie nicht mit Matt zusammen ist. Und dann, dass sie es doch ist", antwortet Zara. „Ich bin sicher, sie hält mich jetzt für völlig durchgeknallt."

„Aber Lottie ist doch gar nicht mit Matt zusammen", kontert Tabitha. „Oder etwa doch, Lott?"

Ich lehne mich zurück und seufze. Ach, diese komplizierten Netze, die wir weben. Oder besser gesagt: die *ich* webe. Das hier ist definitiv mein Netz.

„Die Dinge haben sich…heute verändert", beginne ich und bevor ich noch ein Wort sagen kann, stürzen sich alle drei auf meine Aussage.

„Du und Matt?", fragt Kennedy und springt auf.

„Oh mein Gott, Lottie. Damit hätte ich nie gerechnet!", ruft Zara, springt ebenfalls auf und umarmt mich begeistert.

„Im Ernst?", hakt Tabitha, meine skeptischste und zynischste Freundin, nach, während sie ebenfalls aufsteht.

„Ich kann es kaum glauben. Matt steht jetzt auf dich? Nach all der Zeit?"

Ich gestikuliere, dass sie sich wieder setzen sollen, und winde mich aus Zaras Griff. „Es ist nicht so, wie ihr denkt, und ich bin nicht mit Matt zusammen. Ich wäre ehrlich gesagt absolut überrascht, wenn überhaupt jemand von euch erraten würde, was mir heute passiert ist."

„Hat es irgendwas mit Matt zu tun?", fragt Zara. Ich schüttele den Kopf. „Oh. Nicht Matt. Wovon hat deine Mutter dann gesprochen?"

„Wer weiß das schon bei Lotties Mutter. Sie ist Hashtag total besessen davon, Lottie zu verheiraten. Stimmt's, Lott?", sagt Kennedy.

„Ooh, ich weiß! Stevie hat die Hundeschule bestanden und irgendwie hat deine Mutter das mit dem Finden eines festen Freundes verwechselt", meint Zara.

„Das wäre selbst für Lotties Mutter zu schräg", findet Kennedy.

Tabitha wirft ihr einen Blick zu. „Hast du Lotties Mutter mal *kennengelernt*?"

Kennedy verzieht das Gesicht. „Guter Punkt."

„Konzentriert euch bitte", sage ich, denn langsam ufert es aus. „Ich erlöse euch von der Ungewissheit, aber nur, wenn ihr versprecht, dass das, was ich euch jetzt sagen werde, absolut unter uns bleibt."

„Ooooh, das klingt gut", meint Zara.

„Dürfen wir es den Jungs erzählen?", fragt Kennedy und meint damit ihren neuen festen Freund Charlie und Zaras Freund Asher.

Tabitha verschränkt die Arme und empört sich. „Manche von uns haben keinen *Kerl*, dem sie es erzählen könnten, weißt du."

„Ist okay, Tabitha. Nur die Hälfte von uns hat einen", erwidert Kennedy freundlich.

Tabitha zieht eine Grimasse.

Ich schüttele den Kopf. „Je kleiner der Vertrauenskreis, desto besser. Also: kein Wort zu Asher und Charlie."

„Na los, dann erzähl schon, was heute passiert ist", verlangt Zara, ihre Augen glänzen erwartungsvoll.

„Ja, erzähl", fordert Kennedy.

„Aber nur, wenn es pikant ist", warnt Tabitha. „Ich brauche Würze in meinem öden Leben."

„Oh, es ist pikant", erwidere ich und hebe vielsagend die Augenbrauen. Ich rutsche mit dem Hintern auf meinem Sitz nach hinten und lehne mich vor, die Ellenbogen auf den Knien. „Ich war gerade mit James Brody etwas trinken und—" Ich bereite mich innerlich auf die Bombe vor, die ich jetzt platzen lassen werde. „—wir haben beschlossen, einander als Schein-Verlobte auszugeben."

Ich blicke von einem Gesicht zum nächsten, warte auf die Reaktion meiner Freundinnen. Aber keine sagt auch nur ein Wort. Sie starren mich einfach nur an, die Augen weit aufgerissen, die Münder offenstehend.

„Also? Was sagt ihr dazu?", frage ich nach.

Tabitha ist die Erste, die etwas sagt. „Du…was? Du bist James Brodys Schein-*was*?"

„Seine Schein-Verlobte", wiederhole ich.

Und dann kommt sie, die unvermeidliche Flut an Fragen, während das Gesagte langsam einsickert.

„Eine Schein-Verlobte? Warum? Wie? *Was*?", fragt Zara.

„James Brody? Also *der* James Brody? Der heiße stellvertretende Bürgermeister?", erkundigt sich Kennedy.

„Warum solltest du das tun? Warum sollte *er* das tun?", will Zara wissen.

„Heißt das, ihr werdet auch eine Schein-Hochzeit feiern?", fragt Tabitha.

„Oh, so weit wird es sicher nicht kommen", erwidere ich.

Oder doch? Himmel, *darüber* haben wir nicht gesprochen.

„Warum nicht? Wenn man mit jemandem verlobt ist, endet das normalerweise in einer Hochzeit, so wie ich das verstehe", widerspricht Kennedy.

„Aber ich will trotzdem wissen, warum ihr beide das macht. Das ist… nun ja, schon ziemlich *verrückt*", meint Zara. „Und das erklärt nicht, warum deine Mutter dachte, du wärst mit Matt zusammen."

„Das kam für mich auch aus dem Nichts. Also, es war so: Mum hat mal wieder auf mir rumgehackt, wie schlecht ich doch in Sachen Liebe bin, nachdem mein Desaster-Date mit Spencer, dem Pyramidensystem-Typen, so schiefgelaufen ist, und ich glaube, irgendwann war einfach Schluss. Ihr kennt Mum, sie ist nur dann glücklich, wenn ich mit einem Kerl zusammen bin, den sie gleich als Schwiegersohn einplant."

„Du hast in letzter Zeit tatsächlich einige Schokokuchen gebacken, Lott", merkt Tabitha an.

Es waren wirklich ein oder zwei Kuchen zu viel in der letzten Zeit. „Also habe ich ihr gesagt, ich hätte einen festen Freund."

„Matt?", fragt Kennedy.

„Ich glaube, ich hab keinen Namen genannt, aber an ihn habe ich dabei gedacht."

„Das war dann wohl der Moment, in dem deine Mutter mich angerufen hat, und ich es versaut habe", fügt Zara kleinlaut hinzu.

„Genau. Danach hat Mum mich angerufen und gesagt, ich bräuchte eine Intervention."

„Eine Intervention? Als wärst du süchtig?", erkundigt Kennedy sich.

„Ganz genau so."

„Und deshalb schein-datest du jetzt den stellvertretenden Bürgermeister?", fragt Tabitha. „Ein ganz schön großer Sprung."

„Psst! Lass sie erzählen. Ich muss danach noch packen. Wir fliegen morgen früh", strahlt Kennedy.

„Wissen wir", antworten Tabitha und Zara im Chor.

„James hatte mich schon vorher gefragt, ob ich seine Schein-Verlobte sein möchte, und nachdem Mum mir mitgeteilt hat, ich bräuchte eine Intervention, dachte ich: Warum zum Teufel eigentlich nicht? Also hab ich zugestimmt. Es ist eine Win-win-Situation. Ich habe endlich Ruhe vor Mum und ihrem ständigen ‚Wann heiratet meine Tochter endlich' und er bekommt das langweilige, brave Saubermann-Image, das die Wähler anscheinend sehen wollen." Zufrieden mit meiner Erklärung lehne ich mich zurück und lächle meine Freundinnen an.

Zara hält ihr Handy hoch. Auf dem Display ist ein Bild von James zu sehen, ganz wie man ihn kennt – gut aussehend auf seine zugeknöpfte, biedere Art – und er lächelt in die Kamera. „Warum sollte dieser Typ eine Schein-Verlobte brauchen? Schaut ihn euch doch an. Er ist so verdammt heiß. Der könnte jede Frau haben, die er will."

„Vielleicht ist seine Persönlichkeit so langweilig wie seine Krawatte?", schlägt Tabitha vor.

Wir alle starren auf die Krawatte. Ich muss zugeben, sie ist wirklich ziemlich langweilig.

Ich schüttele den Kopf. „Nein. Er ist ganz und gar nicht langweilig. Er ist sogar wirklich nett. Man kann sich gut mit ihm unterhalten und er ist witzig. Ihr würdet ihn mögen."

„Und total sexy ist er auch. Vergiss das nicht", ergänzt Kennedy.

Ich verziehe das Gesicht bei dem Gedanken. „So sehe ich ihn nicht."

„Nein, du hast nur Augen für Dreamy Matt", stimmt Tabitha zu. „Wie kam das überhaupt zur Sprache? Ich meine, das ist ja keine alltägliche Frage, oder? ‚In letzter Zeit ist es kalt gewesen, und willst du meine Schein-Verlobte sein?'"

„Vielleicht ist das für einen stellvertretenden Bürgermeister ja ein alltägliches Gesprächsthema? Vielleicht hat er schon eine ganze Reihe Frauen gefragt und Lottie ist die Einzige, die wirklich Ja gesagt hat?", mutmaßt Kennedy.

Ich schüttele den Kopf. „Oh, ich glaube nicht. Ich war diejenige, die ihn überhaupt erst auf die Idee gebracht hat. Und bevor ihr fragt: Nein, er ist nicht heimlich schwul und ich werde nicht seine Alibi-Frau. Das habe ich gecheckt."

„Oh, der ist definitiv hetero", sagt Tabitha mit Überzeugung.

„Woran erkennst du das?", fragt Kennedy.

„Ich weiß es einfach. Nenn es mein Hetero-Radar. Es ist eine Gabe." Sie zuckt mit den Schultern.

„Ein Hetero-Radar?", hake ich nach. „Gibt's das überhaupt?"

Tabitha wackelt mit den Augenbrauen. „Wenn man die Gabe hat – ja."

„Lottie? Habt ihr das wirklich durchdacht? Ich meine, was passiert, wenn ihr damit an die Öffentlichkeit geht? Er ist ein stellvertretender Bürgermeister. Die Leute werden Fragen stellen."

„Keine Sorge. Das regeln wir alles."

Tabitha verzieht den Mund, bevor sie erklärt: „Du weißt schon, dass du völlig durchgeknallt bist, oder?"

„Nein, ist sie nicht. Das ist genial", entgegnet Kennedy. „Ihre Mutter wird sofort zurückrudern und ihr den Freiraum geben, den sie braucht. Stimmt's, Lottie?"

„Stimmt."

„Wisst ihr, woran mich das Ganze erinnert?", beginnt Zara. „*Pretty Woman*."

„Der Film?", fragt Kennedy.

„Ja, der Film. Die haben auch nur so getan, als wären sie ein Paar, und dann haben sie sich verliebt, und Richard Gere ist mit einer Stretch-Limo zu Julia Roberts gefahren, mit einer einzelnen roten Rose im *Bachelor*-Stil, und hat seine Höhenangst überwunden, um mit ihr zusammen zu sein. *So* romantisch."

Ich ziehe eine Augenbraue hoch. „Ja, genau, du hast völlig recht, es ist genau so. Oh, Moment, abgesehen davon, dass wir uns nicht verlieben werden, und niemand wird jemandem eine Rose im *Bachelor*-Stil überreichen."

„Und du bist auch keine Prostituierte auf den Straßen von L.A.", ergänzt Tabitha.

„Das auch", stimme ich zu.

Zara zuckt mit den Schultern. „Sag niemals nie."

„Dazu, dass Lottie eine Prostituierte auf den Straßen von L.A. wird?", fragt Tabitha mit hochgezogener Augenbraue.

Zara wirft ihr einen bösen Blick zu. „Natürlich nicht. Ich meine das mit dem Verlieben."

„Wirst du wenigstens in einen schicken Modeladen gehen dürfen und den arroganten Verkäuferinnen sagen: ‚Riesiger Fehler. Riesig' so wie Julia Roberts es gemacht hat? Das wäre der Ham-mer", wirft Kennedy ein.

Ich fange langsam an, von meinen Freundinnen und deren *Pretty Woman*-Besessenheit wirklich genervt zu sein.

„Noch mal: Ich bin nicht Julia Roberts, James ist nicht Richard Gere, es wird keine Liebe geben und niemand wird zur Prostituierten in L.A. oder sonst irgendwas."

„Sag mir, dass du wenigstens einer arroganten Verkäuferin sagen wirst, dass sie einen riesigen Fehler gemacht hat", fleht Tabitha.

Ich schüttele den Kopf, während ich entnervt auflache. „Es ist eine Abmachung, von der beide Seiten gleichermaßen profitieren, mehr nicht, und ich für meinen Teil, freue mich wahnsinnig auf die wohltuende Stille, die sich wie eine Decke um meine übergriffige Mutter legen wird, sodass ich endlich mein Leben leben kann, ohne dass sie mir ununterbrochen in den Ohren liegt, ich solle endlich heiraten."

„Du hast das alles genau durchgeplant. Stimmt's", sagt Kennedy.

„Oh ja, das hat sie *wirklich*", bestätigt Tabitha.

„Ganz genau." Ich strahle meine Freundinnen an.

Dieser Plan wird funktionieren. Er wird mir eine herrlich ruhige Zeit mit Mum verschaffen, während ich mich auf das eigentliche Ziel konzentriere, das Ziel, dass das alles wert ist: Matt, der Prinz Charming in meinem ganz persönlichen Märchen.

Kapitel 7

ICH STEHE IN DER KÜCHE, eingemummelt in meinen dicken, rosafarbenen Frottee-Bademantel, mit Hasenohren an der Kapuze, den ich über alles liebe, und schenke mir meine morgendliche Tasse Tee ein. Mein Gesicht ist ungeschminkt und ich bin jetzt schon müde, weil ich früh aufgestanden bin, um Kennedy zu verabschieden, die heute zu ihrer Amerika-Reise mit Charlie aufgebrochen ist.

Mein Handy vibriert auf der Küchenarbeitsplatte und ich hebe es auf, um eine Nachricht von James zu sehen. Wir haben gestern Abend Nummern ausgetauscht und sehr zu seinem Leidwesen habe ich seine Kontaktdaten unter *Seine Ehrenwerte Heißheit* eingespeichert.

Deine Wohnung ist doch in der Trellisick Avenue, nicht wahr?

Ich ziehe skeptisch die Augenbrauen zusammen. Wieso will James wissen, wo meine Wohnung ist? Ich tippe eine Antwort ein:

Japp. Stalkst du mich jetzt etwa?

Die drei Punkte erscheinen und ich weiß er formuliert gerade seine Antwort.

Ich dachte, ich bring dir einen Kaffee vorbei.

Ich blinzele verwundert auf den Bildschirm.

James will mir einen Kaffee vorbeibringen?

Nachdem ich mich von Kennedy verabschiedet hatte, war ich lange unter der Dusche und habe über die Ereignisse von gestern nachgedacht. Dass ich meinen Eltern vorgelogen habe, ich hätte einen festen Freund. Eine Intervention angedroht bekommen habe. Mit einem stellvertretenden Bürgermeister etwas trinken gegangen bin. Und der absolute Knaller: zuzustimmen James' Schein-Verlobte zu sein. Da gab es einiges zu verarbeiten. Klar, ich weiß, warum ich es gemacht habe. Ich hatte genug von der Einmischung meiner Mutter. Ich brauchte Luft zum Atmen. Ich brauchte einen Ausweg.

Und dann war da noch die Kleinigkeit, dass ich zu viel Chardonnay auf nüchternen Magen getrunken hatte.

Also ja. *Das* kam auch noch dazu.

Heute, nüchtern, besonnen und deutlich weniger draufgängerisch, bin ich mir nicht mehr so sicher, ob das alles eine gute Idee war.

Das musst du nicht tun, tippe ich, während ich mir auf die Lippe beiße.

Ist schon passiert, ich bin bereits in deiner Straße. Ist es in Ordnung, wenn ich kurz reinkomme?

Ich schicke hastig eine Antwort, nenne ihm meine

Haus- und Wohnungsnummer, und wenige Augenblicke später ertönt auch schon die Türklingel. Sofort schießt Zaras Jack Russell Welpe Stevie wie eine Rakete aus ihrem Zimmer in den Flur und verfällt in bellende Raserei.

„Ich geh schon!", rufe ich Tabitha zu, die auf ihrem Stammplatz auf unserem Sofa liegt, ihr Gesicht prompt in der Decke vergräbt und anfängt sich zu beschweren, ihre Stimme ist dabei nur gedämpft zu hören.

Tabitha ist kein Morgenmensch.

In meinen flauschigen lila Hausschuhen schlurfe ich zu Stevie, die mit wild wedelndem Schwanz aufgeregt zum Türgriff hochstarrt und aufgeregte Kläffer von sich gibt, als wäre das hier das Highlight ihres Tages.

Ich nehme sie auf den Arm. „Ist ja gut, Stevie. Es ist nur die Tür", sage ich und streichele ihr über den Rücken. Dann drücke ich den Knopf der Gegensprechanlage. „Hallo?"

„Kaffee-Lieferung", antwortet eine tiefe Stimme.

James.

Zara taucht in ihrer Zimmertür auf.

„Wer ist an der Tür?", fragt sie, während sie sich die Augen reibt und gähnend das Gesicht verzieht. „Es ist furchtbar früh. Ist Kennedy schon weg?"

Ich drehe mich zu ihr um und drücke ihr Stevie in die Arme. „Es ist James."

Sie ist schlagartig hellwach. „James? Wie in James Brody?"

Ich nicke.

„Wie in der *stellvertretenden Bürgermeister*?", fragt sie überflüssigerweise.

Wie viele stellvertretende Bürgermeister kennen wir?

Ihr Blick wandert über mich. „Du musst dich umziehen und wir müssen hier aufräumen und—" Sie bricht ab, als sie meinen Gesichtsausdruck bemerkt. „Lottie? Alles okay? Du siehst aus, als müsstest du dich gleich übergeben. Oder in Ohnmacht fallen. Oder beides."

Ich öffne den Mund, um zu erwidern, dass nein, ich nicht glaube, dass ich okay bin, dass ich langsam glaube, ich habe einen riesigen Fehler begangen, dass ich mich in ein Netz aus Lügen verstrickt habe, aus dem ich mich *schleunigst* wieder befreien muss, als das schrille Geräusch der Klingel erneut die Luft durchschneidet, und wir beide erschrocken zusammenzucken.

Zaras Hand fährt an ihre Brust. „OMG, das hat mich total erschreckt."

Mit klopfendem Herzen antworte ich: „Mich auch."

„Willst du ihn reinlassen?", fragt sie mich erneut.

„Wer zum Teufel macht so einen Krach? Wissen die denn nicht, wie spät es ist?", ruft Tabitha aus dem Wohnzimmer, eindeutig genervt.

„Es ist James Brody, er will Lottie sprechen", informiert Zara sie.

Ein dumpfer Schlag ist aus dem Wohnzimmer zu hören, gefolgt von einem „Aua!", und ich kann nur annehmen, dass Tabitha vor Schreck vom Sofa gefallen ist. Einen Moment später erscheint sie in der Wohnzimmertür, im Pyjama und sich die Schulter reibend. „Ich bin vom Sofa gefallen", erklärt sie.

„Geht es dir gut?", frage ich sie.

„Geht es *dir* gut?", erwidert sie. „Das ist hier doch die eigentliche Frage. Du stehst da und lässt Seine Ehrenwerte Heißheit nicht in die Wohnung und ich denke, ich spreche für uns alle, wenn ich sage: Lass den Mann rein. Und zwar *sofort*."

„Also?", fragt Zara. „Wirst du ihn reinlassen?"

„Ich... ich weiß nicht", erwidere ich.

Zara kneift die Augenbrauen zusammen. „Warum nicht?"

„Weil… ich… ich habe Zweifel an der ganzen Schein-Verlobten-Sache bekommen", gebe ich mit leiser Stimme zu, als könnte James mich von zwei Etagen weiter unten hören.

Sie runzelt die Stirn. „Echt?"

„Warum?", hakt Tabitha nach.

Ich beiße mir auf die Lippe. „Ich weiß nicht. Es fühlt sich zu kompliziert an. Zu unehrlich."

„Dann solltest du es ihm besser sagen."

„Nein!", ruft Tabitha entsetzt, die Augen weit aufgerissen. „Mit einem Mann wie James Brody verlobt zu sein, selbst wenn es nur gespielt ist, ist eine sehr, sehr gute Sache."

„Warum?", frage ich.

Sie beginnt, an ihren Fingern abzuzählen. „Erstens: Er ist heiß. Zweitens: Er hat dich gefragt, was ich als riesiges Kompliment werte. Drittens: Er ist mächtig. Und viertens: Er ist heiß."

„Das hast du schon gesagt", merkt Zara an.

„Weil es wahr ist!", kontert Tabitha. „Das verdient zwei Punkte auf der Liste."

„Was auch immer du entscheidest, Lottie, du musst mit ihm reden. Drück den Türsummer, ich räume hier schnell etwas auf, okay?", sagt Zara.

Ich weiß, sie hat recht. Ich kann nicht einfach Zweifel an der Schein-Verlobung haben und James nichts davon sagen. Das wäre nicht fair.

Ich drücke den Summer und sage: „Tut mir leid, James. Komm hoch. Zweiter Stock."

„Warte!", ruft Tabitha, während sie den Flur hinunterrast. „Ich muss mich schnell etwas herrichten. Ich sehe schrecklich aus!"

Zara stürmt ins Wohnzimmer und beginnt hektisch Tabithas Bettzeug und all die leeren Flaschen und

Pizzakartons von unserer gestrigen *Real Housewives*-Session einzusammeln.

Ich lehne die Tür an und lausche auf James' Schritte, als er die Treppe hochkommt. Sein Kopf erscheint im Treppenhaus und als er sich mir zuwendet, hellt sich sein Gesicht zu einem Lächeln auf. „Guten Morgen, Lottie. Mir gefallen die Hasenohren", begrüßt er mich, als er oben ankommt und in der Tür stehen bleibt.

Ich greife an die Ohren meiner Kapuze. Wenn ich Gefühle für diesen Typen hätte, wäre mir mein Aufzug mit dem Hasenbademantel, meinem ungeschminkten Gesicht und den flauschigsten Pantoffeln der Menschheitsgeschichte an den Füßen, jetzt wahnsinnig peinlich.

Zum Glück habe ich keine.

Aber trotzdem fühle ich mich neben ihm in seiner schicken Kombination aus Anzug und Krawatte, die er immer zu tragen scheint, ein bisschen kindlich.

Er hält mir einen To-Go-Becher entgegen. „Ich wusste nicht, wie du deinen Kaffee trinkst, also hab ich dir einen großen Schwarzen mitgebracht. Ich dachte mir, du kannst ja Milch und Zucker reintun, wenn du magst. Schien mir einfacher, als zu versuchen, irgendwas aus heißer Flüssigkeit *rauszukriegen*. Hier."

„Vielen Dank", erwidere ich und nehme den warmen Becher entgegen. „Möchtest du reinkommen?"

„So einladend wie der Gemeinschaftsbereich des Hauses auch zu sein scheint, ja, gern."

Ich öffne den Mund um zu antworten, schließe ihn aber direkt wieder. Mit der abblätternden Tapete und den fleckigen Teppichen ist unser Gemeinschaftsbereich wirklich alles andere als einladend. „Komm rein. Das Wohnzimmer ist den Flur runter, links."

Ich schließe die Tür und folge ihm den Flur entlang. Ein kurzer Blick zeigt, dass Zara ganze Arbeit geleistet hat. Keine Pizza-kartons oder Flaschen mehr, kein Bettzeug von Tabitha, das Sofa sieht wieder aus wie ein richtiges Sofa und nicht wie eine Notunterkunft für unsere obdachlosen Freundinnen. Die langen blau-weiß geblümten Vorhänge, die den Blick auf die Straße freigeben, sind zurückgezogen. Die schwache Januarsonne versucht durch die Wolken zu dringen und wirft sanftes Licht auf unsere französisch-provenzalisch inspirierte Einrichtung.

In seinem dunklen Anzug wirkt James' massige Gestalt völlig fehl am Platz in diesem pastellfarbenen Raum.

Ich beschließe, das Thema Schein-Verlobung direkt anzusprechen. Kein Grund, um den heißen Brei herumzureden.

„James, ich—", beginne ich, gleichzeitig sagt er: „Hübsch hast du es hier."

„Danke. Meine Mitbewohnerin Zara hat die Wohnung eingerichtet. Sie ist Innenarchitektin."

„Deine Mitbewohnerin?"

Aus dem Augenwinkel kann ich hinter James Bewegungen wahrnehmen. Tabitha und Zara versuchen vergeblich, sich im Flur zu verstecken und zu lauschen.

„Wie wäre es, wenn du sie kennenlernst. Und meine Freundin, die gerade bei uns wohnt. Mädels?"

Die Gesichter meiner zwei Freundinnen tauchen in der Tür auf, beide etwas verlegen. Tabitha, die single ist, trägt jetzt ein hübsches Kleid, ihre Haare sind gebürstet, und sie hat Lippenstift aufgetragen. Zara hält Stevie im Arm.

„Hallo, meine Damen", begrüßt James sie.

„Hallo, Herr Vizebürgermeister", antwortet Zara strahlend. „Es ist wirklich schön Sie kennenzulernen. Sie sind größer, als ich erwartet habe."

„Danke?", erwidert er.

„Das ist eine gute Sache."

Er schenkt ihr sein strahlendes Lächeln. „Dann bin ich aber erleichtert. Ich bin James."

„Oh, das wissen wir", sagt Tabitha.

„Ich bin Zara, Lotties Mitbewohnerin, das ist Tabitha, und das ist Stevie, meine Hündin."

Stevie fixiert James und knurrt kurz, aber es steckt nicht viel dahinter. Eigentlich will sie nur, dass er mit ihr spielt. Stevie ist kein besonders guter Wachhund.

Tabitha macht eine Bewegung, die verdächtig wie ein Knicks aussieht. „Euer Ehren. Ich wohne hier nur vorübergehend, bis meine Wohnung wieder in Ordnung ist. Ich schlafe auf dem Sofa." Sie deutet darauf, als wäre das eine besonders wichtige Information für James.

„Aha. Schön, euch kennenzulernen, Zara und Tabitha. Und dich auch, Stevie. Aber bitte, nennt mich einfach James, und Knickse sind auch nicht nötig", erwidert er und beide Frauen strahlen ihn an.

„Okay, *James.*" Tabitha fängt an zu kichern wie ein Teenie, der zum ersten Mal sein Idol trifft.

Ernsthaft?

Ich werfe ihr einen Blick zu.

Stevies Knurren wird lauter.

„Wenn du Stevie dich beschnuppern lässt, beruhigt sie sich sofort", informiert Zara ihn.

„Gern", antwortet er.

Zara geht quer durch den Raum und hält James die angespannte, knurrende Stevie entgegen.

Wie angewiesen, streckt er ihr die Hand hin, und Stevie schnuppert daran, als wäre es der beste Geruch aller Zeiten, ihr Schwanz wedelt dabei aufgeregt. „Süßer Hund."

„Ja, nicht wahr? Ich liebe sie. Wir alle tun das", schwärmt Zara wie immer, wenn es um Stevie geht.

„Du bist ganz schön früh dran", sagt Tabitha zu ihm.

„Was führt dich um diese Uhrzeit hierher? Konntest du es nicht abwarten, meine Freundin Lottie zu sehen?" Sie zwinkert ihm zu. Zwinkert!

Gütiger Himmel.

„James hat mir einen Kaffee vorbeigebracht", informiere ich sie und halte den warmen Becher als Beweis hoch.

„Wenn ich gewusst hätte, dass du Mitbewohnerinnen hast, hätte ich für alle Kaffee mitgebracht", erwidert James.

Tabitha wedelt mit der Hand. „Schon gut, James. Völlig okay." Sie schaut ihn an, als wäre er ihr Lieblingskuchen, mit extra viel Zuckerguss obendrauf. „Wir freuen uns wirklich sehr dich kennenzulernen."

„Wirklich. *So* sehr", wiederholt Zara, die ihn ebenfalls anschmachtet, als wäre er eine köstliche Leckerei.

Himmel. Was ist denn nur los mit den beiden? Er ist doch nur ein Mann. Meine Freundinnen sind wirklich peinlich.

„Okay, ihr zwei", beginne ich, um den Bann zu brechen. „James und ich setzen uns kurz zusammen und besprechen noch was, bevor ich zur Arbeit muss. Wir sehen uns später, ja?"

„Natürlich", erwidert Zara lächelnd. „Es war schön dich kennenzulernen, James."

„Ja, wirklich, *wirklich* schön, James", echot Tabitha. Sie nimmt seine Hand in ihre und hält sie fest. „Ich hoffe, wir sehen dich bald wieder."

„Davon ist auszugehen", antwortet er geschmeidig, wie der Profi-Politiker, der er ist.

Ich klatsche in die Hände. „Also gut. Tschüss dann." Ich werfe meinen Freundinnen einen deutlichen Blick zu.

Zara nimmt Stevie mit, Tabitha jedoch reißt ihren Blick nur widerwillig von James los und folgt ihr.

Ich schließe die Tür hinter ihnen und deute auf das Sofa, wo James Platz nimmt und sofort sein Handy zur Hand nimmt und beginnt darauf herum zu tippen.

Ich schlage die Beine unter, während ich es mir am anderen Ende des Sofas gemütlich mache. „James, wir müssen reden."

„Führt man dieses Gespräch nicht normalerweise erst, *nachdem* man sich schon eine Weile trifft? Ich meine, wir hatten nicht mal unser erstes Schein-Date." Ein Lächeln zuckt um seine Lippen, als er den Blick zu mir hebt. „Apropos, wir hätten morgen Abend unseren ersten gemeinsamen öffentlichen Auftritt, falls du Zeit hast? Ein Dinner im Victoria und Albert Museum zur Eröffnung des renovierten Flügels. Ich bin sicher, Jasper wird sich freuen, dich kennenzulernen, da ihr ja beide aus der Museumswelt stammt."

„Der Flügel, der unter anderem die Musikinstrumente-Ausstellung beherbergt? Und... Jasper? Etwa Jasper Venetta, der Kurator?", frage ich, mein Interesse geweckt. Ich hatte über den renovierten Flügel gelesen, aber gedacht, ich würde ihn am Wochenende zusammen mit dem allgemeinen Publikum besichtigen, und nicht bei der offiziellen Eröffnung dabei sein.

„Oh, du kennst Jasper?"

„Sagen wir eher, ich habe von ihm *gehört*. Er ist ziemlich bekannt in der Londoner Museumswelt."

„Er ist ein guter Kerl. Ein bisschen spießig, aber interessant."

„Er ist nicht spießig. Er ist unglaublich gebildet. Frag ihn irgendwas über die Oboe und er kann es dir sagen."

Seine Lippen verziehen sich zu einem Lächeln. „Er weiß viel über die Oboe?"

„Absolut!"

„Klingt wahnsinnig spannend. Also, worüber müssen wir sprechen?"

Der Reiz ins V&A zu gehen, hat mich kurzzeitig dazu gebracht, meine Meinung überdenken zu wollen. Aber ich weiß, was ich zu tun habe.

„Diese Schein-Verlobten-Sache. Ich bin mir nicht sicher, ob das wirklich das ist, was ich will. Ich habe schon den ganzen Morgen darüber nachgedacht."

„Lottie, es ist erst sieben Uhr morgens."

„Ich weiß. Es ist nur... Ich bin mir nicht sicher, ob ich alle belügen möchte, besonders meine Familie."

„Aber war nicht genau das deine eigentliche Motivation dahinter? Damit deine Mutter sich beruhigt und dir Luft zum Atmen lässt?"

„Schon, aber ich weiß nicht, ob das der richtige Weg ist."

Er mustert mich einen Moment lang, dann verzieht er die Lippen zu einem verständnisvollen Lächeln und sagt: „Nein. Natürlich nicht. Ich verstehe vollkommen. Du musst dich damit wohl fühlen und wenn du das nicht tust, dann lassen wir es."

Er steht auf, doch ich rufe hastig: „Nein, warte."

Er hebt fragend seine dunklen Augenbrauen.

Ich beiße mir auf die Lippe und wäge meine Optionen ab. Meine Mutter auf Abstand halten, keine dummen Blind Dates mehr mit Typen, die mich in Pyramidensysteme verwickeln wollen, und Einladungen zu schicken Events wie Abendessen im V&A mit berühmten Kuratoren. Alles davon ist ziemlich verlockend.

Und wahrscheinlich auch das Risiko wert.

Er lässt sich wieder aufs Sofa sinken. „Lottie? Hast du gerade Zweifel an deinen Zweifeln?"

Ich verziehe das Gesicht. Ich bin *so* wankelmütig. „Vielleicht?"

Er presst die Lippen zusammen. „Okay. Du kannst dir gerne Zeit zum Nachdenken nehmen, wenn du möchtest. Kein Druck von meiner Seite und es eilt auch nicht."

„Ich hätte da eine Frage an dich, die meine Entscheidung möglicherweise beeinflussen könnte."

„Nur zu."

„Gehst du oft zu solchen Veranstaltungen?" Ich spiele mit den Fransen eines Dekokissens, um zu signalisieren, wie lässig ich seine Antwort abwarte.

Also überhaupt nicht lässig.

„Ich werde regelmäßig in Galerien, Museen, Landsitze, ehemalige Paläste und einer Menge anderer Dinge eingeladen. Ich kann natürlich nicht immer hingehen, aber die Einladungen bekomme ich."

Ich sehe ihn ehrfürchtig an. „Ich würde zu A-L-L-E-M hingehen."

Ein Lächeln zieht sich über sein Gesicht. „Das glaube ich dir sofort. Aber im Ernst, wenn wir das hier wirklich durchziehen wollen, dann müssen wir es richtig machen. Und das bedeutet, sich für die nächsten Monate voll und ganz darauf einzulassen. Zu hundert Prozent."

Ich nicke, mein Entschluss steht fest. Schon wieder. „Weißt du was? Alles in Ordnung."

„Wie meinst du das?"

Ich grinse. „Es war nur ein kleiner Strauchler. Ich bin wieder dabei."

„Wir müssen zu hundert Prozent bei der Sache sein."

„Einverstanden."

„Und es muss glaubwürdig sein."

„Absolut."

„Das bedeutet, wir müssen Zeit miteinander verbringen, uns kennenlernen und so wirken, als wären wir tatsächlich verliebt."

Ich verziehe angewidert das Gesicht. „Wir müssen uns aber nicht küssen, oder?"

Er lacht. „Bin ich wirklich so abstoßend?"

„Überhaupt nicht. Du bist nur nicht mein Typ und nach den Frauen zu urteilen, mit denen du bisher gesehen wurdest, bin ich wohl auch nicht deiner."

„Also, kein Küssen. Einverstanden. Aber wir müssen ab und zu Händchen halten und uns umarmen, wenn es die Situation erfordert. Eventuell müssen wir uns auch mal verliebt anschmachten."

„Natürlich. Mit Blicken habe ich kein Problem, aber ich muss dich warnen, ich könnte anfangen zu kichern."

Sein Gesicht verzieht sich zu einem Lächeln. „Du bist so gut für mein Ego, Lottie Sullivan."

„Ich sage halt, wie es ist", erwidere ich, während er lacht und amüsiert den Kopf schüttelt.

„Wie wäre es, wenn wir einen Plan erstellen?" Er beginnt auf seinem Handy herumzutippen.

Ich nehme meines vom Couchtisch und mache es ihm nach.

„Wie sieht dein Kalender von heute bis Mitte Februar aus?"

„Ich arbeite natürlich und habe noch ein paar andere Verpflichtungen zwischendurch." Ich erwähne nicht, dass die hauptsächlich darin bestehen, mit meinen besten Freundinnen *Real Housewives* zu schauen und viel zu viel darüber nachzudenken, wie Dreamy Matt mich endlich bemerken könnte. Das muss er nicht wissen.

„Kannst du morgen mit ins V&A kommen?"

„Versuch mich davon abzuhalten."

„Das ist die richtige Einstellung. Dann werde ich am Valentinstagswochenende in Hallston Hall erwartet."

„Hallston Hall? Dieser riesige Landsitz?"

„Genau der. Es gibt eine große Zusammenkunft mit

anschließendem Abendessen. Anscheinend ist es eine Tradition, dass ein frisch verlobter Mann eingeladen wird und am Vorabend des Valentinstags eine Rede über die Liebe hält. Ich bin aktuell nur als Gast eingeladen, aber wenn Lord Grayson hört, dass wir verlobt sind, könnte er mich bitten, diese Rede zu halten."

„Du würdest die Frisch-Verlobten-Rede halten? Das klingt so kitschig."

„Natürlich ist es das, absoluter Kitsch, aber gut für mein Image."

„Und darum geht's dir bei der ganzen Sache ja schließlich."

„Exakt. Ich würde mich natürlich freuen, wenn du mich das ganze Wochenende über nach Hallston Hall begleiten könntest."

Ich winke ab. „Kein Problem. Wusstest du, dass sie dort eine der beeindruckendsten Sammlungen alter Bettwäsche überhaupt haben, teils aus dem 15. Jahrhundert?"

Er hebt skeptisch eine Braue. „Du magst alte Bettwäsche?"

„Ich mag alles Alte."

Sein Lachen ist tief und kribbelt in meinem Bauch, was mich zum Lächeln bringt. „Jedem das seine, Lottie. Und wenn das für dich alte Bettwäsche ist, nur zu. Ich trag dich also für den 13. und 14. Februar ein?"

Sowohl meinen Geburtstag als auch den Valentinstag mit meinem Schein-Verlobten zu verbringen, klingt nicht gerade nach Romantik pur.

Ich zucke mit den Schultern. „Klar. Ist ja nicht so, als hätte ich was anderes geplant, so als Single und so."

„Dann ist das fix: Valentinswochenende in Hallston Hall." Er steckt sein Handy wieder in seine Brusttasche. „Ich hol dich dann um sieben fürs V&A ab."

„Das V&A", bestätige ich.

„Oh, und noch etwas."

„Ja?"

Er greift in die Innentasche seines Sakkos und zieht eine kleine graue Samtbox hervor.

Ich starre sie an. „Ist das, was ich denke, das es ist?"

„Wenn du denkst, dass es ein Verlobungsring ist, dann ja. Aber bitte freu dich nicht zu sehr. Er ist nur eine Attrappe." Er klappt die Box auf, darin, auf dunkelrotem Samt gebettet, liegt der schönste Ring, den ich je in meinem Leben gesehen habe. In einer Fassung aus Gelbgold sitzt ein ovaler Smaragd, umgeben von kleinen Diamanten, die im Morgenlicht glitzern. Der Ring schreit förmlich Kate Middleton und ist absolut hinreißend. Auch wenn er nur eine Attrappe ist.

„Er sieht so echt aus", hauche ich staunend.

„Das ist der Sinn der Sache", meint er mit einem schiefen Lächeln. Er nimmt den Ring aus der Box und hält ihn mir hin. „Lottie Sullivan, willst du mir die Ehre erweisen, meine Schein-Verlobte zu werden und diesen wunderbaren Schein-Verlobungsring zu tragen?"

Ich kichere. „Sehr gerne werde ich beides tun", erwidere ich und er steckt mir den Ring an den Ringfinger der linken Hand. Ich halte meine Hand hoch und bewundere den ungewohnten Anblick.

„Soll ich dich mitnehmen? Ich muss in die Richtung und dann können wir das weitere Vorgehen noch etwas besprechen."

„Gib mir fünf Minuten und ich gehöre ganz dir."

Er mustert meinen Bademantel-und-Flauschpantoffel-Look. „Vielleicht eher zehn."

Ich blicke auf den Ring an meiner linken Hand herab. Unsere Schein-Beziehung hat nun offiziell begonnen.

Kapitel 8

SIEBENUNDZWANZIG MINUTEN später steige ich in meinem neuen schwarzen Kostüm und meinem Wintermantel ins Auto, begleitet von einem frisch rekrutierten und sehr geduldigen Schein-Verlobten. Sein Fahrer navigiert uns zielsicher durch die vom Verkehr verstopften Straßen von Fulham in Richtung Pinkerton House.

James drückt einen Knopf und die Glasscheibe zwischen uns und dem Fahrer fährt geräuschlos nach oben.

„Oooh, schick", entfährt es mir, bevor ich mich zurückhalten kann. „Ich meine, ich habe Leute das in Filmen machen sehen, es aber noch nie selbst erlebt."

„Es ist sehr nützlich, wenn ich ein privates Gespräch führen will. Also, Grundregeln."

„Wie bitte?"

„Wir brauchen ein paar Regeln, die über die Berührungsregeln, über die wir vorhin schon gesprochen haben, hinausgehen, damit das Ganze funktioniert. Ich habe da ein paar Ideen." Er zieht sein Handy aus der Innentasche seines Jacketts und tippt auf dem Bildschirm herum, bis er eine Notiz mit dem Titel *Secret Squirrel Regeln* findet.

„*Secret Squirrel Regeln?*", frage ich lachend.

„Was? Ich dachte, das gefällt dir."

„Warum? Wirke ich auf dich wie ein achtjähriges Mädchen, das Spionagebücher liest?"

„Soll ich darauf wirklich antworten?"

„Nicht, wenn ich deine Schein-Verlobte bleiben soll, mein Freund", warne ich in gespielt ernstem Ton. Ich deute auf die Liste. „Also? Was sind deine Grundregeln für diese Sache?"

Er schaut auf seine Liste. „Regel Nummer 1: Wir erzählen niemandem davon."

„Ähm, ich habe diese Regel bereits gebrochen. Tut mir leid."

„Wem hast du es erzählt?"

„Meiner Mitbewohnerin und meinen beiden BFFs."

„Ich weiß nicht, was mich mehr beunruhigt: dass du es drei Leuten erzählt hast oder dass du sie deine ‚BFFs' nennst."

„Ich würde diesen Mädels mein Leben anvertrauen, also sind wir sicher. Ich habe ihnen auch gesagt, dass sie es ihren festen Freunden nicht erzählen dürfen."

„Na ja, wenn du sie dazu gebracht hast, es zu versprechen…", meint er.

„Ernsthaft. Da gibt es absolut kein Problem. Du kannst ihnen vertrauen."

„Gibst du mir dein Wort darauf?"

„Hundertprozentig. Und wem hast du es erzählt?"

„Niemandem."

„Niemandem?"

„Niemandem."

„Nicht mal deinen BFFs?", necke ich ihn.

„Ich bin ein erwachsener Mann, Lottie. Ich habe keine BFFs."

„Da liegt dein Problem. Jeder braucht BFFs."

Seine Lippen zucken zu einem Lächeln. „Ich werde darüber nachdenken. Okay, nächste Regel ist, dass wir uns für mindestens sechs Monate zu dieser Verlobung verpflichten."

„Sechs Monate?", pruste ich. „Warum so lange?"

„Weil es so lange dauern wird, bis die Leute mich als potenziellen Bürgermeisterkandidaten ernst nehmen und aufhören werden, über meine Dates zu tratschen."

„Du gehst mit ziemlich vielen Frauen aus."

„Hast du mich etwa überprüft?"

„Ich habe dich gegoogelt", gebe ich zu. „Aber ich bin sicher, du hast mich auch unter die Lupe genommen."

„Vielleicht habe ich das", antwortet er ausweichend.

Natürlich hat er das. Er hat das getan, bevor er mich überhaupt gebeten hat, seine Schein-Verlobte zu werden, um sicherzustellen, dass ich nicht bereits verheiratet bin oder ein Vorstrafenregister habe oder eine psychische Krankheit, die mich dazu bringt, Schein-Beziehungen einzugehen und dann meinen Partner als Betrüger bloßzustellen.

„Was ist die nächste Regel?", frage ich und schiele auf seinen Bildschirm.

„Wir dürfen uns mit niemand anderem treffen, während wir zusammen sind. Nicht mal heimlich."

„Ich habe ständig Männer vor der Tür stehen, die um

meine Gunst betteln, musst du wissen. Es wird schwer werden, sie abzuwehren."

„Diese Regel gilt auch für den Typen, mit dem du arbeitest."

Ich beiße mir auf die Lippe. Er meint Dreamy Matt. „Ich muss leider sagen, dass wir uns da wohl keine Gedanken machen müssen, trotz meiner Hoffnungen."

„Denk dran, was ich gesagt habe: Sein Interesse könnte geweckt werden, wenn er uns ‚zusammen' sieht."

„Und wie *ich* sagte: Matt ist nicht so ein Typ."

„Wenn du das sagst."

Fest davon überzeugt, dass ich richtig liege, nicke ich entschieden. „Bin ich. Und außerdem bin ich nicht diejenige, die ständig mit wechselnden Frauen in London unterwegs ist, weißt du."

„Zum Glück, denn sonst würde diese Schein-Verlobung nicht funktionieren."

„Schöne Art, vom Thema abzulenken."

„Also gut, einige dieser Frauen waren romantische Interessen–", beginnt er.

Ich ziehe die Augenbrauen hoch. „Romantische Interessen? Wow, die haben ja richtig Glück. Ich würde es lieben, von dem Typen, mit dem ich ausgehe, als ‚romantisches Interesse' bezeichnet zu werden."

„Wie soll ich sie denn nennen?"

„Keine Ahnung", gebe ich mit einem Achselzucken zurück. „Freundinnen? Dates? Liebhaaaber?"

Er lacht herzlich. „*Liebhaaaber?*"

Ich hebe die Hände zum Zeichen der Kapitulation. „Ich urteile nicht."

Er reißt spielerisch die Augen auf. „Oh, ich denke, das tust du."

„Was du in deiner Freizeit machst, ist deine Sache, Herr stellvertretender Bürgermeister. Nicht meine."

„Wenn du das auch der Öffentlichkeit klar machen könntest, wäre ich dir sehr verbunden. Jedenfalls sind einige von ihnen auch einfach Freundinnen, aber das gefällt den Medien nicht, also stellen sie mich als diesen lüsternen Lothario dar, der in jedem Stadtteil eine andere Gespielin hat."

Ich lege die Hand aufs Herz. Ich habe die Artikel gelesen. Ich habe die Fotos gesehen. „Mein Herz blutet für dich."

Er lacht und schüttelt amüsiert den Kopf. „Zurück zur Liste." Er hält sein Handy hoch. „Ich werde mich während unserer Verlobung mit keiner anderen Frau treffen, nicht mal heimlich."

„Ich auch nicht. Mit Männern, meine ich – auch nicht mit Matt. Der seine Meinung über mich übrigens nicht wegen dir ändern wird. Matt ist ein prinzipientreuer Mann. Er ist standhaft in seinen Überzeugungen und zutiefst dem Richtigen verpflichtet."

James lacht. „Klingt ja superspaßig, der Typ."

„Ist er tatsächlich. Er ist witzig und klug und mit sich im Reinen."

„Der überhebliche Kerl mit dem Dutt auf dem Kopf und dem kompliziert aussehenden Bart?", fragt er und ich weiß, dass er mich aufzieht.

„Du hast ihn getroffen?", hake ich überrascht nach, bevor mir auffällt, dass meine Reaktion nahelegt, ich stimme würde zustimmen, dass Matt ein überheblicher Kerl mit Dutt auf dem Kopf und kompliziert aussehendem Bart ist. „Nicht, dass Matt überheblich wäre, und er hat wunderschöne Haare."

„Wenn du das sagst. Und ja, ich habe ihn getroffen, weil er mit Jennifer Standish zusammen war, als ich am Museum ankam. Ich habe sie schon ein paar Mal getroffen und sie hat ihn mir vorgestellt. Aber ich ziehe dich nur auf.

Ich bin sicher, Matt ist genauso großartig, wie du sagst. Als dein Verlobter wünsche ich dir alles Glück der Welt mit ihm, *nachdem* wir uns getrennt haben."

Ich entspanne mich. „Danke."

„Was mich zum nächsten Punkt auf der Liste bringt: die Trennung."

„Du hast da jetzt schon drüber nachgedacht? Wow, du bist wirklich ein organisierter Mann. Wie soll unsere Trennung ablaufen?"

„Ich wollte das mit dir besprechen. Wir wollen nichts Skandalöses, nichts, was die Leute zum Reden bringt."

„Weil das den ganzen Zweck unserer Vereinbarung zunichtemachen würde."

„Genau. Ich denke an ein ‚Bewusstes Entpaaren'."

„Wie Gwyneth Paltrow und der Typ von Coldplay?"

„Chris Martin. Ja. Wir könnten ein Statement herausgeben, dass wir beschlossen haben, getrennte Wege zu gehen, aber Freunde bleiben und uns gegenseitig das Beste für die Zukunft wünschen."

„Wow. Das klingt so aufrichtig", witzele ich trocken.

„Was? Ich finde, das klingt gut."

„Aber kein bisschen glaubwürdig."

Er macht sich eine Notiz auf seiner Liste. „Nächste Regel: Ich werde dich zu verschiedenen Veranstaltungen mitnehmen müssen, inklusive des Wochenendes in Hallston Hall."

„Das kriege ich hin."

„Ich lasse dir die Termine von meinem Assistenten Derek schicken. Ich warne dich: Ich bin ein viel beschäftigter Mann."

Ich grinse ihn an. „Vielbeschäftigt und wichtig, Herr stellvertretender Bürgermeister."

Er schüttelt lächelnd den Kopf. „Du verstehst mich jetzt schon."

„Gibt es noch weitere Punkte auf der Liste?"

Er sieht auf sein Handy. „Küssen und Berühren haben wir schon besprochen, also kommt als nächstes Familie."

Mein Magen zieht sich kurz zusammen. „Richtig."

„Ich weiß, für dich geht es bei dem Ganzen vor allem darum, dass deine Mutter aufhört, dich unter die Haube bringen zu wollen. Deshalb schlage ich vor, wir sagen unseren Familien heute, dass wir verlobt sind, weil wir morgen Abend eine Veranstaltung im V&A haben, bei der wir offiziell als Paar enthüllt werden. Und du trägst ja auch schon den Ring."

Ich sehe auf den Ring an meiner linken Hand hinunter. „Heute. Verstehe."

„Also, wirst du sie anrufen?"

„Mum wird einen Herzinfarkt bekommen. Vor allem, wenn ich ihr sage, dass ich mit dir verlobt bin."

„Ich nehme das mal als Kompliment." Er tippt auf seinem Handy herum.

„Machst du dir etwa Notizen?", frage ich schließlich, von Neugier übermannt.

„Ja. Möchtest du sie sehen?"

„Nicht nötig. Lass uns ein paar Geheimnisse in unserer Schein-Beziehung bewahren. Die Schein-Romanze am Leben erhalten."

„Apropos, wir sollten uns besser kennenlernen, damit wir auf knifflige Fragen vorbereitet sind."

„Soll ich dir eine Liste schreiben?", frage ich neckisch und er zieht eine Augenbraue hoch.

„Du hältst mich wirklich für total langweilig und spießig, oder?"

„Überhaupt nicht", protestiere ich, obwohl genau diese Worte die ganze Zeit in meinem Kopf herumgegeistert sind. „Du bist einfach nur organisiert, das ist alles. Ich persönlich finde, Improvisieren funktioniert meistens ganz wunderbar."

„Ich bin mir nicht sicher, ob Improvisieren hier die beste Herangehensweise wäre."

„Du willst wirklich, dass ich dir eine Liste meiner Charaktereigenschaften schreibe, oder?"

„Nein, will ich nicht", erwidert er völlig unglaubwürdig.

„Ich werde dir die Liste schreiben."

Er lächelt. „Ich schreibe dir auch eine."

Mein Handy piept und ich muss gar nicht erst daraufschauen, um zu wissen, dass es meine Mutter ist, die mir schon wieder schreibt und darum bittet, dass ich sie anrufe. Und wenn ich „darum bittet" sage, meine ich, dass sie mich quasi anschreit, ich solle sie jetzt sofort anrufen.

Gehüpft wie gesprungen.

„Es ist Mum", sage ich, als ich auf mein Handy schaue. „Sie plant gerade eine Intervention in mein Liebesleben."

„Eine Intervention? Wow, du brauchst wirklich einen Schein-Verlobten."

Ich verdrehe die Augen. „James, du hast ja keine Ahnung."

„Ruf sie ruhig an. Ich habe vor, meine Mutter gleich ebenfalls anzurufen."

„Du zuerst."

„Gut." Er wählt die Nummer und hält sich das Handy ans Ohr. Einen Moment später sagt er: „Hallo, Mum… Super. Wie geht's dir?… Hör zu, Mum, ich habe nur ein paar Minuten, aber ich wollte dir eine wichtige Neuigkeit mitteilen… Nein, ich bin nicht Bürgermeister… Ich verspreche, welche zu besorgen, wenn ich das nächste Mal in der Apotheke bin… Mum? Ich habe wirklich nur ein paar Minuten." Er wirft mir einen amüsierten, aber auch leicht genervten Blick zu, und ich fühle mich ihm plötzlich sehr verbunden. Mit redseligen Müttern umzugehen, erfordert Können und Geduld. „Die Neuigkeit ist: Ich bin verlobt."

Ich sehe, wie sich ein Lächeln über sein Gesicht ausbreitet, das es regelrecht erstrahlen lässt.

„Lottie Sullivan. Wir haben uns in dem Museum kennengelernt, in dem sie arbeitet… Sie ist gerade hier bei mir. Willst du mal Hallo sagen?"

Ich reiße entsetzt die Augen auf. Das war nicht der Plan!

Er tippt auf den Bildschirm und sofort erfüllt die aufgeregte Stimme einer Mutter, die gerade erfahren hat, dass ihr Sohn verlobt ist, das Auto.

„Oh, Liebling. Wie wundervoll!", ruft sie begeistert.

„Mum? Das ist Lottie Sullivan."

„Hallo, Lottie Sullivan", trällert sie. „Wie schön dich kennenzulernen. Also, nicht richtig kennenlernen, aber von dir zu hören und davon, dass du mit meinem Sohn verlobt bist."

„Hallo, Frau Brody", antworte ich und werfe James einen Blick zu, der ihm deutlich macht, dass er mich gerade ganz schön in die Bredouille gebracht hat.

„Ich will alles über dich erfahren. Ich kann es kaum erwarten, die Frau kennenzulernen, die das Herz meines Sohnes erobert hat."

„Freut mich auch, Sie kennenzulernen", erwidere ich und fühle mich dabei ungefähr so wohl wie ein Sumo-Ringer, der in eine Kinderschaukel gezwängt wurde.

„Wer hätte das gedacht: Mein Sohn wird endlich heiraten", fährt sie fort.

„Danke, Mum", antwortet James mit einem selbstironischen Lachen. „Ich melde mich bald wieder, okay?"

„In Ordnung, Liebling. Und Lottie?"

„Ja?"

„Ich freue mich sehr darauf, dich bald persönlich kennenzulernen und alles über dich zu erfahren."

„Ich mich auch."

„Tschüss, Mum. Hab dich lieb", beendet James das Gespräch und legt auf. „Siehst du? Ganz einfach."

„*Endlich* heiratest? Wie alt bist du eigentlich?", necke ich ihn.

„Ich bin 36."

„36? Gut, dass ich auf alte Sachen stehe, nicht wahr?"

Er schüttelt lachend den Kopf. „36 ist doch nicht alt."

„Das ist steinalt, James. Du bist *viel* älter als ich, fast eine ganze Generation, wenn ich mich nicht irre."

Er zieht die Augenbraue hoch. „Eine ganze Generation? Ganz sicher nicht."

Ich tippe mir nachdenklich ans Kinn. „Weißt du, jetzt ergibt alles langsam einen Sinn für mich."

„Was meinst du?"

„Du brauchst eine Verlobte, weil du so alt bist. Wenn du so jung wärst wie ich, würde sich niemand wundern, dass du in der Politik und trotzdem noch Single bist."

„Vielen Dank auch. Wie alt bist du eigentlich?"

„Du weißt genau, wie alt ich bin. Du hast mich doch durchleuchten lassen."

„Stimmt", gibt er zu. „Ich weiß, dass du 29 bist und am Valentinstag 30 wirst."

„Ha! Ich wusste es."

„Also", sagt er bedeutungsvoll.

„Also?"

„Jetzt bist du dran."

„Womit bin ich dran?"

„Deine Mutter anzurufen."

Ich verziehe den Mund zu einer Grimasse. Meiner Mum zu erzählen, dass ich verlobt bin, ist ein großer Schritt. Danach gibt es kein Zurück mehr. Dann werden wir offiziell verlobt sein – also, natürlich nur scheinverlobt. Nicht, dass meine Eltern das wissen würden.

„Denk dran: Sobald du es ihr erzählt hast, wird sie die ganze Interventions-Geschichte vergessen."

Das stimmt wohl.

„Okay." Ich ziehe mein Handy aus meiner Handtasche und wähle schnell die Nummer meiner Eltern, bevor ich es mir anders überlegen kann.

„Bei Sullivans", meldet sich Mum, genau so, wie sie sich schon immer am Festnetztelefon gemeldet hat, seitdem ich ein Kind war. Und ja, meine Eltern sind tatsächlich altmodisch genug, noch einen Festnetzanschluss zu besitzen.

„Hi, Mum", sage ich und werde sofort von Nervosität überrollt.

„Oh! Lottie!", kreischt sie und ich muss das Handy vom Ohr weghalten, um zu verhindern, dass mir das Trommelfell platzt. „Endlich! Hast du meine ganzen Nachrichten nicht bekommen? Ich habe dich wieder und wieder angerufen. Wo warst du? Ich habe mir solche Sorgen gemacht."

„Ich war beschäftigt, tut mir leid. Ich habe Neuigkeiten. Neuigkeiten, die dir sicher gefallen werden."

„Oh?" Ihre Stimme klingt misstrauisch.

„Hol doch auch Dad dazu."

„In Ordnung. Michael! Es ist Lottie! Sie will uns etwas erzählen", ruft sie.

Kurz darauf ertönt Papas Stimme: „Hallo, Liebes. Du bist auf Lautsprecher, nur damit du's weißt."

„Hi, Dad. Wie war das Golfen gestern?"

„Gerald hat am vierten Loch den unglaublichsten Birdie geschlagen—", beginnt er, wird aber prompt von meiner überdrehten Mutter unterbrochen, deren Aufregung scheinbar den Siedepunkt erreicht hat.

„Oh, dafür ist jetzt keine Zeit!", keift sie. „Wen interessiert Gerald und sein Birdie? Wir haben hier eine Krise, Michael! Eine Krise!"

Meine Mutter, die Drama-Queen.

„Also, ich—", setzt Dad an, wird aber gleich wieder unterbrochen.

„Lottie, was sind deine Neuigkeiten?"

Ich blicke zu James, der mir ein aufmunterndes Lächeln zuwirft. „Also, du weißt ja, dass ich dir gestern erzählt habe, dass ich mich mit jemandem treffe?"

„Nicht schon wieder! Lottie, wir machen uns solche Sorgen um dich", unterbricht Mum mich. „Nicht wahr, Michael?"

„Deine Mutter ist besorgt, Liebes", pflichtet Papa bei.

„Ihr müsst euch keine Sorgen machen, Mum. Ich rufe an, um euch zu sagen, dass ich mich tatsächlich mit jemandem treffe. Er heißt James und er ist ein wirklich liebenswerter Mann. Sehr freundlich und nett, und außerdem ziemlich gut aussehend."

Er grinst mich an und fährt sich mit den Fingern durch die Haare, als würde er für ein Fotoshooting posieren.

Ich muss mir ein Kichern verkneifen.

„Lottie", warnt Mum.

„Ich meine es ernst, Mum. James ist eine reale Person, kein Hirngespinst."

„Was gibt es sonst noch über ihn zu sagen?", fragt sie und ich weiß, dass sie meine Geschichte testen will.

Ich suche nach Dingen, die ich noch über diesen Mann erzählen kann, den ich kaum kenne und der gerade neben mir im zäh fließenden Verkehr sitzt. „Er hat einen Fahrer und er… er sieht gut im Anzug aus."

„Ich sehe gut im Anzug aus?", murmelt er mir zu, die Augenbrauen hochgezogen.

Ich zucke mit den Schultern.

„Was hat die Tatsache gut im Anzug auszusehen mit irgendwas zu tun?", faucht Mum.

„Ähm, also." Ich ringe nach Worten. „Das heißt, er sieht gut aus, wenn er zu Geschäftstreffen geht."

James prustet los und ich haue ihm auf den Arm.

„Es ist wichtig, bei Geschäftstreffen gut auszusehen", stimmt Papa zu.

„Ganz genau, Dad. Es *ist* wirklich wichtig. James hat wirklich schöne Anzüge. Ich würde sogar so weit gehen zu sagen, er ist... anzugmäßig." Ich sehe James an und wir teilen ein Lächeln.

„Anzugmäßig? Was ist das denn für eine Beschreibung für einen Mann?", fragt Mum.

„Das ist ein existierendes Wort", verteidige ich mich, obwohl ich weiß, dass es das nicht ist. „Jedenfalls ist er ein wirklich netter Mann und ich bin sehr glücklich."

„Er klingt großartig, Liebling", meint Papa.

„Ich finde es trotzdem eine sehr seltsame Eigenschaft, die man an jemandem mögen kann", entgegnet Mum schnippisch.

„Na ja, es heißt auch, dass er, wenn wir heiraten, gut aussehen wird, denn wir sind verlobt." Ich kneife die Augen zusammen und warte auf die Reaktion.

Pünktlich aufs Stichwort lässt das Wort mit H Mums Aufregung in die Stratosphäre schießen.

„Ihr werdet heiraten? Du wirst *heiraten*?", kreischt sie, sämtliche Sorgen, ich sei eine fantasierende Verzweifelte, lösen sich in Luft auf, und ich bin erneut gezwungen das Handy vom Ohr wegzuhalten. „Oh, Lottie! Aber du hast nie etwas gesagt. Oh, wie wunderbar! Ist das der Grund, warum du Spencer nicht noch mal treffen wolltest? Weil du schon verlobt warst?"

„Genau. Ich wollte Spencer nicht noch mal treffen, weil ich bereits verlobt war", wiederhole ich.

James runzelt die Stirn, dann hellt sich sein Gesicht auf. „Ah, dein Blind Date."

Ich presse die Lippen zusammen und nicke.

„Wie praktisch", meint er.

„Lottie? Bist du sicher, dass du heiraten wirst? Das ist nicht nur irgendeine verrückte Idee von dir? Das ist wirklich, wirklich echt?", erkundigt sich meine Mutter.

„Ich glaube, das würde ich wissen, Mum", antworte ich mit gekreuzten Fingern.

„Also bist du wirklich verlobt? So richtig, offiziell verlobt? Zum Heiraten?", bohrt meine Mutter nach.

„Bin ich", erwidere ich bestimmt. „Ich bin mit James Brody verlobt." Ich halte das Handy vorsorglich wieder vom Ohr weg, in Erwartung eines weiteren Schreis meiner Mutter.

Doch diesmal: nichts als Stille.

„Mum? Alles in Ordnung bei dir?", erkundige ich mich nach einer Weile.

„Was ist los?", will James leise wissen. „Ist sie unglücklich?"

Ich halte die Hand über den Hörer. „Sie ist ganz still."

„Ist das ein gutes Zeichen?"

„Das ist noch nie in meinem Leben passiert", flüstere ich zurück.

„Lottie, Schatz. Hier ist dein Dad", sagt Papa, als würde ich die Stimme meines eigenen Vaters nicht erkennen.

„Ist alles in Ordnung mit Mum?"

„Deine Mutter ist etwas blass geworden und redet nicht mehr."

„Blass ist nicht gut."

„Und ihr Mund steht irgendwie offen."

„Sie ist wohl im Schockzustand."

„Deine Mutter ist im Schockzustand?", fragt James.

Sorge steigt in mir auf.

Ich höre Papa sagen: „So, Liebes, setz dich mal schön in den Sessel und ich spreche mit Lottie. Einverstanden? Genau, lehn dich zurück." Dann sind ein paar undeutliche Geräusche zu hören und Papa spricht weiter. „Bist du noch dran, Lottie? Ich bin's wieder, Dad."

„Was ist mit Mum?"

„Sie ist einfach ein bisschen überwältigt von deinen Neuigkeiten. Es ist alles etwas… unerwartet."

„Mir geht's gut!", höre ich Mum protestieren und ich atme erleichtert auf. „Lottie, ich kann dir gar nicht sagen, wie sehr es mich freut, das zu hören."

„Danke, Mum."

„Aber warum kommt mir der Name so bekannt vor? James Brody. Der Name sagt mir doch was. Oder, Michael?"

„Also—", setze ich an.

„Oh, ich weiß! Er ist Schauspieler, oder? In *Coronation Street*! Oh nein, das geht ja nicht. Dann würde er in Manchester leben, weil sie da drehen, und das würde es schwierig machen eine Beziehung mit ihm zu führen. Fernbeziehungen sind hart, habe ich gehört. Du bist doch nicht mit einem Mann aus Manchester zusammen, oder, Lottie?"

„Nein, Mum."

„Na, zum Glück! Nicht wahr, Michael?"

„Oh, äh, ja", murmelt Papa.

„James lebt in London. Tatsächlich ist er einer der stellvertretenden Bürgermeister."

„Wovon, Liebling?", erkundigt sie sich.

Ich sehe James an. „Von London", sage ich.

Papa meldet sich zu Wort. „Du bist mit einem Politiker verlobt, Lottie? Na, alle Achtung."

„Danke, Dad." Ich warte darauf, dass Mum wieder

etwas sagt. Doch sie bleibt stumm, deswegen erkundige ich mich: „Dad? Geht's Mum gut? Sie ist schon wieder so still."

Man sagt ja, ein Blitz schlägt nie zweimal an derselben Stelle ein, aber ich habe jetzt den Gegenbeweis.

„Ich bin nicht sicher, Schatz. Sie starrt das Telefon an und blinzelt nicht."

Das kann nichts Gutes bedeuten.

„Libby? Schatz?", höre ich Papa fragen. „Lottie? Ich würde sagen, du hast das Unmögliche geschafft. Du hast deine Mutter sprachlos gemacht, zum zweiten Mal in ihrem Leben. Und das während *eines* einzigen Telefonats."

„Sprachlos im positiven Sinne?", hake ich vorsichtig nach.

„Wenn ich sie so ansehe, dann ganz bestimmt im sehr positiven Sinne", erwidert er. Ich atme erleichtert aus und bemerke erst jetzt, dass ich überhaupt die Luft angehalten hatte. „In der Tat sehr positiv."

Kapitel 9

AM DARAUFFOLGENDEN ABEND werfe ich einen letzten Blick in den Spiegel, bevor ich mich zu Tabitha umdrehe, die es sich mit einem Glas Wein auf meinem Bett gemütlich gemacht hat. „Wie sehe ich aus?", frage ich und drehe mich einmal um die eigene Achse in meinem Kleid. Mit seinem V-Ausschnitt mit Muschelsaum, der Spitzenlage und dem wallenden Rock fühle ich mich wie eine Prinzessin, bereit für den Ball.

„Wunderschön, Babe. Heiß, aber dezent, genau so, wie es sich für die Verlobte eines stellvertretenden Bürgermeisters gehört. Ooh, so werden wir ihn nennen! Mr. Stellvertretende Heißheit. Wie findest du das?"

Ich kichere. „Das geht gar nicht."

Sie greift nach der Weinflasche, die sie mitgebracht hat, und füllt ihr Glas nach.

„Das ist ganz schön viel Wein für einen Wochentag", merke ich vorsichtig an.

Sie wirft mir einen bösen Blick zu. „Willst du mir jetzt schon wieder einen Vortrag darüber halten, dass ich zu viel trinke?"

„Ich mache mir einfach Sorgen um dich, Tabitha. Mehr nicht. Und bevor du es sagst – ja, ich weiß, du findest, ich benehme mich wie eine Glucke und stelle mich an."

Sie verzieht ihre Lippen zu einem leichten Lächeln. „Schon gut, Mama. Du darfst dich ruhig um dein Erstgeborenes sorgen."

Ich lache, um die plötzliche Schwere im Raum zu vertreiben. „Du weißt, dass ich dich liebe, nicht wahr?"

„Ich weiß."

„Ich will nur das Beste für dich."

„Das weiß ich auch."

Wir lächeln uns gegenseitig an.

„Sollen wir Zee dazuholen? Sie will dein erstes Date-Outfit bestimmt auch sehen."

„Ich kann nicht fassen, dass ich wirklich ins V&A darf."

„Zee? Komm mal her!", ruft Tabitha. „Lottie ist fertig gestylt, um Seiner Ehrenwerten Heißheit zu begegnen, und sie sieht umwerfend aus."

Zara kommt in Jogginghose und Wollpulli ins Zimmer geschlurft, an den Füßen trägt sie dicke Socken. Ihr Freund Asher, der einen anerkennenden Pfiff ausstößt als er mich sieht, folgt ihr.

„Du siehst fantastisch aus, Süße", sagt Zara. „Sehr

elegant, mit einem Hauch Sex-Appeal und trotzdem einer Prise Verspieltheit."

Asher hebt die Brauen, während er sich an den Türrahmen lehnt. „Das alles kann ein *Kleid* vermitteln?"

Sie zuckt mit den Schultern. „Findest du nicht?"

Er lacht und deutet mit dem Daumen auf sich. „Ich bin ein Kerl, schon vergessen? Ich denke lediglich: ‚Man sieht ein bisschen Ausschnitt'."

Zara haut ihm auf den Arm, während ich auf meinen dezenten Ausschnitt hinunterblicke. „Ahem", sagt sie vielsagend.

„Was soll ich sagen? Wir Kerle sind ziemlich simpel gestrickt, aber *du* bist es, der mein Herz gehört", kontert er, küsst sie auf die Stirn und zieht sie liebevoll an sich. Die beiden sehen aus wie die Verliebtheit in Person, wie sie es immer tun.

Stevie kommt in den Raum gestürmt und springt sofort um Zaras Füße herum. Zara hebt sie hoch und ihr kleiner Schwanz wedelt aufgeregt, während sie mich neugierig anschaut. Die drei sehen aus wie eine glückliche kleine Familie.

„Wer ist der Typ, mit dem du ausgehst?", fragt Asher. „Warte. Doch nicht etwa Dreamy Matt, oder? Ich muss gestehen, dass ich nie gedacht hätte, dass das jemals was wird. Tut mir echt leid, aber ist so."

Als einziger Mann in unserer engen Freundesgruppe weiß Asher natürlich alles über meine unerwiderten Gefühle für Matt.

„Nicht Matt, aber vielen Dank auch für dein Vertrauen", erwidere ich.

„Ja, Ash", tadelt Tabitha. „Das war jetzt nicht gerade ermutigend für unsere Lottie."

„Also hast du den Kerl aufgegeben?", hakt Asher nach.

„Ich habe meinen Fokus verlagert", antworte ich, obwohl das nicht ganz der Wahrheit entspricht.

„Gut so, Lott. Ihr arbeitet jetzt schon ewig zusammen und er hat dich nie so gesehen. Es ist eher unwahrscheinlich, dass sich das in nächster Zeit ändern wird."

„Sieh es mal so, wir waren auch ewig nur Freunde, bevor wir zusammengekommen sind", widerspricht Zara.

„Genau, Ash", wiederholt Tabitha. „*Ewig.*"

Er zuckt mit den Schultern. „Alles was ich damit sagen möchte, ist, dass ich ein Kerl bin. Ich kenne Männer. Wenn er gewollt hätte, hätte er längst etwas unternommen."

„Sehr hilfreich, Ash", sagt Zara, während ihre Augen ihm unmissverständlich zu verstehen geben, dass er ab jetzt besser den Mund halten sollte. „Lottie geht heute mit jemand Neuem aus. Nicht wahr, Lottie?"

„Ganz genau. Jemand neues", antworte ich betont lässig, während ich den Anflug eines schlechten Gewissens spüre, da er nichts von der Schein-Verlobungs-Sache weiß. Ich habe James schließlich versprochen, niemandem sonst davon zu erzählen, und Asher gehört leider dazu.

„Tatsächlich geht Lottie mit Mr. Stellvertretende Heißheit aus, Ash. Was sagst du dazu?", fragt Tabitha.

„Diesen Namen unterstütze ich nicht", teile ich ihr mit.

„Ich find ihn süß", erwidert sie.

„Mr. Stellvertretende Heißheit?", spöttelt Asher. „Wessen Stellvertreter ist der Kerl denn in Sachen Heißheit? Oh, warte, ich weiß: meiner, hab ich recht?" Er wackelt vielsagend mit den Augenbrauen und Zara verdreht die Augen.

„Dein mangelndes Selbstvertrauen ist wirklich erstaunlich. Wusstest du das?", neckt sie.

„Ich arbeite daran", meint er, bevor er sie sanft auf die Lippen küsst.

„Hey, genug mit der Rumknutscherei, ihr zwei",

beschwert sich Tabitha. „Es reicht schon, dass ungefähr tausend Leute in dieser winzigen Wohnung leben, da brauche ich so was nicht auch noch. Und außerdem erinnert es mich daran, dass ich jetzt die Einzige bin, die noch Single ist, jetzt wo Lottie ihren neuen Kerl hat." Sie verschränkt die Arme vor der Brust und schiebt trotzig die Unterlippe vor. „Das ist nicht fair."

Zara grinst entschuldigend. „Tut uns leid, Tabitha. Wir halten uns mit den öffentlichen Zärtlichkeiten ab jetzt zurück. Versprochen."

Tabitha wird etwas weicher. „Danke."

„,Mr. Stellvertretende Heißheit' ist nur so ein blöder Spitzname, den sich Tabitha ausgedacht hat", sage ich zu Asher. „So nennen wir ihn nicht." Ich werfe Tabitha einen vielsagenden Blick zu.

„Aber es klingt so *niedlich*", protestiert sie. „So wie Deputy Dawg", fügt sie wenig hilfreich hinzu.

Ich schaue sie entgeistert an. In keiner denkbaren Realität sieht Deputy Dawg auch nur im Entferntesten aus wie James Brody.

„Deputy Dawg?", erkundigt sich Asher lachend. „Ich wusste, dass du ein bisschen sonderbar bist, Lottie, aber ich hätte nicht gedacht, dass du auf Sheriff-Hunde mit Lispeln stehst, *dagnabbit*."

Zara kichert und stupst ihn in die Seite. Dann wendet sie sich mir zu: „Wie auch immer du deinen neuen Typ nennen willst, ich finde, du siehst fantastisch aus. Heute Abend geht's doch ins V&A, oder?"

Ich strahle meine Freunde an. „Ganz genau. Es ist die offizielle Eröffnung des frisch renovierten Flügels mit der Musikinstrumenten-Ausstellung. Ich freue mich riesig darauf. Der Kurator wird auch dort sein, er ist eine große Nummer in der Museumswelt. Vielleicht lerne ich ihn sogar kennen."

„Du gehst auf ein Date in ein *Museum*, um dir alte Instrumente anzuschauen, mit einem Typen, den du ‚Deputy Dawg' nennst?", fragt Asher. „Wow, das wird ja immer seltsamer und seltsamer."

„Ich habe ihn nicht so genannt!", rufe ich empört.

„Du kennst doch Lottie", sagt Zara. „Sie liebt Museen."

„Schon, aber auf einem Date?" Asher schüttelt den Kopf. „Der arme Kerl. Der kann sich heute Abend jede Hoffnung abschminken, so viel steht fest."

Zara stupst ihn erneut in die Seite. „Das würde sowieso nicht passieren, Lottie ist eine Lady."

„Tatsächlich bin ich völlig verrückt nach dem Typen, Ash. Ver-r*üüü*-ckt", sage ich.

„Du stehst also wirklich auf ihn?", fragt Asher.

„Oh ja. Ich stehe *total* auf ihn. Ich finde ihn zum Anbeißen."

„Stimmt", fügt Tabitha hinzu. „Wir müssen uns ständig anhören, wie sehr sie ihm das Gesicht abküssen will. Ich sag's dir, Lottie hat es *meisterlich* erwischt mit Deputy Dawg."

Ich presse die Lippen zusammen, um das Kichern zu unterdrücken, aber es entweicht mir als lautes Schnauben durch die Nase. Tabitha und Zara versuchen ebenfalls nicht loszulachen, ihre Gesichter sind schon ganz rot.

Asher schaut zwischen uns dreien hin und her, die Augen zusammengekniffen. „Was geht hier vor?"

Tabitha kann sich nicht mehr halten und prustet los, gefolgt von Zara, und schließlich lache auch ich los, obwohl ich mich mit Kräften dagegen zu wehren versuche. Die Vorstellung, dass ich auf Deputy Dawg stehe, ist einfach zu viel, und wir kriegen uns alle nicht mehr ein.

„Seid ihr betrunken?", erkundigt sich Asher.

Ich reiße mich zusammen, wische mir unter den Augen

entlang und glätte mein Haar. „Nein, wir sind einfach nur albern", erkläre ich ihm.

Zum Glück ertönt in dem Moment die Klingel und bewahrt mich vor weiteren Fragen.

Ich schlüpfe in meinen Wintermantel und greife nach meiner Handtasche. „Also, ihr Lieben. Bis später."

„Sag Deputy Dawg, dass er ein braver Junge ist", ruft Zara hinter mir her.

„Und streichel ihm über den Kopf von mir", fügt Tabitha hinzu, bevor meine äußerst reifen Freundinnen wieder in Gekicher ausbrechen und Asher sie ratlos ansieht.

Ich eile die Treppe hinunter in die kalte Winternacht und sehe James neben einem glänzend schwarzen Wagen stehen. Er lächelt mich an und ich schreite beschwingt zu ihm.

„Hallo, Verlobte", begrüßt er mich, während er mir die Autotür aufhält.

Ich kann nicht anders, als einen kurzen Blick auf den Ring zu werfen. „Hallo, Verlobter", erwidere ich, während ich einsteige.

Als wir durch die Straßen von Fulham in Richtung Victoria and Albert Museum in Süd-Kensington gefahren werden, erzähle ich ihm die Geschichte, wie meine Freundinnen und ich angefangen haben, ihn Deputy Dawg zu nennen.

„Wie sieht dieser Deputy Dawg noch mal aus?", erkundigt er sich, während er sein Handy aus der Innentasche zieht und den Namen eintippt.

„Oh, das ist ein richtig heißer Hund", necke ich.

James ruft ein Bild von einem Cartoon-Hund auf, der eine blaue Hose, eine schwarze Weste, einen Sheriffstern und einen flachen Hut trägt. „Immerhin ist er ein Beamter im öffentlichen Dienst, genau wie ich. Ich kann die

Ähnlichkeit erkennen." Er hält das Bild neben sein Gesicht und ich pruste los.

„Du bist besser angezogen", informiere ich ihn. „Aber ansonsten hast du recht. Die Ähnlichkeit ist verblüffend."

Ein Lächeln umspielt seine Lippen. „Danke?" Er betrachtet das Bild erneut. „Immerhin trägt dieser Hund eine Hose. Das ist ein großer Pluspunkt für Zeichentrickfiguren."

„Ach ja?"

„Donald, Mickey, Yogi, Winnie, Porky. Muss ich weitermachen? Keiner von denen trägt eine Hose."

„Wow, du kennst dich wirklich mit Zeichentrickfiguren aus. Deshalb stehst du also auf diesen Listen der begehrtesten Junggesellen."

„Es war nur eine Liste", protestiert er. „Mein Wissen verdanke ich den frühen Samstagmorgenstunden, wenn meine Eltern ausschlafen wollten und ich Zeichentrickfilme schauen durfte. Ohne Frage, der beste Tag der Woche,."

„Gehört das heute immer noch zu deiner Wochenendroutine?"

„Natürlich. Ich finde die Lektionen über Diplomatie, die in Zeichentrickfilmen versteckt sind, sehr hilfreich für meine politische Karriere", erwidert er todernst und ich pruste erneut los.

„Du bist witzig."

„Du sagst das, als wäre es überraschend."

„Nein, ich wusste, dass du witzig bist. Es ist nur, ich weiß auch nicht, ich denke, ich erwarte immer, dass Männer, die so aussehen wie du, total ernst sind."

„Männer, die so aussehen wie ich? Geht es schon wieder um die Anzug-Sache?"

„Es geht auch um das, was du tust. Politiker sind nicht gerade für ihren Humor bekannt."

„Das stimmt, aber vielleicht hast du mich einfach vorschnell verurteilt?"

Ich presse die Lippen zusammen und betrachte ihn nachdenklich. „Du hast recht. Ich glaube, das habe ich."

„Danke." Er schenkt mir ein kleines Lächeln, bevor er hinzufügt: „Ich muss dir auch etwas gestehen."

„Oh?"

„Ich habe dich auch vorschnell verurteilt, als ich dich das erste Mal getroffen habe."

Ich denke zurück an das rosa Ungetüm von Kleid, das Mum mir für das Blind Date aufgenötigt hatte zu tragen. „Das kann ich dir nicht verübeln. Ich sah wirklich schrecklich aus. Für was für eine Art Mensch hast du mich gehalten?"

„Ich dachte, du wärst so eine dieser überprivilegierten Sloane Ranger-Frauen, die die Bedeutung von Tweed und Barbour-Jacken kennen und wie die Queen sprechen."

„Nein! So bin ich überhaupt nicht!"

„Das weiß ich jetzt, aber damals, als wir uns kennengelernt haben, sahst du, dank deiner Mutter, definitiv so aus."

„Mum und ich haben einen sehr unterschiedlichen Geschmack."

Er blickt auf mein schwarzes Outfit. „Das sehe ich. Jetzt zu etwas anderem, ich habe einen Vorschlag, und ich hoffe, du bist dem gegenüber aufgeschlossen."

Ich hebe meine linke Hand in der universellen *Stopp*-Geste. „Sind wir nicht gerade noch mit deinem letzten Vorschlag beschäftigt?"

„Es hängt damit zusammen."

„Oh, jetzt bin ich neugierig."

„Nun, ich dachte, da wir mehr übereinander erfahren müssen, Dinge, die nur Paare voneinander wissen, könntest du bei mir einziehen."

Ich breche in schockiertes Lachen aus. „Was? Bei dir einziehen? Ist das dein Ernst?"

„Absolut. So könnten wir uns schnell kennenlernen und außerdem habe ich gemerkt, dass deine Wohnung etwas überfüllt zu sein scheint."

„Aber—", protestiere ich, überrumpelt und schockiert von seinem Vorschlag.

„Denk doch mal darüber nach. Viele Leute leben bereits vor der Ehe zusammen, das ist also vollkommen normal. So können wir die Angewohnheiten des anderen kennenlernen und all die Dinge, die echte Paare voneinander wissen. Auf diese Weise kann sich das Ganze so authentisch anfühlen, wie sich eine Schein-Beziehung eben anfühlen kann. So wie in diesem Film mit dem französischen Typen mit der großen Nase."

„Gérard Depardieu in *Green Card*?"

„*Green Card*. Genau der."

„Du weißt schon, dass die den Test in dem Film nicht bestanden haben und alles schiefgelaufen ist?"

„Nur weil sie es nicht richtig gemacht haben und unter Beobachtung standen. Das wird uns nicht passieren, wir sind schließlich beide britische Staatsbürger."

Ein unangenehmer Gedanke schießt mir durch den Kopf. Zusammen wohnen wie ein Paar…? Vielleicht erwartet er sogar, dass wir uns sein Bett teilen, was definitiv nicht Teil der Abmachung ist, soweit ich weiß.

James scheint meine Gedanken zu erraten. „Bevor du fragst, Lottie, ich habe ein gemütliches Gästezimmer mit eigenem Bad. Du hättest absolute Privatsphäre."

Ich kaue auf meiner Lippe, während ich über seinen Vorschlag nachdenke. Er hat recht, meine Wohnung ist momentan ziemlich überfüllt mit Tabitha, die auf dem Sofa schläft und deren Kisten und Koffer das Wohnzimmer verstopfen. Auch wenn Kennedy momentan mit

Charlie verreist ist, wäre ein bisschen mehr Raum wirklich schön. Und ein eigenes Badezimmer? *Himmlisch.*

„Also? Was sagst du? Ziehst du bei mir ein?"

„Ich hätte mein eigenes Zimmer?", frage ich.

„Absolut, mit einem Queen-Size-Bett und eigenem Bad."

„Hat es eine Badewanne? Ich liebe es, zu baden."

Er lächelt. „Es hat eine frei stehende Badewanne mit Klauenfüßen."

„Mit Klauenfüßen, sagst du? Interessant." Ich liebe frei stehende Badewannen. „Ich kann kommen und gehen, wann immer ich will?"

„Es ist kein Gefängnis."

„Wo ist deine Wohnung?"

„In Notting Hill", antwortet er und nennt damit ein wohlhabendes, von Bäumen gesäumtes Viertel in London mit hübschen Boutiquen und Cafés. Ein Viertel, in dem ich mir niemals eine Wohnung leisten könnte.

„Kennedys fester Freund Charlie wohnt dort." Ich schüttele lächelnd den Kopf. „Du bist *so* Notting Hill, James."

„Liegt das wieder am Anzug?" Seine Augen funkeln schelmisch.

„Ganz genau."

„Ich habe nur eine Frage, bevor du zusagst: Wie stehst du zu Hunden?"

„Ich *liebe* Hunde. Zara hat Stevie, wie du ja weißt, und Kennedy hat sich um diesen verrückten Boston Terrier gekümmert, Lady M., die alle für völlig irre halten, die aber in Wirklichkeit ein Schatz ist. Wieso? Hast du einen Hund?"

„Ralph. Er ist eine Englische Bulldogge."

„So eine, wie der Hund, der eine Union-Jack-Weste trägt und aussieht wie Winston Churchill?", frage ich, während ich ein Bild von einem Hund mit hängenden Lefzen vor Augen habe.

James lacht. „Ganz genau. Wobei Ralph keine Zigarren raucht und keine flammenden Reden über das Kämpfen an Stränden hält."

„Nein, weil er ein Hund ist", entgegne ich.

„Und das wäre seltsam."

„Ganz genau." Ich grinse ihn an. „Moment, er heißt Ralph?"

„Der Name ist vererbt, aber ich finde, er passt zu ihm. Er ist ein bisschen… wählerisch, was seine Gesellschaft angeht. Nur dass du es weißt."

„Wählerisch?"

„Er tut sich schwer mit neuen Leuten."

„Ah."

„Aber ich bin sicher, er wird mit dir klarkommen, weil du im Haus wohnen wirst. Deswegen sollte er dich automatisch akzeptieren. Du solltest nur nicht erwarten, dass er dich direkt ins Herz schließen wird."

„Vielleicht solltest du deinen Geruch überall an mir verteilen."

„Und wie genau stellst du dir das vor?" Er hebt spielerisch die Brauen und die Tatsache, dass ich unbeabsichtigt etwas Anzügliches gesagt habe, bringt mich zum Erröten.

„Nichts Anrüchiges, falls du das denkst", versuche ich schnell gegenzusteuern. Ich deute auf mich. „Schein-Verlobte, du erinnerst dich? Mit der Betonung auf Schein."

„Du könntest einen meiner Pullover tragen, wenn du ihn triffst", schlägt er vor.

„Gute Idee. Viel besser als das mit dem Geruch an mir verteilen."

Sein Gesicht verzieht sich zu einem Grinsen. „Viel besser."

„Du bist ganz schön patriotisch mit deiner Englischen Bulldogge, weißt du das? Gehört er zu deinem Politiker-Image?"

„Ganz bestimmt nicht. Ralph ist kein Accessoire und er wäre zutiefst beleidigt, wenn er hören würde, dass du so etwas andeutest."

„Ich entschuldige mich vielmals bei Ralph."

„Er nimmt deine Entschuldigung an und bittet dich, dich künftig mit Kommentaren dieser Art zurückzuhalten."

Ich lache und genieße unsere lockere Unterhaltung. „Ich werde mein Bestes geben."

„Also? Was meinst du? Hat die Tatsache, dass ich einen patriotischen Nicht-Accessoire-Hund habe, dich überzeugt, dass es eine gute Idee ist, wenn du bei mir einziehst? Sagen wir, dieses Wochenende?"

„In ein paar Tagen schon?" Ich beiße mir auf die Unterlippe. Mein eigenes Reich zu haben, ohne Tabitha jeden Morgen aufwecken zu müssen, keinen Kampf um ein winziges Badezimmer austragen zu müssen, und dazu noch in einem wunderschönen Viertel wie Notting Hill, das auch näher an meiner Arbeit gelegen ist, zu wohnen, und das mit einem Hund namens Ralph zusammen, klingt schon ziemlich verlockend.

Ich strahle ihn an, die Entscheidung ist gefallen. „Lass es uns tun, Schein-Verlobter", stimme ich zu und er lächelt, als wir uns die Hand geben. „Lass uns zusammenziehen."

Kapitel 10

Wᴇ̨ʀ ᴋᴏᴍᴍᴇɴ am Victoria and Albert Museum an und als
wir die Stufen hinauf- und unter dem riesigen halbkreisför-
migen steinernen Bogen hindurchgehen, der ins Innere
führt, spüre ich einen Anflug von Aufregung in mir. Ich liebe
diesen romanischen Eingangsbereich und das Gebäude
dahinter wirklich. Mit seiner massiven Steinfassade und dem
Gewirr faszinierender Räume war es das erste Museum in
London, das ich damals als Kind besucht habe, als meine
Eltern mich auf einen Tagesausflug hierhin mitgenommen
haben, um Lady Dis Kleidersammlung anzusehen. Seitdem

ist es ein Ort geworden, an dem ich unglaublich gerne Zeit verbringe, und ich besitze viel zu viele Dinge aus dem Museumsshop, wenn man bedenkt, wie wenig ich verdiene.

„Ich bin wirklich froh, dass wir das hier machen", sage ich zu James, als wir das Gebäude betreten.

„Uns als verlobt ausgeben?", fragt er mit einem schiefen Lächeln.

„Nein, ins V&A gehen, natürlich."

Er lacht.

„Es ist mein Traum, hier eines Tages eine Sammlung zu kuratieren. Schon seit ich damals als Kind unter dieser Kuppel gestanden und nach oben gestarrt habe."

Wir bleiben beide stehen und bewundern die beeindruckende Kuppel, die sich hoch über uns wölbt.

„Wenn dem so ist, bin ich froh, dass ich die Chance habe, dich mit hierherzubringen. Nun schlage ich vor, wir mischen uns unter die Gäste. Bereit, Verlobte?"

Ich blicke mich aufgeregt in dem großen Raum um. „Los geht's."

Er legt seine Hand an meinen unteren Rücken und gemeinsam bahnen wir uns einen Weg durch die elegant gekleideten Menschen zu einer Frau an einem Rednerpult, die mit ihrem weißen Hemd, der schwarzen Fliege und Hose sehr offiziell aussieht.

Sie hakt James' Namen von einer Liste ab, während ich ungläubig die Umgebung mustere. Immer wenn ich bisher hier war, war dieser Kuppelsaal mit dem hohen Gewölbe und dem Marmorboden von Tageslicht erleuchtet und voller Touristen und Museumsbesucher. Heute Abend jedoch sind die Wände in rosa und hellblaues Licht getaucht, der Boden ist mit Tischen bedeckt, auf denen gestärkte weiße Tischdecken und aufwendige Blumengestecke stehen, ein Streichquartett spielt leise klassische

Musik, was der ohnehin schon eindrucksvollen Atmosphäre noch zusätzliche Eleganz verleiht.

„Wow, das ist der Wahnsinn!", informiere ich James begeistert, als wir unsere Mäntel an der Garderobe abgeben und uns zu den anderen Gästen begeben.

„Die machen das hier echt gut."

„Echt gut?", wiederhole ich ungläubig. „James, das ist absolut majestätisch."

„Majestätisch. Das perfekte Wort dafür. Und sogar ein echtes."

„Anzugmäßig *sollte* auch ein echtes Wort sein."

Er lacht. „Komm, ich stelle dir ein paar Leute vor."

Wir gesellen uns zu einer Gruppe ähnlich gekleideter Menschen in glamouröser Abendgarderobe und James begrüßt sie alle mit Namen.

„Und wer ist dieses reizende Geschöpf?", erkundigt sich ein dünner älterer Mann mit arrogantem Oberklassenakzent. Mit seiner dicken Brille und den weißen Haarbüscheln, die aus seinen Ohren wachsen, sieht er aus wie eine Karikatur.

„Herr Lucious Inglewood, darf ich Ihnen Fräulein Lottie Sullivan vorstellen. Lottie ist meine Verlobte", erwidert James.

Herrn Inglewoods buschige Augenbrauen schießen nach oben bis zu seinem nicht vorhandenen Haaransatz. „Verlobte?", fragt er nach.

James legt besitzergreifend einen Arm um meine Taille und ich bemühe mich, nicht allzu überrascht von seiner Berührung zu wirken. „Ganz recht. Lottie und ich sind verlobt."

Herr Inglewood nimmt meine Hand in seine und hebt sie, als wolle er sie küssen, zum Glück bleibt es jedoch bei der Geste. „Sie sind wirklich hinreißend, Fräulein Sullivan.

Und verlobt mit diesem jungen Mann. Wie geht es Ihnen?"

„Sehr gut, vielen Dank, Herr Inglewood", antworte ich.

„Nichts zu danken. Lottie, ja? Kurzform von Charlotte, nehme ich an?"

„Das stimmt, aber niemand nennt mich so." Außer meiner Mutter, wenn sie mich dafür tadelt, dass ich noch nicht verheiratet bin. Ich löse sanft aber bestimmt meine Hand aus seinem Griff.

„Ich kannte mal eine Lottie in den Sechzigern. Großartige Stute. Sehr kräftige Oberschenkel."

„Ach ja? Welche Rasse?"

„Nein, kein Pferd. Wie absurd. Eine *Frau*", erwidert er, als wäre es das Normalste der Welt, eine Frau als Stute zu bezeichnen, und als hätte ich das wissen müssen. „Ich hätte sie fast geheiratet. Habe ich aber nicht. Nur fast."

Ich werfe James einen Blick zu. „Warum haben Sie diese Lottie nicht geheiratet?", frage ich nach und füge dann hinzu: „Wenn Sie die Frage erlauben."

„Ich bin ein offenes Buch. Sie können mich alles fragen. Alles.", erwidert Herr Inglewood.

„Na gut. Warum haben Sie Lottie dann nicht geheiratet?", wiederhole ich.

„Sie ist mit diesem Lord-Dingsbums nach Indien durchgebrannt, darum. Deshalb hab ich sie nicht geheiratet. Ich laufe doch keiner Frau hinterher. Nein, vielen Dank auch. Ich bin nicht der Typ um so etwas zu tun." Er starrt gedankenverloren in die Ferne, als erinnere er sich an diese *Stute* namens Lottie. „Schade eigentlich. Eine nette Frau. Sie hatte wirklich herrlich kräftige Oberschenkel."

Lucious Inglewood steht anscheinend auf Oberschenkel.

„Jeder hat jemandem, der einem durch die Lappen gegangen ist, Lucious", kommentiert James.

„Ja, das ist wahr, mein Junge. Wirklich wahr."

„Tatsächlich? Wer war es bei dir?", frage ich James, interessiert daran, ob es in seiner Vergangenheit eine Frau gab, die ihm nahe genug gekommen ist, um als „die Eine" zu gelten.

Er schenkt mir dieses Lächeln, von dem ich mittlerweile weiß, dass es sein professionelles *Ich bin ein stellvertretender Bürgermeister und mich bringt nichts aus der Ruhe*-Lächeln ist – das Lächeln, das seine Augen nicht erreicht. „Das ist eine Geschichte für ein andermal, vielleicht", antwortet er geschmeidig, bevor er sich an Herrn Inglewood wendet. „Wir müssen uns noch etwas unters Volk mischen. Sie verstehen das sicher."

„Aber natürlich, mein Junge", entgegnet Lucious. „Du bist ja schließlich ein stellvertretender Bürgermeister."

„Es hat mich sehr gefreut Sie kennenzulernen, Herr Inglewood", verabschiede ich mich.

Er nimmt erneut meine Hand, führt sie an seine trockenen, faltigen Lippen und diesmal küsst er sie tatsächlich. „Bezaubernd", murmelt er.

James legt seine Hand wieder an meinen unteren Rücken und gemeinsam gehen wir auf eine andere Gruppe von Gästen zu. „Er ist ein interessanter Kerl, findest du nicht auch?"

„Ich glaube nicht, dass ich je jemanden getroffen habe, der Frauen als Stuten bezeichnet", erwidere ich kichernd.

„Wahrscheinlich war es wegen ihrer kräftigen Oberschenkel. Sehr pferdeähnlich."

Mein Kichern geht in ein Schnauben über. „Die arme Lottie aus den Sechzigern."

„Ach, wer weiß. Sie ist immerhin mit einem Lord nach Indien durchgebrannt."

Wir lächeln uns an.

„Bereit, noch mehr Leute kennenzulernen? Die Bürgermeisterin und ihren Ehemann, sowie ein paar Wirtschaftskapitäne?"

„Wirtschaftskapitäne? Tragen die dann auch eine Uniform und so eine Kapitänsmütze?", necke ich.

„Du bist witzig."

Ich wackele spielerisch mit den Augenbrauen. „Eine meiner vielen Qualitäten, falls du es noch nicht bemerkt hast."

Er lacht. „Ich fange langsam an, das zu begreifen."

Wir schließen uns einer Gruppe Männer und Frauen an, die der Frau lauschen, die ich als Londons Bürgermeisterin erkenne. Sie hat eine markante Hakennase und ihr dichtes, grau meliertes Haar ist zu einem Bob frisiert. Ihre klugen Augen glänzen, während sie ihre Geschichte erzählt, und ich verstehe, warum sie Bürgermeisterin ist. Sie hat eine natürliche Präsenz und einen lockeren Charme, dem sich niemand entziehen kann. Alle hängen interessiert an ihren Lippen, als sie von einem übermotivierten Ordnungsbeamten erzählt, der einem Baum ein Knöllchen verpasst hat.

Während ich zusammen mit den anderen dastehe und zuhöre, spüre ich ein Tippen auf meiner Schulter. Ich drehe mich um und blicke direkt in das Gesicht meines Chefs Herr Tomlinson, der in seinem schwarzen Smoking sehr schick aussieht.

„Herr Tomlinson", entfährt es mir überrascht. „Ich wusste gar nicht, dass Sie heute Abend hier sind."

„Ich könnte dasselbe von dir sagen, Lottie", entgegnet er, seine dicken, buschigen Brauen fragend erhoben. „Wir hatten nur ein Extra-Ticket, und das habe ich natürlich Matt gegeben, also nehme ich an, du bist auf eigene Faust hier?"

Mein Herz schlägt mir plötzlich bis zum Hals. Dreamy Matt ist hier? In diesem Raum?

Ich schlucke und gebe mir alle Mühe, Gelassenheit auszustrahlen, obwohl ich die so gar nicht fühle. „Matt ist hier, sagen Sie? Ich hab ihn noch gar nicht gesehen." Ich versuche beiläufig zu klingen, als ginge es mir bloß darum, den Standort eines Kollegen ausfindig zu machen – und nicht um meinen ewigen Schwarm.

„Er steht dort hinten bei Lady Havelock. Sie hat schon ein paar Gläser getrunken und ist wohl recht spendabel heute Abend, wie man hört", sagt er, lehnt sich näher zu mir und fügt leise hinzu: „So mögen wir sie am liebsten."

„Ja, das tun wir", antworte ich mit einem nervösen Lachen, während mein Bauch sich bei dem Gedanken an Matt mit aufgeregten Schmetterlingen zu füllen beginnt.

Ich blicke in die Richtung, in die Herr Tomlinson zeigt, und sehe Lady Havelock, die von Kopf bis Fuß in schwarzem Samt und Spitze gekleidet ist. Sie steht mit einem Glas Champagner in der Hand flirtend vor Matt und verschüttet dabei Tropfen auf den Boden. Ich kann es ihr nicht verübeln. Matt sieht umwerfend aus in seinem grauen Anzug und dem karierten Hemd, ein echter Blickfang inmitten all der Männer in ihren langweiligen schwarzen Smokings.

Sein Anblick verschlägt mir glatt den Atem.

Lady Havelock hat ihre lange, knochige Hand besitzergreifend an Matts Revers gelegt, und ich sehe ihm an, dass er die Nähe nicht gerade genießt, aber trotzdem tapfer lächelt, um der Spenden willen.

„Wie bist du an ein Ticket gekommen, Lottie?", erkundigt sich Herr Tomlinson und reißt mich aus meiner Schwärmerei.

Ich werfe James, der neben mir steht, einen kurzen Blick zu. Er scheint tief in ein Gespräch mit der Bürgermeisterin versunken zu sein. „Ich bin, äh, mit jemandem hier", erwidere ich. „Ich bin auf einem Date."

Herr Tomlinsons Knopfaugen durchforsten die Gruppe. „Wirklich?", fragt er ungläubig, als wäre die Vorstellung, dass ich ein Date habe, völlig abwegig. „Mit wem denn?"

„Oh. Äh, James Brody", antworte ich und halte die Luft an.

Das ist der Moment. Jetzt wird unsere Schein-Verlobung für jemanden aus meinem Alltag Realität, nicht nur für einen obskuren Snob namens Lucious Inglewood mit einer Vorliebe für Frauen mit pferdeähnlichen Oberschenkeln.

So real, wie eine Schein-Verlobung eben werden kann, was nicht wirklich real ist. Aber das muss Herr Tomlinson ja nicht wissen.

„Wer?", fragt er.

„James Brody", wiederhole ich und deute auf James. „Er, äh, spricht gerade mit der Bürgermeisterin."

Herr Tomlinsons Blick folgt meiner Geste, bleibt an James' Rücken hängen, und seine Stirn legt sich in Falten, bevor sich seine Miene zu einem Lächeln aufhellt. „Du willst mir also erzählen, dass du heute Abend mit einem stellvertretenden Bürgermeister Londons hier bist?"

„Ja, schon."

„Ach, Lottie. Was bist du doch für ein Scherzkeks. Aber im Ernst, mit wem bist du heute wirklich hier?"

„James Brody", wiederhole ich.

Er verengt die Augen so sehr, sodass sie beinahe in seinem blassen, aufgedunsenen Gesicht zu verschwinden drohen. „Lottie, ich bin ja durchaus für einen guten Witz zu haben, aber es gibt eine Zeit für Witze und eine Zeit für ernste Antworten. Pop-Quiz: Was meinst du, welche Zeit jetzt gerade ist?"

Ist es wirklich so abwegig, dass ich mit jemandem wie James hier sein könnte?

Natürlich weiß ich, dass ich nicht sein üblicher Typ Frau bin. Aber ich bin kein Wrack. Klar, ich sage nicht nein zu einem – oder drei – Stück Kuchen und meine rundlichen Hüften sprechen für sich, aber ich erschrecke keine kleinen Kinder, wenn ich sonntags ungeschminkt Kaffee holen gehe, und ich bemühe mich durchaus gut auszusehen.

„Hören Sie, Herr Tomlinson, so seltsam es auch für Sie scheinen mag, ich *bin* mit James Brody hier. Wir sind... wir sind verlobt."

Er starrt mich an, als hätte ich ihm gerade offenbart, dass ich in Wirklichkeit ein Alien bin, das gekommen ist, um ihm das Gehirn aus dem Schädel zu saugen.

Ich hebe vorsichtig meine linke Hand, um ihm den Ring zu zeigen, und beobachte, wie seine Augen ungläubig von meinem Gesicht zum Ring und wieder zurück wandern. „Sehen Sie? Verlobt."

„Du bist verlobt? Du? Unsere Lottie Sullivan? Verlobt um zu *heiraten*? Mit James Brody?"

„Ich wüsste nicht, welche anderen Arten von Verlobungen es gibt, zu denen ein Ring gehört", antworte ich leichthin und wackele mit den Fingern meiner linken Hand.

Er mustert mein Gesicht einen Moment lang, bevor er sich näher zu mir beugt, und ich einen unangenehmen Schwall abgestandenen Alkohols in seinem Atem abbekomme. „Weißt du, Lottie, ich hatte eine ledige Tante, die unter Wahnvorstellungen litt. Sie glaubte, sie lebe im Vatikan, sei mit dem Papst verheiratet und habe vierzehn Kinder mit ihm, dabei lebte sie in Wirklichkeit in einer Sozialwohnung in Clapham mit ihrer dreibeinigen Hauskatze."

„Nein, wirklich, es stimmt", protestiere ich und versuche, mich nicht beleidigt zu fühlen, weil mein Chef mich mit seiner verrückten Tante vergleicht. „Wir sind verlobt."

Um es zu beweisen, lege ich meine Hand leicht auf James' Rücken. Beide, er und die Bürgermeisterin, drehen sich zu mir um.

„James, und äh, Frau Lady Bürgermeisterin", sage ich – wir hätten wirklich vorher klären sollen, wie ich die Bürgermeisterin ansprechen soll, denn ich habe absolut keine Ahnung –, „ich möchte Ihnen gerne meinen Chef Herrn Tomlinson vorstellen. Herr Tomlinson, das ist die Bürgermeisterin unserer schönen Stadt und das ist mein... mein Verlobter, mein James."

James streckt Herrn Tomlinson sofort die Hand entgegen, der sie verdattert nimmt und schüttelt.

Ich lege meine eigenen Hände besitzergreifend um James' Arm, während er mich fragend ansieht.

„Herr stellvertretender Bürgermeister, Frau Bürgermeisterin, es ist... äh... wunderbar, Sie beide kennenzulernen", stammelt Herr Tomlinson, sichtlich aus dem Konzept gebracht. „Ich wusste gar nicht, dass Sie unsere Lottie hier kennen – geschweige denn, dass Sie verlobt sind."

Unsere Lottie? Jetzt beansprucht er mich als seine? Das Mädchen, das er eben noch für genau so verrückt hielt wie seine ledige Tante mit der dreibeinigen Katze?

„Ich hatte gerade erst das Vergnügen Lottie kennenzulernen, aber James scheint wirklich sehr angetan von ihr zu sein", antwortet Sally Chambers, die Bürgermeisterin. „So sehr, dass er sich zu uns verheirateten Leuten gesellen will."

James strahlt mich an, als wäre er mir völlig verfallen.

„Ich bin tatsächlich vernarrt in diese Frau", stimmt er zu und beugt sich vor, um mir einen Kuss auf die Wange zu hauchen, während er seinen Arm um meine Taille legt.

Wow, er kann das wirklich gut!

„Genau. Wir sind ineinander vernarrt." Ich setze ein Lächeln auf, das hoffentlich vermittelt: *Ich fühle mich völlig wohl und es ist überhaupt nicht merkwürdig, von einem anzugmäßigen Mann angeschmachtet und geküsst zu werden, den ich erst vor ein paar Tagen kennengelernt habe und mit dem ich jetzt vorgebe schein-verlobt zu sein.* Nicht, dass ich genau wüsste, wie so ein Lächeln aussehen würde, aber ich hoffe, dass es dieses tut.

Herr Tomlinson scheint endlich überzeugt. „Na, das *ist* ja wirklich mal eine überraschende Wendung. Du bist ein echtes Überraschungspaket, Lottie. Warum hast du bei der Arbeit nichts von dieser aufregenden Neuigkeit erzählt?"

„Warum hat sie welche aufregende Neuigkeit nicht bei der Arbeit erzählt?" Matt steht plötzlich neben Herrn Tomlinson und mein Herz beginnt sofort gegen meine Rippen zu hämmern.

„Matt, hi", begrüße ich ihn atemlos und kann James' Blick auf mir spüren.

„Hallo, Lott-Lott. Ich wusste gar nicht, dass du heute Abend hier sein würdest." Matts Blick verweilt kurz auf mir, wandert dann zur Bürgermeisterin und anschließend zu James. Er bemerkt James' Arm, der besitzergreifend um meine Taille gelegt ist, und wirft mir einen fragenden Blick zu.

Ich widerstehe dem Impuls, mich loszumachen.

„Hallo, ich bin Matt Hargreaves, Kurator im Pinkerton House. Und Sie sind die Bürgermeisterin und einer der stellvertretenden Bürgermeister. Es ist mir eine große Freude Sie beide kennenzulernen."

Sie schütteln sich die Hände zur Begrüßung, während ich darum bemüht bin, meinen Herzschlag wieder in normale Bahnen zu lenken.

Was muss Matt nur denken? Hier stehe ich mit James, wir wirken wie das perfekte Paar, das wir vorgeben zu sein, doch dabei ist er es, mit dem ich eigentlich zusammen sein will. Aber das darf ich ihm nicht zeigen. Ich muss meine Rolle spielen.

Eine unangenehme Situation, könnte man sagen.

„Matt ist unser Top-Mann im Pinkerton House", erklärt Herr Tomlinson und klopft Matt auf den Rücken. „Nicht wahr, Matt?"

Matt strahlt. „Ja, das bin ich wohl."

„Ein sehr aufmerksamer und engagierter Kurator mit einigen einzigartigen und interessanten Ideen", fährt Herr Tomlinson schmeichelnd fort.

„Sie scheinen wirklich im richtigen Beruf zu sein", erwidert Sally Chambers mit einem Lächeln.

„Ich arbeite wirklich gern im Pinkerton House", antwortet Matt bescheiden.

„Wenn Matt Ihr Top-Mann ist, dann muss Lottie wohl Ihre Top-Frau sein, nehme ich an?", erkundigt sich James spitz.

„Äh, ja, natürlich", erwidert Herr Tomlinson. „Sie ist unsere kleine Lottie. Sehr fähig. Nicht wahr, Lottie?"

Unsere kleine Lottie?

„Ja, ja, das bin ich", pflichte ich bei. Ich hebe meinen Blick zu Matt und sehe, wie er mich mit einem fragenden Ausdruck im Gesicht ansieht.

„Ich würde gern mehr über Ihre Sammlung hören, aber vielleicht ein anderes Mal. Wenn Sie mich bitte entschuldigen, ich muss noch ein wenig die Runde machen", sagt Sally.

„Natürlich. Ihre Wähler erwarten Sie sicher schon", entgegnet Herr Tomlinson und die Bürgermeisterin entfernt sich von unserer kleinen, seltsamen Gruppe, um mit anderen Leuten zu sprechen.

„Wie lange seid ihr beiden denn schon zusammen?",

erkundigt sich Herr Tomlinson und zeigt mit dem Zeige-finger abwechselnd auf uns.

Ich sehe verstohlen zu Matt hinüber, um seine Reak-tion zu beobachten, und bin zufrieden, als ich kurzzeitig einen schockierten Ausdruck in seinem attraktiven Gesicht aufflackern sehe.

„Ihr seid zusammen?", fragt Matt erstaunt, seine Augenbrauen bis fast an den Haaransatz hochgezogen.

„Wir sind sogar verlobt", klärt James ihn auf und zieht mich fester an sich, währenddessen sich mein Magen kunstvoll zu verknoten beginnt.

„Ihr seid verlobt?" Matts Augen sind so groß wie Suppenteller.

„Habe ich auch gerade erst erfahren. Eine wirklich überraschende Wendung, findest du nicht auch, Matt?", fragt Herr Tomlinson.

„Ja, ja, das ist es wirklich. Eine echte Überraschung", stimmt Matt zu. „Lottie, ich hatte keine Ahnung."

Und dann passiert etwas Magisches. Etwas, wovon ich schon *ewig* geträumt habe. Matt beugt sich zu mir, so nah, dass ich seinen Atem auf meinem Gesicht spüren kann, und küsst mich sanft auf die Wange.

Ich bin wie erstarrt, jeder Teil von mir ist auf diesen Moment konzentriert, auf die Weichheit seiner Lippen auf meiner Haut.

Mein Herz schlägt wie eine langsame Trommel.

Matt hat mich geküsst. Er hat mich *geküsst*.

Klar, nur auf die Wange, aber für mich zählt es trotzdem.

Im nächsten Augenblick richtet er sich schon wieder auf und der Moment ist vorbei.

„Herzlichen Glückwunsch euch beiden", sagt Matt mit einem gefassten Lächeln.

Ich atme aus. *Können wir bitte noch mal zu dem Teil zurück, wo Matt mich auf die Wange geküsst hat?*

„Wann ist das passiert?"

„Es ist tatsächlich noch ganz frisch", antwortet James. „Wir freuen uns sehr darüber. Nicht wahr, Liebling?"

Es dauert ein paar Sekunden, bis mir klar wird, dass mit *Liebling* ich gemeint bin.

„Oh ja. Wir freuen uns sehr über die, äh, Verlobungssache." Ich nicke, vermutlich etwas überdreht, bevor ich Matt meine linke Hand entgegen strecke und ihm dabei fast ein blaues Auge verpasse. „Ich habe einen Ring", informiere ich ihn.

Matt nimmt meine Hand und betrachtet den Ring, der jetzt nur noch wenige Zentimeter von seinem Gesicht entfernt ist. „Stimmt. Er ist, äh, sehr schön, Lottie. Gut gemacht."

Ich ziehe meine Hand zurück.

Was tue ich da? Ich benehme mich wie eine Verrückte. Ich muss die Situation retten. Ich muss so wirken, als wäre ich schwer in James verliebt, und nicht wie jemand, der dahinschmilzt, sobald Matt mir auch nur ein kleines bisschen Aufmerksamkeit schenkt.

Also schlinge ich, ganz im Sinne wie ein echtes Paar zu wirken, meine Arme um James und sehe zu ihm auf. „Wir freuen uns so sehr über die Verlobung. Es ist absolut aufregend. Aufregend sag ich euch!"

James wirft mir einen besorgten Blick zu und ich frage mich, ob ich es übertrieben habe.

„Möchtest du noch etwas trinken, Lottie?", fragt er, offenbar bemüht, mich wieder etwas normaler wirken zu lassen und nicht wie die Verrückte, zu der ich mich in den letzten paar Minuten entwickelt habe.

„Das klingt nach einer ausgezeichneten Idee", stimmt

Herr Tomlinson zu und hebt sein Champagnerglas in die Höhe. „Meins ist schon leer."

Matt ignoriert den Themenwechsel und fragt stattdessen: „Wo habt ihr zwei Turteltauben euch kennengelernt?"

„Wir haben uns kennengelernt, als ich eine Führung durch das Pinkerton House gemacht habe", antwortet James geschmeidig. „Es war Liebe auf den ersten Blick. Nicht wahr, Liebling?"

„War es", bestätige ich mit einem Lächeln. „Wie in einem Liebesroman."

Matt hebt die Brauen. „Liebe auf den ersten Blick, also? Das klingt sehr romantisch."

„Oh, das war es. Stimmt's nicht, Liebling?", erwidert James und schaut mich liebevoll an.

Ich nicke, halte mein Lächeln aufrecht, während mein Gehirn mich in meinem Kopf anschreit: *Du hältst den falschen Mann! Matt ist der Richtige für dich! Was zum Teufel machst du da?!*

„Was halten Sie von der Sammlung?", erkundigt sich Herr Tomlinson.

„Sie hat mir gut gefallen, aber ich finde, die Gebisse verdienen mehr Aufmerksamkeit. Sie sind wirklich faszinierend und Lottie hat mir erzählt, dass sie einen Twitter-Account dafür einrichten möchte. Ich halte das für eine fantastische Idee, die Sie wirklich in Betracht ziehen sollten."

Ich schiele zu James. Ich hatte ihn nicht gebeten, mir bei dem Twitter-Account für die Gebisse zu helfen. Wie wird das ankommen?

„Äh, ja. Die Gebisse. Richtig", gibt Herr Tomlinson sichtlich überrumpelt zurück.

„Stellen Sie sich nur das Humor-Potenzial vor. Wirklich unterhaltsam und ansprechend", fährt James fort.

Ich halte den Atem an.

„Das denken wir auch. Nicht wahr, Matt? Lottie hat wirklich tolle Ideen. Ideen, die wir gerne umsetzen", lügt Herr Tomlinson.

Ich starre ihn an.

„Oh, absolut", stimmt Matt zu. „Lottie hat großartige Ideen. Und der Twitter-Account für die Gebisse ist ziemlich genial."

Ich blicke zwischen den beiden hin und her. Es ist, als würde ich mich gerade in der *Twilight Zone* befinden. Das letzte Mal, als ich erwähnt habe, dass ich gerne einen solchen Account anlegen würde, hat Matt die Idee direkt abgelehnt.

„Ich freue mich schon darauf, dem neuen Account zu folgen, sobald Lottie ihn erstellt", sagt James und ich könnte ihn dafür küssen – natürlich nicht im romantischen Sinne. In einem rein platonischen Sinne. Brüderlich, schwesterlich quasi. Als Dank für seine Unterstützung beim Gebiss-Thema. Auf diese Art.

Eine Frau mittleren Alters in einem bodenlangen, trägerlosen Kleid in Marineblau mit einer Reihe funkelnder Diamanten um den Hals taucht auf. „Ah, James. Genau der Mann, den ich gesucht habe. Kann ich dich und Sally kurz sprechen?"

„Natürlich, Dacha", antwortet James. „Du kommst zurecht?", fragt er und ich nicke.

Als James geht und Herr Tomlinson sich auf die Suche nach mehr Alkohol begibt, bleiben Matt und ich allein zurück. Zusammen stehen wir da – ich peinlich berührt, er eher verwirrt als alles andere.

Ich schenke ihm ein Lächeln. „Es ist wirklich schön hier heute Abend, findest du nicht? Ich mag die... rosa Lichter."

Rosa Lichter? Was rede ich da bloß?

Er ignoriert meinen schwachen Gesprächsversuch und

spricht stattdessen den übergroßen Elefanten im Raum an. „Was hat es mit deiner Verlobung auf sich? Ich wusste gar nicht, dass du überhaupt jemanden datest."

„Doch, so ist es. Du hast den Ring ja gesehen."

„Aber ich dachte—" Er bricht ab und mustert mein Gesicht.

„Du dachtest was genau?", frage ich in der Hoffnung, dass er etwas Bedeutendes sagen wollte, etwas, das alles zwischen uns ändern könnte.

Doch statt zu antworten, schüttelt er nur den Kopf und murmelt: „Nichts." Dann nimmt er meine Hand in seine. Das Gefühl, seine Haut auf meiner zu spüren, lässt mich erzittern und ich bemühe mich, zumindest äußerlich, gefasst zu wirken, innerlich jedoch mache ich Saltos und Überschläge.

„Herzlichen Glückwunsch, Lottie. Wirklich", sagt er mit leiser und intimer Stimme. „James Brody hat großes Glück, jemanden, der so besonders ist wie du, zu bekommen."

Mein Herz geht auf und ich schenke ihm ein Lächeln, während ich diese neue, unerwartete Vertrautheit zwischen uns genieße.

James hatte gesagt, dass Matt mich eventuell mit anderen Augen sehen würde, wenn wir als verlobtes Paar auftreten. Und jetzt, wo das gerade wirklich vor meinen Augen geschieht, weiß ich: Es war genau richtig, diese Schein-Verlobung einzugehen.

Denn wenn James und ich damit durch sind, wird vielleicht, nur vielleicht, Matt für mich da sein, wartend und bereit mich zu lieben, so wie ich ihn liebe.

Kapitel 11

„WARUM SIND wir noch mal hier?", erkundigt sich Tabitha mit verzogenem Gesicht, während sie die Ausstellungsstücke des Museums hinter den großen Glasvitrinen betrachtet.

„Für meine Recherche und weil es faszinierend ist. Findest du nicht?" Obwohl ich ihre Antwort bereits kenne, bin ich trotzdem hoffnungsvoll.

„Äh, nein. Es ist unfassbar gruselig. Schau dir das doch mal an." Sie deutet auf eine Sammlung in der Vitrine. „Das ist eine Sammlung von Gehirnen. *Gehirne*, Lottie. Wenn das nicht gruselig ist, weiß ich auch nicht." Sie schaudert theatralisch, für den Fall, dass ich noch nicht mitbekommen habe, wie gruselig sie das alles findet.

Tabitha, Zara und ich sind im Grant Museum of Zoology, dem Museum, das berühmt dafür ist, ein Glas voller konservierter Maulwürfe zu besitzen, das sogar einen eigenen Social-Media-Account hat. Die perfekte Inspiration für mein Twitter-Projekt der Gebisse, das Herr Tomlinson und Matt hoffentlich endlich gutheißen werden, nachdem James so nett war und die Idee vor ihnen unterstützt hat. Ich wollte mir ansehen, was das Museum sonst noch so in seiner Sammlung hat, und nach weiterer Inspiration suchen, um andere Sammlungen im Pinkerton House besser vermarkten zu können – und ich gebe zu, dass dieser Zwischenstopp auf dem Weg in einen Pub zum Abendessen ebenfalls ein weiterer Versuch ist, meine Freundinnen für meine Leidenschaft zu begeistern.

Nicht, dass ich mir da große Hoffnungen machen würde. Ich schleppe meine Freundinnen schon seit Jahren mit zu solchen Museumsbesuchen und bisher mochten sie nur Madame Tussauds, einige Teile des Victoria and Albert Museums (okay, hauptsächlich den Museumsshop, aber die Kleidersammlungen fanden sie auch nicht schlecht) und die Tate Modern, als dort eine riesige Lichtinstallation war – sehr zur Freude meiner Weihnachtsbeleuchtung-besessenen Freundin Kennedy.

Das heutige Museum ist bei meinen kulturlosen Freundinnen bisher jedenfalls ein kompletter Reinfall.

„Genau das ist der Punkt, Tabitha", entgegne ich, während ich eines der Gehirne genauer betrachte, das aussieht wie eine übergroße verschrumpelte Rosine. „Das hier sind echte Gehirne von echten Lebewesen. Ist das nicht unglaublich interessant?"

Tabitha verschränkt die Arme und schüttelt den Kopf. „Nein, das ist nicht interessant, Lottie. Es ist gruselig."

„Tabitha hat recht", stimmt Zara von der anderen Seite des Raumes aus zu. „Hier läuft es mir ständig eiskalt den Rücken runter. Da hinten waren all diese armen kleinen Tiere in Gläsern." Sie läuft über den glänzenden Boden zu uns, ihre Schuhe klackern bei jedem Schritt. „Ehrlich gesagt, würde ich sogar so weit gehen zu sagen, dass mir hier richtig schlecht wird."

Ich sehe beunruhigt zu Zara. Sie sieht tatsächlich aus, als müsste sie sich gleich übergeben.

„Ernsthaft?", frage ich.

„Ernsthaft", bestätigt sie, den Mund verzogen.

„Untersteh dich", zische ich durch zusammengebissene Zähne hindurch. Ein Erbrechens-Zwischenfall wäre jetzt nicht gerade ideal.

„Warum? Weil es diesen Ort noch schlimmer machen würde?", fragt Tabitha. „Ich finde, dieses Museum ist sogar noch unheimlicher als der Ort über der Kirche, wo sie Operationen ohne Narkose an den Patienten durchgeführt haben, zu dem du uns mitgenommen hast."

„Oh, das war wirklich furchtbar", stimmt Zara kopfschüttelnd zu.

„Ihr zwei!", entfährt es mir genervt. „Es war nicht furchtbar. Es war wirklich interessant."

Tabitha wedelt mit der Hand in der Luft herum. „Wie auch immer, du hast gesagt, wir schauen hier nur kurz fünf Minuten rein, bevor wir in den Pub gehen. Das ist jetzt schon fast eine Stunde her, ich hab riesigen Hunger und brauche dringend einen Drink. Einen starken." Sie schaudert noch einmal um ihren Standpunkt zu verdeutlichen.

„Ich auch", grummelt Zara und verschränkt die Arme.

„Ich dachte, dir ist schlecht", entgegne ich.

„Das geht beides."

Ich werfe ihr denselben Blick zu, mit dem meine Mutter mich bedenkt, wenn sie weiß, dass ich nicht ganz die Wahrheit sage. „Okay, wir gehen gleich in den Pub, versprochen. Ich muss mir nur noch kurz ansehen, wie sie hier die Knochen ausstellen. Ich habe gehört, sie haben vor kurzem etwas an der Präsentationsweise geändert."

Meine Freundinnen stöhnen auf, als wären sie zwei Kinder in einem Museum. Was ehrlich gesagt ein sehr passender Vergleich ist, da sie sich in *diesem* Museum auch genau so benehmen.

Ich beschließe die beiden einfach zu ignorieren. „Wisst ihr, Gerald Pinkerton hätte das alles hier geliebt", sage ich, während ich eines der kleineren ausgestellten Gehirne betrachte. „Er hatte einen sehr neugierigen Geist."

„Schön für Gerald Pinkerton", grummelt Tabitha. „Lottie, ich gebe dir noch zwei Minuten, dann werde ich gehen."

„Ich auch", schließt Zara sich an.

Ich verziehe den Mund. Ich weiß, das hier ist nicht ihr Ding, und ich schleppe sie trotzdem regelmäßig zu den merkwürdigen und großartigen Museen, und historischen Orten, die London zu bieten hat. Ohne mich würden sie ihre Freizeit wahrscheinlich nur in Cafés, Restaurants oder auf der High Street beim Einkaufen verbringen. Nicht, dass ich etwas gegen Cafés, Restaurants oder Shopping auf der High Street einzuwenden hätte, aber ich möchte ihnen einfach eine andere Welt zeigen.

Genau zwei Minuten später – Tabitha hat die Zeit tatsächlich mit ihrem Handy gestoppt – machen meine Freundinnen ernst und verkünden, dass sie jetzt gehen werden.

„Okay, okay. Wir gehen ja in den Pub", gebe ich nach, während sie mich widerwillig von den Schaukästen wegziehen. „Ich muss euch sowieso noch etwas erzählen und vielleicht wäre es das Beste, wenn ihr einen Drink in der Hand habt, während ich das tue."

„Es ist *immer* das Beste, einen Drink in der Hand zu haben", erwidert Tabitha.

„Oh, wir wissen, dass du *das* denkst", sagt Zara lachend.

Tabitha verdreht die Augen. „Was denn? Es ist Abendessenszeit und ich habe nicht nur den ganzen Tag hart gearbeitet, sondern musste mir auch noch Gehirne ansehen. *Gehirne*, Zara."

„Ist es nur mein Eindruck oder hat dir die Gehirn-Sammlung insgeheim richtig gut gefallen?", ziehe ich Tabitha mit einem frechen Grinsen auf.

„Sehr witzig", grummelt sie.

Wir treten auf die Straße, knöpfen unsere Mäntel zu und machen uns auf den Weg durch die kalte Winterluft zu dem Pub, an dem wir vorhin vorbeigekommen sind. Es ist ein typischer britischer Pub mit gedämpfter Beleuchtung, einer großen hölzernen Theke, hohen Decken und einer Girlande aus Union-Jack-Wimpeln, die über die Flaschen hinter der Bar gehängt wurde.

Als wir uns an einem Tisch niederlassen, fragt Zara: „Was musst du uns erzählen?"

„Wenn es irgendwas mit Gehirnen oder Einmachgläsern voller toter kleiner Tiere von vor zweihundert Jahren zu tun hat, will ich es nicht hören", warnt Tabitha.

„Ist es nicht. Versprochen."

„Geht es um Seine stellvertretende Heißheit?", fragt Zara.

„Tatsächlich, ja."

„Oh, ich weiß schon, was kommt. Du hast erkannt, dass er der Richtige für dich ist, und dass Dreamy Matt vergessen ist", neckt Tabitha. „Moment, nein – das passt nicht zu dir. Du bist immer noch total der unerwiderten Liebe zu Matt verfallen."

„Man wirft eine dreijährige Schwärmerei nicht einfach

über Bord, nur weil man zum Schein mit einem anderen Typen verlobt ist, egal wie heiß der auch sein mag. Oder, Lottie?", sagt Zara.

„Und du weißt da natürlich bestens Bescheid mit deiner umfangreichen Erfahrung in Sachen Scheinbeziehungen, oder wie sehe ich das, Zara?", erkundigt sich Tabitha mit weit aufgerissenen Augen und gespielter Unschuldsmiene.

„Das ist einfach gesunder Menschenverstand", entgegnet Zara schroff.

„Es geht gar nicht darum, also beruhigt euch beide", schreite ich ein.

„Du bist also weiterhin Dreamy Matt treu, auch bekannt als der hoffnungslose Fall?", fragt Tabitha mit Schalk in den Augen.

„Er ist kein hoffnungsloser Fall. Er ist ein Projekt in Arbeit." Ich kann ein kleines Lächeln nicht unterdrücken, als ich hinzufüge: „Tatsächlich war er ziemlich nett zu mir im V&A, nachdem er erfahren hat, dass ich mit James verlobt bin." Ich grinse meine Freundinnen zufrieden an.

„Was ist passiert?", verlangt Zara zu wissen.

„Er hat mich auf die Wange geküsst", verkünde ich.

„Dann ist er eindeutig in dich verliebt", meint Tabitha sarkastisch.

Ich werfe ihr einen bösen Blick zu. „Sehr witzig. Er wirkte einfach anders."

Zara runzelt die Stirn. „Ist das etwas Gutes, dass er plötzlich anders wirkt, nur weil du verlobt bist?"

„Das ist eine Testosteron-Sache. Dreamy Matt erkennt jetzt Lotties Wert, weil sie mit jemandem zusammen ist, den er für begehrenswert hält", erklärt Tabitha.

Zara kichert. „Du meinst, Matt steht auf James?"

„Nein", erwidert Tabitha, als würde sie mit einem Kind reden. „Er sieht James als Konkurrenz an und dadurch ist Lottie in seinen Augen aufgewertet worden. Jetzt will er sie ebenfalls umwerben. Ganz simples tierisches Verhalten."

Ich kichere. „Meine Freundin Tabitha, die brillante Wissenschaftlerin."

„Ich könnte Wissenschaftlerin sein, wenn ich wollte", schnaubt sie.

Zara nimmt einen Schluck von ihrem Drink. „Und wie läuft's mit James?"

„Gut. Wir waren gestern Abend bei einer Veranstaltung in einem Restaurant im Osten von London und es wird leichter so zu tun als ob. Es fühlt sich seltsam natürlich an. James spielt den Verliebten wirklich überzeugend."

„Vielleicht ist er es ja auch, wer weiß?", schlägt Zara vor.

„Sei nicht albern", winke ich ab.

Der Gedanke ist geradezu lächerlich.

„Was ist jetzt deine Neuigkeit?", fragt Tabitha.

Ich sehe zwischen meinen Freundinnen hin und her, bevor ich verkünde: „Ich werde für eine Weile aus der Wohnung ausziehen."

„Was? Warum?", will Zara erschrocken wissen.

„James findet, es wäre glaubwürdiger, wenn ich bei ihm wohnen würde. Ich bekomme mein eigenes Zimmer und Badezimmer, und außerdem ist unsere Wohnung ja momentan wirklich etwas voll, oder findet ihr nicht?" Ich blicke zu Tabitha.

„Ich bin nur vorübergehend da", protestiert sie. „Oh, aber heißt das, ich kann dein Zimmer haben?"

„Genau."

„Großartig!"

Zara hebt die Hände um uns zu stoppen. „Immer langsam mit den jungen Pferden. Du ziehst bei James ein?"

„Nur damit unsere Verlobung realistischer wirkt. Und

es ist ja nur vorübergehend, bis wir uns wieder trennen. Ich werde die ganze Zeit weiter Miete zahlen, also keine Sorge."

„Gut, denn ich bin pleite, seit ich meine Wohnung abbezahlen muss", erwidert Tabitha.

„Aber—", beginnt Zara, verstummt dann aber mit besorgtem Blick.

„Zee, es ist ja nicht für ewig. Und ich werde oft vorbeikommen, es wird sein, als wäre ich gar nicht weg."

„Aber du wirst weg sein", grummelt Zara.

„Ich werde natürlich weiter zu unseren *Real Housewives*-Abenden kommen und du kannst mich bestimmt auch jederzeit in James' Wohnung besuchen, da bin ich mir sicher. Er wohnt in Notting Hill, also nicht weit weg."

„Aber ich werde dich vermissen", beschwert Zara sich.

„Dafür hast du ja mich", wendet Tabitha ein. „Also zumindest bis meine Wohnung wieder bewohnbar ist. Apropos, ich sollte die Handwerker mal wieder ein bisschen antreiben. Es sind schon fast zwei Wochen vergangen."

„Wissen wir", sagen Zara und ich gleichzeitig.

Tabitha ist eine wunderbare Freundin und ich weiß, dass sie alles für mich oder Kennedy oder Zara tun würde – auch wenn sie manchmal etwas sarkastisch und bissig sein kann. Aber sie ist nicht gerade der ordentlichste oder leiseste Gast.

„Ich kann auch gehen, wisst ihr", schnieft sie beleidigt.

Zara legt ihr tröstend die Hand auf den Arm. „Ach Quatsch. Wir freuen uns doch, dass du bei uns bist. Und es klingt ganz so, als ob ich deine Gesellschaft gut gebrauchen kann, jetzt wo Kennedy mit Charlie unterwegs ist und Lottie uns für eine schicke Wohnung mit einem sexy Vizebürgermeister verlässt."

Ich lache. „Ich hab euch doch gesagt, dass ich ihn nicht

sexy finde, deshalb wird das mit dem Zusammenleben auch total unproblematisch werden."

„Kein heimliches Verlangen ihn zufällig nur mit einem Handtuch bekleidet im Flur zu sehen?", erkundigt sich Zara und wackelt dabei vielsagend mit den Augenbrauen.

Tabitha seufzt träumerisch und blickt in die Ferne. „James Brody nur im Handtuch. Ein *Traum*."

„Pst, Tabitha. Das ist Lotties Verlobter, von dem du da redest", neckt Zara.

„Also seid ihr einverstanden damit, dass ich kurzzeitig ausziehe?", frage ich.

„Schon gut. Ich werde dich natürlich vermissen. Aber ich hab ja noch Klamotten-auf-dem-Boden-Liegenlasserin hier, die mir Gesellschaft leistet."

„Hey!", protestiert Tabitha.

„Sag mir, dass das nicht stimmt", sagt Zara zu ihr und Tabitha zuckt lediglich mit den Schultern.

Ich strahle die beiden an. „Dann ist das also beschlossen. Ich werde dieses Wochenende bei James einziehen."

„Pass nur auf, dass du dich nicht in ihn verliebst", warnt Tabitha.

„Ja, das könnte durchaus passieren", stimmt Zara zu.

Ich pruste los. „Oh, ich kann euch versichern, dass ich mich niemals in James Brody verlieben werde."

Kapitel 12

AM DONNERSTAGMORGEN SITZE ich an meinem Schreibtisch, mein Handy fest umklammert, während meine Fingerknöchel sich langsam ganz weiß verfärben. „Mum", werfe ich ein und unterbreche damit ihr aufgeregtes Geplapper darüber, dass sie nach London kommen wollen, um James kennenzulernen, sodass sie und Dad uns zu einem „Fürstlichen Mahl" einladen können – was in ihrer Sprache nichts anderes als ein etwas schickeres Pub-Essen als gewöhnlich mit Nachtisch und einem Glas mittelmäßigem Wein bedeutet. „Ich verspreche, dass ich James bald mal mit nach

Oxfordshire bringen werde, damit ihr ihn kennenlernen könnt. Aber es ist wirklich nicht nötig, dafür extra nach London zu kommen."

Subtext: Kommt unter *gar keinen* Umständen nach London.

„Aber Lottie, Schatz, ich muss doch diesen Mann treffen, der dein Herz erobert hat", jammert sie zum gefühlt siebzehnten Mal, seit ich die unkluge Entscheidung getroffen habe, ihren Anruf entgegenzunehmen, während ich an meinem Schreibtisch saß.

„Und das kannst du auch, wenn wir euch bald mal in Oxfordshire besuchen kommen."

Wir haben keine Pläne in dieser Richtung, aber das muss meine Mutter ja nicht wissen.

„Aber—"

„Mum", warne ich.

„Na gut", lenkt sie ein, erleichtert lockere ich meinen Griff um mein Handy ein Stück weit. „Aber falls ich rein zufällig beschließen sollte nach London zu fahren, um Florence und Andrew Whittington zu besuchen, könnte es ja sein, dass ich rein zufällig irgendwo über dich stolpere. Ich habe Florence und Andrew schon so lange nicht mehr gesehen. Ein Besuch ist längst überfällig."

Ich stoße einen frustrierten Seufzer aus, während ich in die Ecke meines Notizblocks kritzele. Die Linien sind im Laufe unseres Gesprächs immer tiefer geworden. „Weißt du überhaupt, wo die Whittingtons momentan wohnen, Mum?"

„Das lässt sich herausfinden. Und das ist doch erst recht ein Grund, sie endlich mal zu besuchen. Findest du nicht?"

„Mum", warne ich erneut, gerade in dem Moment, als Matt durch die Tür ins Büro tritt, zwei To-Go-Becher in der Hand. Sein Blick fällt auf mich und sein Gesicht hellt sich zu einem warmen Lächeln auf, das mich innerlich zerschmelzen lässt.

Ich habe Matt seit dem Abend im V&A vor ein paar Tagen nicht mehr gesehen. Er hatte frei und das Büro war so still ohne ihn. Aber ehrlich gesagt, ohne dass ich die Hälfte der Zeit verträumt zu ihm gestarrt habe, war ich deutlich produktiver als sonst.

„Ich muss auflegen", zische ich ins Telefon. „Wir reden ein andermal darüber. Und komm nicht nach London. Okay?"

„Okay", grummelt sie.

„Versprochen?"

„Versprochen."

„Liebe Grüße an Dad." Ich lege auf, bevor sie noch etwas entgegnen kann, und lasse meinen Blick über den Notizblock schweifen, auf dem ich eine Liste mit Punkten über mich zusammenstelle, die James unbedingt wissen sollte, mit dem Titel *Dinge, die das Secret Squirrel wissen muss.* Ich füge *Schaut gerne* Real Housewives *mit ihren BFFs* dazu – das letzte Wort unterstreiche ich mit einem Lächeln – und hebe dann heimlich den Blick zu Matt.

In seiner schmal geschnittenen, schwarz-grau karierten Hose, dem zerknitterten weißen Hemd mit Großvaterkragen, der offen getragenen Weste aus rotem Tartan, die er laut eigener Aussage nur ironisch trägt, seinem vom Regen feuchten, zu einem Dutt gebundenen langen Haar und dem akkurat gestutzten Bart, der seine markanten Gesichtszüge betont, sieht er einfach umwerfend aus.

Oh Mann, ist er heiß.

Ich seufze leise, als er einen der Kaffeebecher hochhebt. Er dreht sich um und unsere Blicke treffen sich.

Erwischt.

Er schlendert sexy auf mich zu und stellt den Becher auf meinem Schreibtisch ab, direkt neben meinem Notizblock mit der *Dinge, die das Secret Squirrel wissen muss*-Liste. „Bitte schön, Lottie. Der ist für dich."

Ich blicke überrascht vom Becher und dann wieder zu ihm.

„Der ist von Xander's", fügt er hinzu und meint damit das angesagte, unabhängige Café-Slash-Fahrradladen-Ding in der Nähe der U-Bahn-Station, das er so liebt. Kein Starbucks oder Nero für Matt. Niemals. Er ist viel zu hip für etwas so Gewöhnliches und Konzern-Gesteuertes wie Kaffeehaus-Ketten. Tatsächlich hat er mir sogar mal gesagt, Kaffee sei für ihn eine Kunstform und solle auch so behandelt werden – wobei ich mir nicht ganz sicher bin, wie viel Kunst darin steckt, einen Teelöffel Instantkaffee in Wasser aufzulösen und ihn mit einem Schuss Milch zu verfeinern, wie ich es an den meisten Tagen hier im Büro tue. Und diesen dann aus meiner Tasse mit der Aufschrift *Du musst nicht verrückt sein, um hier zu arbeiten, aber es hilft* zu trinken.

Ich sehe ihn an, während mein Bauch wilde Überschläge vollführt. „Oh... ich... danke", murmele ich atemlos, wegen a) des unerwarteten und noch nie da gewesenen Geschenks und b) weil ich dem Objekt meiner langjährigen Schwärmerei gerade so nah bin, dass ich ihn fast berühren könnte.

„Ich hab mir selbst einen Kaffee geholt, also—" Er lässt das „also" in der Luft hängen und es fühlt sich an, als bedeute es viel mehr noch als nur *also hab ich dir auch einen mitgebracht.*

„Das ist sehr aufmerksam von dir. Der Kaffee von Xander's ist wirklich viel besser als der Büro-Instantkaffee."

„Das ist er in der Tat."

Ich nehme einen Schluck. Der Kaffee ist dünn und bitter ohne den Milchschaum und den Teelöffel Zucker, den ich eigentlich bevorzuge, aber wie man so schön sagt: Der Gedanke zählt.

Und ich kann dir gar nicht sagen, wie sehr ich den Gedanken liebe, dass Matt an mich gedacht hat.

Ich grinse ihn an. „Köstlich."

Er grinst zurück. „Das freut mich." Sein Blick fällt auf meinen Notizblock. „Warum schreibst du eine Liste mit dem Titel *Dinge, die das Secret Squirrel wissen muss?*"

Oh-oh.

Ich klappe den Block schnell zu, während meine Wangen zu glühen beginnen. „Das ist ähm, für eine Dating-App."

Er runzelt die Stirn. „Du bist auf einer Dating-App? Aber du bist doch verlobt."

„Oh, die Liste ist uralt. Ich bin da gar nicht mehr angemeldet. Wäre ja auch irgendwie seltsam, auf einer Dating-App zu sein, wenn man verlobt ist." Ich zwinge mich zu lachen und es klingt wie der Warnruf eines Affen an alle anderen Affen, bloß die Finger von seinen Bananen zu lassen.

„Apropos verlobt, hatten du und James einen schönen Abend im V&A?"

„Oh ja. Es war wunderbar."

Er lässt sich auf die Kante meines Schreibtischs sinken, die Vertrautheit und seine Nähe lassen meinen Puls in die Höhe schnellen. „Du steckst wirklich voller Überraschungen, weißt du das? Verlobst dich einfach heimlich hinter unseren Rücken."

„Nun ja, ich bin eben gerne geheimnisvoll", antworte ich mit tiefer, rauchiger Stimme, in der Hoffnung sexy, verführerisch und irgendwie französisch zu wirken. „Ich sage immer, es ist wichtig, viele Schichten zu haben. Findest du nicht auch?"

„Schichten? Ja, doch. Auf jeden Fall."

Ich schenke ihm mein verführerischstes Lächeln. „War das Essen nicht himmlisch?"

„Das Essen?"

„Im V&A. Ich fand es köstlich. Und ich habe so viele neue Leute kennengelernt. Ich habe sogar kurz mit Jasper gesprochen."

James weiß, wie sehr ich Jasper Venetta bewundere, und hat mich ihm nach der feierlichen Eröffnung des renovierten Flügels extra vorgestellt. Wir haben nur ein paar Worte gewechselt, bevor er weggerufen wurde, aber es war das Highlight meines Abends. Na ja, neben Matts Gesicht, als ihm klar wurde, dass ich mit James verlobt bin.

„Jasper Venetta, der Kurator des V&A? Du hast mit ihm gesprochen?", erkundigt sich Matt ungläubig.

Ich nicke und weiß, dass er beeindruckt sein wird.

Er pfeift leise. „Du Glückspilz. Er ist dafür berüchtigt, extrem introvertiert zu sein. Ein Genie, natürlich."

„Er ist wirklich ein interessanter Mann und er und James kennen sich schon lange."

„Freunde in hohen Positionen. Na schau mal einer an, du steigst auf in der Welt."

Ich verkneife mir das breite Grinsen, das sich erneut auf mein Gesicht stehlen will. „Ganz genau."

„Guten Morgen, ihr zwei", begrüßt uns Herr Tomlinson, als er ins Büro kommt, gefolgt vom langsam schlurfenden Stanley. „Die große Mitarbeiterversammlung beginnt gleich." Sein Blick fällt auf den Kaffeebecher in meiner Hand. „Du hast Kaffee geholt und uns keinen mitgebracht? Das ist aber nicht die feine Art, Lottie."

„Oh, der hier? Der ist von Matt", erwidere ich stolz.

Matt hat mir einen Kaffee mitgebracht.

Matt. Hat *mir*. Einen Kaffee mitgebracht.

Für andere mag das keine große Sache sein, aber für mich bedeutet es etwas. Etwas Großes. Vielleicht hat sich endlich etwas zwischen uns geändert? Vielleicht sieht Matt mich jetzt als mehr als nur eine Kollegin?

Vielleicht sieht er mich als Frau.

Der Gedanke bringt mich beinahe dazu in lautes und aufgeregtes Kichern zu verfallen.

„Matt hat dir einen Kaffee mitgebracht, ja?", hakt Herr Tomlinson nach und zieht fragend seine Augenbrauen hoch in Richtung Matt. „Was sagst du dazu, Stanley?"

Stanley mustert den Becher in meiner Hand. „Das wurde aber auch Zeit", brummt er.

„Und beim nächsten Mal, Matt, denkst du bitte auch an deine anderen Kollegen und nicht nur an die hübschen weiblichen, die mit stellvertretenden Bürgermeistern verlobt sind", tadelt Herr Tomlinson.

Mein Gehirn braucht ein paar Sekunden, um sich durch meinen euphorischen Zustand zurück in die Realität zu kämpfen.

Verlobt. Stellvertretender Bürgermeister.

Stimmt ja.

Das bin ich. Verlobt mit einem stellvertretenden Bürgermeister, zumindest glauben das meine Kollegen.

„Kommt nicht wieder vor, Mr. T.", erwidert Matt mit einem Grinsen. „Nächstes Mal werde ich an euch denken. Versprochen."

Ich werfe ihm einen Blick zu und er zwinkert mir zu. *Zwinkert* mir zu!

Mir wird ein bisschen schwindelig.

„Wie war das?", fragt Stanley und schaut mich erschrocken an. „Du bist plötzlich verlobt?"

„Ich erklär's dir später, Stanley. Jetzt ist erst mal die Besprechung dran. Oder, Herr Tomlinson?", versuche ich abzulenken.

Herr Tomlinson schaut mich verwundert an. „Äh, ja."

Ich balanciere den Kaffee, meinen Notizblock und einen Stift auf meinem Schoß und Stanley lässt sich langsam mir gegenüber auf einen Stuhl sinken, während er die Brauen hebt und mich fragend anschaut. Ich wende schnell den Blick ab, in der Hoffnung, dass er keine weiteren Fragen stellt.

„Sind heute keine der anderen Freiwilligen dabei?", erkundigt sich Matt.

„Cecil hat Rückenschmerzen und Linda ist diese Woche in Exeter, also sind wir heute unter uns", antwortet Herr Tomlinson. „Also, der erste Punkt auf der Tagesordnung heute ist: Matt zu gratulieren, dass er erneut Fördermittel von Lady Havelock sichern konnte, mit denen wir erst mal überleben können." Herr Tomlinson beginnt zu klatschen und Stanley und ich stimmen ein.

Ich strahle ihn an. „Das ist großartig, Matt. Gut gemacht."

„Danke, Lottie. Das bedeutet mir viel, besonders von dir."

Ich werde rot. „Das ist nett von dir."

„Ich meine es ernst", sagt er und sieht mich an, als wäre ich ein köstlicher Eisbecher an einem heißen Sommertag. Und weißt du was? Unter seinem Blick *fühle* ich mich auch genau so: wie ein köstlicher Eisbecher an einem heißen Sommertag.

Darf ich kurz anmerken, dass ich diese neue Version von Matt liebe? Ich schicke James in Gedanken ein kleines Dankeschön für seine geniale Idee, bevor mir auffällt, wie Stanleys Augen zwischen Matt und mir hin und her wandern.

Ich räuspere mich und wende mich meinem Notizblock zu.

„Aber anscheinend haben wir jemanden in unseren

Reihen, der neue Freunde in hohen Positionen hat. Nicht wahr, Lottie?", fährt Herr Tomlinson fort.

„Oh, äh, ich schätze schon", gebe ich zurück.

„Du schätzt?", fragt Herr Tomlinson lachend. „Komm schon, Lottie. Erzähl uns alles."

„Oh, äh, na ja, ich bin verlobt mit ihm. Mit dem Mann, auf den er anspielt", stottere ich.

Geschmeidig, Lottie.

Herr Tomlinson runzelt irritiert die Stirn. „Stanley, Lottie ist mit einem stellvertretenden Bürgermeister verlobt. Mit einem gewissen James Brody. Was sagst du dazu?"

Stanleys Gesicht spiegel pures Erstaunen wider. „Ist sie?", fragt er, dann dreht er sich zu mir. „Bist du?"

Ich öffne den Mund um zu antworten, aber Matt kommt mir zuvor: „Es stimmt. Wir haben ihn im V&A kennengelernt. James Brody, stellvertretender Bürgermeister."

„Was bitte?", bringt Stanley hervor und sieht mich völlig verwirrt an.

„Es ist, na ja, es ist alles noch ganz neu, Stanley", erkläre ich. „Es ist gerade erst passiert. Ich habe einen Ring." Ich hebe meine linke Hand.

„Aber du hast mir doch gesagt, dass du Single bist. Da bin ich mir sicher", entgegnet er.

Ich halte mein Lächeln aufrecht. „Das war ich auch. Aber jetzt eben nicht mehr."

„Aber das war doch erst—"

Ich weiß, dass er gleich damit herausplatzen wird, dass ich ihm erst noch vor ein paar Tagen gesagt habe, dass ich Single sei. Ich muss handeln – und zwar SOFORT!

„Die Sache ist, Stanley, wir wollten es eine Weile nicht öffentlich machen, jetzt aber schon. So ist das eben. Wir

sind verlobt. Miteinander. James Brody und ich. Verlobt."
Ich wackele mit den Fingern. „Siehst du?"

„Aber Lottie, als wir gesprochen haben—", beginnt er.

Ich lasse ihn gar nicht erst ausreden. „Er war hier im
Pinkerton House, als ich ihm damals eine Führung
gegeben habe, als du… verhindert warst. Erinnerst du
dich?" Ich werfe ihm einen vielsagenden Blick zu. Auch
wenn ich es nur ungern tue, erinnere ich ihn ganz und gar
nicht subtil daran, dass er damals während seines Dienstes
eingeschlafen war, was überhaupt erst der Grund war,
warum ich James kennengelernt habe. Das letzte Mal, als
Herr Tomlinson Stanley beim Schlafen erwischt hat, hat er
ihn geweckt und damit gedroht, ihn beim nächsten Mal zu
feuern, sollte es noch einmal vorkommen.

„Jedenfalls, worauf ich hinauswill: James hat mich mit
ins V&A genommen, wo ich diese beiden hier getroffen
habe, und wir hatten einen wirklich schönen Abend",
erzähle ich ihm.

„Das ist… schön", erwidert Stanley vorsichtig und ich
kann förmlich sehen, wie in seinem Kopf die Zahnräder
arbeiten, während er versucht, diese neue, überraschende
Information zu verarbeiten.

Ich setze ein breites Lächeln auf und hebe das Kinn.
„Ja, es ist schön, Stanley. Sehr schön. Ich bin sehr glück-
lich. James ist einfach wundervoll. Ein wundervoller
Verlobter."

„Verstehe", antwortet er.

Ich wende den Blick von seinen prüfenden Augen ab,
die Augen, die sich gerade in mich hineinbohren, als
wüsste er ganz genau, dass ich lüge. Ich brauche Stanleys
Fragen jetzt wirklich nicht, wo diese ganze Beziehung mit
James gerade dabei ist, Matt mir gegenüber aufmerksamer
zu machen.

Die Sache ist die, ich bin keine besonders überzeugende Lügnerin. Ich habe immer das Gefühl, als würden die Leute mir die Lüge sofort ansehen, als hätte ich ein riesiges Leuchtschild auf der Stirn mit der Aufschrift: *Ich lüge! Ich lüge! Glaub mir kein Wort!*

Was, wenn ich jetzt so darüber nachdenke, vielleicht etwas gewesen wäre, das ich mir vor Beginn dieser ganzen Aktion hätte überlegen sollen.

Aber jetzt ist es zu spät.

Stanley verengt die Augen. „Du siehst gar nicht so glücklich darüber aus, Lottie."

„Doch, bin ich. Ich bin *sehr* glücklich darüber. Es ist nur ein bisschen unangenehm, bei der Arbeit über mein Privatleben zu sprechen. Mehr nicht. Ihr versteht das sicher."

„Oh ja, natürlich verstehen wir das, Lottie. Das ist völlig nachvollziehbar", beruhigt mich Herr Tomlinson.

Dass er mich in meiner neuen Schein-Beziehung so unterstützt, bringt mich dazu hervor zu sprudeln: „Danke, Herr Tomlinson. Das ist sehr nett von Ihnen."

„Ach, nenn mich doch Mr. T. So macht Matt das auch. Nicht wahr, Matty?", erwidert Herr Tomlinson, während er Matt zuzwinkert.

„Allerdings", bestätigt Matt und sieht dabei zu mir, als wolle er sagen: *Ist das nicht total peinlich?*

Ich presse die Lippen zusammen, um nicht zu lachen, als ein Bild von Mr. T., mit seinem Irokesen-Schnitt und den goldenen Ketten aus der alten *A-Team*-Serie, die meine Eltern früher regelmäßig im Fernseh geschaut haben, vor meinem Inneren Auge erscheint. Mit seinem runden Gesicht, der blassen Haut, den winzigen Augen und den furchtbar gelblichen Zähnen ist Herr Tomlinson allerdings so weit vom Original-Mr. T. entfernt, wie man nur sein kann.

„Na gut, Mr. T.", sage ich und fühle mich dabei

schrecklich unwohl, ihn mit diesem völlig unpassenden Spitznamen anzusprechen.

Herr Tomlinson lächelt und nickt mir zu. „Also, Lottie, Matt und ich haben gesprochen und wir denken, es wäre sehr hilfreich, wenn du mit deinem Verlobten über die Sichtbarkeit der Sammlung sprechen könntest."

„Wirklich?"

Er lehnt sich in seinem Stuhl zurück. „Oh ja. Du hast einen direkten Draht zu ihm und wir könnten seine Hilfe gut gebrauchen. Er ist immerhin ein stellvertretender Bürgermeister mit all dem Einfluss und der Autorität, die das mit sich bringt."

„Aber—", beginne ich, doch Herr Tomlinson scheint noch nicht fertig zu sein.

„Wir dachten, du könntest ihn bitten, zur Benefizgala am 12. Februar zu kommen. Aber nicht nur als dein Gast – denn als deinen Verlobten würdest du ihn ja wahrscheinlich sowieso dabeihaben wollen –, sondern als Auktionsobjekt."

„Ihr wollt James versteigern?", frage ich überrascht.

„Ganz genau. Mittagessen mit einem stellvertretenden Bürgermeister. Wie klingt das? Ich schätze, da wird es bestimmt einige Interessenten geben, bei all den reichen älteren Damen, die hier spenden. Dein Kerl gilt als ziemlich attraktiv. Ich persönlich sehe das zwar nicht, aber nun ja."

„Er scheint eine große Anziehungskraft zu haben", fügt Matt mit unverkennbarem Missfallen in seiner Stimme hinzu. *Große Anziehungskraft* bedeutet für Matt: gewöhnlich, alltäglich und langweilig.

„Aber ist das nicht etwas kurzfristig? Die Programme sind doch schon verschickt worden", wende ich ein.

„Ach, da würde ich mir keine Sorgen machen, Lottie. Du kannst eine Ergänzung verschicken, eine besondere

Zusatzattraktion. Die Leute werden es lieben. Ich glaube, einen stellvertretenden Bürgermeister dabei zu haben, wird dem Ganzen einen Hauch Glamour verleihen.“

„Glamour?“, wiederhole ich und schlucke schwer.

„Ist er nicht der Sexiest Londoner oder so etwas in der Art?“, fragt Herr Tomlinson. „Das hat mir zumindest meine Frau erzählt. Sie findet ihn ganz dufte.“

„Seine Ehrenwerte Heißheit“, verbessere ich und erröte sofort bei dem Spitznamen. Seien wir mal ehrlich, das trieft doch nur so vor Kitsch.

„Seine Ehrenwerte Heißheit?“, hakt Matt mit einem spöttischen Gesichtsausdruck nach.

„Nur ein dummer Spitzname“, winke ich ab. „*Ich* benutze den natürlich nicht.“

„So Mainstream“, meint er und rollt mit den Augen.

„Total Mainstream“, stimme ich zu und wir teilen ein wissendes Lächeln, das mein Herz zum Glühen bringt.

„Gut, das ist also beschlossen. Lottie wird ihren Verlobten bitten, bei der Gala als Auktionsobjekt zu fungieren, und natürlich wird er ja sagen, weil er sie liebt.“ Herr Tomlinson notiert sich etwas in seinem Notizbuch. „Gibt es sonst noch etwas?“

Ermutigt durch meinen neu gewonnenen Status, beschließe ich, die Gelegenheit zu nutzen, um meine eigene Agenda voranzubringen. „Tatsächlich gibt es da etwas, Herr Tomlinson“, beginne ich.

Er hebt mahnend den Finger. „Lottie“, sagt er in gespieltem Ernst.

„Entschuldigung. *Mr. T.*“

„Schon besser.“

„Da wäre noch etwas, Mr. T.“

„Worum geht es?“

„Um die Gebisse. Ich würde wirklich gerne den Twitter-Account dafür einrichten. Ich weiß, das ist eigentlich nicht mein Tätigkeitsbereich, aber ich denke, es könnte wirklich witzig werden und ich habe so viele Ideen dafür. Das wäre eine tolle Möglichkeit, mit der Öffentlichkeit in Kontakt zu treten, und dadurch vielleicht neue, jüngere Besucher anzulocken. James findet die Idee großartig, wie Sie wissen."

Ich bin nicht stolz darauf. Ich benutze James' Namen um zu bekommen, was ich will. Aber was bringt so eine Schein-Beziehung schon, wenn ich nicht ab und an meinen Vorteil daraus ziehen kann?

Ich werfe Matt einen Blick zu und füge an: „Natürlich nur, wenn der Kurator einverstanden ist."

„Ich hätte nichts gegen einen Twitter-Account für die Gebisse, wenn du bereit bist, ihn zu betreuen", sagt Matt großmütig und ein Glücksgefühl durchströmt mich. Was für ein Sinneswandel!

Habe ich schon erwähnt, wie sehr ich dieses neue Gefühl liebe, tatsächlich Teil des Teams zu sein, anstatt die *kleine Lottie*, die Kaffee und Tee holt und Spendengalas organisiert, während Herr Tomlinson mir ständig im Nacken sitzt und jedes noch so kleine Detail genauestens überprüft?

Herr Tomlinson stößt einen Seufzer aus und sieht mich einen Moment lang forschend an. Schließlich meint er: „Na gut. Es kann ja nicht schaden. Richte den Account ein, aber zeig alles Matt, bevor du irgendwelche Twerps oder andere Dinge rausschickst."

„Tweets", korrigiere ich.

„Ja, ja."

Ich strahle ihn an, als eine Welle des Glücks mich erfasst. „Vielen, vielen Dank. Sie werden es nicht bereuen. Die Leute werden es lieben."

„Und wenn nicht, wirst du alles wieder ent-tweeten müssen."

„Das geht nicht."

Er runzelt die Stirn. „Warum das nicht?"

„Ich könnte den Account löschen, wenn es sein muss, aber ich glaube nicht, dass das nötig sein wird, weil es ein durchschlagender Erfolg werden wird."

„Sorg dafür, dass es einer wird."

„Wird gemacht, Herr Tomli— Mr. T."

Er lächelt mich an. „Braves Mädchen, Lottie."

Ich lächle zurück, überglücklich.

Ich habe meinen Gebiss-Twitter-Account, einen ganz neuen Status im Büro und deutlich mehr Aufmerksamkeit von Matt. Das Leben läuft gerade ziemlich gut und das alles dank meiner neuen Stellung als Verlobte von James Brody.

Kapitel 13

DEN RESTLICHEN VORMITTAG arbeite ich am neuen Twitter-Account für die Gebisse und erstelle eine Liste mit niedlichen und lustigen Tweets, die ich in den nächsten Tagen posten möchte. Meine bisherigen Favoriten sind ein Bild von mir, wie ich eines der Gebisse hochhalte (natürlich mit weißen Baumwollhandschuhen), mit dem Spruch *Vergiss BYOB, im Pinkerton-Archiv heißt es BYOZ*, und ein Flachwitz, der lautet: *Wie nennt man musikalische Gebisse? Falsettos.*

Es ist ein andauernder Prozess.

Bis zum frühen Nachmittag habe ich mir noch eine

Menge weiterer Tweets ausgedacht, das Menü mit dem Caterer für die Spendenveranstaltung am 12. finalisiert, die Blumenbestellung bestätigt und die Gästeliste aktualisiert, als ich den letzten Punkt auf meiner Liste erreiche: *James fragen, ob er einverstanden ist, versteigert zu werden.*

Hmmm. Das sollte ich wohl besser persönlich machen, anstatt übers Telefon. Und außerdem kann ich ihm dann auch gleich meine *Dinge, die das Secret Squirrel wissen sollte-*Liste geben, wenn ich ihn sehe.

Ich nehme mein Handy vom Schreibtisch und schicke ihm eine Nachricht.

Ich: *Hast du Zeit für einen Kaffee?*

Zu meiner Überraschung antwortet er sofort.

James: *Für meine Lieblingsverlobte habe ich immer Zeit.*

Ich kichere, während ich meine Antwort tippe.

Ich: *Gut, weil ich etwas mit dir besprechen muss.*

James: *Klingt spannend. In dem Nero bei dir in der Nähe um 16:30? Bis dahin bin ich in Meetings.*

Matt würde denken, zu einer großen Kette zu gehen sei absoluter Hochverrat.

Ich: *Wie wär's stattdessen mit Xander's?*

James: *Dieses Hipster-Café mit den Fahrrädern an der Wand?*

Ich: *Genau das.*

James: *Dann sehen wir uns dort.*

Ich: *Perfekt.*

Ich tippe auf „Senden" und denke dann, dass wir, für den äußerst unwahrscheinlichen Fall, dass jemand je unsere Nachrichten lesen wird, vielleicht zumindest so tun sollten, als wären wir verliebt. Also tippe ich noch *xoxo* und schicke es hinterher. Einen Moment später bekomme ich eine Reihe von Küsschen und Umarmungen zurück.

Er denkt offenbar genauso.

Um 16:30 sitze ich bereits auf einem unbequemen Holzstuhl vor Xander's unverputzter Backsteinwand, ein

Fahrrad hängt bedenklich über meinem Kopf, als James das Café betritt. Sein Gesicht hellt sich sofort auf, als er mich sieht, und ich winke ihn zu mir.

„Hallo, Lottie", begrüßt er mich.

Gerade als ich aufstehe, beugt er sich vor, um mir einen Kuss auf die Wange zu geben, und mein Kopf stößt mit einem markerschütternden *Klonk* gegen seinen Wangenknochen.

„Tut mir leid, tut mir wirklich leid", sage ich schnell. „Alles okay?"

„Alles gut", antwortet er und reibt sich kurz die Wange.

„Sollen wir das noch mal versuchen? Du bleibst wo du bist."

„Okay." Er beugt sich vor, legt seine Hand auf meine Schulter und küsst mich sanft auf die Wange. Ich atme seinen Duft ein, diese Mischung aus waldigem Sandelholz und frisch gemähtem Gras, und erinnere mich daran, wie sehr er mir gefällt.

„Wie wäre es, wenn ich uns Kaffee hole?", fragt er.

„Ich nehme lieber einen Earl Grey, bitte. Der Kaffee hier ist nicht besonders gut."

„Warum sind wir dann nicht in den Nero die Straße runter gegangen? Deren Kaffee mag ich."

„Oh, ich—" Ich habe diesen Ort nur gewählt, um Matt zu beeindrucken, und der ist nicht mal hier. Ziemlich dumm eigentlich. „Wir können auch dorthin, wenn dir das lieber ist?"

„Jetzt sind wir schon hier. Ein Earl Grey kommt sofort."

Ich beobachte, wie er unsere Bestellung aufgibt, in seinem marineblauen Nadelstreifenanzug sticht er heraus zwischen all den Männern und Frauen in Karohemden und Mützen, manche tragen sogar Sonnenbrillen trotz des Regens draußen, und alle sehen schmerzhaft hip aus, genau so wie Matt jeden einzelnen Tag seines Lebens.

Als James sich setzt, sagt er: „Anscheinend steht Karamell-Latte hier nicht auf der Karte und wenn ich den vernichtenden Blick der Barista richtig deute, war es anscheinend wirklich uncool von mir überhaupt zu versuchen einen zu bestellen."

„Dafür müsstest du wohl eher zu Nero oder Starbucks gehen."

„Beim nächsten Mal werden wir es besser wissen. Ich habe auch einen Tee bestellt. Wie war dein Tag bisher?"

„Ich hab den Gebiss-Twitter-Account bekommen", verkünde ich stolz.

„Wirklich? Das ist großartig."

„Danke, dass du ein gutes Wort für mich eingelegt hast. Ich glaube nicht, dass mein Chef sonst zugestimmt hätte."

„Hast du schon angefangen zu twittern?"

„Nein, aber ich hab schon jede Menge Material."

„Zeig mal."

Ich ziehe mein Handy aus der Handtasche und zeige ihm das Bild von mir mit dem Gebiss. „Die Bildunterschrift wird sein: *Vergiss BYOB, im Pinkerton-Archiv heißt es BYOZ.*"

Er lacht herzlich. „Das ist echt witzig. Und ich finde es gut, dass du auf dem Foto bist. Du siehst süß aus."

„Kein anderer wollte es machen."

„Also, ich kann nicht für das ganze Pinkerton House-Team sprechen, aber von denen, die ich bisher kennengelernt habe, bist du definitiv die attraktivste."

Ich muss prusten.

„Was?"

„Du musst nicht mit mir flirten, weißt du."

„Ich weiß. Ich habe nicht geflirtet."

„Mir zu sagen, ich sei hübscher als der Rest des Teams

ist flirten, nur falls dir das nicht aufgefallen ist. Und du kennst bereits das gesamte Personal, außer Stanley und den anderen beiden Ehrenamtlichen."

„Ich habe lediglich eine objektive Tatsache festgestellt, mehr nicht. Aber jetzt, wo du's sagst, dieser Matt hat einen wirklich beeindruckenden Man Bun. Vielleicht sollte ich ihn auf Platz eins der Liste rücken?"

Ich beginne zu lächeln bei der Erwähnung von Matts Namen. „Vielleicht solltest du das."

„Du magst ihn wirklich, oder?"

„Ist es so offensichtlich?", frage ich.

„Deine Stimme ist bei seiner Erwähnung ein bisschen höher geworden."

Ich verziehe das Gesicht. „Wirklich? Tut mir leid."

„Alles gut. Das ist uns allen schon passiert."

„Er hat mir heute einen Kaffee von hier mitgebracht", informiere ich James stolz.

„Ich dachte, der Kaffee hier ist furchtbar?"

„Ist er auch, aber das ist nicht der Punkt. Matt hat mir einen Kaffee mitgebracht. Das ist der Punkt."

„Dann hatte ich wohl recht mit ihm."

„Du meinst, dass er mehr Interesse an mir zeigen würde, wenn du auf der Bildfläche erscheinst? Ja, das hattest du. Und ich kann nicht mal böse darüber sein, weil es einfach wunderbar ist." Glück steigt in mir auf und manifestiert sich zu einem breiten Lächeln auf meinem Gesicht.

„Freut mich, dass es funktioniert. Oh, mir ist auch einer eingefallen."

„Ein was ist dir eingefallen?"

„Ein Gebiss-Witz. Was passiert, wenn man ein Gebiss ins Gefrierfach legt?", fragt er und ich schüttele den Kopf. „Es fängt an zu klappern."

Ich lächle ihn an. „Niedlich."

„Ich hab noch einige mehr auf Lager."

„Du bist also gut in Dad-Jokes?"

„Mein Vater hauptsächlich. Gehört wohl zum Job, er ist schließlich Vater."

„Was hast du noch?"

„Mal überlegen." Er legt nachdenklich einen Finger ans Kinn. „Wie nennt man ein Schafsgebiss? Lamm-kauletts."

Ich stöhne. „Der war so schlecht, ich befürchte, ich muss dich in den offiziellen Dad-Joke-Rang erheben."

„Das gefällt mir. Ich habe mir vorgenommen, richtig gut in Flachwitzen zu werden, wenn ich Vater werde."

Ein Kellner mit einem fleckigen weißen T-Shirt und einer Strickmütze bringt eine Kanne Tee und zwei Tassen an unseren Tisch. Ich bedanke mich und warte, bis er weg ist, bevor ich frage: „Also willst du eines Tages Kinder haben?"

„Na klar", antwortet er, als sei das die selbstverständ-lichste Antwort der Welt. „Du nicht?"

Ich nehme die Kanne und gieße zwei Tassen schwarzen Tee ein. „Milch?", erkundige ich mich.

„Milch in Earl Grey ist ein Verbrechen gegen die Menschlichkeit. Ich trinke ihn schwarz."

„Jedem das Seine." Ich gieße einen großzügigen Schluck Milch in meine eigene Tasse. „Ich möchte vier Kinder. Zwei Jungen und zwei Mädchen. Die Jungen sollten älter sein, damit sie jeden Jungen verhauen können, der die Mädchen schlecht behandelt."

„Du hast dir da offenbar schon Gedanken gemacht."

„In der Familie meines Vaters gibt es Zwillinge, also hab ich gedacht, ich plane vorsichtshalber mindestens ein Zwillingspaar ein."

„Vier Kinder sind ganz schön viel."

„Wie viele willst du denn?"

„Als ich ein kleiner Junge war, wollte ich dreizehn."

Ich spucke beinahe meinen Tee quer über den Tisch. „Dreizehn?"

„Was denn? Eine Fußballmannschaft plus ein paar Ersatzspieler. Völlig logisch."

„Nicht so sehr für deine Frau, die dreizehnmal gebären müsste."

„Was soll ich sagen? Ich war ein fußballbesessener Sechsjähriger. Ich dachte, Babys würden im Ofen gemacht."

Ich pruste los. „Warum das denn?"

„Weil mein Vater damals über meine schwangere Mutter sagte, sie habe ‚einen Braten in der Röhre'. Also dachte ich, sie backt meinen kleinen Bruder."

„Wie süß."

„Ich war ein extrem süßer Sechsjähriger. Ganz blond und mit langen Wimpern. Mütter haben mich geliebt."

Ich betrachte sein volles, dunkles Haar. „Was ist passiert?"

„Ich bin alt geworden."

„Das kannst du laut sagen", stimme ich lachend zu.

„Danke auch." Er sieht mich böse an, kann aber nicht ernst bleiben, und zwei Sekunden später lacht er wieder. „So, ich habe leider nur fünfzehn Minuten. Was wolltest du mich fragen? Außer natürlich du wolltest meine Meinung zu Gebiss-Witzen einholen und wissen, wie viele Kinder ich mal möchte."

„Also, die Sache ist die. Du weißt ja, dass wir diese Vereinbarung haben, die wir zu unserem gegenseitigen Vorteil nutzen wollen, nicht wahr? Und nun ja, mein Chef Herr Tomlinson möchte bei unserer großen alljährlichen Spendengala ein Mittagessen mit dir als Auktionsobjekt anbieten und er hat mich als deine Verlobte beauftragt, dich zu fragen." Ich halte gespannt den Atem an und warte auf seine Reaktion.

„Wann wäre das?"

„Schon bald, deshalb verstehe ich es völlig, wenn du keine Zeit haben solltest. Am 12. Februar. Ich hatte gehofft, dass du es irgendwie noch dazwischen quetschen könntest. Es wird eine ziemlich schicke Veranstaltung. Wir hoffen auf viele neue Sponsoren und mein Chef glaubt, dass wir mit *Seiner Ehrenwerten Heißheit* bei der Auktion den Durchbruch schaffen könnten."

Er hebt die Augenbrauen. „Du weißt, dass ich diesen Namen hasse."

„Warum? Weil er käsiger ist als der Kühlschrank eines Franzosen?"

Er lacht leise. „Genau deshalb."

„Wenn ich verspreche, dich nie wieder so zu nennen, würdest du es dann machen?" Ich setze mein flehendstes Lächeln auf.

„Nie wieder?"

„Nie wieder."

Er tippt kurz auf seinem Handy herum, bevor er mich wieder ansieht. „Ich kann ein paar Dinge umschichten, damit es klappt."

„Ehrlich?", frage ich mit wachsender Begeisterung.

„Ich werde den Bürgermeister von Leicester enttäuschen müssen, aber ich bin sicher, er wird es überleben."

„Danke! Herr Tomlinson wird sehr zufrieden mit mir sein. Und ich glaube nicht, dass er jemals wirklich zufrieden mit mir war."

Er lächelt breit und ich bemerke wie attraktiv er aussieht, mit den kleinen Fältchen um die Augen und seinem dunklen, leuchtenden Blick. „Alles für meine Verlobte."

„Du bist ein wirklicher Lebensretter."

Er trinkt einen Schluck von seinem Tee. „Sally mochte dich."

„Sally? Die Bürgermeisterin?"

Er nickt. „Sie meinte, du wärst witzig, und sie könne verstehen, warum ich mich in dich verliebt habe."

„Witzig? Na ja, das ist ja wohl etwas Gutes."

„Oh, auf jeden Fall. Sie sagte, du seist mir absolut ebenbürtig, was wie ich glaube, ebenfalls ein Kompliment ist, aber ganz sicher bin ich mir nicht."

„Witzig. Dabei passen wir gar nicht zusammen."

„Wieso meinst du das?"

„Na, weil das Ganze nur gespielt ist? Schon vergessen?"

„Mal davon abgesehen, ich finde wir passen zusammen. Die Leute glauben es jedenfalls."

„Aber wir sind so unterschiedlich, du und ich."

„Sind wir das?"

„Natürlich sind wir das. Du bist Mr. Politik und ich… nicht."

„Was meinst du damit?"

„Schau dich doch an. Wir sind das komplette Gegenteil voneinander. Du bist zugeknöpft und konservativ."

„Du meinst anzugmäßig.", meint er grinsend.

„Genau. Du hast einen ernsten Job mit ernsten Themen. Ich bin eher ein Freigeist. Ich folge meinem Herzen. Ich liebe Geschichte und London, deshalb arbeite ich auch im Pinkerton House. Und ich liebe es dort."

„Ich liebe London ebenfalls."

„Du weißt, wie ich das meine. Das ist etwas anderes."

„Du glaubst, ich kann mich nicht für Politik begeistern?"

„*Tust* du das denn?"

„Natürlich tue ich das. Schließlich habe ich mein

Leben dieser Aufgabe gewidmet. Und es gibt nichts Wichtigeres."

„Nichts?" Ich hebe eine Augenbraue.

„Die Entscheidungen unserer Regierung betreffen nahezu jeden Aspekt unseres Lebens. Sie erlassen Gesetze und treffen weitreichende Entscheidungen. Was könnte wichtiger sein als das?"

„Liebe?", schlage ich mit einem scherzhaften Grinsen vor.

„Na gut, natürlich *Liebe*", erwidert er lachend. „Sicher, du liebst Artefakte und Geschichte, und ja, ich bin wahrscheinlich konservativer als du. Aber weißt du, Lottie, ich glaube nicht, dass wir so unterschiedlich sind."

Ich will gerade den Mund öffnen um ihm zu widersprechen, ihm erklären, dass wir sehr wohl grundverschieden sind, egal was er sagt, als plötzlich eine weibliche Stimme quer durchs Café James' Namen ruft. Ich blicke auf und sehe eine grauhaarige Frau auf uns zu eilen. Sie trägt einen marineblauen Wintermantel und einen bunten Schal über einem lavendelfarbenen Kleid und eine lange Perlenkette um den Hals. Ihre Augen bleiben an mir hängen, ihr Gesicht beginnt zu strahlen, und ehe ich weiß, wie mir geschieht, steht sie bei uns am Tisch und streckt die Arme nach mir aus. „Lottie!", ruft sie aus und nimmt enthusiastisch meine Hände in ihre.

Ich blinzele sie verständnislos an. „Ja?"

Sie strahlt mich an. „Sieh dich nur an!" Und genau das tut sie, sie mustert mich ungeniert von oben bis unten.

Ich werfe James einen unsicheren Seitenblick zu. „Kennen wir uns?"

„Noch nicht, aber ich bin mir ziemlich sicher, dass wir uns bald sehr, sehr gut kennen werden", trällert sie und drückt meine Hände. „Ach, komm her und lass dich umarmen." Sie lässt meine Hände los, breitet die Arme aus und lächelt breit über ihr ganzes, freundliches Gesicht.

Ich starre sie einen Moment lang an, bevor ich zögerlich aufstehe – unsicher, ob ich das wirklich tun sollte –, aber ich möchte diese etwas verrückte Frau nicht vor den Kopf stoßen, die offenbar meint, es wäre in Ordnung, mich einfach so mitten in einem Café am späten Nachmittag zu umarmen.

Als sie mich umarmt, nehme ich ihr Parfum wahr und werfe James einen fragenden Blick zu. Er beobachtet uns mit einem entspannten Lächeln auf dem Gesicht, als wäre es das Normalste der Welt, von einer wildfremden mittelalten Frau in einem lavendelfarbenen Kleid überfallen zu werden – wobei sie immerhin angenehm nach Rosen riecht und harmlos genug wirkt, wenn auch etwas überschwänglich.

Sie löst sich von mir, hält mich auf Armeslänge und betrachtet mich noch mal eingehend. „Jamie, Liebling, du hast gar nicht erzählt, was für eine Schönheit sie ist. Du bist wirklich entzückend."

Und dann fällt der Groschen mit einem lauten *Klonk* auf den gefliesten Boden.

„Sind Sie James' Mutter?", frage ich die Frau.

„Natürlich bin ich das. Ich bin Janet Brody, aber du darfst Jan zu mir sagen."

„Also gut... Jan", antworte ich zögerlich.

„Mum, was für eine schöne Überraschung. Ich wusste gar nicht, dass du hier bist", sagt James, steht auf und küsst sie auf die Wange, während sie mich endlich loslässt. „Ich würde sogar so weit gehen zu vermuten, dass du noch nie zuvor in deinem Leben hier warst."

„Derek hat mir verraten, wo ich dich finden kann und als ich hörte, dass du Lottie treffen wolltest, musste ich einfach vorbeikommen."

„Derek?", erkundige ich mich.

„Mein Assistent. Mein bald arbeitsloser Assistent", erwidert James trocken.

„Ach, Jamie, sei nicht albern. Du wirst Derek nie feuern. Er ist ein Goldstück", widerspricht Jan.

Ich forme ein *Jamie?* mit den Lippen, doch James zuckt nur schmunzelnd mit den Schultern.

Jans Blick fällt auf die Teekanne. „Oh, ihr trinkt Tee. Ich bin am Verdursten. Hol mir doch bitte eine Tasse und einen Stuhl, Jamie. Ich muss deine Verlobte kennenlernen." Sie legt sich eine Hand aufs Herz und bekommt einen verträumten Gesichtsausdruck. „Ach, ich sage das so gerne: die Verlobte meines Sohnes." Sie seufzt absolut zufrieden und ihre Augen leuchten. „Ich bin so glücklich, dass du *endlich* heiratest, Jamie, mein Junge." Sie drückt seine Hand.

Ich hebe fragend die Augenbrauen und er hat immerhin genug Anstand, mir ein entschuldigendes *Tut mir leid* zuzumurmeln.

Ich zucke mit den Schultern. Mitgehangen, mitgefangen, wie man so schön sagt und Jan scheint wirklich nett zu sein, auch wenn sie etwas übergriffig ist und sich selbst zu unserem Nachmittags-Tee eingeladen hat.

James fragt die Leute am Nachbartisch nach einem Stuhl, stellt ihn für sie an unserem Zweiertisch und sagt: „Wir trinken Earl Grey."

„Oh, herrlich."

„Ich hol dir eine Tasse."

Als James sich auf den Weg zum Tresen macht, setzt sich Jan, verschränkt die Finger ineinander, stützt die Ellbogen auf den Tisch und sagt: „Also, Lottie. Erzähl mir alles über dich. Ich will jedes Detail über die Frau wissen, die meinen Sohn heiraten wird."

„Alles?", frage ich, um Zeit zu gewinnen. Was erzählt

man seiner zukünftigen Schein-Schwiegermutter über sich?

„Alles", bestätigt sie mit einem Nicken. „Fang damit an, wo du herkommst und was du beruflich machst, und dann sehen wir weiter."

„Nun, ich komme aus einer kleinen Stadt in Oxfordshire, aber seit meinem Uniabschluss lebe ich in London. Ich liebe es hier. Es gibt so viel zu sehen und zu erleben. Und ich arbeite im Pinkerton House."

„Was ist das? Ich dachte, ein Pinkerton ist eine Polizei-einheit in Amerika."

„Ehrlich? Das wusste ich gar nicht. Das ist ja interessant. Das sollte ich mal nachlesen."

„Mach das", antwortet sie mit einem freundlichen Lächeln, das sie mir direkt noch sympathischer macht. „Also, was ist dieses Pinkerton House? Ich nehme mal an, es ist nicht die Unterkunft einer Polizeieinheit?"

„Da hast du recht. Es ist keine Unterkunft einer Polizei-einheit. Es ist ein viktorianisches Herrenhaus, das die sehr vielseitige und faszinierende Sammlung von Gerald Edward Pinkerton beherbergt. Ich sammle Geldmittel, um es zu erhalten."

„Dann bist du also eine Geschäftsfrau."

„Wenn man so will, ja. Ich mache es, weil ich die Sammlung liebe."

„Und wie hast du meinen Jamie kennengelernt?"

„Nun ja, *Jamie* kam eines Tages ins Pinkerton House für eine Führung, und ich war die Einzige, die da war, also habe ich ihm diese Führung gegeben."

„Oh, wie romantisch", sagt sie und legt sich erneut die Hand aufs Herz. „War es Liebe auf den ersten Blick?"

Ich zwinge mich zu einem Lächeln. „Oh ja."

Sie klatscht vor Begeisterung in die Hände. „Ganz wie bei Jamies Vater und mir. Wir haben uns mit 18 an einem

Brunnen in Paris kennengelernt, musst du wissen. Haben uns auf der Stelle ineinander verliebt."

Mein Mund klappt auf. „Liebe auf den ersten Blick an einem Brunnen in Paris? Das muss die romantischste Geschichte *überhaupt* sein."

Sie strahlt mich an. „Oh ja. Es war wirklich sehr romantisch. Ich war nämlich gerade–" Sie verstummt und starrt plötzlich hinter mich.

„Lottie?", sagt eine Stimme und ich drehe mich zu James um, der hinter mir mit einer leeren Tasse in der Hand steht, neben ihm eine Frau, die mir erschreckend bekannt vorkommt. Sie starrt mich mit weit aufgerissenen Augen an.

„Mum?", entfährt es mir und ich springe augenblicklich auf, mein Stuhl kippt polternd auf den gefliesten Boden. „Was-was machst du hier?"

„Ich bin natürlich hier, um Florence und Andrew Whittington zu besuchen. Warum sollte ich sonst in London sein? Aber wie schön, dass ich dich ausgerechnet hier treffe." Ihre Augen huschen durchs Café.

Ich umarme sie kurz, dann ziehe ich die Augenbrauen zusammen. „Du warst noch nie zuvor in deinem Leben hier, Mum."

„Bei Xylophone's? Ich liebe es hier", widerspricht sie, während sie ihren geblümten, knielangen Mantel aufknöpft, darunter kommt ein Kleid mit dem exakt gleichen Muster zum Vorschein. „Aber wo sind denn die Musikinstrumente? Ich hatte zumindest ein Xylophon erwartet, wenn nicht sogar eine schöne Gitarre oder so was in der Richtung."

„Es heißt Xander's, Mum", verbessere ich sie.

„Ach ja, stimmt. Ich nenne es einfach nur zum Spaß Xylophone's."

„Ach ja?", gebe ich sarkastisch zurück.

Meine Mutter hat auch noch nie einen Fuß in dieses Café gesetzt.

„Wie dem auch sei. Ich habe deinen James hier vorne am Tresen getroffen." Mum hakt sich bei James ein und wackelt spielerisch mit den Augenbrauen. „Er ist ziemlich schnuckelig, findest du nicht? So groß und charmant. Gut gemacht, Liebes. Wirklich gut gemacht."

Ich schnappe nach Luft, während mir Scham heiß durch die Adern rauscht.

Meine Mutter ist hier. Bei Xander's. Sagt, James sei schnuckelig. Und das vor den Augen *seiner* Mutter. *Oh, gütiger Himmel.*

„Mum, das ist James' Mutter, Jan", erkläre ich hastig.

„Jan, wie wunderbar. Ich bin Libby Sullivan", antwortet Mum und die beiden begrüßen sich, als wären sie alte Freundinnen. Dann gehen sie dazu über in atemberaubender Geschwindigkeit aufeinander einzureden, als würden sie in einem Wettstreit darüber stehen, wer in zwei Minuten mehr Lob über den wunderbaren Nachwuchs des jeweils anderen loswerden kann.

Ich trete zu James und wir tauschen einen Blick. „Unsere *beiden* Mütter?", frage ich ungläubig.

Er zieht die Brauen hoch, während er sie aufmerksam beobachtet. „Sieht ganz so aus."

„Ich weiß nicht, wie es dir geht, aber ich hatte eigentlich nicht geplant, dass unsere Familien so derart in diese ganze Sache miteinbezogen werden."

James sieht zu den beiden hinüber. „Jetzt ist es zu spät. Schau sie dir an."

Mum und Jan sitzen jetzt an dem Tisch, der noch vor wenigen Minuten unserer war, bevor der Mütter-Wirbelsturm über uns hereingebrochen ist, halten sich an den Händen, während sie aufgeregt miteinander reden.

„Ob es dir gefällt oder nicht, diese beiden Frauen sind zu hundert Prozent bei der Sache", sagt er.

„Ich bin mir nicht sicher, ob mir das gefällt."

„Oh, das ist eine wunderbare Idee!", ruft Mum enthusiastisch und mein innerer Alarm schlägt sofort an.

„Was ist eine wunderbare Idee?", hake ich vorsichtig nach.

„Jan hat vorgeschlagen, dass wir drei zusammen shoppen gehen, in einem ganz besonderen Laden in Covent Garden, der ihrer Freundin gehört. Ist das nicht großartig, Lottie?"

„Was für eine Art von Laden?", frage ich.

„Oh, es ist eine Boutique, die sich auf Kleider spezialisiert hat", erwidert Jan und Mum strahlt sie an, als wäre ein Besuch in diesem Geschäft das Aufregendste überhaupt. „Meine Freundin Juliette hat wunderschöne Sachen. Ich bin mir sicher, wir werden bestimmt alle etwas finden."

„Du fährst doch heute bestimmt wieder nach Hause, oder Mum?", frage ich sie betont.

Sie winkt ab. „Ich kann doch wiederkommen. Dafür gibt es schließlich Züge, Lottie. In null Komma nichts bin ich in London."

Ich schaue von der einen zur anderen Mutter. Ihre Gesichter strahlen nur so vor Hoffnung und Vorfreude. Sie warten auf meine ebenso begeisterte Antwort.

„Ich habe einen Job, wisst ihr. Ich kann nicht einfach mitten am Tag ein paar Stunden frei machen um shoppen zu gehen. So gern ich das natürlich tun würde."

Mum winkt meinen Einwand mit einer schnellen Handbewegung ab. „Ach, ich bin mir sicher, dass du die Käfer und Knochen ruhig ein paar Stunden alleine lassen kannst. Die werden dir schon nicht weglaufen."

„Käfer und Knochen?", erkundigt sich Jan.

„Oh, das ist Lotties Job", erklärt meine Mutter.

„Ach ja, das Pinkerton House", erwidert Jan mit einem verständnisvollen Lächeln.

„Sag einfach, du musst mit deinem *Verlobten* irgendwo hin", meint Mum. „Oh, ich liebe es, das zu sagen: Verlobter. Meine Tochter hat einen Verlobten." Sie strahlt und mein Herz zieht sich kurz zusammen.

„Sag, dass du kommen wirst, Lottie. Wir werden eine herrliche Zeit haben", fordert Jan.

„Das klingt… schön", erwidere ich matt und blicke zu James. Er sieht mich mitleidig an.

„Schön?", fragt Mum. „Lottie, das ist großartig."

„Großartig", wiederhole ich tonlos.

„Wie wär's, ihr geht kurz shoppen und ich lade euch danach zum Mittagessen ein?", schlägt James vor, der offenbar versucht mir aus der Patsche zu helfen.

„Aber Liebling, du bist doch so beschäftigt", wendet Jan ein.

„Nicht zu beschäftigt für meine Lieblingsmädchen", erwidert er so geschmeidig wie Seide und ich muss mich zusammenreißen, nicht die Augen zu verdrehen.

Er ist *wirklich* ein Politiker.

„Deine Lieblingsmädchen", kichert Mum, legt eine Hand aufs Herz und blickt ihn strahlend an. „Oh, ich glaube, ich werde es mögen, eines deiner Lieblingsmädchen zu sein, James." Sie beginnt übertrieben mit den Wimpern zu klimpern, wie eine Zeichentrickfigur.

„Dann ist es also beschlossene Sache. Morgen um zwölf", verkündet Jan.

„Morgen um zwölf", wiederhole ich matt.

Worauf habe ich mich da bloß eingelassen?

Kapitel 14

„WENN DU BEI einem besonderen Mittagessen mit deinem Verlobten anwesend sein musst, Lottie, dann gehst du selbstverständlich zu diesem Mittagessen", sagt Herr Tomlinson, während ich am nächsten Morgen neben seinem Schreibtisch stehe.

Trotz meines plötzlichen Aufstiegs in seiner Gunst hatte ich nicht erwartet, dass er der Idee, ein paar Stunden meiner Arbeitszeit für private Angelegenheiten zu opfern, so aufgeschlossen gegenüberstehen würde.

Und ich muss zugeben, es wäre ziemlich praktisch gewesen, wenn er Nein gesagt hätte.

„Danke, Herr Tomlinson", antworte ich mit gemischten Gefühlen. Mit zwei übermotivierten Frauen, die glauben ich sei verlobt, Kleider shoppen zu gehen, ist nicht gerade etwas, worauf ich mich freue.

„Lottie, wir haben darüber gesprochen", warnt er mich.

„Mr. T."

„Braves Mädchen. Ist jetzt alles bereit für die Spendengala?"

„Ich habe alle Details finalisiert, und da James fest als *Mittagessen mit einem stellvertretenden Bürgermeister*-Auktionsobjekt eingeplant ist, sind wir startklar."

„Gute Arbeit. Es kommt nicht darauf an, was man weiß, sondern wen man kennt, was?" Er zwinkert mir zu und grinst. „Na los, ab mit dir zu deinem Mittagessen. Wir halten hier solange die Stellung."

Ich schiebe das Schuldgefühl beiseite, meinen Chef schon wieder zu belügen, während ich meinen Mantel und den Schal von der Garderobe nehme. Wer hätte gedacht, dass eine einzige Lüge so schnell aus dem Ruder laufen kann? Als ich zugestimmt habe, James' Schein-Verlobte zu sein, dachte ich naiverweise, dass diese „Beziehung" zu ihm keinerlei Auswirkungen auf mein Arbeitsleben haben würde. Sicher, die Tatsache, dass ich in Herr Tomlinsons Ansehen gestiegen bin und Matt mich jetzt als gleichwertige Kollegin behandelt, ist schön – sogar *mehr* als schön – aber dieses ganze Spiel fühlt sich irgendwie falsch an.

Diese eine Lüge über die Verlobung hat begonnen wie ein Schneeball den Berg hinunterzurollen und reißt dabei alles in ihrem Weg stehende mit sich.

Als ich die Bürotür öffne, schaut Matt von seinem Computer auf. „Gehst du schon, Lott-Lott?" Er lehnt sich lässig auf seinem Stuhl zurück und sieht absolut zum Anbeißen aus mit seiner Lesebrille auf der Nase und seinem noch zerzauster als sonst wirkenden Dutt. Ein paar Strähnen haben sich daraus befreit und ich muss mich wirklich beherrschen, sie ihm nicht aus seinem attraktiven Gesicht zu streichen.

„Lottie hat ein wichtiges Mittagessen mit ihrem Verlobten", antwortet Herr Tomlinson für mich.

„Herr James Brody, was?" Matt schenkt mir sein lakonisches Lächeln, das, bei dem meine Knie zu Klappstühlen werden.

„Ganz genau", erwidere ich.

„Weißt du, Lott, ich hätte euch zwei nie zusammen gesehen", meint Matt. „Ihr seid so... unterschiedlich."

„Tja, du weißt ja wie es so schön heißt: Gegensätze ziehen sich an."

„Das sagt man, das stimmt, aber du bist so–" Sein Blick gleitet über mich und mein ganzer Körper kribbelt dabei.

„So... was?", hauche ich, gespannt auf seine Einschätzung – und so sehr hoffend, dass es etwas ist, das ich gerne von ihm hören würde.

„Du bist so sehr Lottie", sagt er nach einer kurzen Pause und ich lächle schwach, ohne zu wissen, ob das nun ein Kompliment ist oder nicht.

„Ist das was Gutes?", erkundige ich mich und spiele mit dem Riemen meiner Handtasche. „Ich kann es schwer einordnen."

Er stützt die Ellbogen auf den Tisch und nimmt seine Brille ab, steckt ein Ende in den Mund, in einer der verführerischsten Bewegungen, die ich je von ihm gesehen habe. Ehrlich. Ich habe gerade absolute Gänsehaut.

„Es ist definitiv was Gutes", erwidert er mit einem Lächeln, das seine Mundwinkel umspielt.

Ich schenke ihm mein verführerischstes Lächeln und erwidere: „Nun, das freut mich zu hören."

Er hält meinen Blick einen Moment lang fest und ich

bleibe wie angewurzelt stehen, genieße dieses neue Flirten in vollen Zügen. Denn genau so fühlt es sich an: wie hundertprozentig echtes Flirten.

Und es ist einfach fantastisch.

„Lottie?"

Matts Stimme durchschneidet meine Euphorie und holt mich zurück ins Dachgeschossbüro. Ich schüttele kurz den Kopf und antworte: „Was?"

„Wolltest du nicht gerade zu einem Mittagessen mit deinem Verlobten?"

„Mittagessen. Stimmt. Ja", sage ich und nicke wie ein Wackelkopf, der gerade angestoßen wurde. „Ich sollte dann wohl mal los."

Matts Gesicht leuchtet, seine Lippen formen ein breites Grinsen. „Ja, solltest du."

Auf wackeligen Beinen, geschwächt von der ganzen Flirterei, öffne ich die Tür und informiere die beiden, dass ich in ein paar Stunden zurück sein werde, bevor ich leichtfüßig die Treppe hinuntergehe. Mein Herz ist leicht und ich kann das breite Grinsen auf meinem Gesicht nicht unterdrücken.

Er flirtet mit mir! *Matt* flirtet mit *mir*.

Die einzige Fliege in der Suppe – und im Moment ist das einer von diesen großen, summenden Brummern, die es im Sommer gibt – ist, dass Matt endlich, *endlich* Interesse zeigt, aber ich nichts unternehmen kann. Ich stecke in dieser Schein-Beziehung mit James.

Die Ironie des Ganzen entgeht mir nicht.

Aber alles, was ich tun muss, ist, dafür zu sorgen, dass sein Interesse bestehen bleibt, wie ein Topf, der munter vor sich hin köchelt, bis ich frei bin, ihn mir zu schnappen. Und wenn es so weit ist, kann ich dir jetzt schon sagen: beginnt das Spiel.

Beginnt.

Das.

Spiel.

Ich hüpfe die letzte Treppe hinunter ins Erdgeschoss und begrüße ein paar Besucher – drei ältere, vornehme Damen, unser übliches Publikum.

„Oh, hallo", wendet sich eine der Frauen an mich. „Du bist doch eine von Kennedys Freundinnen, nicht wahr?"

Ich lächle die Damen an. Alle drei tragen aufgeknöpfte, dicke Wollmäntel, die den Blick auf geblümte Kleider und Reihen von Perlenketten freigeben, dazu tragen sie schicke Hüte auf den Köpfen und Brillen auf den Nasen.

Es sind drei Mitglieder der Entenschar, die neugierige, aber herzensgute Nachbarsgruppe aus Charlie Cavendishs Wohnhaus. Sie beanspruchen die Lorbeeren für Charlie und Kennedys Liebesgeschichte, angeblich wegen eines strategisch platzierten Mistelzweigs im Aufzug, obwohl ich weiß, dass da noch viel mehr dahintersteckt als nur ein gut positionierter Zweig Grünzeug.

„Hallo zusammen", antworte ich mit einem Lächeln. „Ich bin Lottie. Moment – Sie sind Evelyn, Sie sind Barbara, und Sie sind—" Ich komme beim letzten Namen ins Stocken.

„Elsie", ergänzt sie für mich.

„Stimmt. Elsie. Wie schön Sie alle hier im Pinkerton House zu sehen. Haben Sie eine gute Zeit?"

„Oh ja", antwortet Barbara. „Die Käfer gefallen mir besonders gut. Ich habe mich schon immer für Käfer interessiert, musst du wissen. Keine Ahnung warum. Vielleicht, weil sie so unglaublich widerstandsfähig sind."

„Ich glaube, du verwechselst sie mit den Beatles, Barbara", widerspricht Evelyn. „John, Paul, George und Ringo?"

„Oh, die liebe ich. *Hey Jude* und *Yesterday* und *Here Comes the Sun*. Die sind jetzt ein bisschen alt, oder? Na ja, bis auf

John. Der ist schon lange tot", sagt Elsie. „Aber früher waren die wirklich gut."

„Du hast gut reden. Du bist selbst so alt wie die Berge", entgegnet Barbara spöttisch und Elsie wirkt beleidigt. „Ich verwechsle die Käfer sicher nicht mit den Beatles. Das wäre ja lächerlich."

„Nun, es ist auf jeden Fall eine sehr interessante Sammlung", unterbreche ich schnell, weil ich a) die absehbare Auseinandersetzung vermeiden will und b) zum Geschäft muss, um die beiden Mütter zu treffen. „Machen Sie eine Führung mit unserem Museumsführer?", erkundige ich mich und schaue mich suchend nach Stanley um.

„Oh, meinst du etwa diesen netten Herrn?", fragt Evelyn und ich schwöre, ihre Wangen verfärben sich leicht.

„Stanley, genau."

„Er ist nur kurz los, um mir etwas Informationsmaterial zu holen. Er ist wirklich sehr hilfsbereit.", erklärt Evelyn.

Oh ja, sie errötet definitiv.

„Stanley ist ein geschätztes Mitglied des Teams hier im Pinkerton House", bestätige ich. Da kommt er auch schon über den Boden geschlurft, mit einem Faltblatt in der Hand. Wie immer schick gekleidet in seiner Tweed-Jacke und mit bunter Fliege. „Ah, da ist er ja."

Er bleibt stehen und reicht Barbara das Faltblatt. „Hier steht alles drin. Die Öffnungszeiten, sowie Informationen zu den verschiedenen Aspekten der Sammlung."

„Eigentlich war das für mich", stellt Evelyn fest, woraufhin Stanley Barbara das Faltblatt kurzerhand wieder aus der Hand nimmt und stattdessen ihr reicht.

Sie nimmt es entgegen und sieht ihn mit leuchtenden Augen an. „Vielen herzlichen Dank... Stanley. Darf ich Sie so nennen? Es steht schließlich auf Ihrem Namensschild."

„So heiße ich.", erwidert er.

„Es ist wirklich lieb, dass Sie das für mich geholt haben. Ich bin sicher, Gertie wird es hier genauso gut gefallen wie mir. Sie ist übrigens auch Witwe, genau wie ich."

Subtil, Evelyn.

„Gut", antwortet er einsilbig und presst die Lippen zusammen.

„Arbeiten Sie schon lange hier, Stanley?", fragt sie und möchte damit offensichtlich ein Gespräch beginnen.

„Ich? Tatsächlich schon eine ganze Weile. So, wer wollte noch mal mehr über die Käfer erfahren?"

Barbara hebt die Hand. „Das war ich."

Stanley räuspert sich und beginnt seinen Käfer-Vortrag, den ich schon etliche Male gehört habe. „Käfer unterscheiden sich von allen anderen Insekten mit Flügeln dadurch, dass ihre Flügel verhärtet sind und so den Panzer bilden, der wiederum die empfindlichen Flugflügel schützt. Diese Flugflügel sind ordentlich unter dem Panzer zusammengefaltet und kommen nur zum Vorschein, wenn der Käfer fliegen will. Sie sind erstaunlich kräftig für so ein leichtes, durchsichtiges Konstrukt."

Evelyns Augen kleben an Stanley. „Ach, wie interessant. Findest du nicht, Barbara?"

„Oh, sehr", bestätigt Barbara.

„Der Name Käfer stammt vom lateinischen Wort *Cole-optera*, was wörtlich übersetzt so viel wie ‚gefalteter Flügel' bedeutet", fährt er fort, völlig ahnungslos gegenüber Evelyns Interesse.

„Wahnsinn. Wie faszinierend", haucht sie atemlos.

„Hast du jetzt genug von Käfern, Barbara? Ich will nach oben und die Kleider anschauen. Die sollen ganz bezaubernd sein", wirft Elsie ein, die offenbar weder Barbaras Interesse an Käfern – noch Evelyns Interesse an Stanley – teilt. „Sind sie bezaubernd?", fragt sie mich.

Ich lächle. „Ja, das sind sie. Gerald Pinkertons Frau hatte einen großartigen Sinn für Stil und es gibt ein paar wunderbare Beispiele für Kleider aus der spätviktorianischen Zeit im Ankleidezimmer neben dem Hauptschlafzimmer."

Elsie hebt die Hand. „Du hast mich überzeugt. Kommt, Mädels. Ab nach oben zu den Kleidern. Ich habe mehr als genug von Käfern und Knochen."

„Kommen Sie mit uns?", fragt Evelyn Stanley.

„Ich werde gleich nachkommen. Ich muss nur kurz mit meiner Kollegin hier sprechen." Stanley nickt mir zu.

„Eigentlich bin ich gerade auf dem Weg nach draußen", informiere ich ihn.

Er fixiert mich mit seinem Blick. „Es wird nicht lange dauern."

„Wir gehen dann schon mal hoch. Und danke für das Infomaterial", sagt Evelyn. „Wir werden bestimmt gleich noch ein paar Fragen haben, ich hoffe also, wir sehen Sie dort oben wieder?"

Immer noch völlig ahnungslos gegenüber Evelyns Interesse an ihm, antwortet Stanley: „Ich lege großen Wert darauf, dass wirklich jeder einzelne Besucher hier das Beste aus seinem Besuch herausholt. Sie sind da keine Ausnahme."

Evelyns Stimmung trübt sich leicht. „Verstehe. Na gut. Danke für alles. Tschüss, Lottie." Evelyn lächelt tapfer, aber ich sehe, dass es ihr schwerfällt.

Als die Entenschar außer Hörweite ist, sage ich zu Stanley: „Ist dir nicht aufgefallen, dass sie mit dir geflirtet hat?"

Stanley zieht fragend die Augenbrauen zusammen. „Wer?"

„Evelyn. Die mit dem rosa Hut. Sie hat dir gesagt, dass sie Witwe ist, mit den Wimpern geklimpert und alles."

„Vielleicht hatte sie auch einfach Sodbrennen."

„Sie hat definitiv mit dir geflirtet."

„Wie dem auch sei, ich hab ein Hühnchen mit dir zu rupfen, Lottie."

Meine Schein-Beziehung.

„Können wir später reden? Ich bin gerade auf dem Weg wohin und komme sonst zu spät." Ich gehe ein paar Schritte in Richtung Tür.

Stanley jedoch lässt nicht locker. „Was ist das eigentlich für eine hanebüchene Geschichte mit dir und dem stellvertretenden Bürgermeister?"

Ich wappne mich innerlich und drehe mich entschlossen zu ihm um. „Das ist keine hanebüchene Geschichte. Wir haben uns kennengelernt, haben uns verliebt, sind verlobt, und ich bin überglücklich darüber." Ich setze ein strahlendes Lächeln auf, um zu zeigen, wie überglücklich ich bin. „Tatsächlich ziehe ich am Wochenende sogar zu ihm."

Seine Augen treten ihm fast aus dem Kopf. „Du ziehst zu ihm?"

„Oh ja. Viele Paare leben vor der Hochzeit zusammen. Ich weiß, das war zu deiner Zeit anders, aber heute ist das normal. Wir sind verliebt und wollen zusammen sein."

Mensch, ich werde echt besser darin.

Wenn Stanleys Augen noch weiter herausquellen würden, hätte Gerald Pinkerton sie glatt eingesammelt und in seine Sammlung aufgenommen.

„Lottie, was geht hier vor?"

Ich beiße mir auf die Unterlippe. „Ich weiß, es wirkt alles etwas schnell, aber mir geht's gut. Tatsächlich bin ich gerade auf dem Weg, um mich mit James zu treffen und muss jetzt wirklich los. Also warum gehst du nicht hoch in den Raum mit den Kleidern und flirtest ein bisschen mit

Evelyn? Ich bin mir sicher, sie würde sich darüber freuen. Bis später dann." Ich drehe mich um und gehe beschwingten Schrittes aus der Eingangstür und die Stufen hinunter, dabei lasse ich einen unzufriedenen und verwirrten Stanley hinter mir zurück.

Kapitel 15

Als ich mit der U-Bahn nach Covent Garden fahre, lasse ich unser Gespräch immer wieder in meinem Kopf Revue passieren. Dieser Schneeball wird einfach immer größer. Natürlich weiß Stanley, dass ich lüge. Ich sehe es in seinen Augen. Aber das Problem ist, ich habe mich zu dieser Sache verpflichtet. Es geschieht. Ich kann mich nicht *ent*-scheinverloben, nicht, nachdem James und ich vereinbart haben, der Sache sechs Monate Zeit zu geben, und wir morgen zusammenziehen.

Und wenn ich ganz ehrlich zu mir selbst bin, scheinen die Vorteile dieses neuen Arrangements die Nachteile bei weitem zu überwiegen. Und ein paar dieser Vorteile sind wirklich nett. Ich gehe sie in Gedanken noch mal durch:

1. Meine Mutter hat aufgehört, mich mit Londons gesamter männlicher Single-Bevölkerung verkuppeln zu wollen, und sie scheint sogar zufrieden mit mir zu sein – was eine willkommene Abwechslung ist.

2. In Herrn Tomlinsons Augen bin ich plötzlich viel wichtiger, sogar so sehr, dass er mir bereitwillig mehrere Stunden mitten am Tag freigibt, damit ich zu einem komplett erfundenen Mittagessen gehen kann, ohne auch nur mit einer Wimper an einem seiner kleinen schweinsartigen Augen zu zucken.

3. Ich ziehe dieses Wochenende bei James ein und bekomme mein eigenes Schlafzimmer, sowie ein eigenes Badezimmer, was mit großer Wahrscheinlichkeit um Lichtjahre besser sein wird als mein derzeitiges winziges Zimmer und das Gemeinschaftsbad, das ich mir mit Zara in unserer Wohnung teile. Nicht, dass das schwer wäre. Unsere Wohnung ist das, was Makler gerne als „*bijou*" bezeichnen – was übersetzt so viel heißt wie *verdammt klein*.

4. Und der mit Abstand wichtigste Punkt von allen, der die wundervollste Überraschung überhaupt an dieser ganzen Sache ist: Matt flirtet mit mir. Er *flirtet*. Mit *mir*. Allein dieser Punkt reicht eigentlich schon, um in dieser Schein-Verlobung zu bleiben.

Da hast du es. Eine Schein-Verlobung mit James schlägt keine Schein-Verlobung mit James um Längen und

Stanley muss seine Verdächtigungen einfach runterschlucken und mir glauben. Auch wenn ich lüge.

Als ich die Treppen von der U-Bahn hinauf zur Straße erklimme, schiebe ich die Gedanken an Stanley beiseite. Was geschehen ist, ist geschehen.

Covent Garden ist wie immer voller Menschen und ich schlängele mich durch die Massen aus Einkäufern, Berufstätigen und Touristen auf dem Weg zu dem Laden, der Jans Freundin gehört.

Ich schaue auf die Karte auf meinem Handy, die mir anzeigt, dass ich in eine Einbahnstraße einbiegen soll, die gesäumt ist von Backsteinbauten und Ladengeschäften. Von High Street-Läden über Boutiquen und Cafés bis hin zu Pubs ist hier alles vertreten. Ich bleibe stehen und blicke auf eine imposante cremefarbene Ladenfassade mit der Aufschrift *Juliettes Braut-Boutique* in schimmernden goldenen Buchstaben über der Eingangstür. Im Schaufenster hängt ein einziges wunderschönes Brautkleid auf einem Bügel, flankiert von Blumenarrangements aus hübschen weißen Rosen in antiken griechischen Glasvasen.

Was zum…?

Eine Boutique für Kleider? Das ist ein *Braut-moden*geschäft, spezialisiert auf *Braut*kleider.

Diese gerissenen Frauen, die mich unter dem Vorwand hergelockt haben, wir könnten hier alle etwas zum Anziehen finden. Es sei denn, die beiden planen, bei ihrem nächsten Supermarktbesuch in großen weißen Kleidern mit Schleier aufzutauchen, bin ich sehr sicher, dass *ich* die Einzige von uns dreien sein werde, die etwas von hier tragen soll!

Mit zusammengebissenen Zähnen schiebe ich die Tür auf und trete in einen Raum, der bis obenhin mit weißen Dingen vollgestopft ist. Na ja, weiß, cremefarben und elfenbein, um genau zu sein. Von den Reihen an Kleidern, die entlang der Wände hängen, über die Vorhänge der Umkleidekabinen, bis hin zu der Frau, die mitten im Raum auf einem Podest in einem langen, bauschigen weißen Kleid steht, erstrahlt der ganze Raum in weiß und schreit geradezu: *Braut! Braut! Braut!*

Ich beobachte eine ältere Frau, die übers ganze Gesicht strahlt, während ihr Tränen über die Wangen laufen und sie dem Mädchen auf dem Podest versichert, dass sie in dem Kleid wie eine perfekte Porzellanpuppe aussehe und es unbedingt kaufen müsse.

„Willkommen bei Juliettes." Eine Frau, deren Gesicht sich selbst beim Lächeln nicht bewegt, erscheint wie aus dem Nichts. Sie trägt ein schwarzes knielanges Kleid mit weißem Kragen, das Haar zu einem perfekten französischen Knoten frisiert. Sie ist der Typ Frau, bei dem ich mich selbst dann minderwertig fühle, wenn ich mein bestes Sonntagsoutfit tragen würde.

„Äh… danke."

„Wie kann ich Ihnen helfen?", fragt sie in einem seltsamen Tonfall.

Ich entdecke die zwei hinterhältigen Mütter, die es sich im hinteren Teil des Ladens auf zwei cremefarbenen, pseudo-renaissancehaften Stühlen bequem gemacht haben, Champagnerflöten in der Hand, die Köpfe dicht zusammengesteckt, und aufgeregt miteinander redend, als wären sie alte Freundinnen.

„Ich bin hier, um mich mit diesen beiden Manipulatorinnen dahinten zu treffen", erkläre ich der Frau völlig ohne jede Begeisterung und sie wirft mir einen überraschten Blick zu. Zumindest denke ich, dass es ein überraschter Blick ist. Bei all dem Botox ist es schwer zu sagen, ob sich überhaupt etwas an ihrem Gesichtsausdruck verändert.

Sie deutet steif mit der Hand ins Ladeninnere. „Nur zu. Champagner?"

Ich presse die Lippen zusammen und schüttele den Kopf. „Wir bleiben nicht lange."

„Wirklich?"

„Wirklich."

Ich gehe zu den tratschenden Müttern und räuspere mich. „Ähem."

Beide blicken zu mir auf, ihre Gesichter brechen in überbordende Lächeln aus, als hätte ich gewusst, dass es heute um Brautkleider gehen würde, und als wäre ich genauso begeistert von der ganzen Sache wie die beiden.

„Lottie, Liebling!", begrüßt Mum mich enthusiastisch, als sie mich in die Arme schließt. „Ist dieser Laden nicht himmlisch? Jan, ist er nicht himmlisch? Hab ich das schon erwähnt?"

Jan lacht leise. „Hast du tatsächlich, Libby." Sie küsst mich auf die Wange und sagt: „Lottie, wie schön dich wiederzusehen. Deine Mutter hat mir gerade erzählt, wie du als kleines Mädchen davon überzeugt warst, ein Junge zu werden, wenn du erwachsen bist, weil du nur einen älteren Bruder hattest, und dass dich niemand vom Gegenteil überzeugen konnte."

Ich werfe meiner Mutter einen tadelnden Blick zu. „Hat sie das? Wie nett von ihr, so eine peinliche Geschichte über mich zu erzählen. Ich war immerhin erst drei zu dem Zeitpunkt."

„Genau genommen sieben", wirft Mum ein und ich presse die Lippen zusammen.

„Ich finde das entzückend. Und ich jedenfalls, bin sehr froh, dass du doch ein Mädchen geworden bist, und das Herz meines Jamie erobert hast", informiert Jan mich.

„Äh, ja, ich auch", antworte ich. Überzeugend klingt es nicht, aber das stört offenbar keine der beiden. „Aber wisst ihr, es ist eigentlich noch ein bisschen zu früh für mich, um Brautkleider anzuprobieren, findet ihr nicht? Wir haben uns ja gerade erst verlobt. Vielleicht könnten wir das an einem anderen Tag machen und heute lieber nett essen gehen oder etwas anderes unternehmen?"

„Unsinn, Lottie. Es ist nie zu früh, um nach einem Kleid zu suchen. Es kann eine ganze Weile dauern, bis man das Richtige findet, weißt du, und Jan war so freundlich, uns hierherzubringen. Findest du nicht?", widerspricht Mum.

„Libby hat recht, Lottie. Juliette führt eine wundervolle Auswahl an Kleidern, ich bin mir sicher, wir finden hier etwas, dass du an deinem großen Tag tragen kannst." Mit einem Lächeln fügt Jan hinzu: „Wann auch immer der sein mag."

„Ja, Schatz, wann könnte es denn so weit sein?", hakt meine Mutter nach.

„Keine Ahnung", antworte ich ausgesprochen elegant.

„Vielleicht solltest du das aber wissen", erwidert Mum. „Begehrte Veranstaltungsorte sind ruck zuck ausgebucht, deswegen ist es am besten, so früh wie möglich zu buchen."

„Ganz genau", stimmt Jan zu. „Habt ihr schon ein Datum festgelegt?"

Beide sehen mich erwartungsvoll an, die Gesichter voll leuchtender Hoffnung, während sie auf meine Antwort warten.

Aber ein Datum festlegen? Ein Kleid aussuchen? Einen Veranstaltungsort buchen? Nichts davon ist Teil unseres Deals. Es ist eine Verlobung, nicht mehr. Eigentlich sollte es gar keine Hochzeitsplanung geben.

Wo ist mein geschmeidiger Politiker-Schein-Verlobter, wenn man ihn mal braucht? Er würde das hier locker meistern.

Ich schenke ihnen ein schwaches Lächeln. „Noch nicht, aber wir werden bestimmt eins finden."

„Großartig!", entfährt es Mum begeistert, während Jan mich anstrahlt.

Eine Frau tritt zu uns, die dasselbe schwarze Kleid mit weißem Kragen trägt, und aussieht, als hätte sie zuletzt in den späten Neunzigern etwas gegessen. Sie mustert mich kritisch von Kopf bis Fuß und ich streiche mir nervös durch die Haare, als ihr bohrender Blick über mich wandert.

„Juliette, das ist die Braut in spe. Lottie, das ist Juliette, die Besitzerin und eine gute Freundin aus der Schulzeit.", stellt Jan uns einander vor.

Juliette schenkt mir ein steifes Lächeln und streckt mir ihre Hand entgegen. „Ich freue mich immer, eine neue Braut in spe kennenzulernen."

„Äh, ja. Hallo", erwidere ich und schüttele unbeholfen ihre Fingerspitzen, die sie mir hinhält.

Juliette wendet sich an Jan. „Die Kleider sind bereit zur Anprobe."

Ich blinzele fragend zu den Müttern. „Ihr habt schon Kleider für mich ausgesucht?"

Jetzt darf ich nicht mal mein eigenes Kleid aussuchen? Nicht, dass ich vorhätte mein eigenes Kleid auszusuchen, denn schließlich brauche ich ja gar keins. Aber trotzdem. Ein bisschen Entscheidungsfreiheit hätte ich schon gerne.

„Wir waren bereits etwas früher hier und dachten, wir könnten schon mal loslegen", erklärt Mum. „Ich bin sicher, sie werden dir gefallen."

Ich denke an all die Blind Date-Outfits zurück, in die meine Mutter mich im Laufe der Jahre gesteckt hat, und bin mir da nicht so sicher. Es sei denn, ich möchte wie eine übergroße Puppe, übersät mit Schleifen und Rüschen, aussehen, sollte ich wohl lieber diejenige sein, die das Kleid auswählt.

„Aber—", beginne ich, werde jedoch von der strengen Juliette unterbrochen.

„Kommen Sie mit, Braut", befiehlt sie und deutet auf die Reihe elfenbeinfarbener Vorhänge.

Ich stoße einen leisen Seufzer aus. Es hat keinen Sinn zu protestieren. Ich kann das jetzt genauso gut durchziehen, denn umso schneller komme ich hier raus, und kann wieder mit Matt flirten.

Mmmmh, mit Matt flirten.

Und mal ehrlich – was kann es schon schaden? Es ist ja nicht so, als würde ich tatsächlich eines der Kleider *tragen*, die sie für mich ausgesucht haben. Wenn es die beiden Mütter zufriedenstellt und ihnen unsere Verlobung so glaubhafter erscheinen lässt, dann: Nur zu!

„Na los jetzt", wiederholt Juliette und ich schrecke aus meinen Gedanken hoch und folge ihr in die hinterste Umkleidekabine.

Sie zieht den schweren Vorhang zurück und gibt den Blick frei auf Wände, die von Kleidern gesäumt sind, allesamt handverlesen von meiner stilistisch herausgeforderten Mutter und meiner zukünftigen Schein-Schwiegermutter. Überraschenderweise gibt es keinen Spiegel in der Kabine, was mir seltsam erscheint, immerhin ist das hier ein Raum, in dem man Kleidung anprobiert.

„Die alle?", frage ich entsetzt, während ich die schiere Anzahl der Kleider mustere.

Juliette ignoriert mich und beginnt stattdessen Anweisungen herunterzurasseln. „Ziehen Sie alles aus, bis auf BH und Slip, dann helfe ich Ihnen in das erste Kleid. Wir fangen hier an." Sie deutet auf ein Kleid, das so groß und verspielt ist, dass selbst Lady Di in den Achtzigern neidisch gewesen wäre.

„Also", beginne ich, ohne jegliche Absicht, jemals ein Kleid anzuziehen, das locker eine vierköpfige Familie beherbergen könnte, „wie wäre es, wenn wir mit dem hier anfangen?" Ich deute wahllos auf ein Kleid auf der gegenüberliegenden Seite, es ist deutlich weniger palastartig, aber zweifellos genauso grauenhaft wie Modell A.

Juliettes Miene verzieht sich. „Na schön. Sie haben zwei Minuten." Sie zieht den Vorhang zu und lässt mich allein in der Mitte der geräumigen Umkleidekabine zurück, plötzlich fühle ich mich eingeengt und überwältigt vom schieren Gewicht aus Spitze, Pailletten und Rüschen, das mich umgibt.

Ich kann es also auch gleich hinter mich bringen.

Ich ziehe mich bis auf BH und Höschen aus, die ich, hätte ich geahnt, dass sie heute von der miesepetrigen Juliette begutachtet würden, definitiv in einer neueren, weniger, dank des Londoner Wassers zu grau verwaschenen, Variante gewählt hätte.

„Fertig?", fragt sie und gibt mir etwa eine Sekunde, bevor sie den Vorhang zurückzieht – und nicht nur sich selbst offenbart, sondern auch die Frau, die mich bei meiner Ankunft im Laden begrüßt hat.

Na wunderbar. Jetzt sind es schon zwei.

Juliette lässt ihren Blick über mich schweifen und ich muss mich zusammenreißen, mich nicht in der Ecke zu verkriechen unter ihrem musternden Blick. Ein musternder Blick, der ihr Missfallen deutlich zur Schau stellt.

„Fertig", antworte ich kleinlaut, obwohl ich mich alles andere als bereit fühle.

Juliette geht zielstrebig an mir vorbei, nimmt das zufällig ausgewählte Kleid vom Bügel, und beginnt sorgfältig die lange Knopfleiste zu öffnen, während die andere Frau den Rock des Kleides ausschüttelt.

„Dieses Kleid ist von einem italienischen Designer und

jedes dieser Blütenblätter ist handgestickt", erklärt Juliette, während sie mir den Stoff des Rocks entgegenhält, sodass ich die Details erkennen kann.

„Klingt super", entgegne ich, völlig *des*interessiert an diesem Prozess und fest davon überzeugt, dass ich in dem Kleid wie ein Marshmallow aussehen werde.

Ein paar Augenblicke später stehe ich im Kleid vor ihnen, Juliette und ihr Klon haben sämtliche Knöpfe geschlossen, den Rock aufgeschüttelt, und dann zückt Juliette eine große Klammer.

„Die wird alles an Ort und Stelle halten", informiert sie mich, während sie das Oberteil eng um mich zieht und hinten festklippt. Dann treten sie und auch die andere Frau zurück.

Ich versuche, mich möglichst aufrecht hinzustellen und selbstbewusst zu geben, während die beiden mit zusammengezogenen Brauen prüfen, wie ich aussehe.

„Findet die Hochzeit in einer Kirche statt?", fragt Juliette.

„Oh, ich, äh, ich bin mir nicht sicher", antworte ich.

Sie sieht mich ausdruckslos an.

„Das heißt, der Ort steht noch nicht fest, aber vermutlich wird es eine Kirche sein", füge ich hinzu.

Das scheint beide zu erfreuen.

„Kirchengerecht", sagt Juliette und die andere Frau nickt zustimmend.

„Solange es eine kleinere Kirche ist, vielleicht eine Kapelle?", schlägt die andere vor.

„Ja, eine Kapelle. Könnten Sie in einer Kapelle heiraten?", fragt Juliette mich.

„Ich wüsste nicht, was dagegen spricht", erwidere ich mit einem Achselzucken, was mir den nächsten ausdruckslosen Blick der beiden einbringt.

„Elegant, zurückhaltend, mit einem Hauch kapellentauglichem Sex-Appeals. Sollen wir es den Müttern präsentieren?", fragt Juliette.

„Ich denke schon", antwortet ihr Klon. „Ich bereite sie vor." Sie verschwindet aus der Umkleidekabine.

„Bereit, Braut?", wendet sich Juliette an mich, aber noch bevor ich überhaupt die Chance habe zu antworten, wird der Vorhang zur Seite gezogen, Juliette nimmt mich sanft aber bestimmt an der Hand mit ihren dürren Fingern und führt mich aus der Kabine in den Verkaufsraum.

Die Mütter sind von ihren Stühlen im hinteren Bereich aufgestanden und haben sich auf ein Sofa gesetzt, das dem kleinen, inzwischen leeren Podest gegenübersteht.

„Meine Damen, ich präsentiere Ihnen die Braut in einem exquisiten italienischen Design", verkündet Juliette, als ich auf das Podest steige, und mich wie ein Ausstellungsstück in einem Museum fühle, das begutachtet und bewertet werden soll.

„Oh, Lottie!", haucht Mum, ihre Stimme sanft und atemlos. „Du siehst einfach wunderschön aus."

„Ganz, ganz wunderschön", bestätigt Jan, ihre Hände gefaltet.

„Wirklich?", frage ich, nun doch neugierig.

Ich habe nichts dagegen, schön auszusehen.

„Dreh dich um und schau dich an", fordert Mum mich auf.

Ich drehe mich vorsichtig auf dem Podest, um mein Spiegelbild aus verschiedenen Winkeln an der Spiegelwand zu betrachten. Wenn ich nicht wüsste, dass ich es bin, die da zurückstarrt, würde ich es kaum glauben. Ich sehe aus… wie eine Braut. Eine wunderschöne Braut sogar. Die Spaghettiträger sitzen auf einem tiefen, definierten Ausschnitt, der zu einer extrem schmeichelhaften Taille zuläuft, von der der volle Rock bis zum Boden fällt. Die handgestickten Blütenblätter sind strategisch auf dem

Oberteil platziert und nehmen nach unten hin zu, bis sie den gesamten Stoff am Saum bedecken.

Ich schaue von einem Spiegel zum nächsten und wieder zurück, während ein Gefühl von Aufregung und Erwartung mich durchströmt.

Ich fühle mich wie eine Prinzessin auf dem Weg zum Ball, um ihren Prinzen zu treffen.

Das ist mein Kleid.

Ja, ich weiß, es kann nicht *mein* Kleid sein, denn ich heirate ja gar nicht wirklich. Das hier ist alles eine große Show und ich sollte das eigentlich überhaupt nicht tun. Aber oh, dieses Kleid. Es ist einfach *umwerfend.*

„Lottie, ist es möglich, dass das allererste Kleid, das du anprobiert hast, tatsächlich ‚das Eine‘ sein könnte?", erkundigt sich Jan und ich reiße mich widerwillig von meinem Spiegelbild los und wende mich den Müttern zu.

Ihre Gesichter strahlen, als sie mich vom Sofa aus ansehen, und Mum tupft sich mit einem Taschentuch die Augen.

„Ja, Jan, ich glaube, das ist möglich. Ich glaube es wirklich und wahrhaftig", schwärmt Mum. „Schau dich nur an, meine liebe Lottie." Ihr schnürt sich die Kehle zusammen, sodass ihre Stimme klingt, als hätte sie Helium eingeatmet.

„Ach, Libby", säuselt Jan und tätschelt mitfühlend den Arm meiner Mutter. „Das ist ein großer Moment für sie. Für uns alle."

„Es ist nur… Ich habe mir das so lange für Lottie gewünscht und jetzt, wo es endlich so weit ist, ist es einfach ein bisschen überwältigend", erwidert meine Mutter schniefend.

Ich stehe etwas unbeholfen da und frage mich, wie ich mit dieser Situation umgehen soll, als das Glöckchen über der Tür bimmelt. Ich drehe mich um und blinzele, als ich sehe, wer da im Türrahmen steht und mich anschaut, mit einem Ausdruck auf seinem attraktiven Gesicht, den ich beim besten Willen nicht deuten kann.

James.

„Was–was machst du denn hier?", frage ich atemlos, völlig überrumpelt.

Er starrt mich für eine gefühlte Ewigkeit an, obwohl es in Wirklichkeit vermutlich nur ein oder zwei Sekunden sind, bevor er sich räuspert. „Ich, äh, habe dich durchs Fenster gesehen und dachte, du könntest vielleicht Unterstützung gebrauchen", erwidert er. „Ich wusste nicht, dass das hier passieren würde."

„Da sind wir schon zwei."

Jan wendet sich scharf ihrem Sohn zu. „Jamie? Warum bist du hier? Du solltest nicht hier sein. Du bist der Bräutigam."

„Wir wollten doch Mittag essen gehen, erinnerst du dich?", antwortet James, der sich offenbar wieder von dem erholt hat, was auch immer ihn dazu gebracht hat, so zu reagieren, als er durch die Tür kam.

Vielleicht hat ihn der Gedanke, mich tatsächlich heiraten zu müssen, kurz panisch werden lassen.

„Du darfst Lottie nicht in ihrem Kleid sehen. Das bringt Unglück!", kreischt Mum panisch, ihre Stimme schrill. „Schnell, Lottie, versteck dich!"

Ich hebe hilflos die Hände. „Womit denn bitte?"

„Keine Ahnung! Irgendwas! Tu einfach was!"

Ich schaue mich um. Da es nichts gibt, womit ich mich bedecken könnte, lege ich schnell die Hände über die Brust und klammere mich an die Träger. Es bringt natürlich überhaupt nichts, außer dass ich dabei ziemlich albern aussehe.

Ich werfe James einen Blick zu. Sein zuvor undurchsichtiger Ausdruck ist einem Grinsen gewichen, das er mühsam zu unterdrücken versucht.

Ich lächle zurück und frage mich, was er wohl denken mag, mich hier so zu sehen, im Brautkleid mit unseren Müttern als Publikum.

„Ich wollte euch gar nicht stören—", beginnt James, wird aber unterbrochen.

„Bräutigame dürfen nicht hier sein!", faucht Juliette und zieht damit alle Aufmerksamkeit auf sich. „Raus! Sofort!"

Er lässt seinen Blick noch einmal über mein Kleid gleiten, schenkt mir ein entschuldigendes Grinsen, dreht sich dann um und verlässt den Laden, während er sagt: „Tut mir wirklich leid. Ich bin schon weg."

Das Glöckchen über der Tür bimmelt erneut, als diese hinter ihm zufällt. Ich stehe allein auf dem Podest, umringt von vier völlig aufgewühlten Frauen, und frage mich, was James wohl von mir in diesem Kleid gehalten hat.

Und, seltsamer und unerwarteter Weise, hoffe ich, dass es ihm gefallen hat.

Kapitel 16

ICH PACKE genug Kleidung und Badezimmersachen für meinen Aufenthalt zusammen und verlasse Zaras und meine Wohnung, um in das Zuhause meines Schein-Verlobten in Notting Hill zu ziehen.

Obwohl ich darauf bestanden habe, dass ich meine Koffer mit der U-Bahn transportieren könnte, hat James seinen Fahrer Sean geschickt, und unter uns gesagt, bin ich insgeheim ganz froh darüber. Sich mit Gepäck durch das überfüllte Londoner Nahverkehrsnetz zu schlagen, ist nichts für Zartbesaitete. Da lasse ich mich doch lieber auf einem bequemen Ledersitz im Fond eines glänzend schwarzen Autos durch die belebten Straßen zu meinem neuen vorübergehenden Zuhause chauffieren.

Ich habe mich mit Sean, dem Fahrer, über Museen unterhalten, und er hat mir erzählt, wie sehr seine Frau es geliebt hat, Lady Dis Kleider im V&A zu bestaunen. Da ihr zehnter Hochzeitstag am Valentinstag ansteht, überlegt er, ob er sie noch einmal dorthin mitnehmen sollte.

„Mein Problem ist, ich bin mir nicht sicher, ob Flora das besonders genug finden würde", sagt Sean zu mir.

„Wofür interessiert sich Flora denn? Vielleicht kann ich ein paar Vorschläge machen?"

„Sie liebt natürlich Kleider, da sie eine Frau ist, aber sie ist auch total verrückt nach den *Jurassic Park*-Filmen. Sie sagt, es liegt an den Dinosauriern, aber ehrlich gesagt glaube ich, sie steht ein bisschen auf Sam Neill."

„Ich weiß genau, was Sie machen sollten", erwidere ich begeistert. „Wussten Sie, das man eine Nacht im Naturkundemuseum verbringen kann? Da ist man von Dinosauriern umgeben. Sie wird es lieben!"

„Ist das nicht nur für Kinder?"

„Es gibt auch Abende nur für Erwachsene, mit Abendessen, Filmen und allem drum und dran."

„Das klingt wirklich gut. Ich werde mich mal schlaumachen."

Zufrieden mit meinem guten Werk lehne ich mich im Sitz zurück. „Sie müssen mir dann unbedingt erzählen, wie es war."

„Mach ich. Versprochen." Sean hält vor einem weißen, stuckverzierten georgianischen Gebäude in einer ruhigen und eleganten, von Bäumen gesäumten Straße in dem noblen Stadtteil an. Als ich durch das Autofenster zu dem Gebäude hinaufschaue, trifft mich ganz unerwartet die Erkenntnis, dass das hier plötzlich alles sehr real geworden ist.

„Wir sind da, Miss", informiert mich Sean, bevor er aus dem Auto springt, um mir die Tür zu öffnen.

„Vielen Dank, aber das müssen Sie wirklich nicht tun", sage ich. Ich trete auf den Gehweg und ziehe meinen Mantel über, um mich vor der kühlen Februar-Luft zu schützen.

„Herr Brody wäre nicht erfreut, wenn ich Ihnen nicht den gebührenden Respekt entgegenbringen würde, Miss", entgegnet er mit tiefer, formeller Stimme. Er hält mir einen Schlüsselbund mit einem *I love London*-Anhänger hin. „Nehmen Sie doch diese Schlüssel, gehen Sie schon mal rein, und ich bringe Ihr Gepäck hinterher."

Ich nehme die Schlüssel und werfe einen Blick auf die glänzend gelbe Tür, der einzige Farbklecks an dem ansonsten weißen Gebäude, ein willkommener Hinweis auf wärmere, weniger graue Tage, die uns hoffentlich bald bevorstehen. „Wenn Sie sicher sind?"

„Ganz sicher. Herr Brody meinte, ich solle Sie schon mal hineinschicken. Er sollte bald mit seinem Zoom-Meeting fertig sein."

Ich grinse ihn an, ein Mix aus Vorfreude und Nervosität kribbelt in meinem Bauch. „Zoom-Meeting. Alles klar. Vielen lieben Dank für Ihre Hilfe heute."

„Gern geschehen", antwortet er.

Ich steige die Stufen hinauf und stecke den Schlüssel ins Schloss. Als ich die glänzend gelbe Tür öffne, habe ich kaum Zeit, das schmiedeeiserne Treppengeländer, die schwarz-weiß karierten Bodenfliesen, die grauen Wände und den wunderschönen Kristallleuchter an der Decke zu erfassen, da entdecke ich auch schon einen Fellball, der schnaubend und schnüffelnd über den polierten Boden auf mich zurutscht und ein tiefes, aufgeregtes Winseln von sich gibt.

„Hallo du", begrüße ich ihn, als der Hund eine knappe

Fußlänge vor mir zum Stillstand kommt. Seine dunklen, hängenden Augen mustern die neue Bedrohung auf der Türschwelle aufmerksam. Ich erinnere mich, dass James gesagt hat, sein Hund mag Menschen nicht besonders, also lächle ich ihn freundlich an und spreche mit meiner sanftesten Stimme. „Du musst Ralph sein."

Ralph bellt einmal kurz auf, überwindet dann die verbliebene Distanz zwischen uns und legt prompt seine schweren Vorderpfoten auf meine Oberschenkel. Dann beginnt er, mich ausgiebig zu beschnüffeln, als wäre ich ein saftiger Knochen.

Ich hocke mich hin und streichle seinen Kopf. Sein Maul sieht aus, als hätte man es mit schwarzer Farbe bespritzt, während er Sabber auf meinen Mantel tropfen lässt. „Gott sei Dank gibt es Reinigungen", sage ich lachend zu ihm. Ich kraule ihn unter dem Kinn und seine Augen rollen genüsslich nach hinten, während er seine Streicheleinheit genießt, der Speichelfluss verstärkt sich noch.

„Wow, das ist eine beachtliche Sabberproduktion, Ralph."

„Ralph ist der König des Sabbers", informiert mich eine Stimme und ich hebe den Blick von dem Hund vor mir zu James. Er beobachtet mich mit einem Lächeln auf den Lippen. Er trägt ein Sakko, Hemd und Krawatte, kombiniert mit einer Jogginghose und Turnschuhen. Er sieht an sich hinunter. „Zoom-Meetings. Da braucht man untenrum keinen Dresscode."

Ich habe ihn seit dem Brautkleid-Debakel gestern nicht mehr gesehen und fühle mich plötzlich unsicher. Der Blick, den er mir zugeworfen hatte, als ich auf dem Podest in diesem exquisiten Hochzeitskleid stand, hat sich mir eingeprägt.

Was hat er da wohl gedacht?

Hat ihm gefallen, was er gesehen hat, oder war er einfach nur überrascht von der Tatsache, mich in einem Hochzeitskleid zu sehen?

Und dann wäre da noch die Kleinigkeit, dass es sich irgendwie… *komisch* angefühlt hat, zu wissen, dass er mich ansah. Mir fällt kein besseres Wort ein, um es zu beschreiben. Ein Teil von mir wollte, dass er mich schön findet. Dass er mich als Braut sieht. Was natürlich überhaupt keinen Sinn ergibt.

Ich richte mich auf, sehr zu Ralphs Missfallen, der mit seinen Pfoten gegen mein Bein stößt, als wollte er sagen: *Hey! Was ist mit mir?* „Ich mag dein Outfit. Ganz nach dem Vokuhila-Prinzip."

„Vokuhila-Prinzip? Wie die Frisur?"

„Du weißt schon: vorne kurz, hinten lang – deswegen heißt es doch auch 'Vorne Business, hinten Party'? Allerdings bist du obenrum geschäftlich unterwegs und unten…" Ich breche ab, als mir bewusst wird, wie zweideutig das klingt. Meine Wangen beginnen zu glühen.

James presst die Lippen zusammen, um sich das Grinsen zu verkneifen. „Belassen wir es einfach beim 'Vokuhila-Prinzip'. Lass es uns jugendfrei halten."

Ich kichere nervös. *Großartig gemacht, Lottie.* „Einverstanden."

Zum Glück wechselt er das Thema. „Weißt du, Ralph ist normalerweise nicht so überschwänglich, wenn er neue Leute kennenlernt. Vor allem keine Frauen, seltsamerweise. Ich hab mich schon oft gefragt, ob er vielleicht ein Sexist ist. Aber dich scheint er zu mögen und das, obwohl wir dir nicht mal einen meiner Pullover zum Anziehen gegeben haben."

Ich betrachte Ralph. Er starrt mich an, ein langer Speichelfaden hängt von seiner linken Lefze bis auf den Boden herab. Gelegentlich schleckt er sich mit der Zunge über die

Nase. Sein Stummelschwanz wackelt, sodass sein Hinterteil hin und her wippt, und er stößt ein tiefes Seufzen aus, als wolle er sagen: *Na los, neue Person, kraul mich noch mal an meiner Lieblingsstelle!*

Da es unmöglich ist, seinem Gesichtsausdruck zu widerstehen, gehe ich wieder in die Hocke und beginne ihn hinter den Ohren zu kraulen. Erneut verdreht er die Augen vor Glück und ich kann mein Lachen nicht unterdrücken. James blickt amüsiert und leicht verwundert auf uns herab. „Ich kann nicht glauben, dass Ralph sexistisch sein soll. Auf mich wirkt er wie ein Hund, der jedem die gleichen Chancen einräumt. Solange man ihn ordentlich krault."

„Oh, es sind nicht *per se* alle Frauen, die er nicht leiden kann. Es scheinen eher die neuen Frauen in meinem Leben zu sein, die er nicht ausstehen kann."

„Ist ‚neue Frauen in deinem Leben' ein Euphemismus für deine ganzen Freundinnen?"

Er zieht eine Augenbraue hoch. „Meine *ganzen* Freundinnen?"

„Du hast einen gewissen Ruf."

„Ruf und Realität sind nicht immer deckungsgleich", erwidert er geschmeidig, „und ich bevorzuge den Begriff *Damenbekanntschaft* statt *Freundin*, in Anbetracht der Tatsache, dass ich kein fünfzehnjähriger Junge mit zu vielen Pickeln und Hormonüberschuss mehr bin."

„*Damenbekanntschaft?*", wiederhole ich und muss mir das Lachen verkneifen. „Klingt eher wie etwas, das man zu Kaffee und Tee serviert oder ein Nachtisch."

„Na, wenn du meinst."

Ich richte mich auf und Ralph beginnt sofort zu jammern. „Vielleicht spürt Ralph ja, dass ich keine deiner neuen ‚Damenbekanntschaften' bin. Nur eine ganz normale neue Person."

„Vielleicht tut er das." Er streckt die Hand aus. „Gib mir deinen Mantel. Ich, äh, werde ihn für dich ent-Ralphen. Gehört leider zum Alltag in diesem Haus."

Ich ziehe den Mantel aus und reiche ihn James, gerade als Sean mit meinem Gepäck hinter mir auftaucht.

„Wohin damit, Sir?", fragt er.

„Stellen Sie es einfach hier ab, Sean. Ich kümmere mich darum. Vielen Dank."

„Jawohl, Sir", antwortet er. Mit einem Kopfnicken in meine Richtung verabschiedet er sich.

„Vielen Dank!", rufe ich ihm nach, als er die Stufen hinuntergeht.

Er dreht sich noch einmal um und lächelt. Sein helles, sommersprossiges Gesicht strahlt. „Bis zum nächsten Mal, Miss, und danke für den Tipp."

Ich erwidere sein Lächeln. „Immer gern."

„Tipp?", erkundigt sich James, während er die Tür schließt.

„Er wollte wissen, was er zum Hochzeitstag mit seiner Frau unternehmen kann. Sie liebt Dinosaurier und die *Jurassic Park*-Filme – und vielleicht auch Sam Neill, aber da kann ich ihm nicht helfen. Ich habe ihm Dino Snores im Naturkundemuseum empfohlen."

„Dino Snores?", fragt er nach.

„Eigentlich ist es eine Veranstaltung für Kinder, aber es gibt auch Erwachsenenabende. Man kann das Museum erkunden, Abendessen, Livemusik hören, Filme schauen. Und angeblich auch Insekten probieren."

„Das klingt jetzt nicht übermäßig romantisch für einen Hochzeitstag."

„Sean fand es perfekt für Flora."

Er blinzelt ein paar Mal überrascht. „Flora? So heißt seine Frau?"

„Seine T-Rex-besessene Frau."

„Lottie, du hast auf einer Fahrt von Fulham hierher mehr über meinen Fahrer herausgefunden als ich in einem ganzen Jahr."

Ich runzele die Stirn. „Wir haben uns einfach unterhalten, das ist alles. Du bist wahrscheinlich immer am Telefon oder arbeitest, wenn du mit ihm unterwegs bist."

Er sieht mich kurz nachdenklich an. „Vermutlich." Dann klatscht er in die Hände und sagt: „Na gut. Zeit, dich einzuquartieren. Mein letztes Zoom-Meeting ist für heute durch und sofern nicht die London Bridge einstürzt, bin ich ganz für dich da."

„War das ein stellvertretender Bürgermeister-Witz?"

„Wie fandest du ihn?"

„Eine solide Sechs."

„Von sechs?", fragt er hoffnungsvoll.

„Weil ich heute großzügig bin", erwidere ich lachend.

Wir nehmen mein Gepäck – James besteht darauf, die großen Koffer zu tragen, sodass ich nur meine Handtasche und ein paar kleinere Taschen habe – und gehen die elegante geschwungene Treppe hinauf. Die weißen Stufen sind teilweise mit einem dunkelblauen Teppichläufer mit goldener Borte bedeckt. Beim Aufstieg bemerke ich eine Reihe Familienfotos an der Wand, darunter eines mit seiner Mutter und ein großes Bild von Ralph mit einer karierten Fliege.

Ich blicke zurück zu Ralph, der schnaufend und keuchend hinter uns hertrottet, als wäre er ein alter Mann, der sein Leben lang stark geraucht hat. „Ralph, du siehst so schick aus auf dem Bild", sage ich und ich könnte schwören, sein Gesicht beginnt zu strahlen bei dem Kompliment. Sein kurzer Schwanz wedelt enthusiastisch.

„Auf dem Foto trägt er den Familientartan."

„Vize-Bürgermeister Brody, willst du mir etwa sagen, dass du gar kein echter Londoner bist?", necke ich ihn.

„Ich bin hier geboren und aufgewachsen, aber mein Großvater mütterlicherseits ist ein stolzer Schotte."

„Ich muss die Presse informieren. Die sollten das wissen."

Er lacht. „Tu das."

„Welches Tartanmuster ist das?"

„Mein Großvater stammt aus einer langen Linie von Gordons aus dem Hochland."

„Gordons, hm? Wie der Gin."

„Das ist leider nicht unsere Familie."

„Warst du schon mal im Hochland?"

„Nur jeden Sommer in meiner Kindheit. Obwohl ich das Wort ‚Sommer' in diesem Zusammenhang sehr großzügig verwende."

„Ja, Schottland ist nicht gerade für sein mildes Klima bekannt. Hast du mal einen frittierten Mars-Riegel gegessen?", frage ich und meine die köstliche Schokolade.

Er wirft mir einen seltsamen Blick zu, bevor er sich umdreht und weiter die Treppe hinaufgeht. „Warum sollte ich das tun?"

Ich folge ihm nach oben, den schnaufenden Ralph direkt hinter mir. „Ist das da oben nicht das Nationalgericht?"

„Ich glaube, du meinst Haggis, Lottie."

„Ugh. Haggis." Allein bei dem Gedanken an das schottische Gericht schaudert es mich.

„Tatsächlich kann Haggis sehr lecker sein, wenn es mit ordentlich Whisky übergossen ist."

„Wie kann Schafsmagen lecker sein?", frage ich, als wir den Treppenabsatz erreichen und den Flur entlanggehen.

Er bleibt vor einer geschlossenen Tür stehen und dreht sich zu mir um. „Genau genommen ist es gehacktes Schafsherz, Lunge und Leber, gekocht mit Zwiebeln und Gewürzen, in einen Schafsmagen *gefüllt*."

„Du machst mir das *so* gar nicht schmackhaft."

Er lacht leise. „Glaubst du mir, wenn ich sage, dass es richtig zubereitet, köstlich schmeckt?"

Ich verziehe das Gesicht. „Die Jury ist sich da noch uneins." Ein neuer Gedanke kommt mir. „Moment mal. Du bist also teilweise Schotte, hast einen Familientartan und deine Mutter nennt dich Jamie?"

Er zieht fragend die Augenbrauen zusammen. „Ja?"

„Merkst du nicht, worauf ich hinauswill?"

Er presst die Lippen aufeinander und schüttelt den Kopf. „Du hast mich verloren."

„*Outlander*!"

„Ist das nicht ein Auto?"

Ich lache überrascht auf. „Du weißt schon, diese megabeliebten Liebesromane? Die Fernsehserie?"

Er schüttelt den Kopf.

„Auf welchem Planeten lebst du eigentlich, James Brody?"

Er zeigt mit dem Daumen auf sich. „Ich bin keine Frau, erinnerst du dich?"

Ich verdrehe die Augen. „Du bist Jamie Fraser aus *Outlander*. Du bist sozusagen die brünette Version von ihm, na ja, in einer total zugeknöpften stellvertretender Bürgermeister-Ausführung."

„Soll ich das jetzt als Kompliment auffassen?"

„Oh, auf jeden Fall. Frauen auf der ganzen Welt sind verrückt nach Jamie Fraser. Also, nach seinem Kilt. Sie sind verrückt nach seinem Kilt."

Er lacht. „Gut zu wissen."

„Damit ist es entschieden", sage ich. „Ich muss dich ab jetzt einfach Jamie nennen."

„Das würde mir gefallen", erwidert er mit einem Lächeln. „Und es macht unsere Verlobung glaubwürdiger."

„Eine Win-win-Situation, Jamie Fraser aus *Outlander*."

Er schüttelt lachend den Kopf. „Und welchen Spitznamen kann ich dir geben?"

Ich denke an Matts Spitznamen für mich: Lott-Lott. So kann ich James mich nicht nennen lassen. Das ist zu besonders.

„Lottie ist doch schon die Kurzform von Charlotte."

„Nennt dich überhaupt jemand Charlotte?"

„Nur meine Mutter, wenn sie unzufrieden mit mir ist, was momentan allerdings nicht mehr so oft vorzukommen scheint."

„Dann bleiben wir wohl einfach am besten bei Lottie, oder?"

„Ist wahrscheinlich besser so."

„Gut, da das geklärt ist, lass mich dir nun dein Zimmer zeigen. Oder möchtest du mich noch mit weiteren fiktiven Figuren vergleichen?"

„Zeig mir das Zimmer, Jamie Fraser", weise ich mit einem gespielt großmütigen Grinsen an und er öffnet die Tür.

Ich trete ein und blicke ehrfürchtig auf die Herrlichkeit des unbestreitbar stilvollen Zimmers. Die Farbgebung ist gedeckt und maskulin, aber trotzdem hell und elegant. Die Wände sind in einem tiefen Marineblau gestrichen, doch die hohe Decke und das viele Tageslicht lassen die Farbe perfekt wirken. Der Parkettboden ist dunkel und ein großer, cremefarbener Teppich reicht vom Bett bis fast zum Fenster. Das Kopfteil ist aus beigem Leinen und wirkt sehr luxuriös, die Bettwäsche ist eine Mischung aus dunklem Schokoladenbraun und strahlendem Weiß, und ein alter Holzstuhl steht am großen Fenster im schwachen Nachmittagslicht, der perfekte Platz, um ein Buch zu lesen.

Kurz gesagt: Es ist perfekt. *Mehr* als perfekt.

Ich sehe an mir hinunter auf meine Jeans und den

Pullover mit dem Loch in der Mitte, das entstanden ist, als ich für Zaras Welpen einen Ball aus einem Busch gefischt habe. Verlegen greife ich den Pullover, um das Loch mit meiner Hand zu verdecken, als könnte ich mich damit besser in dieses schicke, erwachsene Zimmer einfügen.

„Das Bad ist da drüben", sagt er und zeigt auf eine geöffnete Tür, durch die ich eine makellos weiße Badewanne mit Löwenfüßen und geflieste Wände erkennen kann. „Und hier sind die Kleiderschränke. Ich hab sie für dich ausgeräumt." Er öffnet eine der Schranktüren und zeigt mir den leeren Innenraum.

„Das ist nett von dir." Ich betrachte die lange Reihe an Einbauschränken, die sich über die gesamte Zimmerwand erstreckt. „Ich glaube allerdings nicht, dass ich genug Zeug habe, um sie zu füllen."

„Nimm einfach, was du brauchst. Ich möchte, dass du dich während deines Aufenthalts hier wohlfühlst."

Ich betrachte das Bett mit dem weichen Kopfteil, den vielen Kissen und dem Mohair-Überwurf am Fußende. Nach meinem winzigen Zimmer in Zaras und meiner Wohnung sieht das hier nach purem Luxus aus.

Ich drehe mich zu ihm um und lächle. „Weißt du was? Ich glaube, ich werde mich hier mehr als wohlfühlen, Jamie", erwidere ich und teste den neuen Namen.

Er lächelt übers ganze Gesicht und ich bilde mir ein, Erleichterung in seinem Gesicht zu sehen. „Freut mich, dass es dir gefällt."

„Gefällt?", frage ich mit hochgezogenen Brauen. „Wie könnte es mir nicht gefallen? Dieses Zimmer ist traumhaft. Meine Mitbewohnerin Zara ist Innenarchitektin, sie würde sterben, wenn sie das hier sieht."

„Ich kann nicht behaupten, dass ich derjenige mit Geschmack bin. Ich habe das alles von einer Innenarchitektin einrichten lassen, als ich das Haus vor ein paar Jahren gekauft habe."

Ich lasse mich aufs Bett plumpsen und sofort legt Ralph seine Vorderpfoten neben mich. „Ich bin mir nicht sicher, ob du hier hochdarfst, Ralphie", sage ich und tätschele kurz seinen Kopf.

„Ganz bestimmt nicht und das weißt du auch, Ralph", tadelt James in strengem, väterlichem Tonfall, der sich Ralph sofort zurückziehen lässt, sodass er wieder mit allen vier Pfoten auf dem Boden steht, wo sie hingehören. Er stupst James' Bein an. „Braver Junge", lobt James und in seiner Stimme liegt so viel Zuneigung, dass ich lächeln muss.

„Wie lange hast du ihn schon?"

„Ralph? Etwa zwei Jahre. Der Hund meiner Eltern Shortie hatte einen Wurf und Ralph war einer davon. Er kann manchmal anstrengend sein, aber ich mag seine Gesellschaft."

„Wow, du klingst *richtig* alt."

Er lacht laut. „Vielen Dank."

„Du weißt, wie ich das meine. Alte Damen sagen immer, sie mögen die Gesellschaft ihrer Katzen, aber nicht Typen in deinem Alter."

„Ich arbeite oft lange und es ist schön, jemanden zu haben, zu dem man heimkommt."

„Es ist einsam an der Spitze, was?", frage ich und stupse ihn mit dem Ellbogen an.

„So in etwa." Er schenkt mir ein ironisches Lächeln. „Was ich noch sagen wollte, es tut mir wirklich leid wegen meiner Mutter und dem ganzen Hochzeitskleid-Debakel."

Ich sehe sofort wieder seinen Gesichtsausdruck vor mir. „Mach dir keinen Kopf. Ich mochte das Kleid, auch wenn ich es nie tragen werde."

„Vielleicht doch."

Ich blicke auf. „Vielleicht?"

„Du und Matt?"

Mein Bauch macht einen Satz. „Wer weiß? Vielleicht irgendwann."

„Vielleicht." Er zögert kurz, dann fügt er hinzu: „Sag Bescheid, wenn du etwas brauchst. Ich bin unten im Wohnzimmer." Er deutet auf meine abgewetzten Koffer mit den bunten, ausgefransten Schleifen an den Griffen, damit man sie auf dem Gepäckband besser erkennen kann. Sie könnten in diesem Zimmer nicht deplatzierter wirken, selbst wenn sie Karohemden und einen Hut tragen, und auf einem Grashalm kauen würden. „Ich lass dich mal allein um dich einzurichten."

Ich werfe einen Blick auf die strahlend weiße Badewanne. „Ist es in Ordnung, wenn ich ein Bad nehme?"

„Wenn die Dame ein Bad möchte, bekommt die Dame ein Bad."

„Diese Dame möchte auf jeden Fall eins."

„Dann überlasse ich dir jetzt die Bühne. Handtücher sind im Schrank unter dem Waschbecken." Er klopft sich auf den Oberschenkel und pfeift kurz, und Ralph folgt ihm brav hinaus.

Ich schließe die Tür, lehne mich dagegen und blicke mich in dem wunderschönen Zimmer um, kaum fähig zu glauben, wie viel Glück ich habe. Das Schlafzimmer mit angeschlossenem Bad ist fast so groß wie Zaras und meine ganze Wohnung – und ich darf hier wohnen! Ich, Lottie Sullivan, das Mädchen mit dem Minigehalt, das sich ständig wie die arme Verwandte vorkommt, unter ihren aus viel reicheren und angeseheneren Familien stammenden Freundinnen. Das Mädchen, das es in Ordnung findet, am Wochenende Pullover mit Löchern zu tragen und ungeschminkt herumzulaufen, das kostenlose Museen besucht und deren schräge Ausstellungen in vollen Zügen genießt.

Ich mag vielleicht nicht hierher passen, aber ich habe vor, jede Minute meines Aufenthalts in vollen Zügen zu genießen.

Ich packe meine Badezimmersachen aus, finde mein Mango-Schaumbad von The Body Shop, lasse Wasser ein und steige in die Wanne. Ich seufze zufrieden auf. Eingehüllt in warmes Wasser, umgeben vom Duft nach Mango, in einem Raum voller süßer Stille – ohne Tabitha oder Kennedy oder Zara, die plappern – breitet sich ein breites Grinsen auf meinem Gesicht aus.

Wenn es bedeutet, als James Brodys Schein-Verlobte so zu leben, dann werde ich nur zu gern so lange mit dem Kerl verlobt bleiben, wie es ihm verdammt noch mal gefällt.

Kapitel 17

NACHDEM ICH MEINE Haare gestylt sowie ein wenig Mascara und Lippenstift aufgetragen habe, ziehe ich ein Outfit an, das mich weniger wie die Hinterwäldler-Cousine vom Land und mehr wie jemanden aussehen lässt, der tatsächlich hier *wohnt* – ein schwarz-grau kariertes Jersey-Kleid mit einem braunen Ledergürtel, dazu eine dicke schwarze Leggings und kniehohe Stiefel. So zufrieden, wie ich mit meinem Spiegelbild im bodenlangen Spiegel nur sein kann, mache ich mich auf den Weg die Treppe hinunter auf der Suche nach dem Wohnzimmer, wo James laut eigener Aussage sein wollte.

Ich komme im Erdgeschoss an und mache das Wohnzimmer ausfindig. Es ist leer – und einfach wunderschön.
Hohe Fenster, die sich bis zur Decke erstrecken, helle
Leinenmöbel als Kontrast zu den dunkelgrauen Wänden
und ein offenbar originalgetreuer Kamin, der liebevoll
restauriert wurde.

Ich mache ein paar Fotos und schicke sie an meine
Freundinnen mit dem Kommentar: *Schaut mal, wo ich jetzt
wohne.*

Tabitha antwortet sofort: *Nicht fair. Ich will auch mit James
Brody scheinverlobt sein.*

Ich: *Ich bin mir nicht sicher, ob das hier eine Polygamie-
Sache ist.*

Tabitha: *Wenn er seine Meinung ändert, bin ich da, bevor du
‚Seine Ehrenwerte Heißheit' sagen kannst.*

Ich schaue mir den Rest des Stockwerks an und versuche, mich von der eleganten Pracht der einzelnen Räume
nicht allzu sehr einschüchtern zu lassen. Aber als ich im
Esszimmer vor einem wunderschönen Mahagonitisch
stehe und danach in ein Arbeitszimmer komme, dessen
Bücherregale sich fast bis zur Decke erstrecken und bis
zum Rand mit Büchern gefüllt sind, fühle ich mich plötzlich wie ein übergroßes, ungehobeltes Kind im Haus eines
erwachsenen, reifen Mannes.

Du bist nicht mehr in Kansas, Lottie, sage ich mir, als ich
eine weitere Treppe hinuntersteige, anscheinend in einen
ausgebauten Keller. Mir steigt der köstlichste Duft von
brutzelnden Zwiebeln in die Nase, der aus der darunterlie-
genden Küche dringt.

Unten angekommen, sehe ich James mit dem Rücken
zu mir am Herd stehen, Musik läuft im Hintergrund. Er
hat sein Jackett ausgezogen und trägt eine grün-weiß
gestreifte Schürze über seinem hellblauen, nicht in die

Hose gesteckten Hemd, dazu die Jogginghose und Turnschuhe von vorhin, während er kocht.

Er ist die kochende Version von *Casual-Ken*, in der Londoner Vizebürgermeister-Ausgabe.

Ich trete einen Schritt näher heran und bemerke, dass er leise zur Musik mitsingt, während er umrührt. Das Lied ist *Careless Whisper* von George Michael.

Also das ist mal eine Überraschung. Ich hätte den reifen, zugeknöpften und ausgesprochen maskulinen James Brody *nicht* für einen George Michael-Fan gehalten. Schon gar nicht für einen Fan seiner 80er-Jahre-Schmachtballaden.

Er hat eine angenehme, wohlklingende Stimme und wenn er die Liedzeilen nicht kennt, summt er einfach stattdessen. Das ist tatsächlich ziemlich süß und sympathisch. Als er beim bekannten Refrain ankommt, unterbreche ich ihn: „Du hast schuldbewusste Füße ohne Rhythmusgefühl? Klingt schmerzhaft."

Er war so vertieft ins Kochen und Singen, dass er zusammenzuckt, als er meine Stimme hört, und sich über die Schulter zu mir umdreht, einen Holzlöffel in der Hand. „Lottie. Vielleicht sollte ich mir orthopädische Schuhe für mein Leiden besorgen?", scherzt er und beginnt zu grinsen. „Willkommen in der Küche. Ich hoffe, du bist keine Veganerin." Er deutet auf zwei rohe Steaks, die auf einem weißen Teller auf der Marmorarbeitsplatte liegen.

„Du machst Steak für mich?"

„*Steak au poivre*, das ist meine Spezialität. Eigentlich ist das die einzige Art, wie ich Steak zubereite, vor allem, weil es die einzige Art ist, wie ich Steak mag: mit Pfeffersoße."

„Pfeffersteak ist schwer zu toppen", erwidere ich, während mein Magen vernehmlich knurrt.

„Freut mich, dass du das so siehst. Irgendwie hatte ich

im Kopf, dass du vielleicht Veganerin bist, deshalb habe ich vegane Burger als Ersatz-Option gekauft. Die sehen… interessant aus."

„*Interessant* ist ein Wort dafür. Ein anderes wäre: *ugh*."

Er lacht und wendet sich wieder den Zwiebeln zu.

Ich entdecke ein paar Hocker unter der Kücheninsel und lasse mich auf einem davon nieder. „Ich versuche vegan zu leben, aber es ist manchmal schwer durchzuhalten."

Also eigentlich die meiste Zeit.

„Schwer wegen des Fleischverzichts?"

Ich lache. „Das auch. Und dem Verzicht auf Milchprodukte. Ich liebe Milchprodukte." Mir läuft das Wasser im Mund zusammen bei dem Gedanken an Sahne und Käse und Schokolade und all diese köstlichen Dinge. Dann muss ich unweigerlich an Matt denken und die veganen Mahlzeiten, die er fast jeden Tag ins Büro mitbringt. Direkt als er angefangen hat im Pinkerton House zu arbeiten, habe ich ihm gesagt, dass ich ebenfalls Veganerin bin, und er hat mich mit so viel Bewunderung im Blick angeschaut, dass ich mich sofort wie ein Teil seiner exklusiven Clique gefühlt habe.

Dass ich in Wahrheit keine Veganerin bin, ist dabei nebensächlich.

In der Praxis ist vegan sein einfach wahnsinnig schwer. Klar, ich bringe so viele vegane, pflanzenbasierte Snacks und Gerichte wie möglich mit zur Arbeit, aber viele davon schmecken wie Gummi, und fang mir bloß nicht mit Tempeh an. Das Zeug sollte verboten werden.

Und mal ehrlich, wer kann schon einem saftigen Steak mit butteriger, cremiger Pfeffersoße widerstehen?

Ich jedenfalls nicht, so viel ist sicher.

Ich werde es Matt einfach nicht erzählen.

James nimmt den Teller mit den Steaks von der

Arbeitsplatte. „Ob du Fleisch isst oder nicht, ist so ein Detail, das ich über meine Verlobte wissen sollte. Ich kann auch die veganen Burger machen und auf diese sahnige Soße hier verzichten, wenn du magst." Er geht zum Edelstahlkühlschrank und öffnet eine der Türen.

„Schon gut. Ich esse Fleisch, ich versuche nur es nicht zu tun… zumindest manchmal."

Er dreht sich wieder zu mir. „Also bist du mit *Steak au poivre* einverstanden?"

Mir läuft das Wasser im Mund zusammen, als wäre ich Ralph. „Mehr als das."

„Ausgezeichnete Wahl", erwidert er mit einem Grinsen, während er den Teller mit den rohen Steaks wieder auf der Arbeitsfläche abstellt. „Ich werde noch mehr vegane Sachen besorgen, dann können wir Bohnen essen, bis wir explodieren."

Ich lache prustend. „Klingt romantisch."

„Ja, nicht wahr?" Er wirkt etwas entspannter, als er auf eine geöffnete Weinflasche auf der Kücheninsel deutet. „Ich habe eine Flasche Rotwein offen, möchtest du ein Glas?"

„Klingt perfekt."

Er schenkt mir einen edlen französischen Wein aus Bordeaux ein, von dem ich noch nie zuvor gehört habe – vermutlich, weil er weit über meinem Wein-Etat von maximal 5,75£ pro Flasche liegt – und reicht mir ein ballonförmiges Weinglas. „Auf unser neues Abenteuer. Und auf Steak. Definitiv auf Steak", sagt er, seine Augen funkeln.

Ich stoße mit ihm an. „Auf unser neues Abenteuer und auf Steak", wiederhole ich, bevor ich einen Schluck trinke. Der Wein ist vollmundig und reichhaltig, gleitet weich meine Kehle hinunter und wärmt mich von innen.

„Bist du oben gut angekommen?"

„Ich habe alles ausgepackt und es kann losgehen. Dein Haus ist wunderschön. Wirklich wunderschön. Ich kann kaum glauben, dass ich hier wohnen darf."

„Wie gesagt, das ist nicht mein Verdienst. Monique hat gute Arbeit geleistet. Außerdem ist deine Wohnung in Fulham auch super."

„Sie ist winzig und überfüllt."

„Aber genau das vermisse ich."

„Du meinst: nur du und Ralph in einem riesigen, schicken Haus ohne Freunde, die einem die Bude vollmachen?"

„Genau das. Dieses Haus ist zwar schön, aber auch sehr ruhig."

„Du weißt gar nicht, wie viel Glück du hast."

„Vielleicht nicht."

Ein Schnarchen ertönt aus der Ecke und ich sehe Ralph zusammengerollt auf seinem Hundebett liegen, fest schlafend, die Pfoten zuckend und schwer atmend.

James folgt meinem Blick. „Ralph träumt davon, Katzen zu jagen. Oder Hündinnen. Ich bin mir nicht sicher."

„Er sieht auf jeden Fall glücklich aus."

James dreht sich wieder zum Herd, um sich um die Soße zu kümmern, und ich lasse meinen Blick durch die Küche schweifen. Wie der Rest des Hauses ist auch diese ausgesprochen schick: dunkle Schränke, weiße Marmorarbeitsplatten, Parkettboden und französische Türen, die in einen hübschen Garten hinausführen.

Das Haus mag von jemandem namens Monique eingerichtet worden sein – die mit Sicherheit geradezu schmerzhaft schick und wunderschön ist und offensichtlich einen exquisiten Geschmack hat – aber es ist eben auch total erwachsen. Und total *James.*

Das lässt die Kluft zwischen uns nur noch größer für mich wirken.

Ein kurzes Gespräch darüber, wie ich mein Steak gerne mag und ein Glas Rotwein, das mir offenbar direkt zu Kopf gestiegen ist, später, erzählt George Michael uns gerade davon, wie glücklich er ist, frei zu sein. Wir sitzen im rechten Winkel an der Kücheninsel zueinander, vor uns stehen Teller mit *Steak au poivre*, grünen Bohnen und Kartoffelgratin. James hat uns noch ein weiteres Glas Wein eingeschenkt.

„Das sieht großartig aus", sage ich, während ich ein Stück Steak abschneide. Es zergeht auf der Zunge wie Butter, die Pfeffersoße passt perfekt dazu. „Mmmm."

„Gut?"

„Mehr als gut. Wahnsinnig gut. Du bist Chefkoch Jamie Oliver."

„Noch ein Spitzname?"

„Nein, du bist viel mehr Jamie Fraser."

Ein Lächeln breitet sich auf seinem Gesicht aus. „Ich hab ihn gegoogelt, während du in der Badewanne warst."

„Und?"

„Ich kann gut damit leben, Jamie Fraser genannt zu werden."

Ich lächle zurück. „Werd bloß nicht übermütig deswegen."

„Ich werde mir Mühe geben." Seine Augen sind sanft, als er mich anlächelt. „Gewöhn dich übrigens nicht zu sehr an diese Art von Service. Ich esse an den meisten Tagen auswärts wegen der Arbeit, aber wenn ich mal zu Hause bin, koche ich gerne."

Ich kaue zu Ende und strahle ihn an. „Lass mich ganz ehrlich zu dir sein, Jamie: ich liebe Männer, die kochen, und du, mein Freund und neuer Mitbewohner, du bist ein Mann, der *guuuuuut* kocht."

Jepp, der Wein ist mir ganz sicher zu Kopf gestiegen.

Er lacht leise und überrascht auf. „Dann ist es ja ein Glück, dass wir verlobt sind, oder?" Seine Augen funkeln vor Schalk, als sie auf meine treffen, und ganz plötzlich, ohne jede Vorwarnung, macht mein Bauch einen kleinen, seltsamen Hüpfer.

Moment mal, *was*?

Mein Bauch hat einen Hüpfer gemacht… wegen… wegen *James*?

Nein, nein, nein, nein, nein. Da sollte nichts hüpfen oder flattern oder sonst wie körperlich reagieren. Das gehört nicht zu unserer Abmachung. Klar, er war kaum spürbar, aber es war nichtsdestotrotz ein Hüpfer. Und zwar wegen eines Mannes, für den ich rein gar nichts empfinde, außer Bewunderung für sein wunderschönes Haus und Dankbarkeit, dass er mir so ein köstliches Abendessen gekocht hat und mich mit gutem Rotwein verwöhnt.

Moment mal… das ist es! Jetzt weiß ich, was hier los ist. Der Wein hat mein logisches Denkvermögen vernebelt, zur selben Zeit, als James nett und aufmerksam ist, für mich kocht, und sein Haus einfach überwältigend schön ist. Und dann war da noch dieses komische Etwas gestern zwischen uns, als ich das Brautkleid anhatte, und ich werde einfach von all dem mitgerissen.

Werde mitgerissen und reagiere körperlich völlig unangebracht auf den Typen, mit dem ich eine Scheinbeziehung führe.

Körperliche Reaktionen, zu denen absolut kein Anlass besteht.

Er sieht mich noch immer an, seine Lippen zu einem Lächeln verzogen, und wie von Zauberhand vollführt mein Bauch erneut einen kleinen Hüpfer.

Was zum…?

Ich blinzele ihn an, versuche, diese neue, seltsame

Entwicklung beiseitezuschieben. Es ist nur der Wein. Und das ganze Drumherum. Nicht mehr. Das muss ich mir vor Augen halten.

Und überhaupt, ich stehe auf Matt, nicht auf James. *Matt.* Matt ist der Einzige, der meinen Bauch zum Hüpfen bringt. Matt ist derjenige, mit dem ich zusammen sein will. Matt zeigt endlich Interesse an mir.

Matt.

Hastig reiße ich meinen Blick von James los, räuspere mich und konzentriere mich stattdessen darauf, ein weiteres Stück Steak abzuschneiden, es in die Pfeffersoße zu tunken und mir in den Mund zu stecken. Ich wiederhole das Ganze, bis mein Teller leer ist, eine Leistung, für die ich exakt vier Minuten brauche, in dem Tempo, das ich an den Tag lege.

James, der anscheinend in normalem Tempo isst, sieht mich mit einem fragenden Blick an, während ich kaue, als hinge mein Leben davon ab.

Als ich Messer und Gabel auf meinem leeren Teller ablege, blickt er erst auf meinen Teller, dann zu mir. „Du hast dein Essen genossen."

„Das habe ich. Es war köstlich, danke", erwidere ich verlegen. Ich schiele auf seinen Teller. Er hat erst die Hälfte seines Steaks gegessen, einen Teil seiner Kartoffeln und noch fast alle grünen Bohnen übrig.

„Warst du auf einem Internat?"

„Wie bitte?"

Er deutet auf meinen Teller. „Die Iss-schnell-bevor-es-weg-ist-Taktik."

Verlegen wische ich mir den Mund mit der Stoffserviette ab. „Ich schätze, ich hatte einfach Hunger."

„Das schätze ich auch."

Ich brauche einen Themenwechsel. Als *Outside* von George Michael zu spielen beginnt, sage ich: „Erzähl mir von deiner George Michael-Besessenheit. Kommt die daher, dass du als Teenager in den Achtzigern ein großer Wham!-Fan warst?"

Er lacht tief aus dem Bauch heraus auf. „Damit ich in den Achtzigern ein Teenager hätte sein können, müsste ich inzwischen mindestens fünfzig sein. Meinst du nicht?"

Ich verziehe das Gesicht. Ich weiß, dass er 36 ist, und James sieht definitiv kein bisschen nach fünfzig aus. Seine dunklen Haare und die glatte Haut lassen ihn nur etwas älter als mich wirken – abgesehen von der „11"-Falte zwischen seinen Brauen und den Lachfalten um die Augen.

„Ich mache nur Spaß. Hat deine Mutter Wham! geliebt?", frage ich.

„Das hat sie tatsächlich. Sie hat früher ständig Wham! und George Michael im Haus laufen lassen, als ich klein war. Viele Kinder rebellieren ja gegen den Musikge-schmack ihrer Eltern, weil sie ihn als zutiefst uncool empfinden. Aber ich nicht. Ich habe das ganze 80er- und 90er-Pop-Zeug voll und ganz angenommen. Du solltest mal meine Playlists sehen, totaler Pop-Kitsch."

„Das möchte ich sehen."

Er steht von seinem Barhocker auf, holt sein Handy vom Herd und dreht es mir nach ein paar Sekunden entge-gen. „Siehst du? Softrock, Balladen, Power Balladen, Pein-liche Songs, die ich insgeheim liebe, da ist alles dabei", sagt er und zählt die Titel seiner Playlists auf.

„Peinliche Songs, die ich insgeheim liebe?", wiederhole ich. „Was ist da so drin?"

Er scrollt durch die Liste, ein Lächeln auf den Lippen, während er die Titel überfliegt. „*The Final Countdown* von Europe. Kennst du das?"

„Wer nicht? Wilde Frisuren." Ich gestikuliere mit den Händen.

„Oh ja. Absolut." Er blickt wieder auf den Bildschirm. „Dann ist da noch was von Queen, Katy Perry, Taylor Swift. Sogar One Direction und Justin Bieber."

„Ganz schön vielseitig. Welche Songs denn?"

Er wirft mir einen verlegenen Blick zu. „Mehrere."

„Bitte sag, dass du *Roar* hast. Ich kann dich total als Fan davon sehen."

Er lacht. „Ich habe *Roar*."

„Ha! Hab ich's doch gewusst. Und *Trouble* von Taylor Swift?"

Er verzieht das Gesicht. „Den nicht."

Ich schüttele grinsend den Kopf und der merkwürdige Hüpfer meines Bauches von vorhin ist jetzt nur noch eine leicht unangenehme Erinnerung.

„Was ist auf deinen Playlists?", fragt er.

„Oh, ich bin viel cooler als du. V*iii*el cooler."

Seine Mundwinkel zucken nach oben. „Dann bist du jetzt dran mit dem Zeigen."

Ich hole mein Handy hervor und öffne meine Musik-App. Ich habe Playlists für alle möglichen Gelegenheiten, von meiner motivierenden Workout-Liste, die ich nicht besonders oft nutze, über die *London Babes*-Playlist mit all unseren Karaoke-Favoriten – nicht, dass wir oft in Karaoke-Bars gehen würden, aber wir singen durchaus mal nach dem einen oder anderen Glas Wein an einem Freitagabend im Wohnzimmer –, bis hin zu einer Liste mit all den ausgefallenen, ungewöhnlichen Bands, von denen Matt immer spricht und durch die ich mich nach und nach durcharbeite. *Durcharbeiten* ist dabei eine sehr passende Beschreibung. Denn wenn ich ehrlich bin, ist es nicht leicht, was ich ihm gegenüber natürlich nie zugeben würde. Aber für mich steht eindeutig fest, dass Matts Musikgeschmack viel ausgefallener ist als meiner. Ich weiß, dass es meiner musikalischen Entwicklung guttut, diese

Bands zu hören, und wenn ich ihre Songs kenne, habe ich bessere Chancen zu verstehen, wovon er spricht, wenn er Begriffe wie *„stilistisch kantig"* und *„subversiv"* benutzt, sowie andere Ausdrücke, die Matt zu benutzen liebt.

Was Musik angeht, muss ich zu meiner Schande gestehen, bin ich für Matts Geschmack viel zu Mainstream.

James beugt sich über meine Schulter. „Du hast eine Playlist, die ‚Matt' heißt?"

Schnell presse ich mein Handy an die Brust, damit er nicht auch die anderen Playlists sehen kann, etwa *Matt: Komische Sachen* und *Matt: Einfach nur Krach*. Davon gibt es mehrere. Matt redet ziemlich viel über Musik.

„Das ist nur eine Liste mit nicht-mainstream Musik", erkläre ich.

„Die du ‚Matt' genannt hast."

„Der Name ist so gut wie jeder andere." Ich versuche nicht zu defensiv zu klingen. James braucht nicht zu wissen, dass ich mehrere Playlists habe, die Matts Musikgeschmack gewidmet sind. Das lässt mich leicht stalkermäßig wirken. Und das bin ich nicht. Wirklich nicht.

James verengt die Augen. „Ist das der Matt, mit dem du arbeitest? Der, auf den du stehst?"

Meine Wangen werden heiß. „Das ist kein Schwärmen. Das ist Bewunderung und Liebe."

Er zieht skeptisch eine Augenbraue hoch. „Liebe?"

„Wahrscheinlich schon. Immerhin mag ich ihn wirklich sehr und wir haben einiges gemeinsam."

„Zum Beispiel euren Musikgeschmack?"

„Na ja, ich lerne gerade, seinen Musikgeschmack zu schätzen."

„Klingt nach harter Arbeit."

„Nicht jeder steht auf eingängige Musik wie Wham! und Katy Perry, weißt du."

„Du willst also, dass dich Musik herausfordert?", fragt er mit einem schiefen Lächeln.

„Alle was ich tue, ist, mich in ein neues Genre einzuarbeiten. Ein Genre, das Matt mir netterweise gezeigt hat, also hab ich ein paar Playlists erstellt und seinen Namen drangeschrieben, damit ich weiß, dass das seine Vorschläge waren."

James presst die Lippen zusammen. „Verstehe."

„Matt steht auf sehr coole, neue Musik. So was wie Underground. Das ist echt sehr faszinierend und ein gesellschaftlicher Kommentar."

In diesem Fall zitiere ich Matt direkt, aber ich mache es mir zu eigen.

„Underground – also Musik für Maulwürfe und Würmer?", fragt er, seine Augen funkeln belustigt.

„So *unter*grundig nun auch wieder nicht. Und nein, auch nicht aus der U-Bahn, bevor du deinen nächsten Dad-Joke machen willst."

„Vielleicht könntest du diesem uralten 36-jährigen, Pop-liebenden, absolut nicht-hippen Typen ja erklären, was genau Underground-Musik ist?"

Ich durchforste mein Gedächtnis nach Matts Beschreibung, als er mir vor ein paar Wochen von einer Band erzählt hat, die er live gesehen hat. „Es ist Indie-Rock, lauter neue Sachen von aufstrebenden Bands. Vieles klingt wie Rock aus den 70ern, nur eben etwas weniger…" Ich suche nach dem richtigen Wort. „… melodisch, würde ich sagen."

„Klingt großartig."

Ich weiß, dass er sarkastisch ist.

„*Ist* es auch", beharre ich. „Manche Dinge muss man erst zu schätzen lernen."

„Das ist der Punkt, an dem wir uns unterscheiden. Ich

möchte die Musik, die ich höre, vom ersten bis zum letzten Ton genießen. Vielleicht bin ich da einfach seltsam."

„Du magst halt Mainstream-Zeug aus dem Radio. Sachen, die einen nicht fordern."

„Warum sollte die Musik, die ich höre, mich fordern? Musik ist doch zum Spaßhaben, Entspannen und zum Abschalten da. Ist das Leben nicht schon herausfordernd genug, ohne dass man sich dazu auch noch Underground-Musik antun muss?"

Ein guter Punkt, den ich definitiv nachvollziehen kann. Nicht das ich das zugeben würde, aber ich habe mich auch schon genau dasselbe gefragt – vor allem nach einem besonders ohrenbetäubenden Song über Liebeskummer, den Matt als „subversiv wirkungsvoll und innovativ auf eine ganz neue Art" bezeichnet hat. Für mich klang es einfach nur nach einem Typen, der zu einem völlig unmelodischen Gitarrenriff über eine Trennung gejammert hat.

James nimmt unsere Teller und stellt sie in die Spüle. „Das ist es, was ich an Andrew und George liebe: Sie fordern mich kein bisschen."

„Und was ist mit den Tanzschritten zu *Wake Me Up Before You Go-Go*?", frage ich mit einem Grinsen und stelle mir vor, wie witzig James in kurzen Shorts und einem übergroßen T-Shirt aussehen würde.

Witzig und heiß. Aber diesen Gedanken verbanne ich direkt.

Er deutet mit dem Daumen auf sich. „Ich bin leider kein Naturtalent, was Tanzen angeht."

„Schade. Deine Wähler hätten das bestimmt gern gesehen."

„Tja, meine Wähler werden wohl auf meine George Michael-Performance verzichten müssen. Wie wäre es, wenn wir ins Wohnzimmer umziehen und den Rest der Flasche leeren?"

Ich grinse ihn an und genieße unsere lockere Unterhaltung. Dass ich mich so gut mit James verstehe, ist ein echter Bonus, einer, der unsere Abmachung erheblich einfacher machen wird.

Ich muss lediglich sicher stellen, dass mein Bauch nicht noch einmal einen dieser seltsamen Hüpfer vollführt, dann wird alles gut.

Kapitel 18

DIE NÄCHSTEN PAAR Tage bestehen daraus, tagsüber im Pinkerton House zu arbeiten, meiner üblichen *Real House-wives*-Session mit meinen BFFs in Zaras und meiner Wohnung am Dienstagabend – bei der ich die beiden damit neidisch mache, wie schön es ist, ein geräumiges Schlafzimmer und ein eigenes Bad zu haben – und Aben-den, die ich mit James und Ralph in der Küche verbringe, wenn wir nicht gerade auf einer seiner beruflichen Veran-staltungen sind.

So zu tun, als wären wir verlobt, ist mit der Zeit immer leichter geworden, und da meine Mutter überzeugt ist, dass ich *das Kleid* gefunden habe, scheint sie zufrieden zu sein.

Heute ist endlich der Abend der Benefizveranstaltung gekommen und ich bin selbst beeindruckt, wie perfekt ich alles im Griff habe. Ich glaube, es liegt an meinem neu gewonnenen Status unter meinen Kollegen. Entweder das oder die Aussicht, den Abend über Seite an Seite mit Dreamy Matt zusammenzuarbeiten, lässt mich wollen, dass alles besonders reibungslos abläuft.

Tabitha lümmelt in dem Stuhl am Fenster meines Zimmers und sieht in ihrem tiefgrünen Abendkleid und den passenden, glitzernden High Heels mühelos elegant aus, während ich mein begrenztes Sortiment an boden-langen Kleidern durchgehe. Sie ist bereit, jedes einzelne davon zu bewerten, ich habe mir bereits beim Friseur in der Nähe vom Pinkerton House weiche Locken stylen lassen und mein Make-up selbst aufgetragen, inklusive dem roten Lippenstift, den ich laut Tabitha unbedingt kaufen musste. Da Zara mit Asher in Paris auf ihrem romanti-schen Kurztrip ist und Kennedy mit Charlie in Rio, ist Tabitha kurzerhand in die Rolle der BFF-Beraterin geschlüpft – und sie macht ihren Job bisher großartig.

„Er wird dich wie eine sexy Sirene aussehen lassen" waren ihre exakten Worte, als wir uns gestern nach der Arbeit bei Selfridges getroffen haben, und da ich mir die Gelegenheit nicht entgehen lassen wollte, für Matt wie eine sexy Sirene auszusehen, habe ich ihn gekauft. Also trägt Lottie heute Abend roten Lippenstift – und ich muss zugeben, ich sehe damit aus wie ein Hollywoodstar der 50er-Jahre.

Ich greife in den Schrank, ziehe meine drei mageren Abendkleider heraus und breite sie auf dem Bett aus. „Bevor wir anfangen, musst du eins wissen: Ich hab nur so wenige, weil ich nicht oft zu formellen Veranstaltungen gehe."

„Das ist schon okay, Babe. Du wirst in allem großartig aussehen."

„Ich wünschte wirklich, ich hätte dein Selbstbewusstsein."

„Süße, du bist wunderschön und heiß, und je eher du das selbst realisierst, desto schneller können wir mit dem Abend weitermachen."

„Schön wär's."

„Weißt du, was dein Problem ist?", fragt sie, aber es ist offensichtlich eine rhetorische Frage, da sie sie selbst beantwortet: „Du hast so lange einem Typen hinterher geschmachtet, der deine Gefühle nicht erwidert. Das hat dein Selbstvertrauen beschädigt. Eine furchtbare, furchtbare Situation."

Ich lächle leicht. „Ach, ist das so?", frage ich und platze fast, ihr von der wunderbaren Entwicklung mit Dreamy Matt zu erzählen, die meine Schein-Verlobung ausgelöst hat.

Tabitha kneift die Augen zusammen. „Warum grinst du wie die Katze, die den Sahnetopf leergeleckt hat?"

„Weil ich die Katze *bin*, die den Sahnetopf leergeleckt hat." Mein Lächeln wird zu einem breiten Grinsen.

„Was ist passiert?"

„Dinge", antworte ich ausweichend.

Tabitha richtet sich in ihrem Stuhl auf. „Erzähl mir *alles*."

Ich lasse mich vorsichtig auf den Bettrand sinken, achte darauf, keines der Kleider zu zerknittern. „Seit Jamie und ich unsere—"

„Moment. Du nennst ihn jetzt ‚Jamie'?"

„Weil er aussieht wie Jamie Fraser."

„Oh, stimmt! Gute Wahl."

„Darf ich jetzt weitererzählen?"

„Bitte, nur zu."

„Seit Jamie und ich unsere Verlobung bekannt gegeben haben, behandelt Matt mich anders. Erst hat er mich zum ersten Mal wie eine Gleichgestellte behandelt, dann hat er mir zum ersten Mal einen Kaffee spendiert, und mittlerweile flirtet er sogar mit mir." Ich warte auf ihre Reaktion.

Sie verzieht das Gesicht. „Bist du sicher?"

„Ja, ganz sicher. Er sieht mich jetzt mit anderen Augen, genau wie Jamie es vorausgesagt hat. Und ich gebe zu, ich habe es ihm erst nicht geglaubt, aber jetzt, wo es wirklich passiert, ist es einfach wundervoll."

„Ich war übrigens diejenige, die dir vom biologischen Prinzip des Konkurrenzverhaltens bei der Partnerwahl erzählt hat, erinnerst du dich?"

„Ja, das weiß ich noch. Es ist seltsam, dass du so was weißt."

Sie zuckt lässig die Schultern, als wäre es völlig normal für sie, wissenschaftliche Theorien zum Besten zu geben, obwohl wir alle wissen, dass sie normalerweise lieber Klatsch über Promis verbreitet oder Kate Middletons neuestes Outfit kommentiert. Tabitha liebt Kate Middleton.

Sie streicht sich das Haar hinters Ohr. „Ich weiß viele Dinge, Babe. Ich bin sehr belesen, musst du wissen."

„Du meinst, du liest *Claudette* und auch das *Hello!*-Magazin?", necke ich sie.

„Ich hab einen Abschluss in Naturwissenschaften, falls du's vergessen hast." Sie winkt ab. „Aber lassen wir das. Glaubst du, die Zeichen stehen gut, dass mit Matt wirklich was passieren könnte?"

Die Schmetterlinge in meinem Bauch flattern los. „Ich hoffe es. Er scheint mich wirklich mit anderen Augen zu sehen und außerdem hat er in letzter Zeit keine neuen Fotos mehr mit dieser blonden Saskia gepostet."

Sie zieht die Augenbrauen hoch. „Du bist ein Stalker."

„Bin ich nicht!"

„Folgt Matt dir auch?"

„Na ja, nein, aber das wird er bestimmt bald, jetzt wo wir diese neue, wachsende Verbindung zueinander haben."

Sie verzieht den Mund. „Hmmm."

„Du musst mir nicht glauben. Du wirst heute Abend bei der Benefizveranstaltung selbst sehen können, wie er zu mir ist. Der Beweis liegt im Pudding, wie man so schön sagt."

Sie hebt skeptisch eine Braue. „Und Matt ist der Pudding in diesem Fall?"

Ich strahle. „Der leckerste Pudding überhaupt."

„Es gibt da nur ein Problem: deinen Verlobten."

„Bin ich etwa ein Problem?", ertönt James' Stimme aus dem Flur.

„Natürlich nicht", antwortet Tabitha schnell.

„Ich hoffe, ich störe nicht, aber du wolltest mir doch deine Kleider zeigen, Lottie. Hast du was an, darf ich reinkommen?"

„Du dürftest auch so reinkommen", murmelt Tabitha mit einem Grinsen.

Ich verdrehe die Augen. „Ich hab einen Bademantel an, also ja, du kannst reinkommen. Ich wollte gerade die Kleider anprobieren."

Er öffnet die Tür und tritt ein, sowohl Tabitha als auch ich erstarren mitten in der Bewegung und starren ihn mit offenem Mund an. Er trägt eine kurze schwarze Jacke mit einem weißen, wie immer zugeknöpften Hemd, eine Krawatte und einen blau-grünen Tartankilt samt Sporran, dazu traditionelle knielange Socken und passende Schuhe.

Mit seinen breiten Schultern, der schmalen Taille und den langen, gebräunten, muskulösen Beinen sieht er umwerfend gut aus, auf eine Weise, wie ich sie bisher nicht wahrgenommen habe.

Kurz gesagt: Er ist mehr Jamie Fraser als Jamie Fraser selbst. Wenn das überhaupt möglich ist.

„Wow, Jamie, du siehst—" Ich verstumme.

„Oh ja, *das* tust du", stimmt Tabitha zu.

Wir starren ihn immer noch mit offenem Mund an, wie zwei Goldfische.

„Danke euch beiden", erwidert er mit einem Lächeln. „Ich dachte, heute Abend trag ich zur Abwechslung mal den Gordon-Tartan."

„Steht dir wirklich super", sage ich.

Tabitha ist immer noch sprachlos – das hat es bei ihr bisher noch nie gegeben.

„Also, die Kleider?", fragt er schließlich.

Ich deute auf mein Bett. „Es gibt nur drei zur Auswahl."

Er wirft einen Blick auf die Kleider. „Ich bin sicher, du wirst in jedem davon zauberhaft aussehen."

„Du bist so ein Politiker."

„Das gehört zum Job dazu, befürchte ich. Keines davon ist schwarz, wie ich sehe."

Ich ziehe eine Grimasse. Bei all dem Stress mit der Spendengala, Matt und der Schein-Verlobung habe ich es nicht geschafft, zur High Street zu gehen, um ein neues Kleid zu kaufen. Da ich weiß, dass Matt Frauen in Schwarz mag, hatte ich eigentlich vor, mir ein neues Kleid in seiner Lieblingsfarbe zu holen.

Es muss mir entfallen sein.

Seltsam.

„Sag mal, Lottie – warum kleidest du dich eigentlich immer so, als würdest du zu einer Beerdigung gehen?"

„Eine Beerdigung?", frage ich.

„Das ganze Schwarz."

„Ich mag Schwarz", erwidere ich defensiv – und nicht ganz ehrlich.

„Aber du wirkst auf mich so, wie soll ich sagen, *farben-froh*. Schwarz passt einfach nicht zu deiner Persönlichkeit. Was meinst du, Tabitha?"

Tabitha schreckt hoch. „Was? Oh ja. Lottie trägt in letzter Zeit sehr viel Schwarz."

„,Farbenfroh' ist das Wort, das meine Tante Doreen für Kandidaten beim *Great British Bake Off* benutzt, die sie nicht mag", informiere ich die beiden. „Ich will nicht ‚farben-froh' sein, vielen Dank auch."

Er lacht. „Ich meine das nicht negativ. Im Gegenteil. Du bist leidenschaftlich, warmherzig und lustig. Für mich sind das keine dunklen Farben."

Ich werde rot bei dem Kompliment und Tabitha hebt die Augenbrauen, als sie meinem Blick begegnet.

Natürlich weiß ich genau, warum ich so viel Schwarz trage, und das schon seit einer ganzen Weile. Um Matt zu beeindrucken, um ihm zu zeigen, dass ich die kultivierte Großstadtfrau bin, die er sich wünscht.

„Jemand hat mir mal gesagt, Schwarz sei die einzig wirklich elegante Farbe, die eine Frau tragen sollte, und ich finde, mir steht es."

„Wer hat dir das gesagt?", hakt er nach, während er sich an die Fensterbank lehnt.

„Ja genau, wer hat dir das gesagt, Lottie?", wiederholt Tabitha und ich werfe ihr einen bösen Blick zu.

Ich mochte es lieber, als James' Anblick sie noch sprachlos gemacht hat.

„Matt", gebe ich nach einer kurzen Pause zu.

„Ah. Verstehe", erwidert James.

„Aber ich mag Schwarz auch so", füge ich hastig hinzu, um nicht wie ein beeinflussbares Mädchen zu wirken, das alles tut, nur um dem Typen zu gefallen, auf den sie steht. Was natürlich genau der Wahrheit entspricht, aber das werde ich James ganz sicher nicht sagen. Schon gar nicht vor Tabitha. „Ich finde, es lässt mich sehr ‚London' wirken."

Er blickt auf die Kleider auf dem Bett. „Wie willst du Matt denn beeindrucken, wenn du heute Abend ein rotes, blaues oder grünes Kleid trägst?"

„Das ist eine sehr gute Frage", stimmt Tabitha von ihrem Platz am Fenster zu.

Ich ziehe eine Grimasse. „Ist es zu spät, eines davon einzufärben?"

„Hast du denn Färbemittel?", fragt er.

„Nein."

„Und selbst wenn, hättest du die Zeit dazu?"

Ich sehe auf die Uhr und merke, wie wenig Zeit uns noch bleibt, bevor wir losmüssen. „Auch nicht."

„Na also. Dann hast du deine Antwort."

Tabitha sagt: „James? Welches Kleid findest *du*, sollte Lottie tragen, damit sie am besten aussieht, immerhin ist sie deine Verlobte, und du willst doch bestimmt, dass sie heiß aussieht, oder?"

Ich runzele die Stirn und werfe ihr einen fragenden Blick zu, aber sie lächelt mich nur freundlich an.

Die Unruhestifterin.

James hebt das rote Kleid auf und hält es vor mich. Es hat Flügelärmel und einen schmeichelhaften V-Ausschnitt, wird in der Taille von einem breiten Band gerafft, der Rock ist weit und fließend. Es ist aus einem leichten, flatternden Stoff gefertigt, der beim Gehen raschelt. „Das gefällt mir. Rot ist ein Klassiker."

„Oh, Lottie sieht in dem Kleid teuflisch sexy aus", kommentiert Tabitha und erntet damit einen weiteren finsteren Blick von mir. „Teuflisch sexy."

Was führt sie im Schilde? Sie hat mich in dem Kleid doch noch nie *gesehen*.

Ich richte meine Aufmerksamkeit wieder auf James.

„Das ist mein Kleid vom Abschlussball an der Uni. Ich habe es schon ewig nicht mehr getragen. Ich glaube, vorne ist der Saum aufgegangen." Ich nehme den Saum des Kleides hoch und bestätige meinen Verdacht. „Ich könnte ihn wahrscheinlich mit einer Sicherheitsnadel fixieren."

„Ich wette, die Jungs haben dir in dem Kleid reihenweise hinterhergestarrt", meint James.

„Schön wär's", antworte ich lachend.

Ich schaue Tabitha nicht an.

„Ich probiere es mal an, dann könnt ihr mir sagen, ob es euch gefällt." Ich betrachte es kritisch. „Ich hoffe, es passt noch."

Er hält mir das Kleid hin. „Es gibt nur einen Weg, das herauzufinden."

Einen Moment später öffne ich die Badezimmertür und trete hinaus ins Schlafzimmer, das Kleid sitzt jetzt etwas enger, als ich es aus meinen Uni-Zeiten in Erinnerung hatte, ist aber immer noch angenehm tragbar. „Was meint ihr?", erkundige ich mich und drehe mich einmal im Kreis, während der leichte Stoff des Rocks um meine Beine schwingt, genau wie ich es in Erinnerung hatte.

„Umwerfend!", ruft Tabitha. „Findest du nicht auch, James?"

Als er den Blick von seinem Handy hebt und auf mich richtet, zeigt sich derselbe undefinierbare Ausdruck auf seinem Gesicht wie damals im Brautmodengeschäft. Seine Augen sind geweitet, sein Mund leicht geöffnet, und wenn ich dem Ausdruck einen Namen geben müsste, würde ich sagen: nichts Geringeres als Schock, gemischt mit noch etwas anderem. Etwas, das mein Herz auf seltsame Weise schneller schlagen lässt.

Etwas, das mir gefällt.

Ich balle unwillkürlich die Hände an meinen Seiten,

plötzlich nervös bei dem Gedanken, der mir durch den Kopf geht: *Ich möchte, dass James mich schön findet.*

Vorsichtig beobachte ich, wie seine Augen über mich gleiten, als würde er jeden Zentimeter in sich aufnehmen, bevor er sie wieder zu meinem Gesicht hebt.

Es ist ein merkwürdiges Gefühl, so angesehen zu werden, und ich kann nicht behaupten, dass es sich schlecht anfühlt.

Im Gegenteil, ich würde sogar sagen, es fühlt sich absolut nicht schlecht an.

Aber ich werde mich nicht fragen, warum.

Als er nichts sagt, wird die Stille im Raum zu drückend, und ich platze heraus mit: „Es ist nichts, oder? Es ist zu eng und lässt mich schrecklich aussehen, als würde ich gleich aus allen Nähten platzen. Stimmt's, Tabitha?"

„Gar nicht. Ich finde—", beginnt sie, aber ich bin zu aufgewühlt, um sie ausreden zu lassen.

„Egal. Ich zieh eines der anderen Kleider an." Ich greife nach dem ersten Kleid, das ich auf dem Bett sehe, drehe mich auf meinen Absatzschuhen um und gehe die wenigen Schritte zurück ins Bad.

„Zieh dich nicht um", bittet James plötzlich und der Nachdruck in seiner Stimme lässt mich innehalten und wieder zu ihm umdrehen.

„Warum nicht?", frage ich und als sich unsere Blicke treffen, bin ich mir sicher, dass ich in seinen Augen mehr sehe als nur eine gleichgültige Bewertung meines Kleides.

Ein flatterndes Gefühl breitet sich tief in meinem Bauch aus, ein Gefühl, das ich bisher ausschließlich für Matt reserviert hatte.

Bis zu diesem Moment.

„Du musst dieses Kleid tragen", erwidert er mit leiser Stimme.

„Muss ich?" Mein Atem geht kurz und flach. Ich werfe einen Blick zu Tabitha. Sie beobachtet uns aufmerksam, als würden wir gerade eine fesselnde Filmszene spielen, deren Ausgang sie brennend interessiert.

Was ist nur *los* mit mir? Erst flattert mein Bauch und jetzt atme ich, als wäre ich einen Hügel hinaufgerannt?

Ich muss mich zusammenreißen.

Und überhaupt, warum ist mir James' Meinung über mein Aussehen in diesem Kleid plötzlich so wichtig? Ich meine, wir sind ja kein Paar. Also kein echtes, jedenfalls.

Ich muss einfach nur gut für die Spendengala aussehen und da James jemand ist, der solche Events fast täglich besucht, ist er genau der Richtige, um mich zu beraten. Wenn er meint, ich sollte dieses Kleid tragen – so seltsam sein Tonfall mich auch fühlen lässt –, dann sollte ich das Kleid einfach tragen.

„Du siehst gut aus", sagt James in einem viel natürlicheren, vertrauten und wie er selbst klingenden Tonfall, der mich zurück in die Realität holt.

„Das solltest du unbedingt tun, Babe", bestätigt Tabitha.

„Okay. Abgemacht." Ich setze ein Lächeln auf. „Danke."

„Gern geschehen", erwidert James in einer brüsken, geschäftsmäßigen Art, während er sein Handy aufhebt und mir das Display zeigt, damit ich einen Blick auf die Uhrzeit werfen kann. „Es wird spät. Wir sollten los."

„Los. Klar. Natürlich." Ich nicke energisch, um zu zeigen, dass ich ganz bei der Sache bin – und nicht damit ringe, was da gerade zwischen uns vorgegangen sein mag oder eben auch nicht.

James überbrückt mit wenigen Schritten die Distanz zwischen Fenster und Tür. „Ich lasse euch noch die letzten Handgriffe erledigen. Sehen wir uns in fünf Minuten unten?", fragt er, wartet aber kaum auf eine Antwort, bevor er aus dem Zimmer verschwindet.

Ich stehe wie angewurzelt da, während mein Kopf die letzten Minuten in Höchstgeschwindigkeit noch einmal durchspult, als wollte er vor den Bösewichten in einer Verfolgungsjagd fliehen.

Er mag mich in diesem Kleid.

Er hat mich wieder so komisch angesehen.

Sein Blick hat etwas mit mir *gemacht*, etwas, von dem ich mir nicht sicher bin, ob ich es näher untersuchen möchte.

Etwas, das sich verdammt gut angefühlt hat.

„Wow, Lottie. Was war *das* denn?", fragt Tabitha, ihre Augen so groß wie Suppenteller.

„Ich hab keine Ahnung."

„Ich bin keine Expertin, aber ich würde sagen, dich in diesem Kleid zu sehen, hat unsere Stellvertretende Heißheit etwas überhitzt."

Ich schaue sie überrascht an. „Was? Nein, hat es nicht."

Sie kichert. „Babe, der Kerl hat dich quasi mit den Augen verschlungen. Du willst mir doch nicht erzählen, dass dir das nicht aufgefallen ist."

„Nein, hat er nicht", halte ich dagegen. „Er war nur überrascht, dass ich gut in dem Kleid aussehe. Und Rot ist eben so eine Farbe, die bestimmte Gefühle in Menschen auslöst, mehr nicht."

„Gefühle wie: *Ich stehe auf meine Schein-Verlobte?*"

Ich verziehe das Gesicht. „Auf gar keinen Fall. Er steht nicht auf mich, das kann ich dir gleich sagen."

„Da wäre ich mir nicht so sicher", meint sie, während sie sich erhebt und genüsslich streckt. „Nach dieser kleinen... Interaktion würde ich sogar so weit gehen zu sagen:

Seine Stellvertretende Heißheit hat einen Faible für meine Freundin."

Ich öffne den Mund, um zu widersprechen, schließe ihn aber wieder. Mein Kopf rattert. Könnte Tabitha recht haben? Könnte James' Reaktion, erst im Brautkleid und jetzt in diesem roten Abendkleid, tatsächlich bedeuten, dass er Gefühle für mich hat? Und wenn er Gefühle für mich haben sollte, was heißt *das* dann?

Und hier kommt die Millionen-Pfund-Frage, die mir durch den Kopf geistert und mich völlig durcheinanderbringt:

Was zur Hölle fühle ich eigentlich für ihn?

Kapitel 19

KURZE ZEIT später sitzen wir drei etwas verkrampft nebeneinander auf dem Rücksitz des Autos, während Sean uns zur Benefizveranstaltung fährt. Ich unterhalte mich mit ihm über den Abend, den er mit seiner Frau im Naturkundemuseum verbracht hat, während James auf sein Handy schaut, und Tabitha mir jedes Mal bedeutungsvolle Blicke zuwirft, wenn sich unsere Blicke treffen.

So langsam fängt es an, mich zu nerven.

Als wir das Hotel erreichen, in dem die Veranstaltung stattfindet, bedanken wir uns bei Sean und betreten die

Hotellobby. Menschen in Abendkleidern und Smoking unterhalten sich angeregt miteinander.

„Wir sind im Hampton-Raum den Gang entlang", teile ich den beiden mit, während wir über den Marmorboden gehen. „Ich war heute Nachmittag zum Aufbauen hier, der Raum ist wirklich schön."

„Er sieht bestimmt genauso umwerfend aus wie du in deinem heißen roten Kleid heute Abend. Nicht wahr, James?", fragt Tabitha, was ihr einen vernichtenden Blick von mir einbringt.

„Bestimmt", antwortet er.

Wir treten durch eine Doppeltür in den Flur und als ich den ersten Schritt vom Marmorboden auf den Teppich mache, bleibe ich versehentlich mit meinem Schuh am vorderen Saum meines Kleides hängen. Ich stolpere nach vorn und versuche, mich abzufangen. Mit einer geschmeidigen Bewegung fängt James mich auf und bewahrt mich davor, mit dem Gesicht auf dem Boden zu landen.

„Danke", keuche ich, mein Herz hämmert. „Das war knapp."

„Alles okay?", fragt er, während seine Arme immer noch schützend um mich gelegt sind.

Ich hebe den Blick zu ihm und sehe die Besorgnis in seinen Augen. „Alles gut. Danke, dass du mich aufgefangen hast. Es ist eher peinlich als alles andere."

Er lässt die Arme sinken. „Gern geschehen", antwortet er ruhig.

„Hast du vergessen, den Saum hochzustecken?", will Tabitha wissen.

Der Saum. Natürlich. „Ich hab's total vergessen."

Ich war viel zu sehr damit beschäftigt, mich zu fragen, ob James und ich gerade einen Moment geteilt hatten. Säume waren das letzte, woran ich gedacht habe.

„Ein Glück, dass du da warst, um sie aufzufangen,

James", sagt Tabitha zu ihm. „Du bist heute Abend Lotties Ritter in glänzender Rüstung, was?"

Ich werfe ihr einen vielsagenden Blick zu, der ihr unmissverständlich klar macht, dass sie sofort *damit aufhören* soll. Sie zuckt jedoch nur mit den Schultern.

James lacht. „Es scheint so."

„James? Bist du das?", fragt eine dröhnende Stimme plötzlich. Ich blicke auf und sehe einen großen Mann mit Bart, der uns drei fragend ansieht.

„Harold", sagt James und begrüßt den Mann mit einem Händedruck. „Ich wusste gar nicht, dass du heute Abend auch kommst."

„Ich unterstütze eben gerne die Kunst, mein lieber Freund", donnert der Mann. „Bist du als stellvertretender Bürgermeister hier?"

„Tatsächlich bin ich heute ein Auktionsobjekt."

Harold zieht die Augenbrauen hoch. „Na, na. Ich werde auf jeden Fall mitbieten. Und wer sind diese reizenden Geschöpfe?"

„Das ist Tabitha Greene und das ist meine Verlobte Lottie Sullivan."

„Verlobte, ja? Das sind ja aufregende Neuigkeiten."

„Freut mich Sie kennenzulernen", erwidere ich.

„Lottie arbeitet im Pinkerton House. Sie ist übrigens für die heutige Veranstaltung verantwortlich", informiert James ihn und ich könnte schwören einen Anflug von Stolz in seiner Stimme zu hören. Aber schließlich *ist* er Politiker.

„Also arbeitest du mit all den Käfern und Knochen, was?", wendet sich Harold an mich.

„Ich liebe es. Wir haben einige faszinierende Sammlungen."

„Das glaube ich dir", erwidert Harold in einem Ton, in dem mehr als nur ein Hauch Abwertung liegt. „Kann ich dich kurz sprechen, James? Es geht um das Benmore-Projekt."

„Natürlich", antwortet er. „Wenn das für dich in Ordnung ist, Lottie?"

„Geh ruhig. Wir sehen uns drinnen. Ich muss sowieso noch einen letzten Check vornehmen."

Er beugt sich vor und küsst mich flüchtig auf die Schläfe, während ich mein Lächeln an Ort und Stelle fixiere.

„Ist es echt? Ist es gespielt? Wie sollen wir das wissen?", fragt Tabitha leise, als James und Harold den Flur entlanggehen.

„Es ist gespielt", erwidere ich mit einem entschiedenen Nicken. „Aber bevor wir reingehen, muss ich dich noch etwas fragen."

„Ja, Lottie, ich werde deine Trauzeugin sein, wenn du deinen Prinzen wirklich heiratest."

Ich verdrehe die Augen. „Das wollte ich nicht fragen, und das weißt du."

Ein paar Leute gehen an uns vorbei und ich sehe einen Eingang zu einem weiteren Konferenzraum ein paar Schritte entfernt.

„Komm mit." Ich hebe mein Kleid ein kleines Stück vom Boden, nehme sie am Arm und führe sie dorthin.

„Was ist los? Geht es um James?"

„Es geht nicht um James. Es geht um etwas anderes. Erinnerst du dich an unser Gespräch neulich? Darüber, dass du gern feierst und manchmal ein bisschen über die Stränge schlägst?", beginne ich vorsichtig.

„Du meinst betrunken. Hacke. Breit. Völlig durch."

„Ja, genau *das*."

Sie senkt den Blick und spielt mit dem goldenen Kettenriemen ihrer Abendtasche, was das ohnehin schon unangenehme Gespräch noch schwieriger macht. „Du willst mir sagen, dass das hier deine Arbeitsveranstaltung ist und ich mich benehmen soll."

Volltreffer.

Sie hebt den Blick und ich bin überrascht, Reue in ihren Augen zu sehen. „Ich hab mich ziemlich danebenbenommen, oder?"

„Das würde ich nicht sagen, Süße", erwidere ich erleichtert, obwohl es die Sache ziemlich gut trifft. Tabitha hat schon immer gern gefeiert und ist für ihre Eskapaden nach ein paar Gläsern Wein bekannt. Sie mag der Mittelpunkt jeder Party sein, aber ich habe mir immer Sorgen gemacht, dass sie es manchmal zu weit treibt.

„Doch, hab ich. Wir wissen beide, dass es stimmt. Ich schäme mich dafür."

Ich reibe ihr sanft den Arm. „Ach, Tabitha. Nicht doch. Es ist okay."

Sie beißt sich auf die Lippe und schüttelt den Kopf. „Nein, ist es nicht. Aber ich habe eine Entscheidung getroffen."

„Welche Entscheidung?"

„Es wird aufhören."

„Aufhören? Im Sinne von keine Partys mehr?", frage ich überrascht. Das ist nicht die Tabitha, die ich kenne und liebe. Das ist eine völlig neue Version.

„Keine Partys mehr."

Ich blinzele sie ein paar Mal an, während ich das verarbeite. „Wow."

„Ich habe... eine schwierige Zeit durchgemacht und habe versucht, damit auf eine ziemlich wilde Art umzugehen."

Ich lege vorsichtig meinen Arm auf ihren. „Meinst du das, was mit deinem Ex passiert ist?"

Sie beißt sich auf die Unterlippe, bevor sie knapp nickt.

„Oh, Süße. Das tut mir so leid." Ich schließe sie in die Arme und drücke sie fest an mich.

„Ist schon gut", erwidert sie, als wir uns wieder voneinander lösen, ihre Augen glänzen vor unterdrückten Tränen. „Mir geht's inzwischen viel besser und ich habe beschlossen, dass es Zeit ist, weiterzuziehen."

„Auf jeden Fall."

Sie hebt das Kinn und zieht die Nase hoch. „Ich bin die neue, verbesserte Tabitha Greene. Die Welt sollte sich lieber in Acht nehmen."

Ich grinse sie an. „Du weißt, dass ich dich liebe, oder?"

„Natürlich weiß ich das, Babe."

Ich drücke sie noch mal und sie wischt sich die Tränen weg.

„So, du organisierst heute Abend alles, also kannst du nicht die ganze Zeit hier draußen im Flur stehen, wenn du drinnen glänzen solltest."

„Ich sollte wirklich gehen und noch ein letztes Mal alles durchchecken." Ich zögere kurz, bevor ich nachhake: „Geht's dir wirklich gut?"

Sie hebt das Kinn und schenkt mir ein Lächeln. „Ja. Wirklich.", erwidert sie und ich strahle sie an.

Meine Freundin, die Kämpferin.

„So, genug mit dem ganzen Gefühlskram. Geh und versteiger deinen sexy Verlobten für ein Vermögen. Ich werde mich in der Zwischenzeit nach attraktiven Männern umschauen", sagt sie.

Ich nehme sie bei der Hand und gemeinsam machen wir uns auf den Weg den Flur entlang in den Veranstaltungsraum.

Etwas später, während Tabitha an einer Limonade nippt und sich mit einem Mann unterhält, den ich nicht kenne, habe ich doppelt geprüft, ob auch alles für die Auktion bereit ist.

James hat seine Hand auf meinen unteren Rücken gelegt, während wir dastehen und uns mit Sponsoren und Vorstandsmitgliedern unterhalten. Die anfängliche Verkrampftheit zwischen uns ist verschwunden und es scheint uns beiden klar zu sein, dass wir einfach zwei Menschen sind, die gemeinsam einen Abend verbringen und so tun, als wären sie verlobt – und dabei einen ziemlich guten Job machen.

Während James ein paar älteren Damen eine Anekdote erzählt, bemerke ich Matt aus dem Augenwinkel auf der anderen Seite des Raums. In seinem schwarz-weiß karierten Hemd, der schwarzer Fliege und den Hosenträgern, sein langes Haar zu einem Dutt gebunden und den Bart frisch gestutzt, hebt er sich deutlich von den übrigen Männern hier ab, nicht nur, weil er keinen Smoking trägt, sondern weil er cool und edgy aussieht.

Meine Matt-Schmetterlinge beginnen bei seinem Anblick wie wild zu flattern.

Er entdeckt mich, lächelt und winkt mir kurz zu, ich strahle und winke zurück. Er bedeutet mir, zu ihm zu kommen, also entschuldige ich mich, denke daran, den Rock meines Kleides vom Boden zu heben, und gleite zwischen den gedeckten Tischen hindurch, die bereit für das bevorstehende Abendessen sind. Ich schwebe auf ihn zu, fühle mich in meinem roten Kleid und dem Lippenstift wie ein wunderschöner Filmstar.

„Matt, hallo", begrüße ich ihn atemlos, als ich bei ihm ankomme. „Du siehst heute Abend großartig aus."

Er legt leicht eine Hand auf meine Schulter und küsst mich auf die Wange. Meine Haut prickelt bei seiner Berührung. „Kein konformistischer Pinguin-Anzug für mich. Ich wollte mir selbst treu bleiben", erwidert er, während sein Blick über mich wandert.

Ich lächle ihn an, bereit für dieselbe Reaktion wie bei James, nur dass mir Matts Meinung so viel mehr bedeutet.

Aber anstatt über mein Aussehen in dem roten Kleid zu schwärmen, sagt er kein Wort. Er mustert mich kurz und wendet dann seine Aufmerksamkeit etwas hinter mir zu.

„Ich sehe, Tomlinson ist mit seiner fetten Frau hier, die aussieht, als wäre sie von einer Drag Queen angezogen worden."

Ich folge seinem Blick und sehe Herrn Tomlinson in einem Standard-Smoking, sein runder Bauch spannt das Hemd unter dem Jackett. Seine Frau trägt ein knallbuntes Blumenkleid mit Puffärmeln und Rüschen am Saum. Mit ihrer auftoupierten Frisur und dem übertriebenen Make-up mag Matt vielleicht recht haben, aber das gibt ihm nicht das Recht, gemein zu sein. „Matt, du bist so frech. Frau Tomlinson ist eine sehr nette Frau."

Er prustet los. „Findest du?"

Ich kann nicht widerstehen und platze heraus mit: „Was hältst du von meinem Kleid?"

Er wendet sich wieder mir zu, seine Augen gleiten erneut über mich. Ich warte gespannt auf sein Urteil, mein Selbstbewusstsein schwebt in luftigen Höhen.

„Total spießig, Lott-Lott, aber okay", erwidert er.

Mein Herz rutscht mir in die Kniekehlen. „Spießig?" Ich setze ein Lächeln auf und blinzele verwirrt. Was ist bitte *spießig* an einem sexy roten Kleid mit tiefem V-Ausschnitt, in dem ich mich umwerfend fühle?

„Versteh mich nicht falsch, du siehst wirklich heiß aus. Nur eben auf eine offensichtliche, konventionelle Art. Weißt du?"

„Aha."

Ich bin hin- und hergerissen zwischen seiner Aussage,

ich sehe wirklich heiß aus – *exzellent* – und dem auf eine offensichtliche, konventionelle Art – *nicht sehr exzellent*.

„Ich hätte gedacht, du würdest etwas Raffinierteres wählen."

„Du meinst schwarz?", frage ich.

„Es muss nicht schwarz sein, obwohl das meine bevorzugte Farbe ist, wie du weißt." Er lehnt sich so nah zu mir, dass ich seinen Atem auf meiner Wange spüren kann. „Du siehst umwerfend darin aus."

Bei diesem Kompliment wird mir ganz heiß. Und dann tut er etwas völlig Unerwartetes. Etwas Wunderbares.

Er greift nach meiner Hand, seine Berührung durchfährt mich wie ein elektrischer Impuls, während der Rest des Raumes um uns herum zu verschwinden scheint. Nur Matt und ich, ich und Matt. Zusammen. Allein.

Nur sind wir nicht allein und ich sollte nicht seine Hand halten, es soll doch schließlich so aussehen, als wäre ich mit James verlobt, und hat Matt nicht gerade noch gesagt, ich sähe konventionell und offensichtlich aus?

Ich ziehe meine Hand hastig zurück. „Matt, ich–", setze ich an, um mich zu erklären, obwohl ich mich verwirrter fühle als ein Kleinkind beim Algebra-Unterricht, als wir von Herrn Tomlinson unterbrochen werden.

„Es ist Zeit, mit dem Abendprogramm zu beginnen, Lottie. Kommst du?", informiert er mich.

„Natürlich", antworte ich und blicke kurz zu Matt. Er schenkt mir ein aufmunterndes Lächeln und ich lächle erleichtert zurück.

Dass Matt in einem vollen Raum meine Hand genommen hat, muss etwas bedeuten. Etwas Wunderbares.

Widerwillig begleite ich Herrn Tomlinson zur Bühne, um sicherzugehen, dass das Mikrofon eingeschaltet und der Beamer einsatzbereit ist. Als ich die letzten Vorbereitungen abgeschlossen habe, tritt er ans Mikrofon, begrüßt die Gäste, und ich nehme meinen Platz neben James für das Abendessen ein.

Matt sitzt inzwischen an seinem Tisch in Begleitung von der Frau, die ich von Instagram kenne: Saskia, die in echt sogar noch umwerfender aussieht.

So viel dazu, dass diese Beziehung vorbei ist.

Aber Matt und ich hatten einen Moment, und ich kann nicht anders, als zu glauben, dass sich dadurch etwas zwischen uns verändert hat. Dass Matt mich endlich als begehrenswerte – wenn auch momentan nicht verfügbare – Frau sieht.

Während wir essen und mit den anderen Gästen an unserem Tisch plaudern, werfe ich Matt verstohlene Blicke zu. Er wirkt entspannt, während er sich mit Lady Havelock unterhält, wahrscheinlich hört er sich Geschichten über die Münzsammlung ihrer Großmutter an, die wir nur zu gerne im Pinkerton House ausstellen würden.

Und dann, gerade als das Dessert serviert wird, treffen sich unsere Blicke. Ich schenke ihm ein flehendes Lächeln, in der Hoffnung, ihm damit zu zeigen, wie leid es mir tut, dass ich meine Hand zurückgezogen habe, und dass ich es tun musste. Nicht, dass ein einfaches Lächeln all das ausdrücken könnte, aber immerhin, einen Versuch ist es wert.

Er lächelt zurück und Hoffnung durchströmt mich.

Die Auktion beginnt und Herr Tomlinson ist ganz in seinem Element, preist die Stücke an und ermutigt die Gäste, tief in ihre Tasche zu greifen. Schließlich kündigt er an, dass es an der Zeit ist für James die Bühne zu betreten, um als letzter Programmpunkt des Abends versteigert zu werden.

„Unsere ureigene Lottie Sullivan wird diese Auktion leiten. Für alle, die es noch nicht wissen: Lottie ist die Organisatorin des heutigen Abends und, in der Tat, mit dem Auktionsobjekt verlobt. Bevor Sie sich jetzt fragen, ob Lottie den Verstand verloren hat, der letzte Auktionsgegenstand ist ein Mittagessen mit niemand Geringerem als dem stellvertretenden Bürgermeister James Brody!"

Im Raum bricht Applaus aus, und ich spüre einen Stich Nervosität.

„Bereit?", fragt James, als wir unsere Stühle zurückschieben.

„Öffentliches Reden macht mir höllische Angst", gestehe ich, mein Brustkorb vibriert vor Aufregung.

„Keine Sorge. Ich werde bei jedem Schritt an deiner Seite sein."

Ich schenke ihm ein dankbares Lächeln. „Danke."

Er nimmt meinen Arm und gemeinsam bahnen wir uns einen Weg durch die Tische zur Bühne und dem frisch geräumten Rednerpult.

Ich blicke in die Menge und klammere mich an den Rand des Podiums vor mir. Mein Blick fällt auf Matt, der mir aufmunternd zulächelt, und ich lächle zurück, genau in dem Moment, in dem ich mit dem Kopf gegen das Mikrofon stoße. Es macht ein dumpfes Geräusch, das durch den Saal hallt.

„Moment", raunt James leise und stellt das Mikrofon auf meine Höhe ein.

„Danke."

Er legt seine Hand an meinen unteren Rücken und flüstert mir ins Ohr: „Du schaffst das. Zeig's ihnen, Tiger."

Ermutigt hebe ich das Kinn und sehe erneut in die Menge. Ich beginne mit der Rede, die ich geübt habe, seit Herr Tomlinson mir diese Aufgabe übertragen hat: „Meine Damen und Herren. Vielen, vielen Dank für Ihre bisherige Großzügigkeit heute Abend. Wie Herr Tomlinson bereits sagte, bedeutet das für uns im Pinkerton House sehr viel. Ihre Unterstützung erlaubt es uns, diese faszinierende und einzigartige Sammlung der Öffentlichkeit weiterhin zugänglich machen zu können."

Ich schlucke meine Nervosität herunter und hoffe, dass das Zittern in meiner Stimme nicht über das Mikro zu hören ist. „Aber wie so oft im Leben, haben wir uns das Beste bis zum Schluss aufgehoben." Ich drücke auf die Fernbedienung auf dem Pult und auf der großen Leinwand erscheint ein Foto, das den lächelnden, gut aussehenden James zeigt.

Ein leises Kichern geht durch die Reihen der anwesenden Damen und ich sehe kurz zu James. Er lächelt zurück, während er völlig entspannt und souverän angesichts all der Aufmerksamkeit ein paar Meter rechts von mir dasteht.

So ganz anders als ich.

„Versteigert wird ein Mittagessen in einem der Restaurants des berühmten Starkochs Gordon Ramsay mit meinem Verlobten, dem stellvertretenden Bürgermeister James Brody."

James lächelt und winkt der Menge zu, die ihn mit begeistertem Applaus feiert.

„Also", beginne ich über das Geräusch hinweg, „wir starten das Gebot bei 500 Pfund, einverstanden?"

Sofort entsteht Bewegung im Raum, als die Hälfte der Frauen – und auch einige Männer –, begeistert ihre Bietkellen in die Luft strecken.

„Wobei es sich wohlgemerkt nicht um ein Date handelt", merke ich an, was einige Lacher auslöst.

Das Bieten steigt rasant von 500 auf 750, auf 1.150 Pfund, gefühlt in Sekundenschnelle. Mein Blick springt von einer Ecke des Raumes zur anderen, in dem Versuch den Überblick zu behalten. Schließlich nach ein paar wilden Minuten landen wir bei sagenhaften 9.275 Pfund, und der

Raum bricht in Applaus aus, als die siegreiche Frau Chambers aufsteht und ihren Sieg würdigt.

„Vielen, vielen Dank für Ihre Großzügigkeit. Frau Chambers, ich hoffe sehr, dass Sie das Mittagessen mit Herrn Brody genießen werden."

„Oh, da bin ich mir ganz sicher!", ruft sie.

James tritt ans Pult und passt das Mikrofon seiner Größe an. „Und nur zur Erinnerung – es ist kein Date", was für Gelächter sorgt, während Frau Chambers ein enttäuschtes Gesicht zieht.

„Damit ist der offizielle Teil des Abends beendet. Ich hoffe, Sie bleiben noch auf einen Tanz und ein Glas Wein. Vielen Dank nochmals und gute Nacht", sage ich. Ich begegne Matts Blick und strahle, als er mir applaudiert und breit grinst.

„Großartige Arbeit", flüstert James mir ins Ohr.

„Wirklich?"

„Du hast das toll gemacht."

Ich grinse zu ihm hoch, all meine Nervosität verwandelt sich in Euphorie, nicht nur, weil ich einen guten Job gemacht habe, sondern weil es jetzt vorbei ist und ich nicht mehr daran denken muss.

Ich drehe mich um, um die Bühne zu verlassen, und bin so im Rausch meines Erfolgs gefangen, dass ich vergesse, mein Kleid anzuheben. Ich trete prompt auf den Saum und bevor ich überhaupt begreife, was passiert, fliege ich kopfüber nach vorn, rudere mit den Armen in der Luft, verzweifelt darum bemüht, nicht zu stürzen.

Zu spät. Ich schlage mit einem schmerzhaften *Knall* auf dem Boden auf, lande auf meiner Schulter und Seite. Die Menge hält kollektiv erschrocken den Atem an und von meiner Position am Boden der Bühne aus sehe ich Matt. Er ist in seinem Stuhl zurückgelehnt, hat den Arm lässig um Saskias Schultern gelegt, als hätte er nicht die geringste

Sorge, während er mich beobachtet. Seine Schultern beben vor Lachen.

Ich starre ihn entsetzt an. Scham durchflutet meinen Körper.

Matt lacht über mich.

Nicht *mit* mir. *Über* mich.

Zumindest fühlt es sich so an.

Im nächsten Moment ist James an meiner Seite, geht in die Hocke. „Lottie, alles in Ordnung?", erkundigt er sich leise.

„Abgesehen von der Blamage, ja", antworte ich.

„Gott sei Dank. Nichts gebrochen?"

„Nur mein Selbstvertrauen", murmele ich, halb im Scherz, halb im Ernst, denn *gah!* wie peinlich ist das bitte. Und dann auch noch vor Matt.

Was muss er jetzt nur von mir denken?

„Hier." James reicht mir seine Hand, hilft mir auf und legt mir sofort einen stützenden Arm um die Taille. „Sie ist okay!", ruft er dem Publikum zu und es folgt ein Applaus, der durch den Raum hallt.

Mit festem Griff führt James mich vorsichtig die Treppe hinunter und ich halte den verräterischen Rock meines Kleides fest in der Hand. „Das war mal ein Abgang, den du da hingelegt hast. Den werden die Leute so schnell nicht vergessen", sagt er, als wir durch den Saal zu unserem Tisch gehen.

„Ich sehe die Schlagzeile schon vor mir: *Verlobte des stellvertretenden Bürgermeisters blamiert sich bei Benefizgala bis auf die Knochen.*"

„Schlagzeile?" Er lacht leise. „Lottie, ich bin sicher, das wird nicht mal irgendwo erwähnt werden. Also vergiss es einfach, ja?"

Ich blicke zu ihm und sehe die Freundlichkeit in seinen Augen. Er versucht mich aufzumuntern, nachdem ich mich zum Narren gemacht habe, aber alles, woran ich denken kann, ist Matts Gesichtsausdruck.

„Wenn du dich ausgezogen und *God Save the Queen* schief gesungen hättest, dann hättest du Reaktionen hervorgerufen."

Ich kichere trotz meiner Demütigung. „*God Save the Queen?*"

„Du wärst überrascht, was ich in meinem Job schon alles gesehen habe."

„Ehrlich gesagt mache ich das nur dienstags."

Er lächelt sanft. „Natürlich. Dienstags singe ich auch gern mal nackt die Nationalhymne." Er drückt mich kurz.

Als wir den Tisch erreichen, stürzt sich Tabitha sofort auf mich, sorgt sich um mich, fragt, ob auch wirklich alles in Ordnung ist, und versichert mir, dass es gar nicht so schlimm ist wie ich befürchte. Dann zieht sie mich in die Abgeschiedenheit der Damentoilette, wo sie mir ihre Meinung zum Abend nicht vorenthält.

„Ich hab dir doch gesagt, dass er dein Ritter in glänzender Rüstung ist", sagt Tabitha mit einem selbstgefälligen Lächeln auf ihrem hübschen Gesicht.

„Er hat nur die Rolle des besorgten Verlobten gespielt. Er ist Politiker, denk dran. Die können gut schauspielern", erwidere ich, bin mir aber nicht sicher, ob ich es wirklich glaube. Die Art, wie er mir zur Hilfe geeilt ist, der Ausdruck in seinen Augen, wie er mich zum Lachen gebracht hat – war das alles nur Show? War das alles nur eine Rolle?

„Oh, das war echt", hält sie überzeugt dagegen. „Er ist sofort losgestürmt, sobald er gesehen hat, dass du gefallen bist."

„Das war nett von ihm", sage ich schwach, mein Kopf schwirrt.

„Nett?" Sie lacht abschätzig. „Babe, so wie er da angerannt kam, bestätigt nur, dass der Kerl auf dich steht. Vielleicht ist er sogar in dich verliebt."

„Verliebt?" Ich verziehe das Gesicht. „Jetzt wirst du aber albern."

Die Vorstellung, dass James in mich verliebt sein könnte, ist absurd.

„Ach ja? Bist du dir da sicher, Lottie?", hakt sie nach.

Ich schüttele bestimmt den Kopf. „Er steht auf glamouröse Frauen mit Beinen bis sonst wohin. Ich bin so gar nicht sein Typ."

Ganz egal, was James für mich empfindet – oder auch eher *nicht* empfindet – er ist es nicht, der mir gerade im Kopf herumschwirrt. Während Tabitha weiterhin über James und seine angeblichen Gefühle für mich spekuliert, sehe ich in Gedanken immer wieder Matts Gesichtsausdruck vor mir. Wie er gelacht hat, während er lässig den Arm um seine Freundin gelegt hatte. Und dass er selbst jetzt noch nicht gekommen ist, um nach mir zu sehen.

Kapitel 20

AM NÄCHSTEN MORGEN bin ich gerade dabei, meinen fertig gepackten Koffer für unseren Aufenthalt in Hallston Hall zu schließen. Matts Reaktion auf meinen Sturz auf der Bühne am Vorabend habe ich gedanklich wieder und wieder durchgekaut.

Schlussendlich bin ich zu einer Erklärung gekommen, von der ich überzeugt bin, dass sie alles begründet. Mir ist klar geworden, dass es unfair wäre, ihn für seine Reaktion zu verurteilen. Versetz dich mal in seine Lage. Es muss wahnsinnig schwer für ihn gewesen sein gestern Abend. Wir waren nicht nur in der Öffentlichkeit und unter Kollegen, sondern auch James und Matts Freundin Saskia waren anwesend. Matt konnte mir nicht einfach zur Hilfe eilen – nicht mit so einem Publikum, selbst wenn er es gewollt hätte. Und ich bin mir sicher, dass er es wollte. Dann und auch später, um nach mir zu sehen, wenn er sich hätte loseisen können. Aber es ist so offensichtlich, dass das mehr als nur ein paar hochgezogene Augenbrauen verursacht hätte, und da ich schließlich mit einem anderen Mann scheinverlobt bin, kann ich mir nicht leisten, dass auch nur eine einzige Braue in meine Richtung gerunzelt wird.

Das bin ich James schuldig.

Als ich meinen Koffer an der Haustür abstelle, Ralph zum Abschied streichle und ihm sage, er soll brav für seinen Hundesitter sein, fühle ich mich schon etwas leichter wegen der ganzen Sache – na ja, abgesehen davon, dass ich mich gestern Abend vor allen komplett zum Narren gemacht habe. Bei dem Gedanken *daran* ziehen sich meine Rippen immer noch vor Scham zusammen.

Nicht gerade das beste Gefühl für den allerletzten Tag in seinen 20ern.

Genau. Morgen ist nicht nur Valentinstag, sondern auch mein 30. Geburtstag. Die große Drei-Null. Tschüss, Zwanziger, hallo neues Jahrzehnt.

Ich bemühe mich wirklich sehr, die Sache locker zu nehmen. Ich sage mir schon die ganze Woche, dass es nur eine Zahl ist. Dass sie mich nicht *alt* macht.

Aber genau wie meine Freundinnen Zara und Kennedy auch, als diese vor Kurzem dreißig wurden, frage ich mich plötzlich, was ich eigentlich in meinem Leben bisher erreicht habe, und wohin ich überhaupt will.

Nicht, dass ich unglücklich wäre. Ganz und gar nicht. Ich habe einen Job, den ich liebe, wundervolle Freunde, von denen ich weiß, dass sie alles für mich tun würden, und vielleicht das Potenzial für etwas Romantisches und Wunderschönes mit Matt in nicht allzu ferner Zukunft, wenn ich die neugewonnene Aufmerksamkeit, die er mir in letzter Zeit schenkt, richtig deute.

Aber wenn ich wirklich ehrlich zu mir bin, weiß ich nicht, wo ich gedacht habe, mit dreißig zu stehen. Auch wenn ich nicht den Druck verspüre, wie manch andere Frauen, mit 30 unbedingt verheiratet sein zu wollen, in einem Vorort zu wohnen und mein erstes Baby zu erwarten, hatte ich doch gehofft, wenigstens in einer stabilen, liebevollen Beziehung zu sein. Vielleicht eine eigene Wohnung zu haben? Auf jeden Fall mich wie eine richtige Erwachsene zu fühlen.

Ich atme tief durch und schaue aus dem Fenster auf die vorbeiziehenden Gebäude, während Sean James und mich raus aufs Land fährt. Die geschäftigen Straßen Londons lassen wir hinter uns, während wir über die Autobahn gleiten.

„Woran denkst du?", fragt James, als er das Handy, in das er vertieft war, auf den schwarzen Ledersitz zwischen uns legt.

Ich schenke ihm ein schwaches Lächeln. „Alles gut."

Er zieht eine Augenbraue hoch. „Das war völlig überzeugend."

„Ja, du hast recht. Ich wäre eine furchtbare Politikerin." Ich verziehe das Gesicht.

„Was unter anderem einer der Gründe ist, warum ich dich mag."

„Weil mein Pokerface unterirdisch ist?"

„Wenn wir mal ehrlich sind, Lottie, ist dein Pokerface eher nicht existent, als dass es nur unterirdisch ist."

„Vielen Dank auch", erwidere ich gespielt beleidigt, obwohl ich es kein bisschen bin.

Er drückt einen Knopf und die Glasscheibe zwischen uns und Sean gleitet hoch.

„Jetzt wird's ernst", bemerke ich.

„Ich mache mir Sorgen um dich, das ist alles."

„Mir geht's gut. Wirklich."

Er bleibt skeptisch. „Geht es um gestern Abend? Ich bin sicher, das ist längst vergessen, vor allem, weil du meintest, ihr habt mehr Spenden gesammelt als je zuvor an einem einzigen Abend."

„Dank *dir*. Da zahlt es sich manchmal eben doch aus, Seine Ehrenwerte Heißheit zu sein", necke ich. „Die Frauen haben sich ja fast um dich geprügelt."

Er verdreht die Augen, sein Gesicht verzieht sich zu dem mir inzwischen vertrauten Lächeln. „Willst du mir etwa sagen, dass diese Damen nicht auf mich geboten haben, weil ich so viele interessante Dinge zu erzählen habe?"

Ich schüttele den Kopf. „Es tut mir leid, dich enttäuschen zu müssen, Kumpel. Es liegt daran, weil du heiß bist."

„Ehrlich gesagt bin ich empört."

„Na klar bist du das", kichere ich. „Kein Mann will als Seine Ehrenwerte Heißheit bezeichnet werden und dann von einer Horde wohlhabender älterer Damen in eine Bieterschlacht verwickelt werden, nur damit diese ein paar Stunden mit ihm verbringen können."

„Ich muss also wirklich ein paar Stunden mit der Gewinnerin verbringen? Das hast du mir nie gesagt. Ich dachte, wir essen nur schnell zusammen ein Sandwich bei Prêt und das war's."

Ich kichere und fühle mich entspannter als den ganzen bisherigen Tag über. James scheint ein natürliches Talent dafür zu besitzen mich aufzumuntern, wenn ich mich niedergeschlagen fühle. „Vergiss den Tee nicht."

„Jetzt wird's aber langsam kostspielig. Ich bin doch nur ein armer Beamter, musst du wissen. Eine Tasse Tee würde dem Fass endgültig den Boden ausschlagen."

„Jamie, du bist der einzige arme Beamte, den ich kenne, der in einem schicken Stadthaus wohnt."

„Das habe ich mit der größten Hypothek in der Menschheitsgeschichte gekauft, die ich bis vor Kurzem durch die Miete meines Untermieters mitfinanzieren konnte."

„Echt?"

„Ja, Harold. Ein älterer Herr mit viel Pech im Leben. Nichtsdestotrotz ein guter Kerl. Er ist kurz vor Weihnachten ausgezogen."

„Hat er in meinem Zimmer gewohnt?"

„Hat er. War ein netter Kerl. Ich vermisse ihn, auch wenn ich ihn nicht allzu oft zu Gesicht bekommen habe."

„Weil ihr nicht scheinverlobt und gezwungen wart, ständig Zeit miteinander zu verbringen?", necke ich mit einem schiefen Lächeln.

Er mimt einen Dolchstoß ins Herz. „Wow. Autsch. So siehst du mich also? Als jemanden, mit dem du Zeit verbringen *musst*?"

Als mir mein völlig unbeabsichtigter *Fauxpas* bewusst wird, antworte ich: „Ganz und gar nicht. Tatsächlich, ist das Ganze hier überraschend lustig."

„Überraschend lustig?' Lottie, du tust meinem Ego wirklich gut."

„Ich denke, deinem Ego geht es bestens, vor Allem nach der Show, die die Damen gestern für dich abgezogen haben", kontere ich. „Was ist aus Harold geworden?"

„Er hat in einem Pub eine Dame kennengelernt. Sie haben sich verliebt und geheiratet."

Ich lege eine Hand aufs Herz. „Oh, wie schön. War das vor Kurzem?"

„An Heiligabend. Ich war sogar eingeladen, obwohl es eine sehr kleine Feier nur mit ihren erwachsenen Kindern, engsten Verwandten und ein paar Freunden war. In dem Pub, wo sie sich kennengelernt haben. ‚Zur Schwarzen Katze‘, kennst du den?"

„Oh, ich liebe diesen Laden!", entfährt es mir begeistert. „Meine Freundin Kennedy hat da ihren Geburtstag gefeiert. Sie hat früher direkt gegenüber gewohnt und ihr Freund hat dort ebenfalls seine Wohnung. Sie lieben den Pub. Kennedy zieht sogar in die Wohnung direkt darüber, wenn sie aus dem Urlaub zurück ist."

„Die Glückliche. Dann kann sie jeden Tag dort essen. Die machen einen fantastischen Cottage Pie."

„Cottage Pie", sage ich gleichzeitig mit ihm.

Wir lächeln uns an.

„Siehst du? Gar nicht so verschieden", meint er und deutet zwischen uns hin und her.

„Was Essen angeht, hast du recht. Das haben wir tatsächlich gemeinsam", gebe ich zu. „Weißt du was? Ich habe eine Idee. Da du durch meinen Einzug jetzt mehr Hypothek zahlen musst, lade ich dich ins ‚Zur Schwarzen Katze‘ ein, auf einen Cottage Pie und ein Pint."

Er streckt die Hand aus und wir schlagen ein. „Abgemacht."

„Und ich kann auch Miete zahlen, obwohl ich versprochen habe, weiter für Zaras und meine Wohnung aufzukommen, und ich will mein Wort halten. Es wäre knapp, aber ich denke, ich könnte es schaffen, wenn ich—"

„Lottie", unterbricht er mich und legt seine Hand auf meine. „Es passt schon. Du bist mein Gast und Gäste zahlen nicht. Besonders nicht solche, die mir einen Riesengefallen tun, indem sie meine Verlobte spielen."

Ich verziehe das Gesicht. „Bist du sicher? Ich könnte

ein paar Dinge einsparen, dann würde es bestimmt funktionieren."

Zum Beispiel Dinge wie Essen.

„Ganz sicher."

Ich grinse ihn an. „Du bist der Beste."

„Das habe ich schon mal gehört", antwortet er und wir lachen gemeinsam.

„Sag mal, hast du viele Gäste wie mich?", necke ich ihn.

„Solche, die meine Verlobte spielen? Nur dich."

„Das macht mich sehr besonders."

Er hält meinen Blick und sagt: „Du bist besonders, Lottie." Seine Stimme ist plötzlich sanft und zärtlich, und ehe ich mich versehe, bin ich wieder zurück bei dem Abend, als wir gemeinsam Steak gegessen und Wein getrunken haben, zurück bei dem Gefühl, das ich hatte, als ich ihm tief in die Augen gesehen habe.

Mein Bauch zieht sich zusammen.

Könnte Tabitha recht haben? Könnte James wirklich Gefühle für mich haben? Mehr als nur freundschaftliche, die über unsere Abmachung hinaus gehen?

Und wenn er Gefühle für mich haben sollte, was fühle *ich* für *ihn*?

Als hätte mein Körper die Antwort bereits parat, beginnt mein Herz schneller zu schlagen, und mein Blick gleitet unwillkürlich von seinen Augen zu seinen Lippen. Sie sind leicht geöffnet, geformt zu einem dezenten Lächeln.

Wie es wohl wäre, ihn zu küssen? Seine warmen Lippen auf meinen zu spüren, seinen Jamie-Duft einzuatmen, die Berührung seiner Arme zu spüren, die mich an sich ziehen?

Plötzlich wird mir bewusst, dass wir praktisch allein sind. Nur ein paar Zentimeter trennen uns voneinander.

Eingeschlossen in diesem kleinen, intimen Raum. Ich müsste mich nur ein kleines Stück nach vorne lehnen und… *Nein.* Ich muss damit aufhören. Ich darf nicht daran denken. Es darf kein Anfassen geben und erst recht kein Küssen. Das würde alles nur verkomplizieren. Wir haben eine Abmachung, eine für beide Seiten vorteilhafte Abmachung, die für uns beide bisher bestens funktioniert. Ich werde das nicht ruinieren, indem ich versuche James zu küssen, der mit ziemlicher Sicherheit sowieso nicht von mir geküsst werden will.

Und außerdem: Selbst wenn ich auf diese Gefühle eingehen würde – diese neuen, aufregenden und beängstigenden Gefühle – ich will mit jemand anderem zusammen sein. Ich will mit Matt zusammen sein. Es war immer Matt.

Ich löse mich aus dem Bann, indem ich meinen Blick von James abwende und stattdessen aus dem Fenster schaue, während ich versuche den Kloß aus verwirrenden Gefühlen in meinem Hals herunterzuschlucken.

Wir haben eine Abmachung. Wir haben eine Abmachung.

James ist nett zu mir, weil er ein anständiger Kerl ist. Nicht mehr. Ich darf nicht zu einer dieser Frauen werden, die sich in einen Mann verlieben, nur weil er nett zu ihr ist. Wie erbärmlich wäre das bitte?

„Lottie, ich denke, wir sollten reden—", beginnt er und ich drehe mich mit einem möglichst, wie ich hoffe, entspannten Lächeln zu ihm um.

Ich will auf keinen Fall einen Vortrag von ihm darüber hören, dass das hier alles nur gespielt ist, und wie gut es läuft, weil wir beide wissen, worauf wir uns eingelassen haben und wie die Regeln lauten. Die Botschaft wäre klar: *Fang bloß nicht damit an Gefühle für mich zu entwickeln.*

Ich habe in den letzten 24 Stunden schon genug Demütigung ertragen müssen.

Also komme ich ihm zuvor: „Glaubst du, wir sind bald da? Weil wir schon vor fünf Minuten von der Autobahn abgefahren sind und auf der Karte, die ich mir angeschaut habe, sah es so aus, als wäre das Haus dann nicht mehr weit entfernt."

„Ja, ich denke, wir sind gleich da", antwortet er und sieht mich mit fragenden Augen an. Augen, die sich scheinbar die ganze Zeit nicht von meinem Gesicht abgewandt haben.

„Ich kann es kaum erwarten, das Haus zu sehen. Bestimmt ist es fantastisch. Eine schöne Ablenkung für uns alle. Besonders nachdem wir gestern so viel Geld gesammelt haben. Das feiern wir mit einem Glas Champagner."

Er mustert mich einen Moment lang, dann nickt er. „Du hast gestern einen großartigen Job gemacht. Du kannst echt stolz auf dich sein, Lottie. Ich war es jedenfalls."

„Danke, *Papa*."

Er senkt den Blick, zögert einen Moment, doch dann lacht er leise. Ich beobachte ihn genau, in der Hoffnung, dass er seinen Plan, mir einen Vortrag über uns und dass wir nur eine Schein-Beziehung führen, zu halten, verworfen hat.

Also durchforste ich mein Gehirn nach einem neuen Gesprächsthema. Eines, das nichts mit fehlgeleiteten, unangebrachten und völlig verwirrenden Gefühlen zu tun hat.

Ich lande bei verlorener Liebe.

„Darf ich dich was fragen?"

„Alles."

„An dem ersten Abend, an dem wir zusammen im V&A waren, hast du erwähnt, dass wir alle die oder den Einen haben, der uns durch die Lappen gegangen ist."

„Ich erinnere mich. Ich hab dich damals abge-
wimmelt."

„Was völlig verständlich war. Kannst du mir jetzt
davon erzählen? Wer war dein ‚der oder die Eine'? Und
denk dran, du hast ‚alles' gesagt."

Er verzieht das Gesicht. „Hab ich das?"

„Jepp. Also raus mit der Sprache."

Er atmet schwer aus. „Sie war meine Freundin an der
Uni. Delilah."

„Wie das Lied?" Tom Jones' Stimme ertönt in meinem
Kopf.

„Das hat sie oft gehört."

„Was ist passiert?"

„Ich war dumm, schätze ich. Wir waren ungefähr ein
Jahr lang zusammen und glücklich. Wir haben beide Jura
studiert und sie hatte große Pläne zur Weltherrschaft."

„Bisher klingt sie wie *du*."

„Sie hat einen Job bei einer Kanzlei in New York
bekommen, also haben wir beschlossen, Schluss zu
machen, sobald sie geht. Keiner von uns wollte diese Fern-
beziehungsnummer, weil die bekanntlich nie gut läuft. Also
haben wir Schluss gemacht und beide neue Partner
gefunden."

„Aber du hast immer an sie gedacht."

„Das habe ich. Jahrelang. Und dann haben wir wieder
Kontakt aufgenommen. Soziale Medien sind immer hilfreich, wenn es um Ex-Partner geht."

„Und?"

„Wir haben uns auf einen Drink getroffen, als sie über
Weihnachten ihre Familie in London besucht hat. Es war
das merkwürdigste Erlebnis überhaupt. Ich hatte mir
jahrelang ausgemalt, wie es wäre, wieder mit ihr
zusammen zu sein. Wirklich jahrelang. Und als wir uns
dann wiedergesehen haben, hatte ich mir eine große

romantische Wiedervereinigung ausgemalt. So à la über den Strand aufeinander zurennen und sich gegenseitig in die Arme fallen. So was in der Richtung."

„Kitschig, meinst du."

„Total kitschig."

„Also gab es kein Rennen?"

Er schüttelt den Kopf. „Kein Rennen. Ich habe gemerkt, dass die Person, nach der ich mich so lange gesehnt hatte, nicht mehr existiert. Delilah hatte sich verändert, genau wie ich."

„Das ist traurig."

„Wir sind nicht zusammen, also war ein romantisches ‚und sie lebten glücklich und zufrieden bis an ihr Lebensende' für unsere Geschichte anscheinend nie vorgesehen."

„Ich dachte, du trauerst vielleicht immer noch deiner Einen, die dir entwischt ist, hinterher."

„Nein. Sie war weg, ich habe sie zurückbekommen und gemerkt, wie dumm ich gewesen bin." Er lächelt bei der Erinnerung und fragt dann: „Und du? Irgendwelche Reue?"

„Keineswegs", antworte ich mit Nachdruck. „Ich hatte in der Vergangenheit ein paar ziemlich schlechte Beziehungen und ich kann dir sagen, keine davon war meine Delilah." Ich grinse. „Das ist das Lied!"

Er lacht und schüttelt den Kopf. „Bitte fang nicht an zu singen. Ich flehe dich an."

„My, my, my Delilah", stimme ich an und seine Schultern beginnen vor Lachen zu beben. „My, my, my Delilah!", wiederhole ich. „Ich kenne den restlichen Text nicht, und ich bin niemand, der summt, wenn er die Wörter nicht kennt." Ich sehe ihn vielsagend an.

Er reißt die Augen auf. „Siehst du etwa mich dabei an?"

„Niemals. Du kennst schließlich den gesamten Text von *Careless Whisper*", necke ich.

Er blickt aus dem Fenster. „Oh, schau. Ich glaube, wir sind fast da."

Ich piekse ihn in die Seite. „Schöner Themenwechsel, Jamie Fraser."

Er grinst mich an, die Stimmung zwischen uns ist wieder entspannt, und, was noch viel wichtiger ist, auf sicherem Terrain.

Ich neige den Kopf um die umliegende Landschaft zu betrachten: sanfte grasbewachsene grüne Hügel, Steinmauern, die als Zäune dienen und vereinzelte Schafe, die über die Felder verteilt sind. Trotz des tristen, grauen Februar-Himmels ist es eine malerische englische Landschaft, genau die Art, wie ich sie aus Oxfordshire vermisse.

Wir biegen in eine von Bäumen gesäumte Einfahrt ein, die zu einem gigantischen, imposanten, vierstöckigen, roten Backsteinhaus führt, komplett mit runden Türmen wie bei einem Prinzessinnenschloss und langen Fenstern, die auf die gepflegten Außenanlagen blicken. Es ist romantisch und elegant und genauso atemberaubend, wie ich es mir dank meiner Recherche vorgestellt habe.

Sean fährt den Wagen über die Kiesauffahrt und hält nahe der Haustür, die von einem hohen steinernen Bogen umrahmt wird.

„Dieser Ort ist genauso wunderschön, wie ich dachte, dass er sein würde", murmele ich mehr zu mir selbst als zu James.

„Ich wusste, dass er dir gefallen würde. Er ist nur im August für die Öffentlichkeit zugänglich, also haben wir großes Glück, dass wir ihn im Winter besuchen dürfen."

„Es geht nicht darum, was man weiß, sondern wen man kennt."

„So ist das manchmal. Wollen wir reingehen?"

„Versuch mich davon abzuhalten."

Wenige Minuten später werden wir von einem Butler namens Arno begrüßt, der uns mit italienischem Akzent willkommen heißt, darauf besteht, beide Koffer zu tragen, und uns eine prächtige Holztreppe hinauf zur Schlafzimmerebene führt – oder zumindest zu einer davon. Ich bestaune die Einrichtung, die Kunstwerke und die schiere Geschichtsträchtigkeit dieses Hauses.

„Wusstest du, dass dieses Haus aus der Zeit von Elizabeth I. stammt? Einer ihrer Adeligen hat es für sich und seine Familie bauen lassen", flüstere ich deutlich hörbar, während wir Arno den langen Flur über den roten Teppich entlang folgen.

„Das wusste ich nicht."

„Natürlich wurde es anschließend von vielen Generationen erweitert, aber stell dir mal vor, Elizabeth Tudor selbst hätte hier übernachtet! Vielleicht werde ich sogar in dem Bett schlafen, in dem sie geschlafen hat. Wie großartig wäre das bitte?"

„Ich würde eher sagen: weniger ‚großartig', mehr ‚unbequem'. Das Bett wäre dann über 400 Jahre alt."

„Du hast einfach keinen Sinn für Geschichte, Jamie."

„Nicht wenn es ums Schlafen geht. Jetzt fällt es mir wieder ein. Das ist doch das Haus mit der berühmten Bettwäsche, oder?"

„Ganz genau. Ich hoffe, wir dürfen sie sehen."

„Keine zehn Pferde könnten mich davon abhalten", erwidert er trocken und kassiert dafür einen Klaps auf den Arm von mir.

Wir lächeln uns an. Unsere Beziehung ist wieder so, wie sie sein sollte. Locker, witzig und erfüllt ihren Zweck. Ende der Geschichte.

Arno bleibt stehen und öffnet eine der dunklen Holztüren. „Ihr Zimmer. Ich hoffe, Sie werden sich während Ihres Aufenthalts wohlfühlen."

„Danke", antworten James und ich gleichzeitig.

Arno rollt die Koffer ins Zimmer, verbeugt sich leicht und verschwindet dann den Flur hinunter.

„Nach dir", sagt James mit ausgestrecktem Arm und ich trete ein.

Das Zimmer ist genauso prachtvoll, wie ich es mir erhofft hatte. Vom kunstvollen Kamin über die vergoldeten Verzierungen an den Wänden bis hin zur dekorativen Decke, alles in diesem Raum ist ein historisches Meisterwerk. Außerdem steht ein großer Strauß roter Rosen auf einem Tisch am langen Fenster und auf dem cremefarbenen Bettüberwurf des Himmelbetts wurden Rosenblätter verstreut.

Ich bleibe stehen und bestaune den Raum, versuche, jedes einzelne Detail zeitlich und stilistisch einzuordnen, doch ein störendes Detail drängt sich durch den Gedankensalat in den Vordergrund.

Es gibt nur ein Bett.

Ich suche das Zimmer ab, öffne die Tür erneut und schaue sogar in den frei stehenden Kleiderschrank.

Inzwischen hat James beide Koffer auf die Truhe am Fenster gelegt und schaut mich besorgt an. „Was machst du da?"

Ich halte inne. „Es gibt nur ein Bett."

Er blickt auf das Bett. „Punkte für deine Beobachtungsgabe. Das ist kein Problem. Ich kann auf dem Boden schlafen."

Wir schauen beide auf den glänzenden Holzboden hinunter.

Ich denke daran, wie Ryan Reynolds in diesem Film über eine Schein-Verlobung mit Sandra Bullock auf dem Boden geschlafen hat. Das hat ganz gut geklappt, aber die hatten auch Extra-Bettzeug, und dank meiner Suche von eben weiß jetzt schon, dass es in diesem Raum keines gibt.

„Ich kann dich das nicht machen lassen, Jamie. Das wäre unbequem und du würdest nicht schlafen können."

„Wenn es dich glücklich macht, mache ich es gern."

„Wie wär es, wenn wir nach einem anderen Zimmer fragen? Das Haus ist riesig. Die haben bestimmt noch irgendwo ein Bett für mich, selbst wenn es in den Dienstbotenquartieren ist. Das würde mir gar nichts ausmachen."

„Lottie, das Haus ist dieses Wochenende voll. Und abgesehen davon, was würden die Leute denken, wenn meine Verlobte in einem anderen Zimmer schläft?"

Ich beiße mir auf die Lippe. „Guter Punkt."

„Wir könnten nach ein paar Extra-Kissen fragen und eine große Mauer aus Kissen zwischen uns errichten."

Ich lasse meinen Blick erneut zum Bett wandern. Es ist nicht riesig, wahrscheinlich ein Queen Size-Bett, aber wenn wir beide auf unseren jeweiligen Seiten bleiben würden, käme es zu keinem… Körperkontakt.

Körperkontakt.

Mein Inneres verkrampft sich. Die Gefühle aus dem Auto warten nur darauf, erneut zuzuschlagen, treffen mich wie ein Schlag in die Magengrube, schicken ein Kribbeln durch meinen Körper und verknoten meinen Bauch.

James und ich werden zusammen im Bett liegen. *Allein.*

Ich schlucke. Mein Mund ist plötzlich trocken.

„Also? Was sagst du, Lottie?"

„Kissen wären gut", lenke ich ein, mein Puls beschleunigt sich.

Er lacht leise und ich sehe ihn an.

„Was?"

„Du tust ja so, als wäre es das Schlimmste auf der Welt, dir mit mir ein Bett teilen zu müssen. Ist es das etwa?"

Wir würden nebeneinander in einem Bett liegen, mit

all diesen neuen Gedanken und Gefühlen für ihn, die angefangen haben in mir herumzuspuken. Wir wären einander nah, so nah, dass wir uns berühren könnten und nur der dünne Stoff unserer Pyjamas würde uns voneinander trennen…

Ich ziehe scharf die Luft ein.

„Lottie?", fragt er. „Deine Reaktion ist nicht besonders gut für mein Ego, das du im Auto ja ohnehin schon angekratzt hast."

Ich zwinge mich zu einem Lachen. Es klingt wie eine strangulierte Hyäne. „Wie witzig!"

Er wirft mir einen fragenden Blick zu, aber ich setze mein unbekümmertstes Lächeln auf und verleugne das Gefühlschaos, das der Gedanke, ein Bett mit ihm zu teilen in mir ausgelöst hat.

Ich sage mir, dass alles gut wird.

Ich sage mir, dass ein Bett mit Jamie zu teilen völlig unproblematisch sein wird.

Ich sage mir, dass wir nichts weiter als Freunde sind.

Aber als ich erneut zum Bett blicke, zieht sich mein Bauch zusammen, und es trifft mich mit voller Wucht – etwas, das ich mir selbst kaum eingestehen kann. Etwas, das sich seit dem ersten Tag, an dem wir uns begegnet sind, langsam aber sicher angebahnt hat. Etwas, das alles ruinieren könnte.

Ich bin dabei, mich in meinen Schein-Verlobten zu verlieben.

Kapitel 21

Um die Peinlichkeit und das emotionale Chaos, das ich gerade durchmache, noch zu steigern, müssen wir uns fürs Abendessen umziehen. Es gibt kein praktisches, angeschlossenes Badezimmer, in das man verschwinden könnte, und auch kein separates Zimmer, in dem man sich verstecken kann.

Voller Selbstzweifel frage ich James, ob er sich im Badezimmer umziehen kann, während ich mich schnell in mein „angemessen für ein Abendessen im schicken Hallston Hall"-Outfit werfe: ein marineblauer, plissierter Seidenrock, der bis knapp übers Knie fällt, und eine ärmellose himmelblaue Bluse mit hellgelbem Muster, dazu ein Paar High Heels. Ich fahre mir mit meiner Bürste durchs Haar und trage den roten Lippenstift auf, zu dessen Kauf mich Tabitha überredet hat.

Zufrieden mit meinem Aussehen in dem fleckigen Spiegel, der so alt aussieht wie das Haus selbst, teile ich James mit, dass er jetzt wieder hereinkommen kann.

Er schließt die Tür leise hinter sich und ich sauge seinen Anblick geradezu in mich auf. Ich kann nicht anders. Er trägt einen schwarzen James Bond-Smoking, das strahlend weiße Hemd bildet einen attraktiven Kontrast zu seiner olivfarbenen Haut. Sein dunkles Haar ist zurückgegelt, sein Gesicht frisch rasiert, was sein markantes Kinn und das leichte Lächeln, das auf seinen Lippen liegt, nur noch betont. Als er durch den Raum schreitet, landet sein Blick auf mir, und als seine Augen langsam über mich gleiten, bringt das mein Innerstes ziemlich aus der Fassung.

„Dieses Outfit ist viel mehr ‚Lottie' als all das Schwarz."

Plötzlich nervös, streiche ich meinen Rock glatt. „Farbenfroh, wie die Kandidaten bei *The Great British Bake Off*?", frage ich zwinkernd.

Ich muss das hier locker halten.

„Nichts gegen die Kandidaten von *The Great British Bake Off*, aber ich wette, du siehst viel schöner aus als jeder einzelne von denen."

Mein Körper wird ganz warm und mein Herz beginnt schneller zu schlagen. Warum musste er sagen, dass ich schön bin?

„Danke. Du siehst auch gut aus", murmele ich und hoffe, dass mein nicht existentes Pokerface James nicht zeigt, was seine Worte für einen Effekt auf mich haben.

Ich hebe den Blick zu seinen Augen, die sanft auf mir

ruhen, die Mundwinkel leicht angehoben. Genauso wie im Auto.

„Du solltest öfter Farbe tragen. Das steht dir. Vergiss das Schwarz", fährt er fort und die Art, wie er es sagt, lässt mich überlegen, ob *Schwarz* vielleicht ein Codewort für *Matt* ist.

Will James, dass ich Matt vergesse?

Will er, dass ich stattdessen an… *ihn* denke?

Mein Puls schnellt noch weiter in die Höhe und ehe ich mich versehe, wandert mein Blick erneut zu seinen Lippen. Und wie schon im Auto, als ich mich von meinen Gefühlen habe mitreißen lassen, überkommt mich die brennende Frage, wie sich seine Lippen auf meinen wohl anfühlen würden, wie sich seine kräftigen, starken Arme anfühlen würden, wenn er mich für einen sanften Kuss an sich zieht.

Ich reiße den Blick von seinem Mund zurück zu seinen Augen.

Ich darf so etwas nicht denken. Er denkt *nicht* darüber nach, wie sich meine Lippen wohl auf seinen anfühlen würden, und er denkt auch *nicht* darüber nach, wie es sich anfühlen würde, seine Arme eng um mich geschlungen zu haben.

Und das allerletzte, worüber er nachdenkt, ist mich zu küssen.

Dumme, dumme Lottie.

Warum lasse ich meine Gedanken schon wieder in diese Richtung abschweifen?

Ich bin genauso wenig James' Typ, wie er meiner ist. Er steht auf glänzende, gertenschlanke, unglaublich hübsche Frauen mit glamourösen Jobs und Namen wie Desiree oder Elise. Oder Delilah. Nicht auf leicht pummelige, un-glänzende Mädchen mit normal langen Beinen, die mit Käfern und Knochen arbeiten.

„Du hältst heute Abend deine Rede über die Liebe.

Das ist aufregend, oder? Ich freue mich schon darauf. Sollen wir runter zu den anderen Gästen gehen?", frage ich mit übertrieben fröhlicher Stimme. Ich plappere, aber es ist das Einzige, was ich tun kann.

Ich warte seine Antwort nicht ab, sondern drehe mich auf dem Absatz um, steuere auf die Tür zu, reiße sie auf und eile den Flur hinunter.

„Lottie, warte", ruft James und kommt mit langen Schritten hinter mir her.

Aber ich habe es mir zur Aufgabe gemacht, meinen Gefühlen davonzulaufen. Falls das überhaupt möglich ist. Zum Teufel, ich werde es möglich machen. Ich wurde schon genug gedemütigt, als ich gestern Abend vor allen hingefallen bin, da muss ich diese Demütigung nicht noch verstärken, indem ich einem Mann meine unerwiderten Gefühle gestehe, der bei den Frauen so beliebt ist, dass man ihn ‚Seine Ehrenwerte Heißheit' nennt!

Ich bin kein Masochist, auch wenn ich mich gerade genau so benehmen mag.

Als ich um die Ecke biege, den Kiefer entschlossen vorgeschoben, laufe ich direkt in jemanden hinein.

„Tut mir wirklich leid!", beeile ich mich zu sagen, nachdem ich mein Gleichgewicht wiedergefunden habe.

„Lottie?", fragt die Stimme, die zu dem Körper gehört, in den ich gerade hineingelaufen bin.

Mein Mund klappt überrascht auf, während mein Herz beginnt wie wild zu schlagen. „Matt?", hauche ich. Die Zahnräder in meinem Kopf setzen sich in Bewegung.

Was um alles in der Welt macht Matt hier?

„Hallo", sagt er, sein attraktives Gesicht hellt sich zu einem Lächeln auf. Ich lasse meinen Blick über sein zerknittertes weißes Hemd, die Fliege und seine Hosenträger gleiten.

„W-was machst du hier?", stammele ich, während ich

James aus dem Augenwinkel neben mir wahrnehme, der inzwischen aufgeholt hat.

Matts Blick wandert von mir zu James und wieder zurück. Und zum ersten Mal bemerke ich eine Frau an seiner Seite. Saskia. Sie trägt eine enge schwarze Lederhose und ein silbern schimmerndes Oberteil, das verführerisch schräg sitzt und den Blick auf eine nackte, knochige und ziemlich perfekte Schulter freigibt. „Saskia ist eine langjährige Freundin der Familie", erklärt er. „Ich könnte dich dasselbe fragen, aber ich vermute, dein Verlobter hat etwas damit zu tun, das du hier bist." Matt beugt sich um mich herum und schüttelt James die Hand.

„Matt, schön dich wiederzusehen", erwidert James mit angespannter Stimme. Er nickt Saskia zu. „Hallo, ich bin James Brody. Sie waren gestern Abend auch da, aber wir wurden uns nicht vorgestellt."

Saskia wirft ihr langes blondes Haar zurück. „Saskia. Matts Freundin."

„Wirst du beim Abendessen eine Rede halten?", fragt Matt James, während ich krampfhaft versuche, normal zu wirken.

Was alles andere als leicht ist. Ich war gerade noch damit beschäftigt, meine Gefühle für James zu sortieren, als mein Gehirn komplett von der Schock-Nachricht überrollt wurde, dass der Mann, für den ich so lange geschwärmt habe, plötzlich auch hier in Hallston Hall ist.

Eine regelrechte Gefühlsbombe.

„Ja, ich halte eine Rede. Anscheinend ist es hier im Haus eine Valentinstags-Tradition, dass ein frisch verlobter Mann über die Liebe spricht", antwortet James.

„Das ist ziemlich sexistisch und obendrein peinlich", höhnt Saskia.

„Traditionen sind oft beides, befürchte ich", entgegnet James geschmeidig. „Aber ich mache das gerne."

Saskia deutet auf mich. „Du solltest die Rede stattdessen halten, nur versuch diesmal nicht auf die Nase zu fallen."

Ich schenke ihr ein sarkastisches Lächeln. „Großartige Idee."

„Ich halte das alles für einen Haufen veralteten Unsinns", erklärt Matt. „Der Valentinstag ist doch auch nur noch ein weiterer konsumgetriebener Feiertag, der die Leute dazu bringen soll, mehr und mehr Geld für völlig sinnlose Dinge auszugeben."

James sieht ihn seltsam an. „Das gleitet ja geradezu von der Zunge", erwidert er mit seinem typischen Politikerlächeln. Dann legt er seine Hand an meinen Rücken. „Sehen wir uns beim Aperitif? Wir sind gerade auf dem Weg dorthin."

„Ja, wir kommen gleich nach", erwidert Matt, bevor er es sich scheinbar anders überlegt und hinzufügt: „Eigentlich, Lott-Lott, kann ich kurz mit dir reden? Ich glaube, bei den Spendensummen stimmt etwas nicht, und ich dachte, du könntest mir vielleicht helfen."

Ich blinzele. Die Spendensummen? Was macht Matt an einem Samstagabend mit Spendensummen – zumal das gar nicht sein Aufgabenbereich ist?

Und dann dämmert es mir: Er will über etwas anderes sprechen. Vielleicht will er mir sein Verhalten von gestern Abend erklären? Vielleicht will er sogar da anknüpfen, wo wir gestern aufgehört haben, als er meine Hand in seiner gehalten hat?

Der Gedanke lässt mein Gesicht erröten.

Er will mit mir alleine sein.

Ich räuspere mich. „Die Summen? Ach so, natürlich, Matt. Ich spreche gern mit dir darüber. Es wäre wirklich schlimm, wenn da etwas nicht stimmen würde. Das wäre eine furchtbare Situation."

Ich ernte ein Lächeln von Matt und mein Herz macht einen Satz.

Er *will* wirklich mit mir alleine sein um mir sein Verhalten zu erklären – und vielleicht sogar mehr.

„Bist du sicher, dass du das an einem Samstag machen willst, Liebling?", fragt James.

„Ja, bin ich", erwidere ich mit einem strahlenden Lächeln. „Es wird nur einen Moment dauern. Stimmt's nicht, Matt?"

Matt unterdrückt ein Grinsen. „Nur einen Moment."

James blickt von mir zu Matt und wieder zurück, als würde er uns beide genau mustern. „Na gut. Wenn es das ist, was du möchtest, Lottie."

Ich richte mich auf und schenke ihm ein freundliches Lächeln. „Das ist es. Wir sehen uns gleich unten… Liebling."

Sein Blick ruht einen Moment auf mir, doch ich wende meinen ab.

„Also ich werde ganz sicher nicht für ein so furchtbar langweiliges Gespräch hierbleiben", verkündet Saskia.

„Dann sehen wir uns unten beim Aperitif, wenn du fertig bist", sagt James und streift mit den Lippen meine Wange.

„Was? Ach so. Ja. Bis gleich", antworte ich abgelenkt.

„Saskia, sollen wir?", fragt James.

Ihre Mundwinkel zucken. „Mit Seiner Ehrenwerten Heißheit zum Aperitif? Klar. Warum nicht."

„Er hasst diesen Spitznamen übrigens", lasse ich sie in überlegenem Tonfall wissen.

„Wer wird schon nicht gerne heiß genannt?", meint sie spöttisch. „Komm, James, lass uns diese Langweiler mit ihren öden Zahlen allein lassen."

„Bis dann", sage ich, ungeduldig darauf, dass James

und Saskia verschwinden, damit Matt und ich allein sein können.

James wirft mir noch einen letzten Blick zu, bevor er mit Saskia den Flur entlanggeht und sie verschwunden sind.

Ich sehe Matt an, ein wilder Mix aus Nervosität, Aufregung und Hoffnung rast durch meine Adern. „Was stimmt denn mit den Zahlen nicht?", erkundige ich mich.

„Die Zahlen sind mir völlig egal, Lott-Lott."

„Aber—"

„Wie lange bist du schon mit James zusammen?", fragt er, während wir langsam den Flur entlang zurückgehen.

„Schon eine Weile", antworte ich ausweichend und die Lüge liegt mir schwer im Magen.

„Und du… du willst ihn wirklich heiraten?" Er bleibt stehen, seine Augen bohren sich in meine, als wolle er bis in meine Seele blicken.

Ich schlucke, mein Hals ist trocken, nur diesmal nicht wegen eines Mannes, der meine Gefühle nie erwidern wird. Sondern wegen Matt, dem Mann, den ich seit drei Jahren begehre.

Mein Herz hämmert wie der Beat in einem überfüllten Nachtclub. Oh, ich könnte mich absolut in diesen grauen Augen verlieren, die von hellen Wimpern umrahmt sind, wie aus gesponnenem Gold. Als er mich ansieht, könnte ich schwören, werden seine Augen dunkler, und ich bin sprachlos angesichts der Wucht meiner Gefühle für ihn, diesen Mann, den ich so lange begehrt habe.

„Lottie? Du willst ihn wirklich heiraten?"

Ich möchte schreien, dass James *nicht* der Richtige für mich ist, dass ich ihn nicht heiraten will. Dass er derjenige ist, den ich will. Dass er mich in den Arm nehmen soll, mich küssen und mir sagen, dass ich die Einzige für ihn bin.

Aber ich kann nicht. Ich bin mit James scheinverlobt und ich muss meinen Teil der Abmachung einhalten und wenigstens so tun, als wäre ich in ihn verliebt.

Das Wrestling Match in meinem Inneren endet zugunsten meiner Loyalität gegenüber unserer Schein-Verlobung, ich reiße meinen Blick schweren Herzens von Matts Augen los und richte ihn auf den Boden. „Ich will ihn heiraten. Es tut mir leid."

Ich entschuldige mich bei Matt dafür, dass ich James zum Schein heiraten will?

Was ist das für eine verrückte neue Welt, in der ich hier lebe?

Langsam hebe ich den Blick wieder zu ihm. Ich erwarte Ablehnung, Enttäuschung, vielleicht sogar ein wenig Neid zu sehen.

Doch was ich stattdessen sehe, überrascht mich.

Matts Gesicht strahlt, seine Augen leuchten, als er mich aufmerksam ansieht.

„Matt?", frage ich völlig perplex.

Er *freut* sich, dass ich einen anderen Mann heiraten will?

Habe ich diese Sache zwischen uns etwa völlig falsch gedeutet? Falls es überhaupt eine Sache zwischen uns gibt, woran ich inzwischen beträchtliche Zweifel habe.

Zu meiner Überraschung blickt er sich um und sagt: „Komm mit mir." Er zieht an meinem Arm, wirft mir einen kurzen Blick zu, bevor er den Flur entlangstürmt, und ich hinter ihm her trippele, während mein Verstand bei jedem Schritt fragt: *Was ist hier los?*

Er reißt eine Tür auf, hinter der sich ein begehbarer Wandschrank voller Besen, Wischer und Eimer verbirgt, zieht mich hinein und schließt die Tür hinter uns. Wir werden in Dunkelheit getaucht und ehe ich weiß, wie mir geschieht, raunt er meinen Namen, nimmt mein Gesicht sanft in seine Hände, beugt sich zu mir hinunter und presst seine Lippen fest auf meine.

Das plötzliche und unerwartete Gefühl, seinen Mund auf meinem zu spüren, überrascht mich und schickt eine köstliche Welle des Schocks und des Verlangens durch meinen Körper.

„Aber Matt—", beginne ich, als ich mich von ihm löse, ohne überhaupt zu wissen, warum ich gegen diese wunderbare Wendung der Ereignisse protestiere. Eine Wendung, von der ich so lange geträumt habe.

„Sag nichts", raunt er, während er mit den Fingern meinen Nacken entlangfährt. „Du musst nur wissen, dass ich dich will, Lott-Lott."

„Wirklich?", frage ich piepsig und viel zu hoch. Mein Herz schlägt so heftig, dass ich halb erwarte, es könnte mir aus der Brust springen. „Aber was ist mit James und… und Saskia?" Bei dem Gedanken an Matts Freundin durchfährt mich plötzlich der Anflug eines schlechten Gewissens, obwohl ich nicht gerade ihr größter Fan bin.

Als Antwort presst er erneut seine Lippen voller Dringlichkeit auf meine, schlingt die Arme um mich und drängt mich gegen eine Wand. Nur dass es keine Wand ist, sondern irgendetwas anderes, das krachend zu Boden fällt, während ich auf meinen hohen Absätzen strauchele, um mich zu fangen. Ich stolpere rückwärts und trete unmittelbar in einen Eimer, wie es scheint, während ich mich Halt suchend an Matt klammere. Doch der ist viel zu beschäftigt mich zu küssen, um meine missliche Lage zu bemerken. Mein Fuß steckt nun fest in dem Eimer und ich versuche vergeblich ihn freizubekommen.

„Was machst du da?", fragt er mehr als unfreundlich, während er versucht, mich erneut zu küssen.

„Ich glaube, mein Fuß steckt in einem Eimer fest, aber es ist stockfinster hier drin, und ich kann nichts erkennen."

„Dein Fuß steckt in einem Eimer fest?", faucht er. „Warte."

Ich bemühe mich, den genervten Tonfall in seiner Stimme zu ignorieren. Ich kann schließlich nichts dafür, dass mein Fuß festsitzt, es war ja nicht mit Absicht.

Er lässt von mir ab und ich höre ihn gegen verschiedene Dinge stoßen, während er nach dem Lichtschalter sucht. „Aua!", schimpft er, dann: „Wo ist verdammt noch mal der Schalter hier drin?"

„Er könnte an einer Schnur sein. In alten Schränken wie diesen hängen die Lichtschalter oft an einer Schnur von der Decke runter."

Ein weiterer lauter Krach ertönt, als etwas zu Boden fällt, und Matt flucht laut. Einen Moment später wird der Raum vom Licht einer nackten Glühbirne erhellt, die von der Decke baumelt. Ich blinzele gegen die plötzliche Helligkeit an.

Ich schaue mich um. Überall stehen Putzmittel, Lappen, Besen und Wischer. Die nackte Glühbirne schwingt von rechts nach links wie in einem Agentenfilm.

„Ich kann nicht glauben, dass wir in einem Putzschrank rumknutschen", sage ich.

„Spielt das eine Rolle? Es war der erste Ort, den ich finden konnte, und ich *musste* dich einfach küssen", raunt Matt, als er mich erneut in die Arme nimmt und beginnt sich meinen Hals entlang zu küssen.

Trotz meines in einem Eimer eingeklemmten Fußes scheint es eine direkte Verbindung zwischen seinen Lippen, meinem Hals und der Widerstandskraft meiner Knie zu geben – die mit jedem einzelnen Kuss mehr und mehr schwindet.

Ich will protestieren. Wirklich. Ich will ihm sagen, dass unser erster Kuss nicht so sein sollte. Dass wir in einer wunderschönen Wiese stehen oder die Londoner Skyline

zusammen betrachten oder gemeinsam einen Sonnenuntergang anschauen sollten. Irgendwo romantisches.
Irgendwo perfektes. Nicht umgeben von Putzutensilien in
einem stickigen, grell beleuchteten Wandschrank, mein
Fuß in einem Plastikeimer eingeklemmt, unmittelbar
nachdem ich ihm gesagt habe, dass ich einen anderen
Mann heiraten will.

Es ist einfach falsch.

Irgendwie nehme ich die übermenschliche Kraft
zusammen, mich von ihm zu lösen. Ich halte ihn auf
Armlänge – ganz buchstäblich – und atme ein paar Mal
tief durch.

„Wir sollten das nicht tun, Matt. Schon gar nicht hier."

„In einem Schrank?"

„Ja, in einem Schrank."

Er grinst mich an. „Genau deshalb ist es doch so heiß.
Findest du nicht auch? Keiner weiß, dass wir hier drin
sind, und unsere jeweiligen Partner knabbern unten an
Erdnüssen und trinken Gin Tonic, während sie übers
Wetter plaudern, und wir uns hier drin vergnügen." Er will
erneut näher kommen, aber ich halte ihn mit beiden
Händen zurück.

„Aber was ist mit Saskia?"

Er zuckt mit den Schultern. „Was sie nicht weiß, macht
sie nicht heiß."

Ich blinzele ihn an, fassungslos. „Wie bitte?"

„Schau, du bist mit James zusammen, ich mit Saskia.
Aber das hier—", er deutet zwischen uns hin und her, „—
das kann unser kleines Geheimnis sein. Unser kleines *sexy*
Geheimnis." Er sieht mich mit diesem Lächeln an, bei dem
ich immer dahinschmelze, und ich merke, wie meine Arme
langsam nachgeben, als er die Distanz zwischen uns überbrückt, meine Entschlossenheit bröckelt unter der schieren
Wucht meiner lange unerwiderten Gefühle für ihn. „Erzähl

mir nicht, du würdest es nicht auch wollen. Ich weiß, dass du es willst."

Er hat recht. Ich habe mir gewünscht, mit Matt zusammen zu sein, seit dem Tag, an dem ich ihn im Pinkerton House kennengelernt habe, als er mir die Hand geschüttelt und gesagt hat, es sei ihm eine Freude, mich kennenzulernen – und ich spürte sofort, dass da etwas war, das mich neugierig auf ihn machte.

Aber er will, dass wir ein *Geheimnis* sind?

Er beugt sich zu mir und küsst mich erneut. „Ich weiß, dass du mich willst, Lottie. Ich weiß es schon lange."

„Ich—" Was soll ich sagen? Es stimmt. Aber nicht so. Nicht in irgendeinem Schrank als sein schmutziges kleines Geheimnis, während seine Freundin unten mit James plaudert.

„Wehr dich nicht, Lott-Lott", raunt er, seine Stimme tief und rau, während er eine Hand um meine Taille legt. „Dein lang ersehnter Traum wird endlich wahr."

Seine Worte lassen mich erstarren.

„Mein Traum?"

„Ja. Dein Traum, mit mir zusammen zu sein", erwidert er in einem Tonfall, der wohl der arroganteste ist, den ich je in meinem Leben gehört habe.

„Aber... aber wir sind in einem Putzschrank, Matt."

Er schnaubt. „Da musst du drüber hinwegkommen. Es ist ja nicht so, als könnte ich dich mit auf mein Zimmer nehmen." Er streicht mit der Hand über meine Wange, was mir eine Gänsehaut beschert. „Du und ich. Du musst daran glauben, dass es jetzt passiert. Hier und jetzt. Du musst es nur zulassen." Er beginnt, meine Bluse aufzuknöpfen.

Etwas in meiner Brust verhärtet sich. Es ist der Schrank, es ist Saskia, es ist James, es ist das schmutzige kleine Geheimnis.

Ich lege meine Hand auf seine und stoppe ihn. „Hör auf", sage ich mit Nachdruck, obwohl mein Körper schreit, ich solle meinem Verstand nicht zuhören und es einfach geschehen lassen, egal wo, wie oder ob es überhaupt richtig ist.

Aber ich weiß, dass es falsch ist. Absolut falsch. So sollte es nicht sein. Nicht mit Matt und nicht mit irgendjemandem sonst.

Ich bin so viel mehr wert als was auch immer das hier ist.

„Ernsthaft, Lottie, jetzt wird's langsam nervig. Vergiss den Schrank. Stell dir vor, du liegst auf einem herzförmigen Bett oder so."

„Ein herzförmiges Bett?"

„Du weißt schon, wie in Vegas. Irgendwo, wo es sexy ist. Ironisch sexy, natürlich."

Mein Mund klappt auf, als ich ihn anstarre.

In *diesen* Typen bin ich verknallt? Einen Typen, der herzförmige Betten in Vegas ironisch sexy findet? Einen Typen, der es völlig in Ordnung findet, seine – zugegebenermaßen ziemlich frostige und herablassende – Freundin zu betrügen? Einen Typen, der ganz offensichtlich darauf steht, dass ich meinen Verlobten betrüge?

„Komm schon. Du willst es doch auch." Er beugt sich erneut zu meinen Lippen.

Aber ich bin fertig.

Ich ziehe mich zurück, fest entschlossen. „Nein, Matt."

Er presst die Kiefer zusammen, seine Augen verengen sich. „Warum spielst du dich so auf? Wir wissen doch beide, was du für mich empfindest. Sogar Saskia hat es bemerkt und die ist normalerweise so sehr mit sich selbst beschäftigt, dass sie gar nichts merkt."

„Saskia hat es bemerkt?", stoße ich hervor, während sich Scham in mir breit macht.

„*Jeder* merkt es, Lottie", spuckt er mir entgegen. „Du

verbringst den halben Tag damit, mich anzuhimmeln, und den anderen halben damit, so zu tun, als würdest du arbeiten, während du mich immer noch anstarrst. Eigentlich kannst du froh sein, dass ich überhaupt Lust hierauf habe."

Empört fauche ich: „Ich arbeite hart. Ich liebe meinen Job."

„Na klar. Du liebst Gebisse und eklige Tierknochen von vor zweihundert Jahren."

„Aber das tue ich wirklich", beharre ich. „Und-und ich dachte, du auch."

„Warum sollte ich Gebisse, Knochen und tote Käfer lieben? Das ist alles ekelhaft."

„Aber die Pinkerton-Sammlung…?"

„Ist nur ein Sprungbrett für mich. Nicht mehr. Je schneller ich da rauskomme und mit einer *richtigen* Sammlung arbeiten kann, desto besser. Du und dieser alte Knacker Stanley, ihr seid die Merkwürdigen, die diesen Mist tatsächlich mögen."

Mit meinem freien Fuß trete ich einen Schritt zurück, halte meine Bluse mit zitternden Händen zusammen.

„Was machst du da?", fragt er genervt.

Ich starre ihn an, ohne zu blinzeln, während mein Verstand verzweifelt versucht zu begreifen, wer Matt wirklich ist.

Er wirft die Hände in die Luft. „Toll. Jetzt hast du den Moment ruiniert. Total ruiniert."

Ein Teil von mir will zurück in seine Arme, seine Lippen noch einmal auf meinen spüren.

Aber dieser Teil von mir stirbt schnell ab, er wird ersetzt durch den festen Entschluss, mich nie wieder mit weniger zufriedenzugeben, als ich verdiene.

Und Matt Hargreaves ist *weit* weniger, als ich verdiene.

Ich presse die Lippen aufeinander und schüttele den Kopf. „Nein, Matt.“

Er fuchtelt mit dem Finger in meine Richtung. „Du bist nichts weiter als ein Flittchen. Ich hau ab.“ Er lässt seinen Blick über mich schweifen und bleibt an meinem Fuß hängen, der in dem Plastikeimer steckt. „Sieht super aus, der Look. Fast so gut wie gestern Abend, als du uns alle blamiert hast, indem du dich auf die Nase gelegt hast.“ Er lacht höhnisch, reißt die Tür auf und tritt in den Flur, die Tür schließt er mit einem lauten *Knall* hinter sich.

Ich bleibe in dem kleinen Schrank stehen, mein Herz hämmert und mein Körper zittert. Alle Illusionen, die ich über Matt hatte – denn seien wir ehrlich, es waren definitiv Illusionen – sind krachend in sich zusammengefallen.

Matt ist nicht der Mann, für den ich ihn gehalten habe, und ich für meinen Teil bin fertig mit ihm. Vollständig und endgültig.

Kapitel 22

ICH ERREICHE DAS ESSZIMMER, nachdem ich versucht habe, jegliche Spuren verwischten Lippenstifts von meinem Gesicht zu entfernen und meine Bluse wieder zugeknöpft habe. Meine Beine zittern noch, aber mein Herzschlag beginnt sich endlich zu beruhigen.

Ich atme ein paar Mal tief durch, bevor ich mich innerlich wappne, um durch die Tür zu treten und mich den versammelten Gästen zu stellen.

Es ist Showtime für die Schein-Verlobte, und ich muss zumindest versuchen, meine Rolle zu spielen – auch wenn ich immer noch unter Schock stehe, nach dem was gerade mit Matt passiert ist.

Kaum habe ich den Raum betreten, spüre ich auch schon die wohlige Wärme des knisternden Kaminfeuers und nehme den köstlichen Duft von Braten und Kartoffeln wahr, der in der Luft liegt. Die lange Tafel ist mit Blumengestecken geschmückt und mit einem strahlend weißen Tischtuch gedeckt, jeder Gast hat Platz genommen, die Luft ist erfüllt von Stimmengewirr und Lachen.

Ich lasse meinen Blick über den weitläufigen Tisch schweifen, auf der Suche nach meinem Platz. Meine Augen bleiben an Matt hängen und mir zieht sich augenblicklich der Magen zusammen. Er sitzt bereits neben Saskia, den Arm lässig über die Rückenlehne ihres Stuhls gelegt, während sie sich mit ihrem Tischnachbarn unterhält.

Er muss direkt hierher gekommen sein, nachdem er mich im Wandschrank zurückgelassen hat. Er sieht entspannt aus und wirkt, als gehöre er genau hierher. Sein Blick trifft Meinen für den Bruchteil einer Sekunde, bevor er abfällig die Lippen verzieht und wegsieht.

Ich schlucke, mein Mund ist ganz trocken. Ich mag in diesem Schrank Matts wahres – und zutiefst, zutiefst unattraktives – Gesicht gesehen haben, aber seine deutliche Zurückweisung tut trotzdem weh.

Ich wende meinen Blick von ihm ab und entdecke den einzigen noch freien Platz am Tisch. Es ist der Stuhl neben James. Ich straffe die Schultern und konzentriere mich darauf, einen in High Heels steckenden Fuß vor den anderen zu setzen, während ich mich fühle, als würde ein riesiges, blinkendes Neonschild über meinem Kopf schweben mit der Aufschrift: *Schlechter Mensch!! Küsst Männer in Wandschränken! Abstand halten!*

Als ich den Stuhl erreiche – nach dem wohl längsten

Gang des Schams in der Geschichte des Datings – will ich ihn gerade herausziehen, als ich eine Hand auf meiner spüre. Ich blicke auf und sehe in ein Paar vertraute braune Augen, sofort wird meine Kehle heiß.

„Jamie", hauche ich.

„Ich mach das schon."

„Oh, ich—", setze ich zögerlich an, unsicher, was genau ich zu ihm sagen soll, dem Mann, den ich vor Kurzem noch küssen wollte. Nur um dann jemand anderen zu küssen, der mich behandelt hat, als wäre ich völlig bedeutungslos.

Als ich James' warme Hand auf meiner spüre, weiß ich es ohne den geringsten Zweifel.

Ich habe den falschen Mann gewählt.

Was für ein Chaos. Ein riesiges, großes, chaotisches Chaos.

„Danke", murmele ich.

Er sieht mich fragend an, zieht dann den Stuhl für mich zurück, und ich lasse mich darauf nieder, froh, endlich nicht mehr auf meinen zitternden Beinen stehen zu müssen.

Ich fühle mich etwa so wohl wie Ralph auf Roll-schuhen – und mindestens genauso fehl am Platz.

„Hast du die Zahlen abgestimmt bekommen?", erkundigt er sich und beugt sich leicht in meine Richtung, während er sich ebenfalls setzt.

„Die Zahlen? Richtig. Die Zahlen passen alle."

Er scheint seine Rolle als fürsorglicher Verlobter zu spielen, denn er findet meine Hand auf meinem Schoß unter dem Tisch, nimmt sie in seine, drückt sie leicht und lächelt mich aufmunternd an.

Die Wärme seiner Geste und der Schock darüber, was zwischen Matt und mir vorgefallen ist, treiben mir sofort

Tränen in die Augen, während mir ein Kloß so groß wie ein Schweinebraten im Hals steckt.

„Alles in Ordnung? Du wirkst… mitgenommen", meint er besorgt.

Ich blinzele die Tränen weg und öffne den Mund, ohne genau zu wissen, was ich sagen soll. James weiß von meinen Gefühlen für Matt. Ich war von Anfang an offen damit. Glaubt er wirklich, wir hätten an einem Samstagabend auf einem glamourösen Landhausfest über Zahlen gesprochen?

Oder ahnt er etwa die Wahrheit? Dass wir so gar nicht über Zahlen gesprochen haben.

Aber woher sollte er die Wahrheit wissen? Denn die Wahrheit ist: Der Mann, mit dem ich die ganze Zeit über zusammen sein wollte, wollte nie wirklich mit mir zusammen sein. Für ihn bin ich nur ein unbedeutendes Spielzeug, mit dem er sich vergnügen kann, und das er dann achtlos wegwirft, wenn es seinen Zweck nicht mehr erfüllt.

Woher sollte James wissen, dass ich endlich, *endlich* erkannt habe, dass Matt nicht der Mann ist, für den ich ihn gehalten habe. Dass ich Gefühle für jemanden hatte, der gar nicht existiert hat. Dass ich eine komplette und völlige Närrin war.

James flüstert mir ins Ohr, sein Atem warm an meinem Hals: „Wusstest du, dass dein Lippenstift um den Mund herum verschmiert ist?"

Meine Hände fahren erschrocken zu meinen Lippen. „Wirklich?", frage ich entsetzt.

Was muss er nur von mir *denken*?

Er reicht mir eine gestärkte weiße Serviette. „Wisch es einfach ab."

Ich folge seiner Anweisung, während sich die Scham wie ein Wurm durch meine Brust windet. „Alles weg?"

Warum nur habe ich knallroten Lippenstift getragen?

„Passt."

„Hör zu, Jamie", beginne ich leise, damit niemand anderes mithören kann. „Wir haben uns geküsst, aber es war völlig falsch und er—" Ich atme schwer aus. „Ich fühle mich schrecklich deswegen."

Egal, wie sich meine Gefühle für Matt inzwischen verändert haben mögen, mein Verhalten heute Abend war nicht Teil der Vereinbarung zwischen James und mir. Wir hatten abgemacht, während unserer Schein-Verlobung niemand anderen zu treffen, und ich habe mich hinter seinem Rücken mit einem Idioten wie Matt eingelassen.

Ich senke schuldbewusst den Kopf.

Er legt seine warme Hand auf meinen Arm und ich blicke zu ihm auf. Er schenkt mir ein angenehmes, völlig unbeeindrucktes Lächeln. „Ist schon gut, Lottie. Wirklich. Solange dich niemand gesehen hat?"

Ich ziehe mich erschrocken von ihm zurück. „Nein! Auf gar keinen Fall. Das kann ich dir versprechen. Hand aufs Herz." Ich lege die Hand auf meine Brust.

Er nickt knapp. „Gut." Er wendet den Blick ab und mein Herz zieht sich auf merkwürdige Weise zusammen. Denn ich weiß ganz genau: Es ist nicht gut. *Nichts* davon ist gut.

Ich will ihm sagen, dass es mir leidtut. Dass es ein schrecklicher Fehler war. Ich will ihm sagen, dass ich begonnen habe, etwas für ihn zu empfinden, etwas, womit ich nie gerechnet hätte. Ich will ihm sagen, dass ich, wenn ich es noch einmal tun könnte, ich niemals mit Matt in diesen Wandschrank gehen würde. Dass ich stattdessen bei ihm bleiben würde – als seine Freundin, als seine Schein-Verlobte. Hauptsache, ich dürfte bei ihm sein, in welcher Form auch immer, es wäre mir egal.

Diese Erkenntnis raubt mir den Atem.

Ich stecke bis über beide Ohren in dieser Sache und ehrlich gesagt will ich auch gar nicht raus.

„Und wer, wenn ich fragen darf, sind Sie?", verlangt eine vornehme Stimme zu wissen und ich wende mich widerwillig von James ab. Mir gegenüber sitzt ein hagerer, älterer Mann mit buschigen grau-schwarzen Augenbrauen und fahlem, eingefallenem Gesicht.

„Ich bin Lottie Sullivan", erwidere ich.

„Anthony Bowland", stellt er sich vor und reicht mir die Hand.

„Freut mich, Sie kennenzulernen, Herr Bowland."

Er mustert den leeren Teller vor mir. „Essen Sie nichts? Bitte sagen Sie mir nicht, dass Sie zu diesen Menschen gehören, die meinen, sich tagelang auszuhungern, sei gesund."

„Wie bitte?"

„Fasten oder so ein Blödsinn. Zu meiner Zeit gab es so einen Unsinn nicht. Wir haben jeden Tag gefrühstückt, zu Mittag und zu Abend gegessen. Drei anständige Mahlzeiten. Dieser ganze Fasten-Quatsch ist doch völliger Unsinn, wenn Sie mich fragen."

Ich blinzele ihn ein paar Mal verwirrt an, während mein Gehirn versucht, Schritt zu halten. Reden wir gerade ernsthaft über intermittierendes Fasten? Beim Abendessen?

„Ich faste nicht", versichere ich ihm. „Ich bin nur zu spät zum Essen gekommen, das ist alles."

„Na dann mal los. Füllen Sie sich den Teller." Er beginnt, die anderen Gäste aufzufordern mir Servierplatten zu reichen, und am Ende habe ich den Teller voller Essen, Essen, das ich in meinem jetzigen emotionalen Zustand auf keinen Fall runterbekommen kann.

„Und wie fügen Sie sich in das Ganze hier ein, Lottie?", fragt er.

„Ich bin James' Verlobte", antworte ich mit einem

gezwungenen Lächeln, die Worte bleiben mir fast im Hals stecken.

„Ach, ganz wunderbar. James und ich hatten ein wunderbares Gespräch über Ampeln."

„Ach wirklich? Nun, er hält heute Abend eine Rede. Nicht wahr, Jamie?" Ich wende mich an James, während sich die widersprüchlichen Gefühle für ihn in meiner Brust zusammenballen und ich ihn mit vorsichtigem Blick ansehe.

Plötzlich ist James' Meinung über mich wichtiger als alles andere auf der Welt und ich habe das furchtbare Gefühl, dass er mich nicht mehr für das Mädchen hält, das er einmal in mir gesehen hat.

Anthony zieht seine buschigen Augenbrauen hoch. „Ahhh. Du willst uns also erzählen, wie es ist, verliebt zu sein, was?"

„Ganz genau", erwidert James geschmeidig, genau in dem Moment, in dem das Klirren von Besteck gegen Glas ertönt und das Stimmengewirr im Raum verstummt.

Ein großer, rothaariger Mann in einem engen Smoking am Kopfende des Tisches erhebt sich. „Werte Gäste, es ist wundervoll, Sie heute hier zu unserer alljährlichen Valentinstagsfeier willkommen zu heißen!"

Applaus brandet auf.

„Diese Feier wurde vor gut sechzig Jahren von meinen Großeltern ins Leben gerufen. Sie mögen vielleicht ein wenig kitschig veranlagt und ziemlich vernarrt in den guten alten St. Valentin und seinen lästigen Pfeil gewesen sein, aber sie waren auch sehr verliebt. Ich habe sie immer als das Paar betrachtet, dem man nacheifern sollte – durch *all* meine Ehen hindurch." Sein Gesicht leuchtet, als er hinzufügt: „Sogar durch die letzte."

Die Leute lachen und ich bekomme langsam den Eindruck, dass der Besitzer von Hallston Hall nicht nur aussieht wie Heinrich der Achte, sondern wohl auch ebenso viele Ehefrauen hatte.

„Und nun wird jemand, der gerade erst am Anfang seiner Reise in die eheliche Liebe steht – und der das Ganze vielleicht auch besser meistern wird als ich – die Rede ‚Der jungen Liebe‘ halten, auf die meine Großeltern stets bestanden haben. Ich halte nichts davon, mit Traditionen zu brechen, also, meine Damen und Herren, am Vorabend des Valentinstags präsentiere ich Ihnen unseren heutigen Redner: James Brody, stellvertretender Bürgermeister von London."

„Viel Glück", flüstere ich ihm zu, während die Gäste höflich applaudieren und James sich erhebt.

„Vielen Dank, Sir Grayson, und hallo an Sie alle", beginnt James. „Es ist mir eine große Ehre, als diesjähriger ‚Junge Liebe‘-Redner zu fungieren, und meine wunderschöne Verlobte Lottie und ich freuen uns sehr, heute hier sein zu dürfen." Er legt seine Hand auf meine Schulter, drückt sie leicht, und ich blicke zu ihm auf, mit einem Lächeln auf den Lippen, bemüht, wie die hingebungsvolle Verlobte zu wirken, die ich vorgebe zu sein.

„Als Jasper, Lord Grayson, mich bat, heute Abend zu sprechen – nachdem er von meiner Verlobung mit Lottie erfahren hatte –, war mein erster Gedanke: ‚Wie viele verliebte Kerle haben wohl vorher abgelehnt, bevor er bei mir gelandet ist?‘"

Die Leute lachen und ich lächle gutmütig in die Runde. Ungewollt treffe ich Matts Blick quer über den Tisch. Ihm steht Verachtung ins Gesicht geschrieben und ich wende rasch meinen Blick ab.

„Doch dann wurde mir klar: Heute Abend ist eine wunderbare Gelegenheit, darüber nachzudenken, was Liebe überhaupt für mich bedeutet und wie wichtig sie in unser aller Leben sein sollte. Denn so viele von uns sind in ihrem Alltag gefangen und vergessen dabei, worum es im Leben eigentlich geht. Und worum geht es im Leben eigentlich, wollen Sie wissen?" Er lächelt die Anwesenden an. „Sie wissen, was ich sagen werde: Es geht um die Liebe. *Natürlich* geht es um die Liebe. Ohne Liebe, was bleibt uns da? Ein großes Haus, ein schnelles Auto, eine Fünf-Sterne-Reise auf die Malediven? All diese Dinge sind wunderbar, aber sie sind nichts im Vergleich zur Liebe. Gar nichts. Denn Liebe ist *alles*. Von der Liebe, die wir für unsere Familie und Freunde empfinden, bis hin zu der Liebe, die wir spüren, wenn wir diesem einen besonderen Menschen begegnen, von dem wir tief in unserem Herzen wissen, dass wir ihn für immer lieben werden."

James blickt zu mir hinunter und als ich zu ihm aufsehe, beginnt mein Herz zu pochen. Ich wünsche mir, dass er meint, was er sagt. Ich wünsche mir, dass er mich mit Liebe in den Augen ansieht und allen hier sagt, dass er mich für immer lieben will. *Mich*, Lottie Sullivan.

„So viele Menschen haben im Lauf der Menschheitsgeschichte bereits etwas über die Liebe gesagt und ich habe nicht die Illusion, dem noch etwas Besseres hinzufügen zu können, als was bisher darüber gesagt wurde. Also ist alles, was ich Ihnen heute Abend sagen kann, folgendes: Für mich *ist* Liebe die Antwort, Liebe *ist* geduldig und gütig, und wo Liebe ist, da ist mit absoluter Sicherheit auch Leben."

Nachdem er seine kurze Rede beendet hat, beugt sich James zu mir hinunter und gibt mir einen sanften Kuss auf die Wange. Ich halte mein Lächeln aufrecht, während die Gäste anfangen, sanft ihr Besteck gegen ihre Weingläser zu schlagen, anstelle von Applaus. Ich blicke mich am Tisch um, als Lord Grayson ruft: „Küss sie richtig, mein Bester!"

Mein Herz pocht so wild, dass es sich anfühlt, als würde ein Elefant durch den Raum stapfen und mich mit jedem seiner Schritte erschüttern, als ich zu James aufblicke. Er sieht mich an und hebt fragend die Augenbrauen, als wolle er mich um einen Kuss bitten.

Ich lasse mich nicht lange bitten.

Meine Antwort ist, dass ich mich auf zitternden Beinen erhebe, mein Herz droht, mir aus der Brust zu springen. Dabei lasse ich James keinen Moment aus den Augen, nicht mal für den Bruchteil einer Sekunde, während wir die kurze Distanz zwischen uns überbrücken. Er legt die Hände um meinen Nacken und vergräbt sie in meinem Haar. Seine Berührung jagt mir eine Reihe von Stromstößen durch den Körper, die mir den Atem rauben.

Ich trete näher an ihn heran, er beugt sich vor, und vorsichtig, ganz sanft, berühren seine Lippen meine. Ich schließe die Augen, jeder Nerv in mir ist auf seine verheißungsvollen Berührungen konzentriert, während ich seinen betörenden Duft einatme.

James küsst mich. Er *küsst* mich.

Und auch wenn es zurückhaltend ist, auch wenn es nur geschieht, weil wir hier eine Rolle vor Publikum spielen, will ich so viel mehr von ihm.

Ich will sein Herz.

Doch viel zu schnell löst er sich wieder von mir, ich reiße die Augen auf und sehe, dass er mich mit einer nie da gewesenen Intensität ansieht, seine Lippen zittern.

„Nennt ihr das etwa einen Kuss? Jetzt küss sie richtig, Mann!", fordert Lord Grayson energisch, begleitet von *Hört! Hört!* und *Küss sie!* von anderen Gästen.

Lord Grayson hat sich gerade ganz an die Spitze meiner Weihnachtskartenliste katapultiert.

„Sollen wir?", fragt James und ich kann nur nicken – ich traue meiner Stimme nicht, während sämtliche Schmetterlinge aus Gerald Pinkertons Sammlung in meinem Bauch wild umherflattern.

Und dann, wie aus dem Nichts, sind seine Lippen wieder auf meinen, aber diesmal viel weniger zurückhaltend. Oh, so viel weniger zurückhaltend. Er legt die Arme um meine Taille, zieht mich an sich, und ich habe kaum Zeit, wahrzunehmen, wie appetitlich fest und muskulös seine Brust und seine Bauchmuskeln sich anfühlen, bevor er meinen Mund für sich beansprucht.

Sein Kuss ist fordernd, voller Verlangen, und als er mit seiner Zunge sanft meine Lippen öffnet, um den Kuss zu vertiefen, erlaube ich mir die Hoffnung, dass dies mehr ist als nur eine Darbietung für ein Publikum.

Dass er etwas für mich empfindet. Dass er mit mir zusammen sein will.

Ich erwidere seinen Kuss, vergrabe die Finger in seinem Haar, während elektrische Impulse durch meine Adern schießen.

Und ich vergesse, dass wir in einem Raum voller Menschen sind.

Ich vergesse die schreckliche Szene mit Matt im Schrank.

Ich vergesse, dass James und ich nur scheinverlobt sind.

Ich gebe mich ganz diesem Moment hin, gehe voll darin auf, mein ganzer Körper steht unter Strom, mein Herz ist kurz davor zu platzen vor Gefühlen für diesen unglaublichen Mann in meinen Armen, der mich küsst, als wollte er, dass ich nur ihm gehöre. Nur ihm allein.

Benommen von seiner Berührung, fange ich langsam an vage das Johlen und Klatschen um uns herum wahrzunehmen, bis mein von Lust vernebelter Verstand plötzlich wieder hellwach ist, genau in dem Moment, als James sich zurückzieht.

Ich öffne die Augen. Als mein Blick sich auf James richtet, raubt mir die ungezügelte Leidenschaft zwischen uns den Atem. Seine lodernden, intensiven Augen durchdringen mich bis ins Innerste, bis in mein Herz und meine Seele, und ich werde von einer unumstößlichen Erkenntnis getroffen, die mir augenblicklich die Luft zum Atmen nimmt, und mich gleichzeitig schwindelig macht.

Eine Erkenntnis, die mich vor Glück taumeln lässt.

Eine Erkenntnis, die mich am liebsten davonlaufen ließe.

Ich bin in meinen Schein-Verlobten verliebt.

Kapitel 23

WENN ICH MEINE momentane Gefühlslage in einem Wort zusammenfassen müsste, dann wäre es wohl: *verlegen.* Unglaublich, lächerlich verlegen.

Versteh mich nicht falsch, eine ganze Reihe anderer Gefühle tobt ebenfalls in meinem Kopf und lassen ihn schwirren wie einen Strudel, aber *verlegen* schafft es irgendwie trotzdem, sich an die vorderste Front zu kämpfen.

Nach diesem absolut unglaublichen Kuss, den James und ich miteinander geteilt haben, haben wir uns wieder hingesetzt, um den Abend zu beenden – als hätte das, was da zwischen uns passiert ist, nicht *alles* verändert.

Es war nahezu unmöglich, mich auf irgendetwas anderes zu konzentrieren als auf die Erinnerung daran, wie es sich angefühlt hat, in seinen Armen gehalten zu werden. So geküsst zu werden, wie ich noch nie zuvor geküsst worden bin.

Geküsst von dem Mann, in den ich mich ganz offensichtlich verliebt habe.

Irgendwie habe ich das Dessert und die Digestifs

durchgestanden, aber ich konnte nicht anders, als ihn immer wieder heimlich anzusehen, in der Hoffnung, dass unsere Augen sich begegnen und er mir ein aufmunterndes Lächeln schenkt, um mir zu zeigen, dass er das Gleiche für mich empfindet wie ich für ihn.

Aber das ist nicht geschehen. Nicht wirklich. Ein paar Mal hat er mich mit seinem Politikerlächeln bedacht und einmal hat er meine Hand getätschelt, als wäre sie Ralphs Kopf. Doch diese Intensität und Leidenschaft, die ich nach unserem Kuss in seinen Augen gesehen habe, war verschwunden.

Und ich wollte sie zurück.

Verwirrt und verletzt, nicht mehr wissend, was ich von ihm und dieser ganzen Sache halten soll, entschuldigte ich mich und zog mich in unser leeres Schlafzimmer zurück. Nach allem, was in der kurzen Zeit seit unserer Ankunft in Hallston Hall passiert ist, brauche ich dringend Raum zum Nachdenken.

Ich habe jedoch nicht lange Zeit für mich.

Kurz nachdem ich mich frisch gemacht habe, in meinen Pyjama geschlüpft bin und mich ins Bett gelegt habe, öffnet sich auch schon die Tür und James kommt herein.

„Hi", begrüße ich ihn, als er die Tür leise hinter sich schließt. Ich versuche diesen inzwischen nur allzu vertrauten Gefühlsstrudel in den Griff zu bekommen, der bei seinem plötzlichen Auftauchen sofort wieder loslegt.

Er sieht mich an. „Du bist früh gegangen."

„I-Ich brauchte ein bisschen Zeit für mich nach… allem was passiert ist."

„Das kann ich mir vorstellen." Er kommt zu mir herüber, wo ich gegen die Kissen gelehnt im Bett sitze, und knöpft sein Jackett auf, bevor er sich auf die Bettkante setzt. „Lottie, ich denke, wir müssen reden", sagt er mit angespannter Miene.

Wie auf Kommando beginnen in meinem Kopf die Alarmglocken zu schrillen und mein Puls beschleunigt sich vor Sorge. „Ja, ich schätze, das sollten wir", antworte ich.

Er starrt mich eindringlich an, den Kiefer angespannt, und mir wird mit einem flauen Gefühl im Magen klar, ich *weiß* es einfach, dass dieses Gespräch nicht so verlaufen wird, wie ich es mir erhofft habe.

„Bevor du etwas sagst, darf ich bitte erklären?", frage ich.

„Die Sache mit dir und Matt?"

„Na ja, ja, aber es geht um mehr als nur um mich und Matt. Ich muss—"

Er hebt die Hand und sein verhärteter Gesichtsausdruck bringt mich sofort dazu, zu verstummen.

Ist er wütend auf mich?

Ich schlucke, Nervosität schnürt mir die Brust zusammen.

„Lottie, du musst dazu nichts sagen. Wirklich nicht. Es hat mich kein bisschen überrascht, dass du und Matt ein paar gemeinsame Momente gestohlen habt, auch wenn ich denke, dass du seiner Freundin reinen Wein einschenken solltest. Du warst immer ehrlich, was deine Gefühle für ihn betrifft. Das rechne ich dir hoch an. Genau genommen zeigt es mir nur umso mehr, was für ein guter Mensch du bist, dass du mir immer die Wahrheit gesagt hast."

Die Wahrheit. Klar.

Er legt seine Hand auf meine, sein Gesicht verzieht sich zu etwas, das wie ein angestrengtes Lächeln aussieht. Aber ich könnte mich auch irren. Ich habe heute Abend schon so viele Dinge so falsch gedeutet.

„Ich freue mich für dich, dass Matt deine Gefühle erwidert. Es wurde auch Zeit, dass er endlich erkennt, was wir anderen längst wissen." Er drückt meine Hand. „Du hast es verdient, glücklich zu sein, Lottie. Vor allem nach dem, was du für mich und meine Karriere tust. Ich bin mir sicher, ihr werdet ein gutes Paar. Ihr beiden liebt dieselben Dinge, arbeitet zusammen, habt viel gemeinsam. Ganz anders als wir, wie du mir ja mehr als nur einmal mitgeteilt hast."

„Stimmt. Das habe ich", antworte ich, während mein Herz bis in den Keller sinkt.

„Du hattest die ganze Zeit recht. Gegensätze ziehen sich nicht an. Es sind Gemeinsamkeiten, die Menschen verbinden. Deshalb passt du zu Matt. Und er scheint ein… ein einigermaßen passabler Kerl zu sein, schätze ich."

Ein kleines Lächeln umspielt meine Lippen. „Ein einigermaßen passabler Kerl, schätzt du?", necke ich ihn und bemerke, wie schwer es ihm fällt, etwas Positives über Matt zu sagen. Ich kann es ihm nicht verdenken. Matt ist ein Riesentrottel. „Für einen Politiker hast du manchmal echt kein Händchen für Worte."

Er lächelt schwach über meinen Scherz.

„Wegen Matt. Als wir allein waren, haben wir uns geküsst, wie ich dir gesagt habe, aber es war nicht so, wie ich es erwartet hatte."

„Schon gut, Lottie. Wirklich. Ich freue mich für euch beide. Aber ich hoffe, wir sind uns einig, dass wir dieses Verlobungsspiel noch ein wenig fortsetzen werden. Wir hatten uns auf sechs Monate geeinigt, wie du dich bestimmt erinnerst, und wenn du und Matt versprechen könnt, euch diskret zu verhalten, sehe ich keinen Grund, warum wir bis dahin unser Schauspiel nicht aufrechterhalten sollten."

Ich mustere ihn genau, seine Wortwahl um unsere Beziehung zu beschreiben, sticht mir wie ein Messer ins Herz. „Unser Schauspiel?", wiederhole ich.

Er deutet zwischen uns hin und her. „Wir haben bisher ziemlich überzeugende Arbeit geleistet, findest du nicht auch? Die Leute scheinen wirklich zu glauben, dass wir verlobt sind. Sie scheinen zu glauben, dass wir verliebt sind. Trotz deines nicht vorhandenen Pokerfaces bist du eine ziemlich gute Schauspielerin."

Mein Herz liegt nun endgültig am Boden.

„Und dieser Kuss vorhin?"

Ein Funke Hoffnung keimt in mir auf. „Ja?"

„Der war wirklich überzeugend. Wir hätten von Anfang an in der Öffentlichkeit knutschen sollen. Selbst *ich* habe kurz an unsere Lüge geglaubt."

Unsere Lüge.

Sicher.

Meine Brust zieht sich schmerzhaft zusammen und ich schlucke den Schweinebraten-großen Kloß in meinem Hals erneut herunter.

Er empfindet nicht dasselbe für mich.

Das hier ist immer noch nur eine Rolle, die wir spielen. Mehr nicht. Ich bin sogar eine noch größere Närrin, als ich es bei Matt war, weil ich mir Hoffnungen gemacht habe, es könnte mehr sein.

Was hab ich mir bloß dabei gedacht?

Ein Mann wie James Brody interessiert sich nicht für ein Mädchen wie mich. Schon der bloße Gedanke ist lächerlich und dass ich mir eingebildet habe, meine Gefühle könnten erwidert werden, ist ein einziger, großer Witz.

James liebt mich nicht und je schneller ich das endlich kapiere, desto besser.

Wir spielen ein Spiel, nur ist er eben viel besser darin als ich.

Ich richte mich auf und setze ein selbstsicheres Lächeln auf. „Natürlich spiele ich weiterhin meine Rolle. Wir haben immerhin eine Abmachung und ich habe absolut vor mich daran zu halten. Es hilft mir ja schließlich ebenfalls, erinnerst du dich? Zufriedengestellte überfürsorgliche Mutter?"

Seine Gesichtszüge entspannen sich und das ist alles, was ich wissen muss, um zu erkennen, dass es die Wahrheit ist. Egal wie schmerzhaft diese Wahrheit auch sein mag.

„Wie könnte ich das vergessen?"

Unser Kuss war nur deshalb so umwerfend gut, weil er ihn echt *aussehen* lassen wollte. Das war alles. Mehr nicht.

Ich setze mein bestes Lächeln auf. „Keine Sorge. Ich spiele weiter die Rolle der hingebungsvollen Verlobten."

„Danke. Ich wusste, du würdest es so sehen." Er drückt noch einmal meine Hand, bevor er sie loslässt. „Du bist ein tolles Mädchen, Lottie. Ich hätte mir wirklich keine bessere Schein-Verlobte aussuchen können."

Das entspricht nicht ganz der Wahrheit und wir wissen es beide. Er hätte sich auch eine Schein-Verlobte aussuchen können, die keine anderen Männer in Wandschränken küsst. Aber ich bin die letzte Person, die im Moment an *dieses* Desaster denken will.

Da er gesagt hat, was er sagen wollte, erhebt er sich vom Bett. „Gut. Ich gehe mich dann mal fertigmachen. Ich werde mich im Bad am Ende des Flurs umziehen, nicht dass du etwas siehst, das dich für den Rest deines Lebens traumatisiert."

Ich presse ein Lachen hervor, das eher wie das erstickte Wimmern eines Kleinkinds klingt. „Nein, das wollen wir nicht."

Er lächelt mich an, wieder ganz der selbstbewusste, lässige Jamie, den ich so gut kenne.

Der Jamie, den ich liebe.

„Danke, Lottie. Du bist die Beste."

Mein Lächeln scheint auf meinem Gesicht festgetackert zu sein, während in meiner Brust mein Herz entzwei-bricht. „Kein Problem."

Er nimmt seine Badezimmersachen und seinen Pyjama aus dem Koffer und verlässt das Zimmer, ich bleibe allein zurück. Allein mit meinem gebrochenen Herzen.

Als er zurückkommt, habe ich mir fest vorgenommen, mich ganz auf meine Rolle als seine Verlobte zu konzentrieren, und kann nur hoffen, dass meine Gefühle für ihn schnell wieder verschwinden werden.

Aber ich weiß, dass das nicht der Fall sein wird.

Männern wie James Brody begegnet man nur einmal im Leben.

„Du bist noch wach?", fragt er, als er in einer karierten Baumwollhose und einem weißen T-Shirt, das viel zu sehr seine breiten Schultern und seine feste Brust betont, durchs Zimmer geht. Er legt seine Kleidung ordentlich über eine Stuhllehne und ich zwinge mich, den Blick von ihm abzuwenden.

„Ich komme gerade zur Ruhe."

„Das muss ich auch immer tun, wenn ich von einer gesellschaftlichen Veranstaltung nach Hause komme." Er holt ein paar zusätzliche Kissen aus dem Schrank und legt sie in einer Reihe in die Mitte des Bettes. „Die Große Mauer der Kissen ist zwar nicht besonders großartig, aber sie sollte ihren Zweck erfüllen. Zufrieden?"

Zufrieden? Will er mich auf den Arm nehmen? Ich würde sagen, ich bin gerade das genaue Gegenteil von zufrieden.

„Jepp." Ich zwinge mich zu einem Lächeln, während mein Bauch Achterbahn fährt bei dem Gedanken, dass er sich gleich neben mich ins Bett legen wird. Der Mann, mit dem ich den unglaublichsten Kuss meines Lebens geteilt habe. Der Mann, in den ich mich verliebt habe.

Ich habe null Hoffnung, heute Nacht auch nur ein Auge zuzutun.

Er schlägt die Decke zurück und legt sich hin, das Bett bewegt sich unter seinem Gewicht. Er schenkt mir ein entspanntes Lächeln, bevor er seine Nachttischlampe ausschaltet. Das einzige Licht im Raum stammt nun von den glimmenden Resten im offenen Kamin gegenüber vom Bett.

Ich liege da, die Hände fest über meiner Brust verschränkt, wie als würde ich eine Rose in einem Sarg halten, mein Körper ist steif wie der einer Leiche, während ich unverwandt die dunkle Decke über mir anstarre.

„Gute Nacht, Lottie", murmelt er.

„Gute Nacht", antworte ich.

„Danke für heute Abend."

„Kein Ding", sage ich, obwohl es in Wahrheit das genaue Gegenteil von kein Ding ist.

Und so liegen wir da, wie zwei Sardinen in einer Dose, getrennt durch zwei dünne Kissen. Kissen, die für so vieles stehen: unsere Schein-Beziehung und meine grenzenlose Dummheit, zu glauben, ein Mann wie James könnte sich jemals in jemanden wie mich verlieben.

Ich seufze und versuche, mich zu entspannen. Drehe mich auf die Seite, sodass mein Rücken ihm zugewandt ist, rücke bis ganz an den Bettrand. Knautsche mein Kissen zusammen und lege meinen Kopf wieder darauf.

Doch alles ist zwecklos. Der Schlaf bleibt aus.

Nach einer gefühlten Ewigkeit höre ich James' gleichmäßigen, ruhigen Atem und weiß, er ist längst eingeschlafen.

Ich drehe mich wieder auf den Rücken und starre erneut an die Decke, ich habe mich bereits mit dem Gedanken abgefunden, dass Schlaf und ich heute Nacht keine Freunde sein werden. Und da liege ich also, eine bis zum Zerreißen gespannte Feder, während James seelenruhig neben mir schläft.

Das wird eine lange Nacht.

Ich öffne die Augen und schließe sie wieder. Blinzele ein paar Mal, während sich meine Augen an das schwache Morgenlicht gewöhnen, das durch die Vorhänge dringt.

Langsam werde ich mir etwas Warmem bewusst, das sich an mich schmiegt. Etwas Warmem und Tröstlichem. Etwas… Unerwartetem.

Mit einem Schlag wird mir klar, dass es James ist.

James, der sich an mich gekuschelt hat, sein warmer Körper über die gesamte Länge an meinen gepresst.

Von der Großen Mauer der Kissen ist nichts mehr übrig, sie wurde von einer Großen Mauer namens James ersetzt.

Vorsichtig lege ich meinen Kopf wieder auf das Kissen, im Wissen, dass dieser Moment vorbei sein wird, sobald er aufwacht.

Und ich will nicht, dass er vorbeigeht.

Es fühlt sich einfach unglaublich an, wie er sich um mich schmiegt, seine Brust an meinem Rücken, seine Beine passen sich perfekt meinem Körper an. Sein Arm liegt schützend um mich und sein sanfter, ruhiger Atem kitzelt bei jedem Atemzug meinen Nacken.

Irgendwie muss ich trotz meiner Anspannung eingeschlafen sein. Aber was ist mit den Kissen passiert? Ein kurzes Anheben meines Kopfs beantwortet meine Frage. Einer von uns – James oder ich? – muss sie im Schlaf vom Bett gestoßen haben.

Ich schließe die Augen, um diesen Moment voll auszukosten.

So würde es sich also anfühlen, neben ihm aufzuwachen, die ganze Nacht in seinen Armen gelegen zu haben. So wäre es also, ihn tatsächlich zu heiraten, jede

Nacht mit ihm zu verbringen und gemeinsam aufzuwachen.

Ich gönne mir einen kurzen Moment, um mir vorzustellen, wie sich das anfühlen würde, und ein Lächeln breitet sich auf meinem Gesicht aus, ein warmes, glückliches Leuchten, das von meinem Kopf bis in die Zehenspitzen reicht.

Ein Teil von mir möchte aufspringen und mir die Haare bürsten, um so gut wie möglich auszusehen, wenn er aufwacht. Aber ein größerer Teil – der Teil, der gewinnt – will einfach in seiner Umarmung bleiben und nie, nie wieder fort.

Ich liege noch eine Weile in seinen Armen, bis sich sein Atemrhythmus verändert, und ich halte den Atem an, in der Hoffnung, dass er nicht dabei ist aufzuwachen.

„Morgen", murmelt er leise in mein Ohr, seine Stimme lässt mich erschauern, und ich drehe den Kopf auf dem Kissen, um ihn anzusehen.

Ist er wach genug, um zu wissen, dass er mich im Arm hält?

Kann das... *irgendetwas* bedeuten?

Mein Herz zieht sich zusammen, als ich sein Gesicht betrachte. Seine Augen sind noch geschlossen, seine dunklen Wimpern ruhen auf seiner weichen Haut, ein kleines Lächeln umspielt seine Lippen.

Ich widerstehe dem starken Drang, mich umzudrehen und meine Lippen auf seine zu legen, um deren zärtliche Berührung erneut zu spüren, die wachsende Leidenschaft, während der Kuss sich intensiviert, genau wie gestern Abend.

Als ich ihn so beim Schlafen betrachte, weiß ich eines sicher: Selbst wenn ich ihn vorher noch nicht geliebt habe, würde ich mich in diesem Moment in ihn verlieben.

„Guten Morgen", antworte ich leise und erwidere liebevoll sein Lächeln.

Doch das bricht den Zauber.

Er reißt die Augen auf und sofort fixiert er mich. Sein Lächeln verschwindet, als er unseren engen Körperkontakt bemerkt, sein Gesichtsausdruck wird unergründlich.

„Wir müssen uns wohl zusammengekuschelt haben, um uns zu wärmen", sage ich.

„Ja, ja, das müssen wir wohl", erwidert er knapp, während er sich von mir entfernt und unserem engen Kontakt ein Ende setzt.

Meine Hoffnungen sind zerschmettert, mein Herz zerbricht erneut in zwei Hälften.

Er hat geschlafen. Es war keine Absicht.

„Tut mir wirklich leid. Das war wohl etwas zu viel Nähe", meint er mit einem gezwungenen Lachen und rutscht noch weiter von mir weg.

Es tut ihm leid, dass er mich gehalten hat?

Er richtet sich abrupt auf und schwingt die Beine über die Bettkante, sein breiter Rücken mir zugewandt. „Wir, ähm, sollten langsam los. Es gibt Frühstück und dann müssen wir zurück nach London."

London. Genau.

Tränen steigen mir in die Augen, als meine Hoffnungen in sich zusammenfallen.

Was habe ich mir überhaupt eingebildet zu denken, James hätte mich absichtlich gehalten? Natürlich war es ein Versehen, die natürliche Folge davon, wenn zwei Menschen sich ein Bett in einer kalten Winternacht teilen.

Er hat gestern Abend sehr deutlich gemacht, dass er nur an unserer Abmachung interessiert ist. Nicht an mir.

Ich bin so eine Närrin.

„Okay", antworte ich, richte mich auf und wische ein

paar fehlgeleitete Tränen weg, bevor ich ein tapferes Lächeln aufsetze.

Sich meiner Gefühle völlig unbewusst, beginnt James im Zimmer umherzulaufen, und hastig seine Kleidung und Toilettenartikel zusammenzusammeln. „Ich nehme das Bad am Ende des Flurs auf der linken Seite. Warum nimmst du nicht das Nähere auf der rechten?"

„Müssen wir uns heute Morgen beeilen?", frage ich.

Er hält inne, lässt die Schultern sinken und dreht sich zu mir um. „Oh, Lottie, ich bin ein schrecklicher Verlobter. Du hast heute Geburtstag."

Bei allem, was seit unserer Ankunft hier passiert ist, war mir dieses Detail völlig entfallen. „Ich hatte es tatsächlich auch vergessen."

Er kramt in seinem Koffer und zieht ein weißes Päckchen mit einer roten Schleife hervor. Er reicht es mir und sagt: „Alles Gute zum Geburtstag, Lottie. Willkommen in deinen Dreißigern."

„Vielen Dank", erwidere ich und nehme das Päckchen. Ich hebe den Blick zu ihm. Sein Gesicht ist verschlossen, seine Züge hart.

„Fühlst du dich älter und weiser?"

Ich wünschte, das wäre so.

„Passiert das wie von Zauberhand, wenn man 30 wird?"

„Also, bei mir war's nicht so, aber wie du so gern anmerkst, liegt 30 bei mir ja schließlich schon fast im Rückspiegel."

„Du bist doch erst 36."

Er hebt skeptisch eine Augenbraue. „Ich dachte, du meintest, 36 sei uralt? Du hast gesagt, du wärst eine ganze Generation jünger als ich, wenn ich mich recht erinnere."

„Guter Punkt, Opa", erwidere ich, bemüht, so zu tun, als hätte sich zwischen uns nichts verändert.

„Weniger Beleidigungen bitte. Wir Greise sind da sensibel, musst du wissen."

Wir lächeln uns an und die vorherige Beklommenheit verfliegt ein wenig, während wir zu unserem üblichen Geplänkel zurückfinden.

„Willst du dein Geschenk nicht öffnen?", fragt er.

„Oh, klar. Aber erst die Karte." Ich reiße den Umschlag auf und ziehe eine Karte heraus. Auf der Vorderseite prangt die Zeichnung eines hübschen Hauses mit Reetdach. Ich ziehe fragend die Augenbrauen hoch. „Das ist nicht gerade eine typische Geburtstagskarte."

„Mach sie auf", weist er mich an.

Ich öffne die Karte und beginne, den handgeschriebenen Text zu lesen.

Liebste Lottie,

alles Gute zum Geburtstag! Danke für alles.

James xx

Ich versuche, die Tränen zurückzuhalten, die mir plötzlich in die Augen steigen. Es ist so eine kurze, unpersönliche Nachricht. Ich weiß nicht, was ich erwartet habe, aber das hier war es nicht.

„Ach, wie schön. Danke", sage ich.

„Dreh sie um."

Ich folge seiner Anweisung und entdecke eine weitere Notiz von ihm.

„Das ist ein Bild von meinem Lieblingshaus. Es steht im Lake District und ich würde dich eines Tages gern dorthin mitnehmen, um dir meine Leidenschaft zu zeigen.", lese ich vor.

Überrascht blicke ich zu ihm auf. „Du hast eine Leidenschaft für ein Haus im Lake District?"

„Eigentlich steht die Karte für mehr als nur ein Haus. Ich habe dir das bisher nicht erzählt, aber so wie du etwas für altes Bettzeug und June das Skelett übrighast, habe ich eine Schwäche für Beatrix Potter. Zumindest hatte ich die als Kind. Und um ehrlich zu sein, habe ich all meine Kinderbücher und Spielsachen aufgehoben, vordergründig für meine zukünftigen Kinder."

Ich lache überrascht auf. „Du stehst auf Peter Hase, Katerchen Murr und die restliche Bande?"

Er nickt, ein Lächeln breitet sich auf seinem Gesicht aus. „Flopsi, Mopsi und Wuschelpuschel waren meine Favoriten. Meine Mutter hat mir jeden Abend aus den Büchern vorgelesen. Anscheinend wollte ich nichts anderes hören als Beatrix Potter Bücher. Ihre Versuche, mich für andere Geschichten zu begeistern, sind völlig gescheitert. Ich hatte Peter Hase-Tapete und Bettwäsche mit Jemima Pratschel-Watschel. Ich war ein echter Fan."

„Das ist so süß."

„Ich wusste, du würdest mich verstehen. Aber du darfst es niemandem erzählen, einverstanden? Wenn rauskommt, dass ich was für Frau Tiggy-Winkle übrighabe, bin ich erledigt."

Ich kichere. Es ist so eine Erleichterung, nach all der Schwere endlich zu lachen. „*Hast* du denn etwas für Frau Tiggy-Winkle übrig?"

„Ein Igel im Kleid? Willst du mich veräppeln? Wie kann man *nicht* was für Frau Tiggy-Winkle übrig haben?"

Mein Kichern verwandelt sich in ein lautes Lachen und er strahlt mich an.

„Jetzt mach dein Geschenk auf."

Ich löse die rote Schleife und reiße das weiße Geschenkpapier auf, zum Vorschein kommt ein Stapel Beatrix Potter-Bücher und eine Küchenschürze mit einem Bild von Peter Hase, der auf seinen Pfoten über eine Wiese hüpft.

„Ich dachte, du könntest sie tragen, wenn wir das nächste Mal zusammen kochen."

„Jamie, wir haben noch nie zusammen gekocht."

„Eben. Es wird höchste Zeit, du Schmarotzerin", neckt er mich.

Ich drücke das Geschenk an meine Brust. „Vielen Dank hierfür und dass du deine seltsame kleine Leidenschaft mit mir teilst."

„Meine seltsame kleine *männliche* Leidenschaft, meinst du wohl."

„Klar. Genau das meinte ich."

Wir lächeln uns an und obwohl mein Verstand weiß, dass zwischen uns nie etwas sein wird, füllt sich mein Herz mit Liebe für ihn, diesen Mann, neben dem ich heute aufgewacht bin, diesen Mann, der mein Leben mit nur einem einzigen Kuss verändert hat. Absolut und unwiderruflich.

Kapitel 24

ALLES GUTE zum Geburtstag von der Copacabana in Brasilien! Wir wünschten, du wärst hier bei uns, damit wir mit dir feiern könnten, Süße. Alles liebe, Kennedy und Charlie xoxo

Wir lieben dich so sehr, Geburtstagskind. Küsse aus Paris! xxxx

Wie fühlt es sich an, offiziell ALT zu sein, Oma?

Ich kann nicht anders als mein Handy anzugrinsen, als ich die jeweiligen Nachrichten von Kennedy, Zara und Tabitha in unserer London Babes-WhatsApp-Gruppe lese, während ich darauf warte, dass James sein langes Gespräch mit Anthony Bowland beendet, dem älteren Herrn, neben dem ich beim gestrigen Abendessen saß.

Wir sind abreisefertig, ich mit dem erneut gefestigten Vorsatz, meine Rolle als Schein-Verlobte in den nächsten Monaten bestmöglich auszufüllen. Und James? Nun, er scheint wieder ganz der Alte zu sein – locker und gelassen, als wären die Ereignisse der letzten zwölf Stunden völlig bedeutungslos für ihn.

Ich habe mir inzwischen einen Plan zurechtgelegt, wie ich mit unserer Abmachung umgehen werde. Ich bin zu dem Schluss gekommen, dass ich unbeschadet durch die restliche Zeit unserer Schein-Verlobung und meinen damit einhergehenden Verpflichtungen kommen werde, solange ich meine Gefühle für James nicht mit mir durchgehen lasse und wir uns stattdessen auf völlig unsexy Dinge wie Frau Tiggy-Winkle konzentrieren (tut mir wirklich leid, Frau Tiggy-Winkle).

Also vielleicht nicht ganz unbeschadet, aber immerhin kontrolliert.

Auch wenn das nicht das Ergebnis ist, das mein Herz sich wünscht, sagt mein Kopf mir, dass es das einzig vernünftige Ergebnis ist, und ich bemühe mich wirklich, mich mit dieser Vorstellung abzufinden.

Ich bin entspannt an die Wand gelehnt und tippe gerade eine Antwort an meine Freundinnen, als ich eine warme Hand auf meiner Schulter spüre. Ich blicke auf, in der Erwartung James vor mir zu sehen, und erröte, als ich erkenne, dass es ausgerechnet die letzte Person ist, der ich heute begegnen wollte.

Matt Hargreaves.

„Lottie, hallo", begrüßt er mich mit tiefer Stimme.

Ich bringe kein Lächeln zustande. „Hi", erwidere ich knapp. Mein Blick gleitet über sein heutiges Outfit. Mit seiner Schiebermütze und dem Bart trägt er die typische Londoner Hipster-Uniform, und mir fällt zum ersten Mal auf, dass Matt keineswegs das Original ist, für das er sich hält. Ganz im Gegenteil. Er entspricht exakt einem Klischee, von seinen Schuhen über den Dutt bis hin zu seinem Bart und allem dazwischen.

Er ist ein absoluter Hipster-Klon, bis hin zu seinem sonderbaren Musikgeschmack.

Warum nur war ich so in diesen Typen verknallt?

„Sei doch nicht so, Lott-Lott. Was zwischen uns war, ist Schnee von gestern. Lass uns nach vorne schauen, ja? Ich für meinen Teil würde das wirklich begrüßen."

Auch wenn ich ehrlich gesagt nichts dagegen hätte, Matt für den Rest meines Lebens nie wiedersehen zu müssen, weiß ich, dass wir uns an der Arbeit täglich über den Weg laufen werden. Er hat recht, besser, wir lassen die unsägliche Wandschrankbegegnung von gestern Abend hinter uns.

Ich für meinen Teil würde am liebsten komplett vergessen, dass es überhaupt passiert ist.

Ich hebe das Kinn. „Natürlich, Matt. Lass uns die Sache abhaken."

Er lächelt mich an. „Das ist mein Mädchen."

Mein Lächeln verblasst leicht. Ich bin ganz sicher nicht *sein Mädchen*. Aber ich werde mich jetzt nicht über Details streiten. Wir lassen die Sache hinter uns.

Er wirft einen Blick zu James und Herrn Bowland, die immer noch am anderen Ende des Foyers in ihr Gespräch vertieft sind. „Eine Sache noch", sagt er leise.

„Ich bin ganz Ohr."

„Ich wäre durchaus bereit… diese Sache zwischen uns wieder aufleben zu lassen. Wenn du glaubst, du könntest diskret sein."

Mir fällt die Kinnlade runter. „Wie bitte?", entfährt es mir.

„Die Sache ist die: Saskia arbeitet als Event-Planerin in der Innenstadt und ist in der Woche abends oft beschäftigt.

Ich habe mir überlegt, wir könnten uns dann doch heimlich treffen. Eine regelmäßige Sache daraus machen." Er fährt mit dem Finger meinen Arm entlang und mein ganzer Körper spannt sich augenblicklich an. „Es könnte fantastisch werden und total heiß, die beiden hinter ihrem Rücken zu betrügen." Er nickt in Richtung James.

In mir kocht Wut hoch. Wie kann er es wagen! Ja, ich weiß, ich habe ihn letzte Nacht geküsst, und dass bereue ich zutiefst, aber er weiß, dass ich verlobt bin, und James steht nur ein paar Meter entfernt!

„Lott-Lott?", fragt er erwartungsvoll, sein Finger ist mittlerweile auf der nackten Haut meiner Hand angekommen.

Ich unterdrücke den Impuls, sie wegzuziehen. Stattdessen zwinge ich mich dazu, einen Schritt auf ihn zu zu machen, lehne mich vor und flüstere: „Weißt du was, Matt?"

Ein Lächeln zuckt um seine Lippen. „Was denn?"

„Du verwechselst mich offenbar mit jemand anderem. Denn ich verdiene so viel mehr als einen Typen wie dich. Also kannst du deinen Affären-Plan nehmen und ihn dir in deinen selbstgerechten, ach so aufgeklärten, absolut unattraktiven Hintern schieben." Ich richte mich wieder auf und genieße mit absoluter Genugtuung den Anblick seines völlig entgleisten Gesichts, auf dem sich ein Ausdruck von Entrüstung und Schock breitmacht. „Bis morgen im Büro", füge ich heiter hinzu, stecke mein Handy in meine Handtasche und schreite davon.

Wenn mein Leben einen Soundtrack hätte, würde jetzt Aretha Franklin „R-E-S-P-E-C-T" schmettern, während Matts Kinn auf dem Boden aufschlägt, als er mir nachsieht.

Ohne zurückzublicken überbrücke ich die kurze Distanz zu James und Herrn Bowland.

James sieht auf. „Alles bereit?", erkundigt er sich.

„Oh ja. Alles bereit", erwidere ich.

Ich bin noch ganz beschwingt davon, Matt eine Abfuhr erteilt zu haben, als Sean uns zurück nach London fährt. James und ich unterhalten uns eine Weile über ganz Alltägliches, zum Beispiel wie unsere jeweilige Woche aussieht und wann ich meine neue Schürze einweihen werde, und ehe wir uns versehen, biegen wir auch schon in die Straße zu James' Wohnung ein.

„Sean, könnten Sie uns stattdessen zum Pub bringen? Ich hätte Lust auf ein Pint", sagt James.

„Sehr wohl, Sir", erwidert Sean.

„Du hast Lust auf ein Pint?", frage ich. „Um elf Uhr morgens?"

Er zuckt mit den Schultern. „Warum nicht? Es ist Sonntag und ich habe Durst."

„Ok*aaay*."

„Du hast doch keine großartigen Geburtstagspläne, oder?"

„Nein, es ist alles ganz entspannt, weil Zara und Asher übers Wochenende in Paris sind und Kennedy und Charlie noch ewig nicht aus Südamerika zurück sein werden. Ich gehe lediglich heute Abend mit Tabitha in einem Thai-Restaurant essen."

Sean hält vor dem ‚Zur Schwarzen Katze', dem Pub mit dem berühmten Cottage Pie, und James hält seinen Mantel über unsere Köpfe, als wir durch den eiskalten, strömenden Regen hasten und den Pub betreten. Während er mir die Tür aufhält, trete ich in einen Raum voller Menschen, die alle zu mir blicken, ein Schild hängt von der Decke, auf dem steht: *Alles Gute zum 30., Lottie!*

Was zum…?

„Überraschung!", ruft die Menge und ich blicke

erstaunt in die Runde. Ich erblicke Zara, Asher, Tabitha, und sogar Stanley, sowie viele meiner Uni-Freunde.

Ich drehe mich um und starre James verwundert an. „Hast du das organisiert?"

„Keineswegs. Ich war nur das Taxi. Das waren alles deine Freunde."

„Heißt das, du bleibst nicht?", frage ich vorsichtig.

„Ich habe doch Durst, erinnerst du dich?", erwidert er mit einem Funkeln in den Augen und ich grinse zurück, froh, dass er hier ist, wenn auch nur als mein Schein-Verlobter.

„Alles Gute zum Geburtstag, Süße!" Zara fällt mir um den Hals und ich atme ihren blumigen Duft ein. „Willkommen in deinen Dreißigern. Es ist so viel besser, als du denkst, dass es wird." Sie blickt zu Asher und die beiden lächeln sich an.

Weil du deinen Traummann gefunden hast.

„Was macht ihr hier? Ich dachte, ihr zwei seid in Paris?"

„Wir würden deinen Geburtstag doch um nichts in der Welt verpassen wollen, Babe", informiert mich Zara. „Und, wie ist das Leben mit 30?"

„Bisher ist 30 sein ganz gut", antworte ich.

Dann ist Asher dran, mich zu begrüßen, er hebt mich hoch und dreht uns im Kreis herum.

„Ash, ihr wird noch ganz schlecht", protestiert Zara und Asher stellt mich wieder auf den Boden.

„Alles Gute, Lottie. Du siehst keinen Tag älter als 29 aus", informiert er mich grinsend.

Ich lache. „Danke, Ash."

„Er hat recht. Du siehst nicht aus wie 30", meint Tabitha, als sie mich umarmt. „Aber du siehst müde aus."

Ich werfe James einen Blick zu. „Lange Nacht."

„Aha", erwidert sie mit hochgezogenen Brauen. „Du musst mir alles erzählen", fügt sie dann leise hinzu.

„Mach ich. Keine Sorge. Aber ich warne dich: Es ist nicht schön.", antworte ich mit gedämpfter Stimme.

„So. Besorgen wir dem Geburtstagskind doch mal einen Drink, oder wie sieht's aus?", schlägt Asher vor und plötzlich bin ich umringt von Freunden, die mir gratulieren und Geschenke überreichen.

Nachdem ich dem gefühlt zehnten Uni-Freund erklärt habe, dass 30 gar nicht so schlimm ist, wie viele sagen, spüre ich eine Hand an meinem Arm. Ich drehe mich um und erblicke meine strahlenden Eltern.

„Mum, Dad!", begrüße ich sie überrascht, während ich sie umarme. „Wie schön, dass ihr da seid."

„Wir konnten den Geburtstag unserer Lottie doch nicht verstreichen lassen, ohne mit ihr zu feiern", erwidert Papa mit einem warmen Lächeln.

„Oh, niemals!", bekräftigt Mum. „Es ist nur schade, dass du nicht hübsch angezogen bist. Dein Verlobter hätte ruhig dafür sorgen können, dass du wenigstens ein nettes Kleid trägst."

Ich sehe an mir herunter und begutachte mein Outfit aus Jeans, Stiefeln und einem Pullover mit V-Ausschnitt. „Ist das denn so wichtig?", frage ich.

„Nein, ich denke jetzt nicht mehr, nachdem du dir bereits einen Verlobten geangelt hast", antwortet Mum mit einem breiten, strahlenden Lächeln.

„Ich finde, du siehst ganz wunderbar aus", meint Papa fröhlich. „Etwas leger, aber wunderbar."

„Danke, Dad."

Ich entdecke Stanley, der sich einen Weg durch die Gäste bahnt, und lächle ihm zu. „Stanley. Wie schön, dass du gekommen bist", begrüße ich ihn und nehme seine Hände in meine.

„Ich wollte deine große Feier auf keinen Fall verpassen, Liebes. Alles Gute zum Geburtstag." Er drückt mir ein Geschenk in die Hand.

„Du bist der Beste, Stanley", sage ich und umarme ihn kurz.

Ich bemerke eine grauhaarige Frau mit Brille an seiner Seite. „Evelyn?", entfährt es mir überrascht.

„Alles Gute zum Geburtstag, Lottie", antwortet sie schüchtern.

Ich schaue zwischen ihr und Stanley hin und her. Sie stehen eng beieinander und als sie sich ansehen, beginnen ihre Gesichter zu strahlen. „Seid ihr zwei…?", frage ich und deute zwischen ihnen hin und her.

„Ja, das sind wir", erwidert Evelyn mit einem breiten Grinsen.

Stanley nimmt ihre Hand. „Es ist noch ganz frisch, aber wir haben eine tippitoppi Zeit miteinander. Nicht wahr, Ev?", wendet er sich an sie.

Ev?

Evelyn kichert. Sie kichert! Ich glaube, ich habe noch nie eine Frau in ihren Siebzigern kichern gehört. „Ich liebe es, wie du das sagst, Stan. Tippitoppi."

„Wie kam es dazu?", hake ich nach.

„Sie hat einfach nicht locker gelassen. Ist ständig vorbeigekommen und wollte was über Gebisse und June wissen und über all die Dinge in den Gläsern. Am Ende hab ich nachgegeben", sagt Stanley.

„Ach Quatsch", meint Evelyn und schlägt ihm leicht auf den Arm. „Stanley hier hat mich gefragt, ob wir nicht mal zusammen ausgehen wollen."

„Nur, weil ich dich nicht losgeworden bin", entgegnet er und sie lächeln sich erneut an.

„Ich freue mich auf jeden Fall sehr für euch beide", teile ich ihnen mit. Denn das tue ich wirklich.

Stanley war ein paar Jahre lang Witwer, seitdem er seine Frau durch einen Schlaganfall verloren hat, und ich hatte von Anfang an das Gefühl, dass die verwitwete Evelyn ihn ganz attraktiv fand, seit dem Moment, als sie ihn das erste Mal gesehen hat.

Amors Pfeil hat für die beiden auf wunderbarste Weise voll ins Schwarze getroffen.

Ich verbringe die nächsten Stunden damit, mit Freunden und Familie zu plaudern, ein fantastisches Pub-Mittagessen zu genießen – Cottage Pie natürlich, gefolgt von einer Salted Karamell & Vanille Eiscreme-Torte, die meine Freunde für mich besorgt haben, da sie wissen, dass das mein Favorit ist – und immer wieder James' Blick zu begegnen. Jedes Mal, wenn sich unsere Augen treffen, schenkt er mir sein entspanntes Lächeln, und ich ertappe mich bei dem Wunsch, er wäre nicht als mein Schein-Verlobter hier, sondern als die echte Version.

Aber dann sage ich mir, dass das Wunschdenken ist und nie passieren wird.

„Er ist ein absolut umwerfender Mann, Liebling", sagt Mum, als sie bemerkt, wie ich ihn anschaue.

„Oh ja. Er ist wirklich gut aussehend. Da hast du recht."

„Ich meine nicht, wie er aussieht, obwohl er wirklich zum Anbeißen ist. Ich meine, was für eine Art Mann er ist. Weißt du, er hat das alles hier für dich organisiert."

Ich runzele die Stirn. „Hat er? Ich dachte, das waren Zara und Tabitha."

Meine Mutter schüttelt den Kopf. „Das war James. Er hat sich eine Liste von Zara geben lassen und dann alle selbst angerufen, um sie einzuladen, unter der Bedingung, dir nichts zu verraten. Er hat sogar Tabitha überredet, dich heute zum Abendessen einzuladen, damit du keinen Verdacht schöpfst. Er wollte die Party unbedingt hier feiern, weil du den Cottage Pie so gern magst, und er hat die Eistorte organisiert. Er liebt dich wirklich sehr, musst du wissen."

Mein Herz macht dieses seltsame Zusammenzieh-Ding in meiner Brust, als ich an James denke, und ich suche mit meinem Blick den Raum ab, bis ich ihn finde. Er unterhält sich gerade mit Tabitha an der Bar, sie hält sich die Hand vor den Mund und lacht über etwas, dass er gesagt hat, ihre Augen leuchten.

„Weißt du, Schatz, ich kann dir gar nicht sagen, wie glücklich es mich macht, dich mit einem Mann wie James zu sehen."

„Oh ja. Danke", antworte ich zögerlich.

Wenn sie nur die Wahrheit wüsste.

„Ich habe mir immer Sorgen um dich gemacht."

Ich lächle sie an. „Ich weiß, Mum. Du denkst, ich verschwende mein Leben damit, mit Käfern und Knochen zu arbeiten, dazu bin ich auch noch unverheiratet mit dreißig", erwidere ich in gutmütigem Ton.

„Denkst du wirklich, das denke ich?"

„Na ja, ja. Deshalb hast du mich doch auf all diese Blind Dates geschickt und du magst es nicht, wenn ich erzähle, was ich beruflich mache, weil du findest, ich sollte in der Innenstadt arbeiten und Interessanteres tun."

Sie presst die Lippen zusammen, ihr Gesicht ist plötzlich angespannt und ernst. „Ich wollte nur, dass du jemanden findest, mit dem du glücklich sein kannst. Und ich dachte, wenn du von den Käfern und Knochen erzählst, schreckt das die Männer vielleicht ab, das ist alles."

„Aber Mum, das bin nun mal ich. Ich liebe meinen Job. Ich liebe das Pinkerton House."

„Ich weiß, dass du das tust, und ich bin sehr froh darüber."

Ich sehe sie überrascht an. „Wirklich? Ich dachte, du wolltest, dass ich etwas Glamouröseres mit meinem Leben anfange."

Sie zögert, blickt nach unten. Als sie mich wieder ansieht, sehe ich eine Traurigkeit in ihren Augen, die ich noch nie gesehen habe.

Mein Puls beschleunigt sich. „Mum? Was ist los?"

„Es ist nichts. Wirklich. Das ist deine Geburtstagsparty, Lottie. Du sollst sie genießen."

„Mum?"

Sie verschränkt die Hände, ihre Gesichtszüge sind angespannt, und sofort schnürt sich mir die Kehle zusammen.

„Mum? Du machst mir Angst."

„Der Grund, warum ich so verrückt darauf war, dass du einen Ehemann findest", beginnt sie, ich öffne den Mund, um zu protestieren, aber sie hebt die Hand und bringt mich so zum Verstummen. „Ich weiß, dass ich manchmal verrückt war. Ein ehe-besessenes, durchge-knalltes Huhn, so nennt dein Vater mich. Ich weiß, ich habe dich unter Druck gesetzt, die Liebe zu finden. Aber die Sache ist die, Liebling, ich möchte einfach, dass du gut situiert bist, falls… na ja, falls mir etwas passieren sollte."

„Das ist doch Unsinn. Du bist erst sechsundfünfzig", erwidere ich spöttisch, aber der Ausdruck in ihren Augen lässt mein Herz rasen. „Mum? Ist etwas passiert?"

„Ach, Liebling, ich will nicht darüber sprechen. Nicht an deinem Geburtstag. Lass uns Morgen darüber reden, ja?"

„Sag es mir jetzt. *Bitte.*"

„Ich–ich hatte Krebs, Liebling. Brustkrebs."

„Was?" Mir bleibt die Luft weg, meine Augen werden groß. Meine Mutter hatte *Krebs*? „W-wie?", stammele ich, überfordert von den Hunderten von Fragen, die mir gleichzeitig durch den Kopf schießen.

„Ach, Liebling, keiner weiß so genau, wie das passiert. Wichtig ist nur: Ich wurde behandelt und jetzt geht es mir gut. Ich bin in Remission."

„Aber es ist Krebs, Mum!" Meine Stimme bricht, Tränen steigen mir in die Augen.

„Oh, Lottie, Liebling. Nicht weinen", sagt meine Mutter und zieht mich an sich, sodass mein Kopf auf ihrer Schulter ruht, und streicht mir sanft über die Haare, so wie damals, als ich ein weinendes Kind war.

Ich wische mir die Tränen mit den Fingern weg. „Aber... du hast nie etwas gesagt."

„Ich wollte dich nicht beunruhigen, nicht, wenn du ganz allein hier unten in London bist. Dein Vater und ich haben beschlossen, das alleine durchzustehen. Wichtig ist nur: Mir geht's jetzt wieder gut."

„Versprichst du es? Geht es dir wirklich besser?"

„Ja, Liebling. Es hat mir einen riesigen Schrecken eingejagt, vielleicht bin ich deshalb ein bisschen durchgedreht, als es um dich ging."

Ich lache erstickt, während ich spüre, wie sich Erleichterung in meiner Brust ausbreitet. „Oh, Mum."

„Ich weiß, du bist nur mir zuliebe auf diese Blind Dates gegangen, wobei du doch eigentlich die ganze Zeit an diesem Matt mit der furchtbaren Frisur gehangen hast."

„Du wusstest es?", frage ich verlegen.

Sie nickt düster. „Ich wusste, dass ein Mann wie Matt dich nie lieben würde, Lottie. Der Einzige, den er liebt, ist er selbst, soweit ich das beurteilen kann."

Wer hätte gedacht, dass meine Mutter so klarsichtig sein kann?

„Deshalb habe ich mich so bemüht für dich. Aber am

Ende hast du mich gar nicht gebraucht. Du hast dein eigenes Happy End gefunden. Mit James."

Instinktiv blicken wir beide zu ihm hinüber. Er unterhält sich gerade mit ein paar meiner Uni-Freunde, wirkt entspannt, selbstbewusst und sieht unverschämt gut aus in seiner dunklen Jeans und dem dunkelblauen Pullover mit offenem Kragen.

Mein Herz zieht sich ein wenig zusammen.

„Er ist ein guter Mann, Lottie. Sieh zu, dass du ihn behältst."

Ich löse den Blick von James, mir sitzt ein dicker Kloß im Hals.

Mum hatte Krebs.

Sie denkt, ich werde James heiraten.

Plötzlich weiß ich, was ich zu tun habe.

Ich muss ihr reinen Wein einschenken. Ich muss ihr die Wahrheit sagen. Ich kann nicht weiterhin die Menschen, die mir am meisten bedeuten, belügen.

Schon gar nicht meine Mutter.

„Können wir uns da drüben hinsetzen? Es gibt etwas, dass ich dir erzählen muss", sage ich und deute auf ein paar gemütliche Sessel am Kamin.

„Natürlich, Liebling."

Ich setze mich auf die vordere Kante, nah genug bei ihr, damit wir ungestört reden können. Ich schlucke, mein Hals ist heiß, als ich beginne. „Mum, ich muss ehrlich mit dir sein. Ich muss dir die Wahrheit sagen."

„Worüber?"

„Also, als Erstes: Du hattest recht. Ich war in Matt verknallt. Aber das ist vorbei."

„Da wird James aber sicher erleichtert sein", erwidert sie lachend.

„Ja, darüber müssen wir auch reden. James und ich…

nun, wir sind gar nicht wirklich verlobt." Ich halte den Atem an und beobachte sie genau.

Sie runzelt verwirrt die Stirn. „Aber du trägst einen Ring und ich habe seine reizende Mutter kennengelernt."

Ich blicke auf den Ring an meiner linken Hand. „James hat mich gebeten, diesen Ring zu tragen, als wir beschlossen haben, eine Schein-Verlobung einzugehen."

„Schein-Verlobung?", fragt sie mit weit aufgerissenen Augen. „Ich verstehe das nicht. Warum würdet ihr zwei so etwas tun?"

Ja, warum eigentlich.

„Tatsächlich kam die Idee von uns beiden. Ich stand unter Druck – von dir – und dachte, wenn ich mit jemandem verlobt bin, wärst du glücklich und würdest endlich aufhören, mich verkuppeln zu wollen." Ich senke den Kopf und spiele mit dem Ring. „Es war falsch von mir und ich hätte das nie tun sollen."

„Und James?"

„Er muss als Familienmensch dastehen, um seine Karriere voranzutreiben."

„Es ist also eine Geschäftsvereinbarung, weiter nichts?"

„Weiter nichts."

Sie lehnt sich in ihren Sessel zurück, sichtlich schockiert, und starrt ins Leere.

Ich nehme ihre Hand von ihrem Schoß und halte sie in meinen Händen. „Es tut mir so leid, Mum. Ich konnte dich nicht weiter belügen, nicht nachdem du mir erzählt hast, dass du krank warst."

Ich bringe es nicht fertig, das Wort *Krebs* auszusprechen.

Sie sieht erst zu James und anschließend wieder zu mir. „Das ist also alles nur gespielt?"

Ich presse die Lippen zusammen und nicke, ein schwerer Klotz senkt sich in meinen Bauch.

„Alles?"

Ich nicke erneut.

„Aber Lottie, er liebt dich. Ich weiß es."

„Nein, Mum, das tut er nicht." Meine Lippen beginnen zu zittern, neue Tränen steigen mir in die Augen. „Du denkst das nur, weil er gut darin ist, zu schauspielern."

„Ach, Liebling." Mum drückt meine Hand. „Komm her." Sie breitet die Arme aus und ich lehne mich an sie, während frische Tränen über meine Wangen laufen. „Warum all die Tränen, Liebling?", fragt sie sanft.

Ich ziehe mich zurück und schniefe laut. Dankbar nehme ich das Taschentuch entgegen, das sie aus ihrer Handtasche hervorholt. „Ich weiß es nicht", sage ich – obwohl ich es genau weiß.

„Lottie?" Sie benutzt diesen Tonfall, den sie immer benutzt hat, wenn sie wusste, dass ich ihr nicht die ganze Wahrheit sage.

„Es hat keinen Zweck." Ich senke den Kopf.

„Du liebst ihn. Nicht wahr?", hakt sie nach und ich nicke zögerlich.

„Ich habe es erst in Hallston Hall richtig erkannt, aber es hat sich schon länger angebahnt."

„Seit dem Tag, an dem ihr euch kennengelernt habt?"

Ich beiße mir auf die Unterlippe und nicke, mein Brustkorb wird eng.

Sie nimmt beide meiner Hände. „Dann geh zu ihm, Liebling, und schnapp ihn dir. Sag ihm, was du fühlst."

Ich schniefe laut und wische mir die Tränen von den Wangen. „Es hat keinen Zweck. Er liebt mich nicht, Mum. Er hat es mir gesagt."

Ihre Augen weiten sich. „Er hat dir das gesagt?"

„Nicht direkt. Aber nach dem wir uns geküsst haben—"

„Ihr habt euch geküsst?" Sie lacht laut auf.

„Es war lediglich nach einer Rede beim Abendessen gestern. Vor Publikum, um zu zeigen, dass wir verlobt sind."

„War es ein echter Kuss?", fragt sie und ich kann die Hoffnung in ihrer Stimme hören.

„Für mich hat es sich echt angefühlt. Aber für ihn nicht. Er liebt mich nicht, Mum. Und jetzt, wo ich weiß, dass du Krebs hattest, kann ich dich nicht länger glauben lassen, ich sei glücklich und angekommen und werde bald heiraten. Es ist alles ein einziges großes, schreckliches Chaos." Ich sehe sie an, mir ist schlecht vor lauter Kummer. „Es tut mir so, so leid."

„Ach, mein Schatz. Komm her." Sie zieht mich wieder in ihre Arme und ich lasse meinen Tränen freien Lauf. Ich weine um meine Mutter, die den Krebs besiegt hat. Ich weine wegen der Liebe, die sie mir all die Jahre gezeigt hat.

Und ich weine um die unerwiderte Liebe zu James, meinem Schein-Verlobten, den ich mir von ganzem Herzen als echten wünsche.

Kapitel 25

ALS ICH AM Montagmorgen im Büro ankomme, habe ich es erfolgreich geschafft, James in seinem Haus nicht einmal zu Gesicht zu bekommen. Da ich jetzt schon eine Weile dort wohne, kenne ich seine üblichen Abläufe und bin einfach so lange in meinem Zimmer geblieben, bis ich gehört habe, dass er das Haus verlassen hat. Dann habe ich mich selbst raus geschlichen, mir unterwegs ein Croissant zum Frühstück besorgt und war sogar früher als sonst unterwegs zur Arbeit.

Und jetzt, wo ich im Pinkerton House angekommen bin, muss ich zugeben, dass ich mich nicht gerade auf die

Aussicht freue, Matt heute begegnen zu müssen. Beim letzten Mal, als wir uns gesehen haben, habe ich ihm unmissverständlich klar gemacht, dass er mich mal gern haben kann, und ich rechne fest damit, dass er mir heute mit einem hohen Maß an Verachtung begegnen wird – wie wahrscheinlich in absehbarer Zukunft auch.

Als ich die Tür zum Dachbodenbüro aufstoße, sitzt Herr Tomlinson bereits an seinem Schreibtisch und arbeitet.

Erleichtert, dass Matt noch nicht da ist, hänge ich Mantel und Schal an die Garderobe und sage: „Guten Morgen, Mr. T."

„Ah, Lottie. Komm mal bitte her und setz dich."

Ich ziehe meinen Stuhl vom Schreibtisch zurück, schiebe ihn durch den Raum und setze mich ihm gegenüber. „Hatten Sie ein schönes Wochenende? Haben Sie etwas Romantisches zum Valentinstag unternommen?"

„Was? Äh, nein", antwortet er abgelenkt. „Lottie, du und Matt, ihr habt euch in letzter Zeit doch angenähert."

Ein plötzlicher Kälteschauer durchfährt mich. „Ein wenig", erwidere ich ausweichend.

Was weiß er? Hat Matt ihm erzählt, was zwischen uns in Hallston Hall vorgefallen ist? *Bestimmt* nicht. Es wäre wirklich merkwürdig seinem Chef so etwas zu erzählen. Es sei denn... es sei denn, er wollte mich vor Herrn Tomlinson schlecht dastehen lassen.

Würde Matt wirklich so tief sinken?

Ich kenne die Antwort bereits.

„Wusstest du davon?", fragt Herr Tomlinson, seine kleinen Augen verengt.

„Wovon genau?", erkundige ich mich vorsichtig.

„Dass er abgehauen ist. Er ist zu einer deutlich größeren Sammlung in Manchester gewechselt."

„Er hat was gemacht?"

„Die sind nicht nur ein Haus mit Artefakten. Die haben ein Museum, Lottie. Ein richtiges Museum."

„Also kommt Matt nicht zurück? Er ist zu einer anderen Sammlung gewechselt?", wiederhole ich fassungslos.

Matt ist weg? Wirklich *weg*?

„Du wusstest es also nicht?"

Meine Hand fliegt an meine Brust. „Natürlich wusste ich das nicht. Ich hatte keine Ahnung. Wann ist das passiert?"

„Er hat mir gestern eine E-Mail geschickt und mit sofortiger Wirkung gekündigt. Er schrieb auch, dass er kein Arbeitszeugnis bräuchte. Ich bin schockiert, Lottie. Schockiert. Ich dachte, er liebt es hier, so wie du und ich. Ich dachte, wir wären Freunde, er und ich. Gute Freunde. Lottie, was machen wir denn jetzt ohne einen Kurator?"

Ich denke daran, wie abfällig Matt über die Käfer und Knochen im Wandschrank in Hallston Hall gesprochen hat. Das war definitiv keine Liebe.

„Ich verstehe nicht, warum er so etwas tun würde."

Weil er ein selbstgerechter Vollidiot ist, der keinen Respekt für das Pinkerton House hat, Herr Tomlinson – oder mich.

„Ich weiß es nicht, tut mir leid. Er hat nichts gesagt, als ich ihn am Wochenende gesehen habe."

Er schaut mich plötzlich scharf an. „Du hast Matt am Wochenende gesehen?"

Meine Wangen werden heiß. „Er war auf derselben Hausparty wie James und ich."

„Wie wirkte er auf dich? Wie jemand, der kurz davor ist zu kündigen und zu einer anderen Sammlung zu wechseln?"

Ich kaue auf meiner Lippe. Ich glaube nicht, dass Herr Tomlinson wissen möchte, wie Matt auf mich gewirkt hat.

„Er hat nichts erwähnt. Nur gesagt, dass er glaubt, ich würde mich mehr für das Pinkerton House interessieren als er."

„Warum sollte er so etwas sagen? Ich dachte, er liebt es hier."

Ich zucke mit den Schultern. „Anscheinend nicht." Mein Blick wandert zu Matts Schreibtisch. Er sieht genauso aus wie letzte Woche, alles ist an seinem Platz. Alles, außer seinem Laptop.

Herr Tomlinson stößt einen Seufzer aus und lehnt sich in seinem quietschenden Stuhl zurück. „Ich bin völlig ratlos, Lottie. Ich weiß wirklich nicht, was ich von der ganzen Sache halten soll."

„Mr. T.? Nimmt Matt normalerweise seinen Laptop am Wochenende mit nach Hause?"

„Was?", erwidert er abwesend.

„Es ist nur, der Laptop ist nicht da und ich bin mir ziemlich sicher, dass er sonst immer auf dem Schreibtisch liegt, wenn ich reinkomme. Und ich bin fast immer die Erste hier."

Er neigt den Kopf, um Matts Schreibtisch zu mustern. „Das ist tatsächlich seltsam."

Mein Gehirn beginnt zu rasen wie ein Formel 1-Auto. Warum sollte Matt seinen Laptop mitnehmen, wenn er mit seiner Freundin übers Wochenende aufs Land fährt? Den Laptop, den er für einen Job nutzt, den er angeblich hasst?

Ein Gedanke keimt in mir auf.

„Erinnern Sie sich, wie er auf der Benefizgala am Freitagabend mit Lady Havelock gesprochen hat?"

„Ja, aber was hat das mit Matts fehlendem Laptop zu tun?"

„Sehen Sie es nicht? Wenn er zu einer anderen Sammlung gewechselt ist, hat er vielleicht mit ihr darüber gesprochen und nicht über das Pinkerton House."

„Du meinst also, er hat für seinen neuen Job Spenden gesammelt, während unserer großen alljährlichen Benefizveranstaltung?" Herr Tomlinsons Augen weiten sich.

„Glauben Sie, er wäre zu so etwas fähig?"

„Lottie, nach dem, was gerade passiert ist, würde mich gar nichts mehr wundern."

Ich springe auf und eile zu meinem Schreibtisch, um meinen Computer hochzufahren. Ich warte ungeduldig, während er schnauft und rattert, was daran liegt, dass er beinahe genauso alt ist wie ich.

Wir brauchen hier wirklich dringend eine Finanzspritze.

Herr Tomlinson tritt an meinen Schreibtisch. „Lottie? Was machst du?"

„Ich überprüfe etwas." Ich öffne eine Tabelle und sehe mir die bei der Auktion erzielten Beträge an. „Hier sieht alles normal aus", sage ich und kaue erneut auf meiner Lippe.

„Vielleicht hat er also doch nicht versucht, Geld von unseren Sponsoren zu bekommen?"

Mir kommt ein neuer Gedanke. „Oder vielleicht–" Ich habe keine Zeit meinen Satz zu beenden. Ich öffne das Bankkonto der Sammlung und überfliege die Zahlen.

„Was suchst du?", erkundigt sich Herr Tomlinson, während er mir über die Schulter schaut.

„Da." Ich deute auf den Bildschirm, mein Puls immer noch im Formel 1-Modus.

Er verengt die Augen. „Was zum Teufel?"

„Lady Havelocks monatliche Spende ist seit September nicht mehr eingegangen. Das ist eine riesige Summe, die fehlt." Ich drehe mich zu Herrn Tomlinson um. „Warum sollte sie aufgehört haben zu spenden? Es sei denn–"

„Es sei denn, Matt hat sie dazu gebracht, stattdessen die Sammlung in Manchester zu spenden und damit unsere Existenz aufs Spiel gesetzt.", vollendet Herr Tomlinson meinen Gedanken. „Würde er so etwas tun?", fragt er, sichtlich erschüttert.

Ich denke an den Matt, den ich in den letzten Wochen kennengelernt habe. Wie er sich erst für mich zu interessieren begann, als er von meiner Verlobung erfuhr; wie er versuchte, mich im Wandschrank von Hallston Hall zu verführen, und das trotz meiner Proteste, sowie der Tatsache, dass wir beide in Beziehungen sind; wie er mich wie Dreck behandelt hat, als ich ihn abgewiesen habe.

Ich hebe den Blick und sehe Herrn Tomlinson fest an. „Er würde. Ganz sicher, Herr Tomlinson."

Die Tür zum Büro schwingt auf und ich erwarte schon halb Matt in einem Comic-Bösewicht-Kostüm zu sehen, gekommen um unsere Schätze zu stehlen, während er uns seine finsteren Pläne zur Herrschaft über alle Museen weltweit offenbart, um dann umgehend in sein Bösewicht-Lachen auszubrechen.

Aber er ist es nicht. Es ist Stanley, der hereinschlurft und uns mit einem fröhlichen *Hallo* begrüßt.

„Ein tippitoppi Tag heute, findet ihr nicht auch? Ich glaube, ich habe auf dem Weg hierher sogar ein Stück blauen Himmel gesehen", teilt Stanley uns überschwänglich mit.

„Setz dich, Stanley", weist Herr Tomlinson ihn an und sein tonloser Befehl lässt Stanleys Stirn sich fragend zusammenziehen.

„Ist alles in Ordnung?"

„Nicht wirklich", antwortet Herr Tomlinson mit einem Seufzer. „Ich muss dir etwas mitteilen."

Stanley setzt sich auf den Stuhl, auf dem ich eben noch gesessen habe, und ich schlage vor, uns allen eine Tasse Tee zu machen, während Herr Tomlinson ihm erklärt, dass Matt gegangen ist und wir einen gewissen Verdacht haben, dass er ein falsches Spiel gespielt hat.

Als ich beiden schließlich den heißen Tee serviere, teilt Stanley uns gerade seine wenig schmeichelhafte Meinung über Matt mit.

„Weg mit der falschen Schlange, sag ich nur dazu. Ich kann nicht behaupten, dass ich seinen affigen Klamotten-stil und seine besserwisserischen Ansichten vermissen werde. Wenn der mir noch einmal erzählt hätte, ich solle Tee aus alten, erdverkrusteten Zweigen trinken oder irgendeinen ähnlichen Unsinn, hätte ich für nichts mehr garantieren können.“

Ich presse die Lippen zusammen, um mein Grinsen zu unterdrücken. Ich werde Matts überlegene Ansichten ganz bestimmt auch nicht vermissen.

„Ich mochte nie, wie er unsere Lottie behandelt hat, wisst ihr“, fährt Stanley fort. „Sie ist hundertmal mehr wert als er, ganz ehrlich. Und meiner Meinung nach wäre sie eine viel bessere Kuratorin für den Laden hier, als er es jemals war.“

Herr Tomlinson zieht die Brauen hoch. „Findest du?“

„Natürlich tue ich das. Sie ist diejenige, die die ganze Arbeit erledigt, die ganzen Ideen hat. Ihr wisst schon, wie das mit dem Twotty Twertty Ding für die Gebisse.“

„Es heißt Twitter“, korrigiere ich ihn.

Innerlich jedoch strahle ich.

„Wenn du das sagst, Liebes. Meine Evelyn hat mir erzählt, ihre Enkelin hat gesagt, es wäre sehr erfolgreich und äußerst beliebt bei den jungen Leuten.“

„Wirklich?“ Ich öffne meinen Twitter-Feed und werfe einen Blick auf den Zahnprothesen-Account. In den letzten 72 Stunden hat er unglaubliche 12.004 neue Follower bekommen, ein Beitrag mit einem Flachwitz von James hat die meisten Likes und Retweets. Erstaunt drehe ich mein Handy um, damit Herr Tomlinson es sehen kann. „Es läuft wirklich gut."

„Ach du meine Güte! Das ist ja fantastisch!", ruft er und nimmt mir das Handy aus der Hand. „Sehr gut gemacht, Lottie."

Ich strahle die beiden an. „Ich hatte gehofft, dass es ganz gut ankommen würde", erwidere ich bescheiden, während ich innerlich Saltos schlage.

Herr Tomlinson wedelt mit dem Handy in der Luft herum. „Das ist alles schön und gut, aber wir haben einiges zu tun, um Matts hinterlassenes Chaos zu beseitigen. Lottie? Kannst du Lady Havelock zu einem Gespräch einladen? Wir müssen alles tun, um ihre Spenden wieder in unser Haus fließen zu lassen."

„Natürlich. Wann haben Sie Zeit?"

„Such einfach eine Zeit aus, die uns beiden passt. Ich brauche dich bei diesem Gespräch."

Ein warmes Glücksgefühl steigt in mir auf bei dem Gedanken, dass Herr Tomlinson mich an seiner Seite haben möchte. „Mach ich", erwidere ich und schaue zu Stanley.

Er lächelt mir aufmunternd zu. „Tippitoppi."

„Ich werde unseren Anwalt bitten, Matt eine Aufforderung zu schicken, den Laptop umgehend zurückzugeben. Vielleicht sollte ich auch fragen, ein oder zwei Drohungen wegen Betriebsspionage einfließen zu lassen?"

Ich kichere. „Ich finde, das klingt nach einer sehr guten Idee."

„Das ist genau wie in diesen Thrillern, die ich früher gern gelesen habe", merkt Stanley an.

„Also gut. Dann legen wir los, Leute", weist Herr Tomlinson uns an. „Und Lottie? Danke − für alles. Ich befürchte, ich habe dich unterschätzt, und du hättest viel mehr von mir verdient."

Ich grinse ihn an, während sich ein zufriedenes Gefühl in meiner Brust ausbreitet. „Ich mache nur meinen Job, Mr. T."

Einige Stunden später hat Lady Havelock uns gestanden, was sie und Matt ausgeheckt haben, und ihre Spenden wieder dem Pinkerton House zugesagt. Danach habe ich die letzten offenen Punkte der Benefizgala abgearbeitet und die Spenden zusammengezählt. Das Mittagessen mit James zu versteigern hat uns einen dringend nötigen Extra-Schub eingebracht und als ich Herrn Tomlinson das Endergebnis präsentiere, kündigt er an, dass wir morgen mit einem echten Kaffee von Xander's feiern werden.

„Nicht von dort, Mr. T. Wie wäre es, wenn wir stattdessen Kaffee von Prêt holen?", schlage ich vor.

„Prêt? Aber wir mögen doch die großen Ketten nicht", protestiert er.

„Nein, das war Matt, der die nicht mochte. Und der Kaffee bei Xander's ist schrecklich."

„Du findest das auch? Ich dachte, das liegt nur an mir." Sein Gesicht hellt sich zu einem Grinsen auf. „In dem Fall, lasst uns morgen früh alle zu Prêt gehen. Ich spendiere sogar ein paar Croissants."

Ich verbringe den Rest des Tages damit, Stanley bei Besucherführungen zu helfen, Beiträge für den Twitter-Account der Gebisse zu posten und einige neue Kampagnen für andere Sammlungen zu planen, die vielleicht die Fantasie der Leute anregen und mehr Besucher ins Haus locken werden.

Aber die ganze Zeit über… *Jamie*.

Jetzt, da Herr Tomlinson zu einem auswärtigen Meeting gegangen und Stanley unten ist, bin ich allein im Dachgeschossbüro mit meinen Gedanken. Es fällt mir zunehmend schwerer, James aus meinem Kopf herauszuhalten, und jedes Mal, wenn er sich doch hineindrängt, sackt mein Herz schwer in meine Kniekehlen, wie ein Ziegelstein ins Wasser.

Bei all dem, was seit meiner Ankunft heute Morgen passiert ist, war es leicht, die Schwere zu ignorieren, die ich seit jenem Moment mit mir herumtrage, in dem er klargestellt hat, dass unsere Beziehung nur vorgetäuscht ist.

Als Stanley also mit einem merkwürdigen Gesichtsausdruck im Büro auftaucht und mir sagt, James sei unten und warte im Esszimmer auf mich, schießt mir augenblicklich Adrenalin durch die Adern.

„Jamie ist *hier*? Im Pinkerton House?", frage ich ungläubig.

Warum ist er hier? Es stehen keine gemeinsamen öffentliche Auftritte an, zu denen wir müssten. Wir haben kein Treffen vereinbart.

Ich erhebe mich von meinem Stuhl und schreite zügig durch den Raum, bereit, die Rolle der Frau zu spielen, die nicht heimlich in ihren Schein-Verlobten verliebt ist, als Stanley sagt: „Kannst du mir etwas verraten, Lottie?"

Ich drehe mich zu ihm um. „Lass uns reden, wenn ich Jamie verabschiedet habe, ja?"

„Es geht um ihn."

„Was ist denn?", erwidere ich, in der Hoffnung, dass er mich nicht wieder auf unsere Beziehung ansprechen wird, denn ich bin mir nicht sicher, ob ich das im Moment ertragen könnte.

„Bist du in ihn verliebt?", fragt er.

Mir bleibt die Luft weg. „W-was?", quieke ich.

„Liebst du ihn? Liebst du James? Denn wenn du das tust, Lottie, dann höre ich auf, mir Sorgen um dich zu machen, und auch darüber, warum du uns alle angelogen hast."

Mit hämmerndem Herzen öffne ich den Mund, um zu antworten, schließe ihn dann aber wieder.

Wie könnte ich ihm sagen, dass er recht hat, dass ich tatsächlich alle belogen *habe*?

Wie könnte ich ihm sagen, dass sich inzwischen alles verändert hat und ich mich in den Mann verliebt habe, mit dem ich eigentlich nur so tue, als wäre ich verliebt?

Dass alles ein einziges, furchtbares Chaos geworden ist?

Wie könnte ich Stanley das alles sagen, ohne dass er mich für immer mit anderen Augen betrachten wird?

Er tritt einen Schritt auf mich zu. „Antworte mir, Lottie. Liebst du ihn? Liebst du James?"

Ich kämpfe mit meinen Gefühlen, mein Atem wird zunehmend flacher. Ich hebe den Blick und sehe, wie er mich eindringlich mustert, und ich weiß, dass ich ihn nicht belügen kann.

Nicht mehr.

Während ich gegen meine Tränen ankämpfe, schlucke ich schwer und antworte: „Ich weiß, dass das alles ein riesiger Schwindel war. Ich habe dich und alle anderen belogen. Du musst mich für einen wirklich, wirklich schrecklichen Menschen halten, und Stanley, es tut mir so unendlich leid. Aber ja. Ich liebe Jamie. Ich liebe ihn, wie ich noch nie zuvor jemanden in meinem Leben geliebt habe."

Seine Gesichtszüge werden weich. „Dann liebst du ihn also wirklich."

Ich nicke, während mir Tränen in die Augen steigen. „Was ich für Jamie empfinde, geht wirklich tief." Ich lege meine Hände auf meine Brust und kann die Kraft meiner Liebe für ihn in meinem Herzschlag spüren. „Ich liebe ihn, aber er empfindet nicht dasselbe für mich."

Stanleys Gesicht beginnt ebenfalls zu strahlen. „Dann solltest du ihm das wohl besser sagen, meinst du nicht auch?" Er deutet auf die Tür hinter mir und langsam, mit wachsender Beklommenheit, drehe ich mich um und sehe James dort stehen, der mich beobachtet.

Nein, nein, nein, nein, nein, nein, nein, nein, nein!

Das darf nicht sein.

„Jamie!", rufe ich erschrocken. „Was machst du hier?"

Und noch viel wichtiger: Hat er meine Worte gehört? Weiß er jetzt, dass *ich ihn liebe*?

„Ich habe dich beim Frühstück vermisst", teilt er mir mit.

„I-ich war schon früh hier."

Er nickt, seine Augen bohren sich in meine.

Er hat es gehört. Oh nein. Er hat es *gehört*.

„Ich schleich mich dann mal raus, ja?", sagt Stanley. Er nimmt meine Hand, als er an mir vorbeigeht, und drückt sie kurz. „Du verdienst die Welt, mein Mädchen. Du verdienst die Welt."

Wieder steigen mir Tränen in die Augen, während James zur Seite tritt, damit Stanley den Raum verlassen kann.

Und dann sind wir allein im Dachzimmer, der Mann, den ich liebe, und ich. Mein Herz droht mir aus der Brust zu springen.

„Lottie, deine Mutter hat mich angerufen und ich—", beginnt James, aber ich lasse ihn nicht ausreden. Nicht, wenn ich mir fast sicher bin, dass er gehört hat wie ich meine Liebe zu ihm gestanden habe – und des sehr wahrscheinlichen Falls, dass Mum ihm das womöglich auch noch bestätigt hat. Ich muss versuchen, wenigstens den Rest meiner Würde zu wahren.

„Es wird bestimmt vorbeigehen, da bin ich mir sicher", beginne ich, obwohl ich selbst kein bisschen daran glaube, dass die Liebe, die ich für diesen Mann, der hier gerade vor mir in meinem Büro steht, empfinde, je nachlassen, geschweige denn vergehen wird. „Es ist einfach nur ein dummes, wirres Gefühl, das ist alles. Aber ich werde meinen Teil der Abmachung einhalten, mach dir keine Sorgen. Es spricht nichts dagegen, dass wir weiterhin an der Schein-Verlobung festhalten, du kannst Bürgermeister werden und alles wird gut. Also wirklich, mach dir keine Gedanken, das ändert gar nichts. Nicht das Geringste." Ich hebe entschlossen das Kinn und presse die Kiefer zusammen, während ich versuche ein selbstbewusstes Lächeln aufzusetzen.

Er überbrückt die Distanz zwischen uns, bis er nur noch wenige Zentimeter von mir entfernt steht.

Alle Härchen an meinem Körper richten sich auf.

„Wir sind diese Vereinbarung eingegangen, da sie vorteilhaft für uns beide ist. Du wolltest deine Mutter glücklich machen und sie von deinem Liebesleben fernhalten, und ich wollte meine Chancen auf das Bürgermeisteramt verbessern."

Ich beobachte ihn, frage mich, worauf er hinauswill. „Richtig."

„Nur gibt es da ein kleines Problem. Einen Stolperstein, den keiner von uns vorausgesehen hat."

Ich bin der Stolperstein. Ich bin diejenige, die alles ruiniert hat.

„Aber nichts muss sich ändern. Wir können einfach so weitermachen wie bisher", protestiere ich.

„Ich will aber nicht mehr so weitermachen wie bisher. Weißt du, Lottie, ich habe etwas erkannt. Etwas, das alles verändert hat."

„Was denn?", frage ich, während mein Herz so laut schlägt, dass ich schwören könnte die Besucher unten können es ebenfalls hören.

Könnte es sein…?

Sagt er etwa…?

Ich wage kaum zu atmen.

Er greift nach meinen Händen und nimmt sie behutsam in seine, bei seiner Berührung durchzuckt eine Welle von Energie meinen ohnehin schon angespannten Körper.

Während unsere Blicke aufeinander ruhen, raunt er mit sanfter Stimme: „Ich habe erkannt, dass ich in meine Schein-Verlobte verliebt bin."

Es dauert einen Moment, bis ich die Worte begreife.

Ich blinzele ihn an und traue mich kaum zu glauben, was ich da gehört habe. „Du bist was?"

Er ist in mich verliebt?

James ist in *mich* verliebt?

Wenn er nicht noch eine andere Schein-Verlobte irgendwo versteckt hat, dann muss er wohl mich meinen.

„Lottie, du musst wissen, ich bin zu hundert Prozent, total und absolut Hals-über-Kopf in dich verliebt."

„D-das wusste ich nicht", erwidere ich, als er mir noch näher kommt und ich seinen herrlichen, betörenden, unverkennbaren Jamie-Duft einatmen kann, der Duft, der mich schwindelig macht. Der Duft, den ich liebe.

Sein Blick ist intensiv. „Dieser Kuss hat mir einen Hoffnungsschimmer gegeben, den ich mir vorher nicht erlaubt hatte. Die Hoffnung, dass du vielleicht meine Gefühle erwidern könntest. Dass du vielleicht nicht in einen anderen Mann verliebt bist. Dass du vielleicht lernen könntest, *mich* zu lieben."

Ich schüttele den Kopf, mein Mund ist trocken. „Ich bin nicht in ihn verliebt."

„Das weiß ich jetzt. Deine Mutter hat mir alles erzählt."

Ich schließe die Augen, während sich ein Lächeln auf mein Gesicht stiehlt. Meine sich einmischende Mutter hat mal wieder zugeschlagen, nur diesmal auf die wunderbarste, wunderbarste Weise.

„Lottie? Sagst du noch was?", fragt er vorsichtig und mir wird klar, dass ich so damit beschäftigt war, zu verarbeiten, was er mir gerade erzählt hat, dass ich seine absolut unglaubliche Aussage noch nicht einmal gewürdigt habe.

Auf meinem Gesicht breitet sich ein riesiges Grinsen aus, während ich antworte:„Ich bin ebenfalls in meinen Schein-Verlobten verliebt, weißt du."

Das Lächeln, das ich kenne und liebe, breitet sich auf seinem Gesicht aus. „Wirklich?"

„Wirklich. Aber eine Sache wäre da noch."

„Was denn?"

„Ich hatte gehofft, mein Schein-Verlobter würde mich vielleicht gerne küssen."

„Versuch mich davon abzuhalten."

Als sich seine Lippen auf meine legen, verfliegen all die Traurigkeit, all die Sorgen, all die Angst, dass James meine Liebe nicht erwidert. An ihre Stelle tritt etwas so Atemberaubendes und Lebensveränderndes, dass es mein Herz beinahe zum Überlaufen bringt.

Nach dem sinnlichsten, innigsten, liebevollsten und emotionalsten Kuss meines Lebens dreht sich mir der Kopf und meine Knie sind schwach geworden. „Ich liebe dich, Jamie."

„Ich liebe dich auch, Lottie", raunt er.

Und dann beanspruchen seine Lippen erneut meine, in dem atemberaubendsten, wahrhaft verführerischsten Kuss meines bisherigen Lebens, und ich schmelze dahin, ganz versunken in dieser neuen, wundervollen Liebe, die wir miteinander teilen.

Eine Liebe, die niemals enden soll.

Epilog

Ein Sommer in London kann absolut perfekt sein – besonders, wenn man verliebt ist. Warmer Sonnenschein, Vögel zwitschern in den Bäumen, lange, heitere Tage, die sich vor einem erstrecken, mit Märkten und Picknicks im Park, sowie Spaziergängen entlang der Themse. Die Erinnerung an die kurzen, kalten, grauen Wintertage mit Schneeregen und Regen ist längst verblasst.

Und verliebt bin ich ganz sicher. Es ist nicht weniger als absolut wunderbar.

Nachdem James und ich uns an jenem Tag im Dachbüro vom Pinkerton House unsere gegenseitige Liebe gestanden haben, gingen wir auf unser allererstes offizielles Date als echtes Paar. James bestand darauf. Er sagte, ich hätte es verdient, wie eine Königin behandelt zu werden, und wenn einem so etwas von einem Mann wie James Brody gesagt wird, kann man einfach nicht anders als zu zustimmen.

James hat mich tatsächlich wie eine Königin behandelt. Er sagte mir, ich solle mich schick machen, und dass ich jede Farbe des Regenbogens tragen könne – und wenn es nicht gerade trauerschwarz sei, wäre das absolut in Ordnung für ihn. Also trug ich ein trägerloses, knieumspielendes, grünes Kleid, das mich mich immer hübsch fühlen lässt, als James mich ins Victoria and Albert Museum ausführte, wo wir ein exklusives Abendessen nur für uns zwei im neuen Flügel für Musikinstrumente genossen, komplett mit einem Streichquartett, das George Michael-Songs spielte, und einem köstlichen *Steak au poivre*.

Es war einfach magisch.

Seitdem hatten wir tatsächlich ziemlich viele Dates, darunter auch unseren allerersten Kurzurlaub – ein Wochenende in einem Château in der Champagne in Frankreich, wo wir Croissants gegessen, Hand in Hand durch gepflasterte Gassen geschlendert sind und uns französisch geküsst haben. Was, wie ich finde, nur angemessen ist, wenn man sich in Frankreich befindet. Tatsächlich ist es dort vermutlich sogar Gesetz.

James hat seinen Job auf mein Drängen hin behalten und wir treten weiterhin öffentlich als verlobtes Paar auf. Nur dass unsere Familien nun wissen, dass die Verlobung zwar lediglich gespielt sein mag, die Liebe aber sehr echt ist. Unsere beiden sich einmischenden Mütter sind natürlich überglücklich, auch wenn sie mindestens einmal am Tag Andeutungen machen, wann wir unsere Liebe denn nun endlich offiziell machen werden.

Wir haben gelernt, damit umzugehen.

Und beruflich? Auch da hat sich einiges verändert.

„Haben Sie die neusten Zahlen gesehen, Mr. T.?", frage ich, während ich in meinem gelben Sommerkleid mit den Hummeln, das Stanley so mag, an meinem Schreibtisch sitze. „Alle Social Media-Kanäle laufen gut und die Besucherzahlen sind im Quartal bis Juni durch die Decke gegangen."

Herr Tomlinson schaut mich lächelnd über den Rand seiner Lesebrille hinweg an. „Ich habe sie gesehen und es hat mir eines bestätigt: Ich habe eine ausgezeichnete Entscheidung getroffen, als ich unsere neue Kuratorin ernannt habe."

„Das haben Sie allerdings", pflichtet Stanley bei, der mit einer Tasse Tee in der Hand auf einem Stuhl am Fenster sitzt.

„Ihr macht mich noch ganz verlegen", antworte ich und strahle die beiden an.

Ganz genau: Ich, Charlotte Jane Sullivan, alias *die kleine Lottie*, wie Herr Tomlinson mich früher so gerne genannt hat, bin jetzt die neue Kuratorin von Gerald Edward Pinkertons Sammlung von Käfern, Knochen und dem übrigen kuriosen Sammelgut, natürlich einschließlich June, dem Skelett. Es kam dazu, als Matt damals an diesem Tag im Februar so plötzlich kündigte und versucht hat, unsere Sponsoren abzuwerben. Herr Tomlinson ließ ihm daraufhin von unserem Hausanwalt einen bösen Brief schreiben, in dem stand, dass sein Verhalten unethisch sei, doch das zeigte keinerlei Wirkung. Wie ich ihm damals sagte: Ein Mann wie Matt schert sich nicht um so etwas Lästiges wie Ethik.

Also luden wir stattdessen Lady Havelocks Freundinnen und Freunde zum Essen ein, mit dem Ziel, sie und ihre prall gefüllten Portemonnaies zurückzugewinnen. Lady Havelock war dabei extrem hilfreich und ich schäme mich nicht, zuzugeben, dass es ebenfalls half, dass James zu einigen der Abendessen mitkam und die Damen mit seinem guten Aussehen und seinem Charme bezauberte. Meiner Meinung nach zählt in diesem Spiel nicht, was man weiß, sondern wen man kennt, und das Pinkerton House vor einer dauerhaften Schließung zu bewahren, steht nun mal ganz oben auf meiner Prioritätenliste und dazu ist mir jedes Mittel recht.

Und Matt? Das Letzte, was ich von ihm gehört habe, war, dass er seinen Job bei der Sammlung in Manchester verloren habe und nun am Camden Market nachgemachte viktorianische Puppen verkaufen soll.

Ich habe ihn nicht besucht, um es mir mit eigenen Augen anzusehen.

James zu lieben hat mir gezeigt, dass ich bei Matt nur in das Bild dessen verliebt war, was ich dachte, in einem Mann zu wollen. Doch in James habe ich alles bekommen, was ich mir wünsche und auch verdiene – und noch viel mehr.

„Was haben die Gebisse heute auf Twerter gemacht, Lottie?", fragt Stanley mich.

„Wer die neue Gebiss-Ausstellung der Pinkerton Sammlung verpasst, wird sich danach ordentlich in den Hintern beißen"', lese ich von meinem Handy ab. „Und es heißt Twitter, Stanley – nicht Twerter, Twerkie oder was auch immer du dir sonst noch für Namen ausdenkst, um mich zum Lächeln zu bringen."

Er zuckt mit den Schultern. „Was soll ich sagen? Ich mag es eben, wenn du lächelst, Lottie, und das tust du in letzter Zeit ziemlich oft. Tippitoppi, ist das."

Wie auf Kommando wird mein Lächeln breiter.

„Das tut sie tatsächlich", merkt Herr Tomlinson an. „Ich würde sagen, eine gute Wochenration an Arbeit ist geschafft und abgehakt." Zufrieden klappt er seinen Laptop zu. „Tessa, kommst du heute Abend auch?"

„Das würde ich mir auf keinen Fall entgehen lassen, Herr Tomlinson", antwortet Tessa, unsere neue Entwicklungsmanagerin. Herr Tomlinson und ich haben sie gemeinsam aus einer Reihe von Bewerbern ausgewählt, und bisher macht sie nicht nur einen großartigen Job, sondern wird auch schnell zu einer guten Freundin.

„Also Tessa, darüber haben wir doch gesprochen", erwidert Herr Tomlinson streng.

„Tut mir wirklich leid. Mr. T, meine ich natürlich.", korrigiert sich Tessa mit einem verlegenen Grinsen.

„Viel besser. Wir sind schließlich ein Team hier im Pinkerton House. Niemand wird bevorzugt behandelt."

Stanley und ich lächeln uns an. Wir beide wissen, dass Matt früher Herr Tomlinsons Liebling war, bevor er uns alle im Stich gelassen hat, und uns gefällt diese neue Version von Herrn Tomlinson viel besser, die uns alle in den Ablauf des Hauses miteinbezieht.

Herr Tomlinson nimmt seine Jacke vom Haken. „Also, ihr Lieben, wir sehen uns nachher."

„Solltest du dich nicht langsam fertigmachen, Stanley?", frage ich, während ich meinen Laptop für diese Woche herunterfahre.

Er erhebt sich von seinem Stuhl und lächelt mich an. „Ich brauche dieses ganze Tamtam nicht. Ich bin ein Kerl", informiert er mich.

„Kerle brauchen auch Tamtam, weißt du, vor allem an ihrem Hochzeitstag."

Er winkt ab. „Nicht in meinem Alter. Ich muss nur meinen feinen Anzug anziehen und fertig ist der Lack. So ist meine Ev eben, ihr ist das alles nicht so wichtig."

„Jede Frau will an ihrem Hochzeitstag schön aussehen", hält Tessa dagegen, als wir drei das Büro verlassen und gemeinsam die Treppe hinuntergehen.

„Evelyn sieht an jedem einzelnen Tag ihres Lebens schön aus", erwidert Stanley mit diesem klischeehaften, verliebten Glanz in den Augen, den er jedes Mal bekommt, wenn er ihren Namen sagt. Was oft vorkommt. Und ich kann es ihm nicht verübeln.

Der Mann ist eben verliebt.

Ein paar Stunden später stehe ich neben James im ‚Zur Schwarzen Katze', unsere Finger ineinander verschränkt, während wir leise miteinander sprechen. Ralph sitzt zu unseren Füßen, seine dunklen Augen huschen durch den Raum, während er die Anwesenden genau beobachtet. Das ist das Schöne an britischen Pubs – man darf seinen Hund mitbringen und Ralph liebt es, überallhin mitgenommen zu werden.

„Das war so eine schöne Zeremonie. Ich wusste gar nicht, dass es hier um die Ecke so eine süße Kirche gibt", sage ich.

„Die beiden geben wirklich ein schönes Paar ab", erwidert James.

Ich denke an Stanley und Evelyn, wie sie einander gegenüberstanden, umgeben von Freunden und Familie, während sie ihre Liebe und Verbundenheit zueinander offiziell gemacht haben. Es war vielleicht die süßeste Hochzeit, auf der ich je gewesen bin, und ich bin so froh, dass Stanley noch einmal die Liebe gefunden hat.

James streicht mir eine Haarsträhne aus dem Gesicht, was mir einen kleinen Schauer über den Rücken jagt. „Hab ich dir heute eigentlich schon gesagt, wie sehr ich dich liebe?", fragt er leise und mit sanfter Stimme.

„Erst dreimal, glaube ich. Du lässt nach."

Er lächelt dieses Lächeln, bei dem mir immer noch die

Knie weich werden. „Nun, in diesem Fall: Ich liebe dich, Lottie."

Ich lege meine Arme um seinen Nacken und ziehe ihn zu mir herunter, um ihn zu küssen. „Ich liebe dich auch."

Ralph gibt ein seltsames Jaulen von sich und erhebt sich auf alle Viere, was unsere Aufmerksamkeit auf sich zieht.

„Was ist los, Junge?", fragt James ihn.

Ich schaue hinüber zu Zaras Hündin Stevie, die Ralph anstarrt, ihr kleiner Körper bebt vor Aufregung. „Ach, ich verstehe. Er will mit seiner Freundin spielen."

„Ralph, Sitz!", sagt James bestimmt.

„Du lässt ihn nicht?"

„Vorher muss ich noch etwas erledigen", erwidert er, während er seine Lippen erneut auf meine senkt.

Ich protestiere nicht. Auf keinen Fall. James zu küssen steht inzwischen ganz oben auf der Liste meiner absoluten Lieblingsbeschäftigungen. Und das passiert ziemlich oft.

Was soll ich sagen? Ich bin ein absolutes Glückskind.

„Weißt du, Lottie, wenn wir nicht gerade auf einer Hochzeitsfeier wären, würde ich dich jetzt so richtig küssen", raunt er gegen meine Lippen.

„Oh, ich weiß, dass du das tun würdest. Und ich würde dich genauso zurückküssen."

„Oi, ihr zwei!"

Widerwillig lösen wir uns voneinander und sehen Tabitha vor uns stehen, die Arme in die Seiten gestemmt, was ihre schlanken Hüften nur noch betont, und uns mit finsterem Blick anstarrt.

„Was denn? Wir dürfen uns küssen, weißt du", protestiere ich.

„Aber nicht vor eurer einzigen Single-BFF", beschwert sie sich. „Es ist nicht leicht, ich zu sein. Schaut euch an, womit ich es zu tun habe." Sie zeigt auf Kennedy und

Charlie, die an der Bar lehnen und verliebter aussehen denn je, und dann auf Zara und Asher, die ihnen lachend gegenüber stehen und Händchen halten. „Ich vermisse die Zeit, als wir alle 29 und Single waren."

„Du bist immer noch 29 und Single", informiere ich sie, was ungefähr so gut ankommt wie Matts Vorschlag, seine heimliche Affäre zu sein, damals in diesem Wandschrank auf dem Flur.

Sprich: gar nicht gut.

„Ich bin nicht mehr lange 29", grummelt sie und verschränkt die Arme.

„Stimmt ja. Du hast nächsten Monat Geburtstag, nicht wahr?", erkundigt sich James und ich werfe ihm einen warnenden Blick zu.

Tabitha lässt sich nur sehr ungern daran erinnern, dass sie 30 wird. Sie hat sogar schon mal gesagt, sie würde lieber noch mal die Pubertät durchstehen, als dieses Alter zu erreichen. Ich vermute schon länger, dass sie nur übertreibt, denn wer will bitte noch mal durch die Pubertät müssen?

Und wie ich ihr schon oft gesagt habe: 30 ist großartig.

James hebt beschwichtigend die Hände, als Tabitha ihn finster ansieht. „Tut mir leid. Kein Wort über den Krieg."

„*Definitiv* kein Wort mehr über den Krieg", wiederhole ich.

Tabitha hat Wort gehalten und ihr Partygirl-Dasein aufgegeben. Trotz des drohenden Dreißigerschocks ist sie viel glücklicher und ausgeglichener. Geradezu friedlich. Ich für meinen Teil bin ehrlich erleichtert, sie hatte mich wirklich angefangen zu beunruhigen.

„Also, James. Hast du irgendwelche heißen Single-Freunde, mit denen du mich verkuppeln kannst?", will sie wissen.

James' Blick wandert zu mir, als wolle er sich rückversichern, ob es wirklich eine gute Idee ist, einen seiner Freunde mit Tabitha zu verkuppeln. Ich schenke ihm ein ermutigendes Lächeln, überzeugt davon, dass es meiner Freundin viel besser geht – vor allem jetzt, wo sie wieder in ihre frisch renovierte Wohnung zurückgezogen ist und nicht mehr auf Zaras und meinem Sofa schläft, wie sie es ganze zwei Monate lang getan hat. Das hat es auch erheblich einfacher gemacht, wieder bei Zara einzuziehen, als James und ich unsere Beziehung offiziell gemacht haben. Schließlich hatte Tabitha mein Schlafzimmer kurzerhand zu ihrem erklärt.

„Ich werde die Lage sondieren und auf dich zurückkommen", erwidert James.

„Bist du jetzt wieder so weit? Möchtest du jemanden kennenlernen?", frage ich sie.

Tabitha presst die Lippen zusammen und nickt. „Es hat eine Weile gedauert, nach… na ja, du weißt schon. Aber jetzt bin ich bereit. Ich will das, was ihr habt. Du und Zee und Kennedy. Ihr seid alle verliebt und glücklich. Das will ich jetzt auch."

Ich ziehe sie in eine Umarmung. „Das freut mich so sehr, Babe."

Sie schenkt mir ein etwas verlegenes Grinsen. „Wird ja auch Zeit, findest du nicht?"

„Du verdienst einen tollen Mann. Und er wird das Warten wert sein." Ich lächle meine Freundin an und sehe, wie sich ihre Miene plötzlich verfinstert. „Was ist los?", frage ich besorgt.

„Es ist… es—"

„Tabitha, du machst mir Angst. Du siehst aus, als hättest du ein Gespenst gesehen."

„Er ist ein Gespenst", flüstert sie.

Ich folge ihrem Blick zu einem Mann, den ich noch nie zuvor in meinem Leben gesehen habe. Er trägt einen

Anzug und Krawatte und sieht damit aus wie jeder andere männliche Hochzeitsgast, mit einer Ausnahme: Er ist unverschämt gut aussehend.

„Ich glaube, ich muss dringend gehen", sagt sie und weicht langsam zurück, die Augen immer noch auf ihn gerichtet.

„Wer ist das?"

„*Er* ist es, Lottie", antwortet sie eindringlich.

Ich blicke wieder zu dem Mann, der sich nun zu uns umgedreht hat. Er lächelt über etwas, das jemand gesagt hat, und ich bin verblüfft, wie sehr er dem jungen Keanu Reeves aus *Matrix* ähnelt. Als sich sein Blick auf uns richtet, wird sein Gesicht plötzlich ernst. Nun ja, als seine Augen auf Tabitha landen. Es gibt keinen Grund, warum er irgendwelche Gefühle für mich haben sollte, für ihn bin ich eine vollkommen Fremde.

Aber er scheint genauso auf Tabitha zu reagieren, wie sie auf ihn.

Er sagt etwas zu der Frau neben sich und kommt dann in unsere Richtung.

„Ich glaube, er kommt hierher", informiere ich Tabitha, doch als ich mich zu ihr umdrehe, ist sie nirgendwo mehr zu sehen.

„Wo ist sie hin?", frage ich James.

„Sie ist gerade gegangen und sah aus, als hätte sie einen Geist gesehen."

„Genau das habe ich auch gesagt." Ich beobachte, wie der Keanu-Doppelgänger abrupt stehen bleibt und beginnt die Menge mit seinen Augen abzusuchen – offensichtlich sucht er meine Freundin.

„Da seid ihr ja!", ruft meine Mutter und kommt mit Papa im Schlepptau auf uns zu. „War das nicht eine wunderschöne Zeremonie?" Sie küsst James auf die Wange. „Hallo, James. Ich habe dich vorhin gar nicht gese-

hen. Liebling, du siehst umwerfend aus in dem pinkfar-
benen Kleid. Was für eine tolle Farbe."

„Danke, Mum."

Meiner Mutter geht es weiterhin gut und sie hat mittlerweile eine viel entspanntere Sicht auf das Leben. Wir
verstehen uns inzwischen richtig gut, vor allem, seit sie
diese ganze *meine Tochter muss SOFORT verheiratet werden!*-
Nummer hinter sich gelassen hat, auf die sie vor James so
fokussiert war.

Es ist angenehm. Mehr als angenehm.

„Diese kleine Kirche ist wirklich entzückend für eine
Hochzeit, findet ihr nicht?" Mum sieht James und mich
mit bedeutungsvollem Blick an. „Jan und ich waren uns da
sofort einig."

„Alles zu seiner Zeit", antwortet James gelassen und bei
dem Gedanken, eines Tages James' Braut zu sein, macht
mein Bauch einen kleinen Hüpfer vor lauter Vorfreude.

Was diese Front betrifft, sieht es folgendermaßen aus:
James und ich haben beschlossen, nicht nur weiterhin offiziell verlobt zu bleiben, sondern werden auch kein
bewusstes Entpaaren durchzuziehen, sobald die sechs
Monate um sind, wie ursprünglich geplant. Einen Antrag
gab es bislang noch nicht, aber wir sind beide überglücklich mit dem, wie sich die Sache zwischen uns entwickelt
hat, und wer weiß? Vielleicht lassen wir eines Tages das
Schein aus unserer Verlobung einfach weg und werden
gemeinsam den Gang zum Altar vollziehen.

Aber das wirst du selbst herausfinden müssen.

Es erklingt das vertraute *kling kling kling* von Besteck
gegen Glas, und als der Raum still wird, sehen wir Stanley
und seine frisch angetraute Braut nebeneinanderstehen,
die uns überglücklich anstrahlen.

„Ich bin kein großer Redner, also werde ich es kurz
machen", beginnt Stanley. „Alles, was ich sagen möchte,

ist: Ich weiß, dass ich ein alter Knacker bin, und diese wundervolle Frau hier an meiner Seite hat mein Leben zum Besseren verändert. Ich kann kaum glauben, dass ich heute hier vor euch allen stehe mit meiner neuen Ehefrau." Er schenkt Evelyn ein Lächeln. „Aber wenn man die Liebe findet, dann hält man sie fest und lässt sie nicht mehr los, selbst in unserem Alter."

Evelyn haut ihm spielerisch auf den Arm. „Pass auf, was du sagst, Stan. Ich bin vier Jahre und drei Monate jünger als du."

„Also, trinkt und habt Spaß. Ich werde das auf jeden Fall tun. Tippitoppi."

Sie teilen ein weiteres Lächeln, eines, das direkt mein Herz berührt, und ich merke, wie mir Tränen in die Augen steigen. „Die zwei sind so süß", flüstere ich James zu.

„Aber er hat recht", erwidert James und ich neige den Kopf, um ihn anzusehen.

„Womit?"

„Wenn man die Liebe findet, sollte man sie nie wieder loslassen."

Als sich unsere Blicke treffen, weitet sich mein Herz in meiner Brust, es ist erfüllt von der Liebe zu diesem Mann.

James Brody fing als mein Schein-Verlobter an, ein Ablenkungsmanöver, um den Einmischungen meine Mutter in mein Liebesleben Einhalt zu gebieten. Doch jetzt ist er ein Teil meines Lebens geworden, hält mein Herz in seinen Händen und der Schein hat sich zu etwas hundertprozentig Echtem gewandelt.

Danksagung

Ich habe mich so sehr darauf gefreut, Lotties Geschichte zu schreiben, und als ich mich schließlich an meinen Schreibtisch gesetzt habe, sah ich die ganze Geschichte wie einen Film vor meinem Inneren Auge ablaufen. Und genau so fühlt sich dieses Buch für mich im fertigen Zustand auch an. Wie sie sich kennenlernen, die Frage, die James Lottie stellt, ihre sich einmischende Mutter, die Szene, in der James sie im Hochzeitskleid sieht – das alles schreit für mich förmlich nach Hollywood, und ich hoffe, dass es auch bei meinen Leserinnen und Lesern so ankommt.

Ich habe Lotties Eigenheiten, ihre positive Art und ihren unerschütterlichen Glauben an die Liebe vom ersten Moment an geliebt, als ich sie erschaffen habe. In mancher Hinsicht steckt auch ein kleines bisschen von mir selbst in Lottie – etwa in ihrer Liebe zur Geschichte und zu Sammlerstücken. Ganz genau, auch ich habe eine ordentliche Portion Sonderling in mir, und genau wie Lottie stehe ich voll und ganz dazu.

Und ich wusste, dass ich einen ganz besonderen Mann erschaffen musste, der Lottie zeigt, wie sie behandelt – und geliebt – werden sollte. Auch wenn sie es anfangs nicht erkennt, James ist der perfekte Mann für sie, und es war wunderbar, ihn für sie zu kreieren.

Weiter geht's mit den Danksagungen: Jackie Rutherford ist nun schon seit Langem meine Kritikpartnerin und begleitet jedes meiner Bücher mit klugen, ehrlichen Rückmeldungen. Ich kann ihre Stimme in meinem Kopf hören, wenn ich Metaphern schreibe und versuche, die Verbindung zwischen meinen Hauptfiguren zu vertiefen – sie treibt mich dazu an, immer das Beste aus meinen Geschichten herauszuholen. Ein riesiges Dankeschön an dich Jackie, meine wunderbare Kritikpartnerin und Freundin.

Für dieses Buch musste ich einige ziemlich ungewöhnliche Recherchen betreiben, insbesondere über die Weltreisen viktorianischer Gentlemen und die Dinge, die sie unterwegs gesammelt haben. Ich habe herausgefunden, dass diese Herren ganz schön herumgekommen sind! In diesem Zusammenhang möchte ich mich beim European Denture Center, bei Kate Tattersall Adventures, beim Sovereign Hill Education Blog und dem Grant Museum of Zoology bedanken. Insbesondere für ihr skurriles Glas voller Maulwürfe (und ja, diese Maulwürfe haben tatsächlich einen eigenen Twitter-Account, so seltsam das auch klingen mag).

Steffi hat schon mehrere Bücher für mich übersetzt und dabei stets sehr sorgfältig und mit großem Feingefühl gearbeitet. Darüber hinaus ist sie für mich eine wertvolle Ansprechpartnerin in allen Fragen rund um die deutsche Sprache und ohne sie wäre ich oft ziemlich aufgeschmissen. Danke, Steffi. Ich bin wirklich froh, dich in meinem Leben zu haben.

James Brody hieß ursprünglich Brody James, aber während des Schreibens wurde mir klar, dass der Name für diesen doch sehr britischen Kerl einfach zu amerikanisch klang. Also stellte ich die Frage, wie seine ‚Ehrenwerte Heißheit‘ heißen sollte, in meiner privaten Facebook-Lesergruppe *Kate's Cupids*. Und wie immer hatten meine wunderbaren Leserinnen und Leser jede Menge tolle

Ideen. Letztlich habe ich einfach seinen Vor- und Nachnamen getauscht – vielen Dank an meine großartigen Cupids und insbesondere an Kimberly Zimmerman Calhoun für diesen Vorschlag.

Dies ist mein 21. Buch und ich möchte mich ganz besonders bei meinen Leserinnen und Lesern bedanken, die mich auf meinem bisherigen Weg begleitet haben. Für mich ist das ein absoluter Traumjob und dass ich tatsächlich davon leben kann, die Figuren in meinem Kopf zum Leben zu erwecken, begeistert mich jeden Tag aufs Neue. Vielen Dank, dass ihr bei dieser Reise dabei seid. Ich hoffe, ich kann noch viele weitere Bücher schreiben, die ihr lieben werdet, und dass ihr mir auch für die nächsten 21 erhalten bleiben werdet.

Auch von Kate O'Keeffe auf Deutsch

Romantische Kleinstadt Komödien

Scheinbeziehung mit dem Griesgram

Scheinbeziehung mit Meinem Besten Freund

Scheinbeziehung mit dem Kerl von Nebenan

Romantische Komödien, die in Großbritannien spielen:

Verlieb dich nie in deine zweite Wahl

Verlieb dich nie in deinen Feind

Verlieb dich nie in deinen Schein-Verlobten

Verlieb dich nie in den, der dir entwischt ist

Königliche romantische Komödien:

Die Backup Prinzessin

Königlich Verkuppelt

Die royale Ausreißerin

Königlich Verboten

Romantische Komödien, die in Neuseeland spielen:

Ein Letztes Erstes Date

Zwei Letzte Erste Dates

Drei Letzte Erste Dates

Vier Letzte Erste Dates

Keine schlechten Dates mehr

Keine fürchterlichen Dates mehr

Keine scheußlichen Dates mehr

Weitere Titel in Kürze!

Auch von Kate O'Keeffe auf Englisch

Romantische Hockey Komödien:

Mistletoe Face Off

The Rebound Play

Offside and Off-Limits

Royale Romantische Komödien:

The Backup Princess

Royally Matched

The Royal Runaway

Royally Off-Limits

Romantische Kleinstadt Komödien:

Faking It With the Grump

Faking It With My Best Friend

Faking It With the Guy Next Door

Romantische Komödien, die
in Großbritannien spielen:

Dating Mr. Darcy

Marrying Mr. Darcy

Falling for Another Darcy

Falling for Mr. Bingley (spin-off novella)

Never Fall for Your Back-Up Guy

Never Fall for Your Enemy

Never Fall for Your Fake Fiancé

Never Fall for Your One that Got Away

Romantische Komödien aus Neuseeland:

One Last First Date

Two Last First Dates

Three Last First Dates

Four Last First Dates

No More Bad Dates

No More Terrible Dates

No More Horrible Dates

Gemeinsam mit Melissa Baldwin verfasst:

One Way Ticket

Über den Autor

Kate O'Keeffe ist eine mehrfach preisgekrönte und USA Today Bestseller-Autorin, die für ihre unterhaltsamen, romantischen Wohlfühlkomödien voller Humor, Herz und Happy Ends bekannt ist. Die gebürtige Neuseeländerin hat zahlreiche beliebte Serien erschaffen und sich damit eine treue internationale Leserschaft erworben.

Mit einem Gespür für witzige und scharfsinnige Sticheleien zwischen den Charakteren und unwiderstehliche Heldinnen, die sich durch die Höhen und Tiefen des modernen Datings navigieren, erzählen Kates Romane von starken Freundschaften, komödiantischen Verwicklungen und natürlich dem manchmal holprigen, aber immer hoffnungsvollen Weg zur großen Liebe.

Wenn sie nicht gerade am Schreiben ist, liest Kate gerne romantische Komödien, schaut sich ihre Lieblingssendungen an (oder besser gesagt verschlingt sie) und verbringt Zeit mit ihren Freunden und ihrer Familie in der wunderschönen Hawke's Bay-Region in Neuseeland.